O Primeiro Mandamento

BRAD THOR

O PRIMEIRO MANDAMENTO

SEXTANTE
FICÇÃO

Este livro é uma obra de ficção. Os personagens e os diálogos foram criados a partir da imaginação do autor e não são baseados em fatos reais. Qualquer semelhança com acontecimentos ou pessoas, vivas ou mortas, é mera coincidência.

tradução
Ryta Vinagre

preparo de originais
Rachel Agavino

revisão
Diogo Henriques
José Tedin
Sérgio Bellinello Soares

projeto gráfico e diagramação
Valéria Teixeira

capa
Raul Fernandes

pré-impressão
ô de casa

impressão e acabamento
Lis Gráfica e Editora Ltda.

CIP-BRASIL. CATALOGAÇÃO-NA-FONTE
SINDICATO NACIONAL DOS EDITORES DE LIVROS, RJ

T399p Thor, Brad
O primeiro mandamento / Brad Thor; tradução de Ryta Vinagre. – Rio de Janeiro: Sextante, 2009.

Tradução de: The First Commandment

ISBN 978-85-99296-42-4

1. Terrorismo – Ficção. 2. Ficção americana. I. Vinagre, Ryta. II. Título.

CDD 813
09-0143 CDU 821.111(73)-3

Editora Sextante Ltda.
Rua Voluntários da Pátria, 45/1.407 – Botafogo
22270-000 – Rio de Janeiro – RJ
Tel.: (21) 2286-9944 – Fax: (21) 2286-9244
E-mail: atendimento@esextante.com.br
www.sextante.com.br

Para Scott F. Hill – um patriota dedicado que pôs
o amor pelo país e pela família acima de tudo.

De inimico non loquaris male, sed cogites.
Não deseje o mal de seu inimigo, planeje-o.

capítulo 1

Campo Delta
Base Naval dos Estados Unidos
Baía de Guantánamo, Cuba

Quando o tempo estava quente e úmido, a vida em Cuba pairava entre a infelicidade absoluta e "o banho está pronto, alguém tem um barbeador?". Mas, quando fazia frio e chovia, era completamente insuportável. Esta era uma dessas noites.

Ao chegarem às celas de isolamento do "Campo 5", onde ficavam os prisioneiros mais perigosos e de maior valor para os serviços de informação, os guardas estavam num humor pior do que o habitual. E não era por causa do clima. Algo estava errado. Era o que estava escrito em seus rostos enquanto arrastavam cinco prisioneiros das celas e ordenavam que se despissem sob a mira das armas.

Philippe Roussard não era o mais antigo em Guantánamo, mas sem dúvida sofrera o pior interrogatório. Europeu de ascendência árabe, era um atirador de elite de capacidade extraordinária e proezas lendárias. Vídeos das mortes que provocou eram exibidos continuamente em sites jihadistas na internet. Para seus irmãos muçulmanos, ele não era nada menos que um super-herói no panteão islâmico radical. Para os Estados Unidos, era uma terrível máquina de matar, responsável pela morte de mais de 100 soldados americanos.

No entanto, ao fitar os olhos de seus carcereiros, Roussard viu mais que o puro ódio de costume – nesta noite ele estava acompanhado do mais completo nojo. Qualquer que fosse a tática de interrogatório que os soldados da Força-Tarefa Conjunta Guantánamo tinham reservado para Roussard e seus quatro companheiros, algo lhe dizia que não seria semelhante a nada que ele já vivera. Os guardas pareciam a ponto de perder o controle.

Será que houve um ataque bem-sucedido contra os Estados Unidos? O que mais deixaria os soldados nesse estado?

Nesse caso, Roussard tinha certeza de que os americanos descontariam nos prisioneiros. Sem dúvida tinham elaborado outro exercício humilhante para insultar as suscetibilidades muçulmanas dos detentos. Roussard esperava secretamente que a tortura envolvesse uma militar loura e atraente de lingerie de renda preta se esfregando nele. Embora soubesse que era errado, suas fantasias acerca do que queria fazer com essa mulher eram o que o mantinham ocupado durante as longas horas solitárias de isolamento.

Ele ainda estava especulando sobre seu destino quando ouviu bater a porta da outra extremidade do bloco de celas. Outro soldado tinha entrado, trazendo cinco sacolas de papel. Ao passar, atirou uma para cada prisioneiro.

– Vistam-se! – ordenou num árabe canhestro.

Confusos, todos os detentos, inclusive Philippe, tiraram as roupas civis das sacolas e começaram a se vestir. Eles trocavam olhares furtivos, tentando entender o que estava acontecendo. Roussard se lembrou das histórias sobre prisioneiros judeus em campos de concentração que, instruídos de que iam tomar banho, na verdade estavam a caminho das câmaras de gás.

Ele duvidava que os americanos fossem lhes dar roupas novas só para executá-los, mas a incerteza do que estavam prestes a enfrentar deixou-o apreensivo.

– Por que eles não tentam fugir? – murmurou um dos guardas para seu companheiro enquanto afagava a guarda do gatilho de sua M-16. – Bem que eu queria poder caçar um desses merdas.

– Isso é um absurdo – respondeu o outro. – O que é que estamos fazendo?

– Calem a boca, vocês dois! – ladrou o comandante, que a seguir deu algumas ordens pelo rádio.

Alguma coisa definitivamente não estava certa.

Depois de completamente vestidos, os prisioneiros foram algemados pelos pulsos e tornozelos e enfileirados na parede mais distante.

É isso, pensou Roussard enquanto sustentava o olhar do soldado que desejava que um dos prisioneiros fugisse.

O dedo do soldado saiu da guarda para o gatilho e ele estava prestes a dizer alguma coisa quando alguns veículos estacionaram do lado de fora.

– São os nossos – gritou o comandante da força-tarefa. – Vamos lá.

Os prisioneiros foram empurrados pela porta. Roussard esperava que as coisas fizessem mais sentido depois que estivessem do lado de fora e ele pudesse ver aonde iam.

Suas expectativas frustraram-se quando capuzes pretos foram colocados na cabeça de cada homem antes de eles serem levados para uma coluna de Humvees verdes que os esperava.

◆◆◆

Dez minutos depois o comboio parou. Antes que o pesado capuz fosse retirado, Roussard pôde distinguir o som agudo de motores a jato sendo acionados.

No asfalto ensopado de chuva, os prisioneiros puderam ver um enorme Boeing 727 enquanto suas algemas eram retiradas. Uma escada de metal foi colocada na lateral da aeronave, que tinha a porta escancarada.

Ninguém disse nada, mas, com base no comportamento dos soldados – que pareciam ter recebido ordem de manter distância do avião –, Roussard chegou a uma conclusão assombrosa. Sem que precisassem mandar, deu um passo à frente. Como nenhum dos soldados tentou impedi-lo, deu outro passo, e mais um, até que seus pés tocaram o primeiro degrau da escada e ele começou a subi-los de dois em dois. Sua salvação estava bem perto! Exatamente como ele sabia que um dia aconteceria.

Ouvindo o som dos passos dos outros prisioneiros atrás dele, Roussard entrou com cautela no avião. Foi recebido pelo primeiro oficial, que o comparou com uma foto numa prancheta e lhe entregou um envelope preto e pesado:

– Mandaram lhe dar isto.

Roussard já recebera envelopes parecidos. Sem nem sequer abri-lo, sabia quem o enviara.

– Sentem-se – continuou o primeiro oficial. – O capitão quer partir logo.

Roussard se acomodou num assento junto à janela e afivelou o cinto de segurança. Quando a porta principal da aeronave se fechou, alguns membros da tripulação desapareceram na traseira do avião e logo voltaram trazendo estranhos instrumentos médicos e grandes coolers de plástico grandes.

Nada disso fazia sentido para Roussard, até que ele abriu o envelope e leu seu conteúdo. Um sorriso começou a se esboçar lentamente em seu rosto. Estava acabado. Ele não só estava livre, como os americanos não poderiam ir atrás dele. Teria sua vingança – e muito mais cedo do que imaginara.

Abrindo a cortina da janela, Roussard pôde ver os soldados voltando a seus Humvees e afastando-se da pista, vários com as mãos para fora dos veículos, os dedos médios erguidos, numa pretensa saudação.

À medida que o motor rugia e a pesada aeronave entrava em movimento, gritos de *Allahu Akbar*, "Deus é grande", vieram da frente do avião.

Alá era mesmo grande, mas Roussard sabia que não tinha sido Ele que arranjara sua libertação. Fitando o envelope preto, sabia que devia sua gratidão a alguém muito menos benevolente.

Voltando a atenção para a janela enquanto os soldados rapidamente desapareciam de vista, Roussard esticou o polegar e o indicador, fez mira e apertou um gatilho imaginário.

Agora que estava livre, sabia que era só uma questão de tempo até que seu instrutor o soltasse na América para buscar sua vingança.

capítulo 2

CONDADO DE FAIRFAIX, VIRGÍNIA
SEIS MESES DEPOIS

UM ESTRONDO SACUDIU AS PAREDES, E AS JANELAS do quarto explodiram numa chuva de cacos de vidro. Movido inteiramente por instinto, Scot Harvath estendeu a mão para a namorada, Tracy, e rolou da cama.

Pousou fortemente sobre o ombro machucado. Passando o peso do corpo para o outro lado, estendeu o braço e arrancou a gaveta da mesa-de-cabeceira. Esta caiu com um baque. Moedas estrangeiras, um frasco de analgésicos, um molho de chaves para abrir fechaduras que ele ainda precisava localizar na propriedade, canetas e um bloco de papel do Ritz de Paris se esparramaram no piso de madeira.

Tudo estava ali, menos o que ele precisava desesperadamente encontrar – sua arma.

Harvath virou-se de bruços e agitou os braços embaixo da cama feito um louco. Só o que encontrou foi uma caixa vazia de balas de ponta oca e um coldre igualmente vazio.

Seus instintos gritavam para ele encontrar a arma enquanto sua consciência o culpava por ter ido para a cama sem ela. Mas ele *tinha ido* com ela. Era o que *sempre* fazia. Colocara a arma na gaveta ao lado. *Tinha certeza disso.*

Talvez Tracy a tivesse apanhado primeiro. Ele se virou, mas a namorada não estava ali. Na verdade, em seu tatear e rolar grogue, ele nem tinha mais certeza se ela estivera naquela cama. *Nada fazia sentido.*

Mantendo-se abaixado, Harvath percorreu o corredor em direção à escada na outra extremidade. A cada passo sua ansiedade aumentava. Suas vísceras tentavam lhe dizer alguma coisa e no topo da escada ele viu: o chão, as paredes, o teto, tudo estava coberto de sangue.

Havia muito sangue em toda parte. De onde vinha? De *quem* seria?

Apesar da adrenalina bombeando em seu corpo, suas pernas pareciam dois blocos de granito. Foi preciso muita força de vontade para avançar um pouco até a entrada e abrir a porta da frente.

Quando saiu, a visão o atingiu com golpes rápidos e bruscos – pinceladas sangrentas acima da porta, um cesto de piquenique virado e, caído sobre a soleira, ao lado de um cachorro branco, o corpo da mulher por quem ele estava apaixonado.

capítulo 3

Hospital de Fairfax
Falls Church, Virgínia

A cabeça de Harvath tombou tão repentinamente que o choque o despertou num sobressalto. Precisou de vários segundos para que o coração reduzisse seus batimentos e ele reconhecesse onde estava.

Olhando o quarto de hospital, viu que tudo estava exatamente como deixara antes de cair no sono. A guarda da cama onde pretendia apenas pousar a testa ainda estava ali, assim como a ocupante do leito, Tracy Hastings.

Os olhos de Harvath percorreram seu corpo, procurando qualquer sinal de que ela se mexera durante o sono, mas Tracy continuava em coma. Tinha sido vítima de um atirador anônimo cinco dias antes e desde então não se movia. Nem um milímetro.

O ventilador continuava em seu ciclo ritmado de *uush, pop... uush, pop.* Harvath não suportava vê-la daquele jeito. Ela já passara por tantos traumas. Mas a pior parte era saber que seu sofrimento agora era culpa dele.

Apesar do que o mundo tinha feito com ela – em particular uma bomba de fabricação caseira no Iraque que explodira em sua cara, destruindo um de seus lindos olhos azuis e sua carreira de técnica de alto nível da unidade especializada em desativação de explosivos da Marinha –, Tracy tinha conseguido preservar um inacreditável senso de humor. Embora tenha precisado de algum tempo para admitir, Harvath se apaixonou por Tracy no minuto em que a viu.

Eles foram reunidos quase que por acidente em Manhattan havia pouco menos de um mês. Harvath tinha viajado a Nova York para passar o feriado de 4 de Julho com seu bom amigo Robert Herrington. Robert, ou "Bob Bala", como era conhecido pelos amigos, era um lendário agente da Força Delta que recentemente fora dispensado do Exército devido a uma lesão sofrida no Afeganistão.

Harvath e Herrington tinham planejado um fim de semana de bebedeira e diversão quando a cidade sofreu um terrível ataque terrorista. Nenhum dos dois sabia que Bob seria morto naquela noite.

Com a ilha de Manhattan completamente isolada e a polícia, os bombeiros e as unidades militares quase explodindo de tensão, Bob tinha ajudado Scot a montar sua própria equipe de caça aos perpetradores do atentado.

A equipe era composta de pessoal de operações especiais proveniente da instalação dos veteranos em Manhattan. Como Bob, todos tinham sido recentemente dispensados por ferimentos sofridos no exterior. Harvath estava no terraço do prédio dos veteranos junto ao East River quando Tracy e outros dois colegas de Bob chegaram.

Tracy tinha 26 anos, 10 a menos que Harvath, mas sua sabedoria e a experiência de vida tornavam sua idade irrelevante. Mais tarde, quando Harvath compartilhou com ela suas observações, a namorada brincou dizendo que ganhar a vida desativando explosivos letais envelhecia uma pessoa rapidamente.

Ela podia até passar por uma mulher de mais de 26 anos, mas certamente não aparentava. Era o retrato da boa forma. Na verdade, tinha o corpo mais escultural que o de qualquer mulher que Harvath conhecera na vida. Tracy brincava, dizendo que tinha um corpo de matar e uma cara a proteger. Era seu jeito de lidar com a cicatriz que ganhara com a detonação da bomba no Iraque. Os cirurgiões plásticos tinham feito um trabalho fabuloso encontrando uma prótese no tom azul-claro de seus olhos, mas, por mais que se maquiasse, Tracy não conseguia esconder totalmente as cicatrizes no rosto.

Nada disso tinha importância para Harvath. Ele a achava linda. Em particular, adorava o modo como ela prendia os cabelos louros num rabo-de-cavalo. Embora fosse um penteado para meninas, havia algo inquestionavelmente sexy quando uma mulher o usava.

Esse era um resumo da personalidade de Tracy. Nada havia de comum nela. Sua inteligência, sua compaixão, sua persistência diante do sofrimento eram características que Harvath admirava profundamente, mas não foram essas coisas que o fizeram se apaixonar por ela. A razão dessa paixão foi muito mais egoísta.

O que fez Harvath gostar tanto de Tracy foi que pela primeira vez na vida ele encontrou alguém que realmente o entendia do jeito que ele era. Ela via além das piadinhas constantes, através do fluxo ininterrupto de brincadeiras e por cima das rochas que Harvath empilhara para se isolar do resto do mundo. Eles não precisavam fingir um para o outro. Desde que se conheceram podiam ser eles mesmos. Era uma sensação que Harvath nunca pensou que vivenciaria.

Enquanto a olhava no leito de hospital, sabia que jamais viveria aquela sensação novamente.

Com delicadeza, desenlaçou sua mão da de Tracy e se levantou.

capítulo 4

NO BANHEIRO PRIVATIVO DO QUARTO DE hospital havia escova e pasta de dentes, desodorante, lâmina e creme de barbear. Laverna, a enfermeira da noite, os deixara ali logo depois de Harvath ter chegado, na manhã em que Tracy foi baleada. Era bem óbvio que ele não tinha a intenção de ir embora. Estava pronto para ficar o tempo que fosse necessário até que Tracy melhorasse.

Fechando a porta, Harvath tirou a roupa e abriu o chuveiro. Entrou quando a água estava quente e agradável, deixando-a escorrer por seu corpo. Ao fechar os olhos, partes de seu pesadelo voltaram e ele lutou para bani-las para os recantos mais distantes de sua psique. Esfregando-se com uma barra minúscula de sabonete de cortesia, tentou pensar em outra coisa.

Estava funcionando, mas ele sabia que os demônios voltariam. Eles o atormentavam dia e noite desde que Tracy fora baleada.

Um médico que estava no quarto quando Harvath saiu de uma versão particularmente ruim do sonho sugeriu que ele fizesse terapia, mas Harvath educadamente rejeitou a idéia. Era evidente que o médico não sabia com quem estava falando. Homens da estirpe de Scot não fazem terapia. Quem seria capaz de entender pelo menos um pouco o tipo de vida que ele levava e o incrível tributo que lhe fora cobrado com o passar dos anos?

Tomando em seguida uma ducha de água fria, Harvath despertou o corpo num choque e saiu do boxe.

Enrolando uma toalha na cintura, ele se curvou sobre a pia e limpou um trecho do espelho embaçado. Pela primeira vez na vida sua aparência retratava como ele realmente se sentia – péssimo. Os olhos azuis, normalmente brilhantes, estavam opacos e injetados; o rosto, ainda bonito, cansado e angustiado. O cabelo castanho-arruivado, apesar de não ter crescido nada, precisava de um corte. E embora seu corpo rijo e musculoso de 1,78m causasse inveja nos homens de sua idade, ele mal se alimentara nos últimos cinco dias e estava tristemente malnutrido.

Apenas uma vez na vida Harvath estivera tão cheio de dúvidas e aversão por si mesmo como agora.

Dezoito anos antes, ele desafiara o pai, um instrutor da SEAL na Escola Especial de Guerra da Marinha, perto de sua casa, em Coronado, Califórnia. Ele se candidatou e foi aceito na equipe de esqui estilo livre dos Estados Unidos. Embora reconhecesse que Scot era um excelente esquiador, seu pai queria que ele fosse para a universidade depois do ensino médio e não que entrasse para o mundo do atletismo profissional. Pai e filho eram igualmente teimosos e não se falaram por um longo tempo depois disso. Foi a mãe, Maureen, que conseguiu manter a família unida. E, embora houvesse alguma comunicação entre os dois homens, as coisas nunca mais foram as mesmas. Eles eram mais parecidos do que poderiam admitir, o que tornou a tragédia da morte de seu pai ainda mais insuportável para Scot.

Depois que Michael Harvath morreu num acidente de treinamento, Scot nunca mais foi o mesmo. Por mais que tentasse, não conseguia se concentrar nas competições de esqui. Embora amasse profundamente o esporte, para ele aquilo parecia ter perdido a importância.

Com parte dos prêmios substanciais que ganhara, comprou uma mochila e viajou pela Europa, estabelecendo-se por fim em uma pequena ilha grega chamada Paros. Ali conseguiu um emprego de bartender, trabalhando para dois britânicos expatriados que não eram nada parecidos. Um era ex-motorista de uma família de criminosos do sul de Londres, o outro um decepcionado ex-soldado das forças especiais do Exército britânico. Um ano depois Harvath sabia o que queria fazer.

Ele voltou para os Estados Unidos e se matriculou na Universidade do Sul da Califórnia, onde estudou ciência política e história militar. Três anos depois, formado com louvor, ingressou na Marinha e foi admitido na Escola de Demolição Subaquática Básica da SEAL (BUD/S) e num programa especializado conhecido como SQT ou Treinamento em Qualificação da SEAL. Embora o processo de seleção e o treinamento fossem extremamente desagradáveis, seu condicionamento físico e mental de atleta de elite, sua recusa em desistir do que quer que fosse e a crença de que finalmente tinha encontrado sua verdadeira vocação o impeliram para a frente e lhe renderam a honra de ser um dos maiores guerreiros de elite do mundo – um soldado da SEAL, a Força de Operações Especiais da Marinha americana.

Devido à sua excepcional habilidade no esqui, foi designado para a Equipe Dois, dos especialistas em clima frio, onde se destacou, apesar de uma trágica derrota em uma de suas primeiras missões.

Por fim, ele chamou a atenção dos membros da famosa Equipe Seis da SEAL, que ajudou a desenvolver suas habilidades não só como guerreiro, mas também como poliglota, aprimorando seus conhecimentos de francês e lhe ensinando árabe.

Foi enquanto estava na Equipe Seis que Harvath participou de um grupo de segurança presidencial no Maine e chamou a atenção do Serviço Secreto. Querendo fortalecer sua expertise em antiterrorismo na Casa Branca, eles acabaram conseguindo seduzi-lo a sair da Marinha e ir para Washington. Harvath logo se destacou ainda mais e depois de um curto período foi recomendado a um programa altamente confidencial do Departamento de Segurança Nacional, chefiado por um velho amigo da família e ex-vice-diretor do FBI, Gary Lawlor.

O programa chamava-se Projeto Apex. Escondia-se em um braço pouco conhecido do DSN chamado Escritório de Assistência Investigativa Internacional. A missão pública do EAII era ajudar os serviços policiais, militares e de inteligência estrangeiro a evitar ataques contra os americanos e seus interesses no exterior. Nesse sentido, a missão de Harvath em parte correspondia à missão oficial da EAII. Na realidade, ele era um cão de guerra muito secreto, arregimentado depois do 11 de Setembro, que o presidente poderia soltar nos inimigos dos Estados Unidos para ajudar a prevenir qualquer futuro ataque terrorista na América.

O raciocínio era que, já que os terroristas não jogavam de acordo com as regras, os Estados Unidos também não jogariam. Mas, devido à suscetibilidade ao politicamente correto que havia na América, sugerindo que a nação era a única que devia se conformar às regras, o presidente percebeu que a verdadeira missão de Harvath só podia ser conhecida por poucas pessoas, ou seja, o próprio presidente e o chefe de Harvath, Gary Lawlor.

Harvath podia contar com o peso do Salão Oval, com o poder coletivo dos militares americanos e com os trunfos da comunidade de inteligência dos Estados Unidos. O programa parecia incrível no papel, mas a realidade, em especial na burocrática Washington, em geral se mostrava bem diferente.

Ele não queria pensar em seu emprego agora. Foi por causa disso, por causa *dele mesmo*, que Tracy tinha sido baleada. Ele não precisava dos resultados de nenhuma investigação para saber a verdade. Tinha certeza absoluta, assim como sabia que a mulher deitada naquela cama de hospital não merecia nada do que lhe tinha acontecido.

O FBI conseguiu reconstituir parte do que ocorrera. Descobriram o esconderijo do atirador no bosque que ficava ao lado de sua propriedade. Segundo a avaliação que fizeram, quem quer que tenha sido se escondera em algum momento durante a noite, provavelmente várias horas antes do amanhecer.

Ele tinha deixado para trás uma cápsula de bala com a mensagem: *Aquilo que foi tomado com sangue só pode ser respondido com sangue.*

Também havia a bizarra pintura no batente da porta. A primeira rodada de análises provou que não era de Tracy. Fora feita em algum momento durante a noite e já tinha secado quando ela foi baleada.

E havia o cachorro colocado junto à porta como um presente dentro do cesto de piquenique. Harvath só precisou dar uma olhada no bilhete de *Obrigado* que tinha sido deixado com o cão para saber de quem vinha. Mas, se alguém queria atingir Tracy ou ele, por que deixaria um cartão de visitas espalhafatoso?

Semanas antes, numa operação secreta em Gibraltar, Harvath salvara a vida de um cachorro enorme da raça Ovcharka Caucasiano – a mesma do cão deixado em sua porta. O dono do animal de Gibraltar era um homenzinho desprezível – um anão que comprava e vendia informações confidenciais. Ele também ajudara a planejar o ataque em Nova York. Era conhecido simplesmente como o Troll.

Mas como o Troll o encontrou? Só algumas pessoas sabiam da igreja histórica e do terreno conhecidos como Bishop's Gate, que Harvath agora chamava de lar. Era difícil acreditar que o Troll fosse tão descuidado ou idiota para anunciar que estava por trás do atentado a Tracy.

Mas parecia haver algo errado com o timing do crime e Harvath não acreditava em coincidências. Tinha de haver uma ligação e ele estava decidido a descobrir qual era.

capítulo 5

QUANDO HARVATH VOLTOU AO QUARTO, os pais de Tracy – Bill e Barbara Hastings – estavam sentados dos dois lados da cama.

Bill Hastings era um homem grande, com cerca de 2 metros de altura e mais de 90 quilos. Jogara futebol americano em Yale e dava a impressão de que ainda podia jogar. Seu cabelo era grisalho e Harvath achava que ele estava no fim da casa dos 60 anos. Ao ver Harvath entrar no quarto, perguntou:

– Alguma mudança?

– Não, senhor.

Barbara sorriu para ele.

– Você ficou aqui a noite toda de novo, não foi?

Harvath simplesmente assentiu. Ter de lidar com os pais de Tracy era um dos aspectos mais difíceis de sua vigília. Ele se sentia responsável pelo que acontecera a ela. Não conseguia acreditar na gentileza com que eles o tratavam. Mas, se o culpavam pelo que tinha ocorrido com a filha, não o demonstravam.

– Que tal o hotel? – Harvath conseguiu perguntar. Os momentos de silêncio no quarto podiam ser insuportáveis e ele sabia que tinha de assumir parte da responsabilidade pela conversa.

– É ótimo – respondeu Barbara enquanto pegava a mão da filha e começava a afagar seu braço. A mãe de Tracy era uma mulher espantosamente elegante. Seu cabelo ruivo tinha um penteado perfeito e as unhas eram cuidadosamente pintadas. Vestia uma blusa de seda, uma saia Armani pouco acima dos joelhos, meias e botas caras.

Embora Harvath nunca tivesse dito nada tão clichê, era evidente de quem Tracy herdara a beleza.

Os Hastings formavam um casal muito atraente. Com a fortuna que Bill Hastings conquistara no mercado de capitais, não era de surpreender que fossem uma presença quase permanente nas colunas sociais de Manhattan.

Depois do ataque de 3 de julho em Nova York, eles pensaram em encurtar sua estada de verão no sul da França, mas Tracy os convencera a não fazê-lo. Manhattan ficaria um pesadelo por algum tempo, portanto, quanto mais adiassem o retorno, melhor. Seus planos mudaram no minuto em que Tracy levou o tiro. Eles fretaram um avião e correram a Washington para ficar ao lado da filha.

Harvath se esforçava para pensar em mais alguma coisa para dizer quando uma enfermeira apareceu à porta.

– Agente Harvath? Tem um cavalheiro na sala de espera que quer vê-lo.

– Obrigado, já estou indo – respondeu Harvath. Ele ficou satisfeito por permitir que os Hastings ficassem algum tempo sozinhos com a filha.

Passando por trás do Sr. Hastings, Harvath se inclinou e sussurrou no ouvido de Tracy que logo estaria de volta, apertou sua mão amorosamente e depois seguiu para a porta.

Quando estava pegando a maçaneta, Bill Hastings disse:

– Se for aquele camarada do FBI de novo, diga a ele que não encontramos a identidade de Tracy nos objetos pessoais dela.

Harvath assentiu e saiu. Fora do quarto, puxou do bolso a carteira de habilitação de Tracy e a olhou. *Meu Deus, ela era linda.* Ele não teve coragem de dizer a Bill Hastings que era ele o responsável pelo desaparecimento da identidade. No pouco tempo em que ele e Tracy tinham ficado juntos, nunca haviam parado para tirar fotos.

Embora se sentisse culpado por enganar os pais dela, Harvath não tinha a intenção de abrir mão do documento. Era uma das poucas lembranças que tinha de como era Tracy, de como *os dois* eram, antes de serem separados.

Ao chegar à sala de espera, Harvath encontrou seu velho amigo e chefe, Gary Lawlor, esperando por ele.

– Como está Tracy? – perguntou Gary.

– Ainda na mesma. Alguma novidade na investigação?

Gary fez sinal para que ele se sentasse. Era uma sala sem janelas, com uma televisão instalada em um suporte de parede no canto. Harvath se acomodou e esperou o homem, que era um segundo pai para ele, fechar a porta e se sentar.

Ao fazer isso, Gary tinha uma expressão inteiramente profissional.

– Podemos ter uma brecha no caso.

Harvath inclinou-se para a frente.

– Que tipo de brecha?

– Tem a ver com o sangue pintado no alto da porta.

– O que tem ele?

– O pessoal da perícia agora sabe que não era humano.

– Era de quê?

– De cordeiro.

Harvath ficou confuso.

– *Sangue de cordeiro?* Isso não faz nenhum sentido.

– Não – respondeu Gary –, mas é sobre o que eles encontraram *misturado* ao sangue que quero falar com você.

Harvath não disse nada, apenas esperou.

Inclinando-se para a frente, Lawlor baixou o tom de voz e disse:

– Depois do enterro de Bob Herrington, o secretário de Defesa levou você para um passeio e lhe perguntou se estava pronto para acabar com o assassino. Lembra que ele lhe disse que estavam planejando deixar o assassino escapar para poderem segui-lo até as pessoas para quem trabalhava?

– Sim, e daí?

– Então, lembra-se de *como* pretendiam segui-lo? – perguntou Lawlor.

Harvath pensou por um momento.

– Eles misturaram um tipo de radioisótopo no seu sangue, criando uma assinatura que podia ser rastreada via satélite.

Lawlor recostou-se na cadeira e observou Harvath processar a informação.

– O sangue do cordeiro continha radioisótopo.

Lawlor assentiu.

– Isso é impossível. Eu mesmo cuidei do assassino de Bob. – Harvath estava prestes a acrescentar *eu o vi morrer*, quando se deu conta de que não tinha realmente testemunhado o fim do terrorista.

Embora Harvath duvidasse que alguém pudesse sobreviver ao que ele fizera a Mohammed bin Mohammed, o fato era que ele não tinha confirmado que o homem estava morto.

– Eles não acreditam que foi Mohammed – disse Lawlor. – Pelo que pude apurar, esse é um radioisótopo completamente diferente.

– Colocado de propósito no sangue do cordeiro e pintado na porta da minha casa? – perguntou Harvath.

Mais uma vez Lawlor assentiu.

– E por quê?

– Alguém está lhe mandando um recado.

– É óbvio, mas quem? Se é um radioisótopo, mesmo que seja diferente do usado em Mohammed, não devia ser tão difícil deduzir de onde veio. Vamos começar por aí.

– Não será assim tão fácil – disse Lawlor.

– Por que não? Tudo isso é um programa do Departamento de Defesa. Eles mantêm registros como qualquer outro departamento. Entre em contato com o gabinete do secretário de Defesa e diga que precisamos de acesso.

– Já tentei.

– E? – perguntou Harvath com impaciência.

– Nada feito.

– *Nada feito?* Você só pode estar brincando.

Lawlor balançou a cabeça.

– Infelizmente não estou.

– Então vamos ao presidente. Até o secretário de Defesa é subordinado a alguém. Se o presidente Rutledge o mandar abrir os arquivos, pode acreditar, ele vai abrir – disse Harvath.

– Já falei com o presidente Rutledge. Nada feito.

Harvath não conseguia acreditar no que ouvia.

– Quero falar pessoalmente com o presidente.

– Ele sabia que você ia querer vê-lo – disse Lawler. – E acha que lhe deve isso. Há um carro nos esperando lá embaixo.

capítulo 6

CASA BRANCA

QUANDO HARVATH E LAWLOR FORAM introduzidos no Salão Oval, o presidente Rutledge se levantou e contornou a mesa para recebê-los.

Trocou um aperto de mãos com Gary e, ao fazer o mesmo com Harvath, perguntou:

– Como ela está?

– Nenhuma alteração ainda, senhor – Harvath respondeu enquanto o presidente conduzia os convidados a um dos sofás perpendiculares à lareira.

Ao se acomodarem, Rutledge foi direto ao assunto:

– Scot, sei que falo por todos os americanos quando digo que lamento muito o que aconteceu com Tracy. Esta nação tem uma grande dívida com você e sua equipe pelo que fizeram em Nova York.

Harvath nunca ficava à vontade com elogios, em especial quando partiam do presidente, mas agora se sentia ainda menos confortável. A operação em Nova York fora essencialmente um fracasso. Muitas pessoas morreram, entre elas um de seus melhores amigos. Embora Harvath e sua equipe tenham conseguido abater a maioria dos terroristas envolvidos na trama, eles passaram o tempo todo brincando de gato e rato. Não era motivo de orgulho.

Ele agradeceu as observações do presidente com um "obrigado" em voz baixa e ouviu o homem continuar.

– Scot, você tem sido um dos mais importantes trunfos do país na guerra contra o terror. Não quero que duvide um minuto sequer de quanto seus serviços têm sido apreciados. Sei muito bem que seu trabalho pode ser ingrato e por isso lhe agradeço novamente.

Harvath teve uma estranha sensação com o rumo da conversa. Sabia que alguma coisa ruim estava por vir. Não precisou esperar muito tempo.

Jack Rutledge o encarou e declarou:

– Nós nos conhecemos há vários anos e eu sempre fui franco com você.

Harvath assentiu:

– Sim, o senhor sempre foi.

– Freqüentemente, contra a vontade de meus conselheiros, eu o informava sobre as situações gerais porque queria que você entendesse seu papel e o motivo de estar sendo solicitado a fazer determinadas coisas. Além disso, sabia que podia confiar em você. Agora estou lhe pedindo que confie em mim.

O presidente parou enquanto tentava avaliar a reação de Harvath. A face do agente contraterrorista permanecia inescrutável, obrigando Rutledge a perguntar:

– Pode fazer isso? Pode confiar em mim?

Harvath sabia que a resposta correta era: *É claro, posso confiar no senhor, Sr. Presidente.* Mas não foram estas as palavras que saíram de sua boca.

– Confiar no senhor com relação a quê?

Não era a resposta que o presidente queria ouvir, mas ele não se surpreendeu. Havia um motivo para Scot Harvath ser tão bom no que fazia. Não era fácil convencê-lo, de maneira nenhuma.

– Vou lhe pedir uma coisa. Sei que você não vai gostar, mas é aí que preciso que confie em mim.

O alarme de Harvath disparou. Ele assentiu lentamente, estimulando o presidente a continuar.

– Quero que nos deixe capturar o atirador que baleou Tracy.

O presidente não estava lhe fazendo um pedido que ele pudesse aceitar ou recusar. Mesmo assim, Harvath não tinha a intenção de ser deixado de lado. Escolhendo com muito cuidado as palavras e o tom de voz, disse:

– Desculpe, Sr. Presidente, não entendi.

Rutledge falou sem rodeios:

– Sim, você entendeu. Estou lhe pedindo para sair deste caso.

A arte da diplomacia escapava a Harvath com muita freqüência. Olhando bem nos olhos do presidente, perguntou:

– Por quê?

Como presidente dos Estados Unidos, Jack Rutledge não devia explicações a ninguém, muito menos a Scot Harvath. Nem mesmo precisava ter essa reunião com ele, mas, como ele próprio afirmou, sentia que a nação tinha uma grande dívida com Harvath – não só pelo que ele fizera em Nova York e em Gibraltar como em muitas outras ocasiões.

Além de tudo, Harvath certa vez salvara a vida do presidente e de sua filha. Ele merecia uma explicação melhor e Rutledge sabia disso, só que não podia dar nenhuma.

– Há forças em jogo que não tenho a liberdade de discutir nem com você – disse ele.

– Posso entender isso, Sr. Presidente, mas esse não foi um ato de terrorismo ao acaso. Quem quer que tenha feito isso, foi pessoal. O sangue no alto de minha porta, o cesto, o bilhete... Alguém está me desafiando.

– E nós montamos uma equipe para cuidar disso.

Harvath tentou manter a calma ao responder:

– Sr. Presidente, sei que colocou o FBI trabalhando em horário integral, mas, por melhores que sejam, seus profissionais não estão preparados para esse trabalho.

– Scot, ouça... – começou o presidente.

– Não quero ser desrespeitoso, mas, por tudo que vimos, esse sujeito é um assassino profissional, provavelmente vinculado a uma importante organização terrorista. Para pegá-lo, quem for atrás dele deverá entender sua mentalidade. Precisa ser capaz de pensar como ele e o FBI não pode fazer isso.

– O grupo que coloquei nessa tarefa pode. Eles vão encontrá-lo, eu prometo.

– Sr. Presidente, esse homem deu um tiro na cabeça de Tracy. Os médicos dizem que é um milagre que ela não tenha morrido. Ela está em coma, pode ser que nunca saia dessa situação e a culpa é toda minha. Devo a ela encontrar quem fez isso. O senhor precisa me colocar na operação.

Rutledge já tinha imaginado que as coisas tomariam esse rumo.

– Scot, nada do que eu disser mostrará como é importante que você confie em mim nesta questão.

– E eu preciso que o senhor confie em *mim*, Sr. Presidente. Não me deixe de fora. Qualquer que seja a equipe, eu posso ajudar.

– Não, não pode – disse Rutledge, levantando-se da cadeira. Era um sinal claro de que a reunião estava encerrada.

Vendo-se obrigado a se levantar também, Harvath repetiu:

– Não me deixe de fora, senhor.

– Desculpe-me – respondeu o presidente, estendendo a mão.

Por reflexo, Harvath a apertou. Rutledge cobriu o cumprimento com a mão esquerda e disse:

– A melhor coisa que você pode fazer por Tracy agora é ficar ao lado dela. Vamos chegar ao fundo disso, eu lhe prometo.

O choque de Harvath aos poucos estava dando lugar a um surto de raiva. Mas, antes que pudesse dizer alguma coisa, Gary Lawlor agradeceu ao presidente e conduziu Harvath para fora do Salão Oval.

Assim que os visitantes saíram, a porta que levava ao gabinete do presidente se abriu e James Vaile, o diretor da CIA, um homem alto, grisalho e com 50 e poucos anos, entrou no Salão Oval.

Rutledge olhou para ele.

– O que acha? Ele vai cooperar?

Vaile fixou os olhos na porta por onde Scot Harvath acabara de sair e pensou na pergunta do presidente. Por fim, disse:

– Se não cooperar, vamos ter um grande problema nas mãos.

– Bem, acabo de prometer a ele que seu pessoal vai cuidar disso.

– E vai. Eles têm muita experiência na abordagem desse tipo de coisa no exterior. Sabem o que estão fazendo.

– É melhor que saibam – respondeu o presidente enquanto ia para uma reunião no gabinete de gestão de crises. – Não posso admitir que Harvath se envolva nisso. Os riscos são altos demais.

capítulo 7

HARVATH E LAWLOR VOLTARAM AO HOSPITAL em silêncio. Harvath não gostava de ter as mãos atadas, principalmente quando se tratava de um problema que ele era mais do que qualificado para enfrentar.

Lawlor não o pressionou a falar. Antes mesmo que chegassem à Casa Branca, ele sabia como a reunião se desenrolaria. O presidente deixara bem claro que não ia querer nem Harvath nem mais ninguém se intrometendo nessa investigação. O que ele não disse foi o *motivo*.

Embora também não tenha ficado satisfeito com a decisão do presidente, Lawlor tinha de reconhecer o mérito de Rutledge por falar pessoalmente com Scot. Ele tinha razão – era o mínimo que lhe devia.

Na entrada do hospital, o motorista parou o carro junto ao meio-fio e Harvath saiu. Havia um milhão de coisas que Lawlor queria lhe dizer, mas nada parecia adequado naquele momento. Foi Harvath quem rompeu o silêncio.

– Ele montou uma equipe especial para caçar o atirador de Tracy e eu não posso estar nela? Isso não faz o menor sentido. Há muito mais nessa história do que ele nos contou, Gary, e isso me aborrece.

Lawlor sabia que ele tinha razão, mas não havia nada que os dois pudessem fazer. O presidente lhes dera uma ordem expressa. Embora estivesse tão confuso quanto Scot, Lawlor apenas assentiu e respondeu:

– Se houver alguma mudança com Tracy, me avise.

Aborrecido, Harvath bateu a porta do carro e entrou no hospital.

No quarto, os pais de Tracy estavam almoçando. Quando Harvath entrou, Bill Hastings perguntou:

– Alguma novidade sobre a investigação?

Harvath não desejava sobrecarregar os pais de Tracy com seus problemas, então lhes contou uma meia-verdade:

– Eles estão trabalhando de todos os lados. O presidente tem interesse pessoal na investigação e está fazendo tudo que pode.

O ventilador continuava seu *uush, pop, uush, pop* ritmado e Harvath tentou ignorá-lo. Puxando uma cadeira para junto do leito, pegou a mão de Tracy e sussurrou em seu ouvido que estava de volta.

Se ao menos o presidente pudesse vê-la daquele jeito, talvez não o deixasse de fora da investigação tão rapidamente. Em todo o trajeto de volta ao hospital, Harvath tentou entender por que Rutledge estava agindo daquela maneira. Não importava de quantos ângulos olhasse, nenhum fazia sentido.

O presidente sabia melhor que ninguém que Scot podia ser um trunfo num caso desses. Por um momento pensou que talvez Rutledge estivesse preocupado que a tarefa tivesse uma carga emocional muito alta para ele, mas Harvath já provara ser perfeitamente capaz de separar o trabalho de suas emoções.

Quanto mais pensava no assunto, mais Harvath percebia que tomava tudo em seu trabalho pessoalmente e que essa era uma das razões que o tornavam tão bom no que fazia.

Não, o fato de ele ter interesse pessoal no resultado dessa investigação não era motivo para o presidente tê-lo excluído. Tinha de haver mais alguma coisa.

Harvath passou delicadamente os dedos pelo braço de Tracy enquanto sua mente trabalhava em outras possibilidades. Quanto mais hipóteses formulava, mais distante se sentia da verdade. Julgava conhecer o presidente muito bem, mas desta vez não conseguia entendê-lo.

Harvath repassou a reunião mentalmente. Com o intenso treinamento do Serviço Secreto, aprendera a identificar microexpressões, as dicas subconscientes e sutis que uma pessoa manifesta quando está mentindo ou preparando-se para fazer algo desonesto. Nem os mais dissimulados políticos de Washington podiam esconder suas intenções ou a verdade de um agente do Serviço Secreto que sabia o que procurar. E Scot Harvath sabia.

Por algum motivo, o presidente Jack Rutledge mentira para ele. Tinha certeza disso.

Ele ainda estava refletindo sobre isso quando seu BlackBerry tocou. Ele deixou que a chamada caísse na caixa postal. Nada era mais importante agora do que estar com Tracy.

Quando o telefone tocou mais duas vezes, Harvath achou que poderia ser urgente e pegou o aparelho no estojo de couro preso em seu quadril. O identificador de chamadas mostrou um código de área do Colorado.

Ele apertou o botão para atender, levou o aparelho ao ouvido e disse:

– Harvath.

– Está sozinho? – veio uma voz do outro lado.

Harvath olhou rapidamente para Bill Hastings, que lia um exemplar do *New York Times* enquanto almoçava. Voltando a atenção para o telefone, disse:

– Sim, pode falar.

– Ainda está interessado em lutar com anões?

Harvath sentou-se ereto na cadeira.

– Conseguiu alguma coisa?

– Positivo – disse a voz.

– O que é?

– Não por telefone. Coloquei um avião à sua espera. Não se preocupe em fazer as malas. Você precisa vir para cá o mais rápido possível.

Harvath olhou para Tracy e ficou em silêncio.

– Imediatamente – repetiu a voz.

Embora tivesse certeza de que devia ser sua imaginação, por um momento Harvath pensou ter sentido Tracy retribuir seu afago.

– Ainda está aí? – perguntou a voz depois de vários segundos de silêncio.

Harvath espantou seus devaneios.

– Estou – respondeu.

– Aeroporto Reagan, agora – ordenou a voz. E então a linha ficou muda.

capítulo 8

BALTIMORE, MARYLAND

MARK SHEPPARD ERA UM GRANDE FÃ de filmes de zumbis. *O despertar dos mortos, Extermínio 2* – diga um título e é provável que Sheppard não só tenha visto como também tenha o filme. Havia alguma coisa na morte que sempre o fascinara.

Era um interesse estranho, mas bastante útil ao repórter alto, de cabelo ruivo e 27 anos. Ele começou a carreira no *Baltimore Sun* escrevendo obituários. Era um estágio probatório que dava aos editores a oportunidade de avaliar a redação e as habilidades de copidesque de seus repórteres novatos. Os jornalistas mais novos detestavam o tempo que passavam na seção de obituário, mas Sheppard se realizou ali.

Depois ele passou para a seção policial. A lendária repórter criminal Edna Buchanan certa vez dissera que a seção policial "tinha de tudo: ganância, sexo, violência, comédia e tragédia", e estava certa. Embora fosse um cargo de alta rotatividade – em que os repórteres ou se saíam muito bem ou afundavam de vez e no qual os editores continuavam a testar seus jornalistas antes de promovê-los a seções de mais glamour –, Sheppard se apaixonou por ele e deixou claro que não tinha a intenção de cobrir outro tipo de matéria.

Sheppard era um excelente repórter policial. Tinha habilidade de enxergar os detalhes e cultivar boas fontes, e sabia contar uma boa história. Com o passar dos anos na seção, adquirira uma ampla carteira de contatos – dos dois lados da lei. Capitães da polícia e chefões do crime o respeitavam por ser íntegro. Suas fontes sempre sabiam que ele nunca divulgaria uma informação se não apurasse todos os fatos.

Graças a sua fama de ser honesto e de sempre manter suas fontes em sigilo, novas informações chegavam a Sheppard regularmente. Raras vezes se mostravam dignas de nota. O segredo era saber quais valiam a pena investigar. Hemingway certa vez disse que um escritor precisa ter um "detector de besteira à prova de choque" e Sheppard concordava plenamente. Ele percebeu que a quantidade de energia que despendia na investigação de uma pista em geral era proporcional à solidez da fonte. É claro que para toda regra sempre há uma exceção.

Quanto mais ofensiva a alegação, mais aguçado era o interesse de Sheppard e, no momento, seu interesse era muito alto.

Dirigindo para a funerária Thomas J. Gosse, nos arredores da cidade, as manchetes já se formavam em sua mente. Não havia dúvida de que ele estava colocando o carro na frente dos bois, mas os instintos de Sheppard lhe diziam que essa história, se desse frutos, seria imensa.

Isso significava que a manchete também tinha de ser excelente. E sensacionalista. Essa história tinha potencial para a primeira página. Podia até mesmo resultar numa série de explosivas reportagens investigativas.

Enquanto parava no estacionamento da funerária, Sheppard se decidiu por uma manchete. Era cafona, mas, depois que as pessoas começassem a ler a matéria, o título ganharia um novo significado. Seria chocante – não só por conta do crime em si, mas por seus supostos perpetradores.

Trancando o carro, Sheppard repassou a manchete na cabeça mais uma vez. *A invasão dos ladrões de corpos.*

Chamaria a atenção de qualquer um. Ele só esperava que o homem que ligara lhe dando a dica não se revelasse uma perda de tempo.

capítulo 9

MONTROSE, COLORADO

EMBORA AINDA NÃO FOSSE OUTONO, havia um frio no ar noturno quando Harvath pisou a calçada do lado de fora do pequeno aeroporto de um só prédio.

Encostado em um Hummer HS branco com o logo do Elk Mountain Resort estava um dos homens mais durões e robustos que Harvath já conhecera. Chamado de Comandante em sua antiga carreira, Tim Finney tinha sido campeão de *shootfighting* do Pacífico. Perito em aniquilar outros homens, mais notadamente com as mãos, a cabeça, os joelhos ou os cotovelos, Finney era uma das poucas pessoas que Harvath talvez não conseguisse vencer numa briga de rua.

Finney era pelo menos 15 centímetros mais alto do que Harvath, tinha quase duas vezes sua largura e incríveis 110 quilos de puro músculo. Nada mal para um sujeito no início dos 50 anos. Tinha olhos verdes intensos e a cabeça completamente raspada. Apesar de seu porte e da fama de lutador absolutamente impiedoso e sem limites, Tim Finney era um homem tranqüilo. E tinha muitos motivos para ser feliz.

Ninguém teve boa vida em sua família. O velho Finney, o patriarca, era um filho-da-mãe durão e todos os seus filhos tiveram de bancar o próprio curso universitário. Tim o fizera trabalhando de segurança em diversas boates em Los Angeles, antes que seus talentos de lutador fossem reconhecidos e um treinador particular o colocasse sob sua tutela e o guiasse para o campeonato de *shootfighting* do Pacífico. Esse esporte daria origem à popular série *Ultimate Fighting*.

Tim Finney sempre tinha os olhos voltados para a próxima montanha que queria escalar e, se a montanha se mostrasse muito difícil, tinha um plano de apoio e outra maneira de contornar o problema. Ele era o escoteiro completo e sempre alerta.

Trabalhou no hotel da família por vários anos e depois partiu para realizar outro sonho – abrir seu próprio resort cinco estrelas com mais de 200 hectares extremamente privativos nas montanhas San Juan, no Colorado, a meia hora de Telluride. Mas seu sonho não terminava aí.

No Elk Mountain Resort, Finney criou uma instalação de treinamento tático de última geração sem igual no mundo. Chamava-se Valhalla, o nome do paraíso dos guerreiros na mitologia nórdica.

Finney trouxe de Hollywood os melhores projetistas de cenário, som e luz para reproduzir os ambientes mais realistas já vistos. E depois fez uma coisa extremamente revolucionária: abriu a instalação não só para as forças policiais e unidades militares de ponta, mas também para civis. Ele até colocou anúncio na internet e essa publicidade, bem como o boca-a-boca inacreditável de seus clientes, deu ótimos resultados. Seu registro de hóspedes muito bem guardado parecia a listagem da nata da América corporativa, do mundo do esporte e do entretenimento.

O sucesso permitiu que Finney levasse Valhalla a um nível inteiramente diferente, e esse fato era comentado aos cochichos nas salas de reuniões mais seguras de lugares como a CIA, a Força Delta em Fort Bragg e muitas unidades secretas de inteligência e operações clandestinas em todo o norte da Virgínia e lugares mais afastados.

Quem conhecia referia-se ao anexo do Valhalla como o *lado escuro da lua*. Escondido muito além dos limites de Elk Mountain e do próprio Valhalla, o local era afavelmente chamado de *Ponto Seis*.

Era também conhecido, por brincadeira, como Beco de Hogan – uma referência à cidade falsa do FBI em sua academia de treinamento em Quantico, onde se encenava de tudo, de assaltos a bancos a situações de alto risco com reféns.

Finney mantinha um pequeno exército de carpinteiros e engenheiros na equipe que ficava de plantão 24 horas por dia, durante o ano todo. Muitos provinham de Hollywood, pessoas que queriam sair do show business e aplicar suas habilidades em outro lugar. Reza a lenda que, se você conseguisse para Tim Finney uma imagem de satélite do local de sua operação, ele podia reproduzir um prédio para treinamento em 48 horas, ou em 14 se o tempo fosse absolutamente essencial e ninguém se importasse com a tinta fresca.

Em um vale baixo, isolado por montanhas de todos os lados, a equipe do Ponto Seis de Finney reproduzia de tudo, desde aldeias do Iraque a aeroportos estrangeiros, embaixadas e campos de treinamento terrorista. Os detalhes só eram limitados pelo orçamento do cliente e pela clareza das informações com relação ao alvo. E, para mérito de Finney, ele nunca permitiu que o orçamento ditasse o tipo de treinamento que seus clientes teriam no Ponto Seis. Era um autêntico patriota e fazia tudo o que estivesse a seu alcance para se assegurar de que os militares e o pessoal do serviço secreto americano tivessem o treinamento mais detalhado e realista possível antes de entrarem em ação.

Finney não estava nesse negócio para ganhar mais dinheiro. Já tinha muito. Estava interessado em garantir a melhor experiência possível a seus clientes – fossem eles hóspedes do Elk Mountain Resort, atiradores que iam aprimorar suas habilidades na Instalação de Treinamento Valhalla ou guerreiros da vida real que iam praticar a tomada de alvos no Ponto Seis antes de ir ao exterior para fazer o trabalho de verdade.

Foi nesta última situação que Harvath conheceu Timothy Finney e o Ponto Seis do Valhalla.

Com base numa série de fotografias aéreas tiradas por um avião Predador guiado por controle remoto, bem como em alguns vídeos confidenciais feitos em terra, Finney e sua equipe simularam uma instalação de armas químicas no Afeganistão que Harvath fora encarregado de destruir.

Cada membro da equipe de Harvath atribuía ao treinamento feito no Valhalla e no Ponto Seis a vantagem estratégica que fez a missão ser bem-sucedida.

Esse treinamento, aliado ao senso de humor irreverente de Finney, consolidara a amizade entre os dois, o que rendeu a Harvath um convite permanente para se unir à equipe de instrutores do Ponto Seis e para se hospedar no resort caso precisasse se afastar de Washington e de sua vida de sobrecarregado agente contraterrorista do governo dos Estados Unidos.

Harvath até que poderia aproveitar umas férias cinco estrelas nesse exato momento, mas esse não era o motivo que o levara à calçada do aeroporto de Montrose, no Colorado. Estava ali porque, na busca interminável de Timothy Finney para oferecer as experiências mais completas aos guerreiros que treinavam no Valhalla e no Ponto Seis, ele recentemente desenvolvera um programa inteiramente novo que mais uma vez estava fazendo dele o tema das conversas na comunidade de inteligência americana.

capítulo 10

ENQUANTO DIRIGIA, FINNEY ESTENDEU a mão para trás, pegou uma cerveja gelada em um cooler no banco traseiro e a ofereceu ao amigo.

Harvath balançou a cabeça recusando.

– Então acho que também vou cancelar as dançarinas – disse Finney, guardando novamente a cerveja.

Harvath não respondeu. Sua mente estava a mil quilômetros de distância. Ele sacou o BlackBerry do cinto e checou novamente se havia mensagens. Tinha dado seu número aos pais de Tracy e às enfermeiras para o caso de haver alguma mudança. Também explicara a Bill Hastings, da melhor maneira possível, por que tinha de partir.

Lembrando-se de que o sinal de celular no resort era notoriamente irregular, Harvath estava pensando se devia ter deixado também o número do hotel, quando Finney perguntou:

– Quer comer quando chegarmos ou quer ir direto aos negócios?

– Vamos comer depois – disse Harvath colocando o celular no cinto. – Assim ninguém se atrasará por minha causa.

Finney riu. Sua risada, assim como sua voz, era compatível com o resto de sua estatura imensa: forte e extremamente grave.

– A equipe do Sargaço trabalha em três turnos, 24 horas por dia.

– Os negócios vão muito bem, hein?

Finney riu de novo.

– É como vivo dizendo: que Deus não permita que a paz irrompa tão cedo.

– Não se preocupe – respondeu Harvath ao olhar para o céu que escurecia e para seu próprio reflexo na janela do carona. – Não vai.

Eles falaram amenidades pelo resto do caminho até o resort. Finney conhecia Harvath muito bem para saber que, se o amigo quisesse conversar sobre o que acontecera a Tracy, ele mesmo teria tocado no assunto.

Como Harvath não o fez, falaram de outras coisas.

Ao se aproximarem dos portões de Elk Mountain, Finney entrou em contato pelo rádio com o segurança, avisando que estava chegando com "mais um".

Apesar de reconhecerem o chefe e seu veículo, ainda assim os guardas pararam o Hummer, registraram sua chegada, verificaram completamente o carro e só então o deixaram passar. Harvath sempre ficava impressionado com o nível de segurança em Elk Mountain.

Finney parou no prédio principal para pegar o diretor de operações, Ron Parker. Era um homem magro, de cavanhaque, no final dos 30 anos e com cerca de 1,75m de altura.

Sentando-se no banco traseiro, Parker pegou uma cerveja no cooler e depois deu um soco no braço esquerdo de Harvath.

– É bom ver você.

Olhando para cima, ele pôde ver, pelo retrovisor, as sobrancelhas de Finney erguidas.

– O que foi? – perguntou Ron.

– Acha que esse comportamento é adequado? – Finney o repreendeu.

Parker inclinou-se entre os bancos da frente enquanto abria a cerveja e perguntou:

– É o outro ombro que está machucado, não é?

Harvath assentiu:

– O esquerdo está bem. Não se preocupe.

Parker sorriu, recostou-se e tomou um longo gole.

– Sabe que não é disso que estou falando – disse Finney. – Não sabe?

– Olha – disse Parker –, estou de folga há 10 minutos. E o que eu faço no meu tempo livre é problema meu.

– Então está demitido. Colocarei o bilhete azul em sua mesa pela manhã.

Parker tomou outro gole de cerveja.

– Ótimo. Vou arquivá-lo junto com os outros.

Finney e Parker eram famosos por seu profissionalismo, mas, ao conhecê-los melhor, Harvath percebeu que eles sabiam separar as coisas. Levavam sua carreira e o que faziam em Elk Mountain muito a sério, mas não a *si mesmos*, principalmente quando estavam na companhia tranqüila de bons amigos.

Finney olhou e viu o sorriso de Harvath.

– É bom ter você de volta.

– Não mudou muita coisa, não é? – disse Harvath.

Finney estendeu a mão pesada para trás e fez sinal para Parker lhe passar uma cerveja.

– Reforçamos todas as trancas na adega depois de sua última visita. Tirando isso, não.

◆◆◆

Parker e Finney se limitaram a apenas uma cerveja. Finney tinha terminado a dele em dois goles, no mesmo instante em que chegaram a outro posto de controle. Desta vez, todos foram solicitados a apresentar um documento com foto. Os seguranças usavam trajes e equipamentos da Blackhawk, como os do portão principal, mas além disso tinham coletes à prova de balas e portavam armas abertamente.

Harvath sabia que os homens do portão da frente também estavam armados, só que mantinham as armas fora de vista. Aqui, porém, o pessoal de Finney fazia uma visível demonstração de força. Dois homens portavam H&K 416, enquanto um terceiro segurava uma Benelli modificada, calibre 12, e não tirava os olhos dos passageiros do Hummer. Harvath não fazia idéia de onde Finney conseguia esses seguranças, mas ele parecia fazer um trabalho muito bom.

Quando saíram do posto de controle e seguiam para a instalação Sargaço, Harvath perguntou:

– Ex-SWAT?

– Na verdade, Forças Especiais – respondeu Parker.

Harvath riu com desdém:

– Ah, pare com isso.

– Ele não está brincando – disse Finney.

– Fazendo segurança?

– A segurança é só uma das coisas que eles fazem aqui – respondeu Parker. – Trabalham em sistema de rodízio, então é um turno que todos têm de cumprir todo mês.

– Sei o que esses caras fazem no setor privado. Você tem porteiros bem caros.

Finney sorriu.

– E valem cada centavo.

– Mas não entenda mal – acrescentou Parker. – Eles se dão muito bem aqui. Temos um excelente pacote de remuneração e bonificações, muito maior do que receberiam em qualquer outro lugar.

Harvath olhou para Finney, que acrescentou:

– E nem precisamos mais procurar por eles. Eles é que vêm até nós.

O veículo parou diante da entrada mal iluminada do que parecia uma antiga galeria de mina.

Harvath já ia perguntar onde estavam quando viu uma placa desbotada pendurada sobre a abertura que dizia *Mineradora Sargaço.* Estava diante da entrada disfarçada do mais novo empreendimento de coleta de informações de Finney.

capítulo 11

DESCENDO 30 METROS PELO TÚNEL íngreme que levava ao poço do Sargaço, Harvath já esperava uma visita guiada por um autêntico minerador de capacete ou que um ator de longas barbas, usando suspensórios e coberto de pó, aparecesse e os regalasse com histórias da antiga mina. A 31 metros, a atitude de Harvath mudou.

Ele tinha de reconhecer a engenhosidade de Tim Finney. Eles não encontraram uma porta de alta tecnologia no estilo James Bond, de aço inoxidável e fechada pneumaticamente. Em vez disso, era uma porta composta de cinco tábuas velhas de madeira, com reforços lascados, que parecia prestes a soltar das dobradiças.

Uma placa muito discreta pregada ali dizia: *Perigo. Mantenha distância.*

Finney pegou um molho de chaves e destrancou o cadeado enferrujado que mantinha uma pesada corrente de ferro na porta. Ele continuou a liderar o grupo por uma passagem larga que fora rudemente aberta. Eles seguiram um conjunto de trilhas que Harvath imaginou já terem sido usadas para puxar suprimentos para dentro e ouro para fora da mina.

O túnel largo continuava a descer suavemente. Depois de mais 30 metros, se ampliou e eles puderam ver uma série de luzes.

Quando chegaram ali, foram recebidos por outro grupo de seguranças. Embora parecessem tão sérios quanto os últimos guardas, estes homens simplesmente acenaram para eles.

– Quer dizer que depois que se chega a algumas centenas de metros abaixo do solo seus homens começam a relaxar? – brincou Harvath.

Finney e Parker sorriram.

– Você não tem idéia de por quantas verificações de segurança passou até chegar aqui – disse Parker. – Não só a temperatura de seu corpo e seu batimento cardíaco são monitorados desde a entrada da mina, como também sabemos se você está portando algum tipo de arma, explosivos, pó, líquido ou gel.

– Tudo, menos se estou de sunga ou samba-canção – declarou Harvath.

– Sabemos disso também – respondeu Finney fingindo consultar o fone de ouvido conectado ao rádio. – Ao que parece, é um fio-dental azul com as palavras *Viva a Marinha* bordadas em lantejoulas.

Harvath sorriu e mostrou o dedo médio para Finney. Eles continuaram andando até chegarem a um elevador no estilo dos utilizados nas minas. Finney levantou a grade e todos entraram. Retirando um cartão-chave do bolso, Finney o passou por um leitor magnético e apresentou o polegar direito e a pupila para verificação biométrica. Depois de aprovado, o elevador começou a descer.

Parou no fundo do poço, onde eles foram recebidos por uma pickup Dodge Ram de escapamento baixo especificamente projetada para rodar em terrenos subterrâneos.

Enquanto o motorista da pickup mergulhava cada vez mais fundo na mina, Finney explicou o objetivo do programa Sargaço.

– Recebemos a visita de equipes de Fort Bragg, Campo Perry com a CIA, bem como de Fort Story com os SEALs, e todos adoraram treinar aqui, mas no fim das contas, por melhores que fossem essas equipes, seu sucesso ou fracasso continha um componente crítico: inteligência.

E continuou:

– Isso me deu uma idéia e comecei a fazer algumas ligações para conhecidos meus no Leste. Com freqüência ouve-se falar de grandes problemas na comunidade de operações especiais porque alguns agentes deixam as forças armadas e vão trabalhar para grupos como a Blackwater ou a Triple Canopy, onde podem ganhar muito mais. Mas não se ouve falar sobre problemas na comunidade de inteligência. Eu nunca tive interesse em administrar uma empresa militar privada propriamente dita. Mas uma agência de inteligência particular é totalmente diferente e parecia se encaixar bem com o que já estávamos fazendo aqui.

Harvath segurou-se no encosto de cabeça do banco à sua frente enquanto passavam por um trecho esburacado da estrada. Depois que a superfície ficou mais regular, perguntou:

– Entendo como o Valhalla e o Ponto Seis lhe rendem dinheiro, mas como você fatura com sua empresa de inteligência?

– De duas maneiras – respondeu Finney. – Primeiro, não tenho que me concentrar no mundo todo. Foco apenas as áreas onde acontece a maior parte da ação. Todas as informações sobre terrorismo ou relacionadas a ele que reunimos e analisamos vêm de regiões em que o governo americano está sobrecarregado. Em segundo lugar, o Congresso não supervisiona o que fazemos. Temos muita liberdade em nossas operações. Existem organismos dispostos a nos pagar muito caro pelo serviço de inteligência. Já dobramos o volume de operações que Ron e eu pretendíamos alcançar neste período. E não conseguimos fazer com que os caras da CIA, NSA, FBI e outros órgãos do tipo venham trabalhar aqui rápido o bastante.

Harvath balançou a cabeça. Finney era incrível.

A pickup parou no último posto de controle diante do que parecia um par de pesadas portas à prova de bombas. Depois de liberados, Finney seguiu na frente em direção ao coração do Centro de Operações do Programa Sargaço.

Definitivamente não era o que Harvath esperava. Assim que entraram, deixaram para trás a sensação de estar numa mina centenas de metros abaixo da superfície. Se Harvath não soubesse, teria jurado que estava numa instalação de desenvolvimento de ponta no campus da Microsoft.

As lâmpadas dentro de grades presas nas paredes escavadas tinham sido substituídas por dispositivos sofisticados, espalhados pelo perímetro do teto, que reproduziam a luz do dia. O piso era de granito polido, e as paredes das salas, de vidro à prova de som, podendo ficar mais ou menos opacas de acordo com a necessidade de privacidade de seus ocupantes.

Monitores de alta definição incrivelmente finos, suspensos no vidro, funcionavam como janelas para o mundo. À medida que eles passavam por cenas dos Alpes suíços, da floresta tropical boliviana e de um trecho de praia rochosa do Maine, Finney explicava que os funcionários podiam escolher a própria "vista" a partir de um banco de dados de paisagens digitais do mundo todo. Era só um dos muitos toques que Finney tinha criado para tornar o tempo que as pessoas passavam ali o mais agradável possível.

No final do corredor seguinte o grupo virou à esquerda e chegou a uma sala onde a janela virtual exibia um rio com montanhas escarpadas ao fundo. No meio da paisagem, um homem de botas de cano longo pescava. O som da água do rio movendo-se suavemente tocava em um alto-falante escondido em algum lugar na sala.

– Tom já deve estar voltando – disse Finney, referindo-se ao ocupante da sala. – Podemos esperar por ele aqui.

No alto da mesa cromada havia uma pilha de pastas caprichosamente arrumadas, uma única caneta de prata e um bloco de notas. Quem quer que fosse esse homem, ou não tinha muito o que fazer ou era extremamente organizado. Com base no que Finney lhe contara, Harvath imaginou que seria a segunda opção.

Ele prestava atenção à janela virtual, admirando a cena, quando Tom Morgan entrou na sala.

– Esse é o rio Snake – disse Morgan enquanto colocava sobre a mesa seu laptop e um copo de papel com café. – Um dos melhores rios do mundo para a pesca com isca artificial.

– Esse local fica nos arredores de Jackson Hole, no Wyoming. Island Park, não é? – perguntou Harvath ao se virar.

– Então você também pescou no Snake.

Harvath assentiu.

– Na verdade, acho que pesquei exatamente aí – acrescentou, apontando a tela por sobre o ombro. Tinha reconhecido o cenário imediatamente.

Ele pretendia levar Tracy lá no outono para ensiná-la a pescar. A multidão do verão já teria ido embora, as folhas estariam mudando de cor e as montanhas estariam lindas. Ele já reservara uma pequena cabana num lugar chamado Dornans, à margem do Parque Nacional Grand Teton. Agora Harvath se perguntava se eles poderiam ir a algum lugar juntos de novo.

– Eu adoro o Snake, mas também há lugares muito bons para pescar aqui no Colorado. Foi parte do motivo para eu aceitar esse emprego – disse Morgan, trazendo a mente de Harvath para o momento presente.

Harvath respondeu à observação com um sorriso enquanto Tim Finney fazia as apresentações formais. Tom Morgan era um ex-funcionário da NSA, a Agência de Segurança Nacional, e devia ter quase 70 anos. Usava óculos, tinha bigode e mancava um pouco – resultado de uma operação de campo malsucedida sobre a qual ele nunca falava.

Depois de uma vida inteira de terno e gravata na sede da NSA em Fort Meade, em Maryland, Morgan adotara o código de vestimenta um tanto informal de Elk Mountain. Esta noite vestia jeans, uma camisa xadrez e um casaco esporte de tweed. Parecia em ótima forma para sua idade. Quando falava, suas palavras traziam um leve sotaque da Nova Inglaterra e Harvath deduziu que era natural de Rhode Island ou New Hampshire.

– Foi por causa de Tom que lhe pedi para vir aqui – disse Finney enquanto todos se sentavam.

Esta era a parte pela qual Harvath estava esperando.

– O que você conseguiu?

Morgan falou sem rodeios:

– Acho que localizamos o cofrinho do Troll.

Harvath olhou para ele, as sobrancelhas arqueando-se.

– Tudo? – perguntou.

Morgan o fitou e respondeu:

– Contas bancárias, dados armazenados, *tudo*.

capítulo 12

– PELO QUE ESTAMOS VENDO – DISSE FINNEY enquanto Tom Morgan terminava sua apresentação e fechava o laptop –, colocamos uma corda no pescoço desse nanico. A única pergunta é: até que ponto você quer apertar?

Harvath estava impressionado. Finney e o Programa de Inteligência Sargaço tinham conseguido o que o governo dos Estados Unidos não fizera ou não pudera fazer. Tinham localizado as ferramentas de trabalho do Troll, seus dados altamente confidenciais.

Não era uma decisão difícil para Harvath. O Troll ajudara a Al Qaeda a perpetrar o ataque em Nova York.

E havia toda a questão de Tracy.

Olhando para Finney, Harvath disse:

– Quero que apertem até os olhos dele saltarem das órbitas.

O comandante assentiu para Morgan e o ex-funcionário da NSA pegou o telefone e discou. A vida do Troll estava prestes a virar de cabeça para baixo.

capítulo 13

ANGRA DOS REIS, BRASIL

A TRÊS HORAS DE CARRO A SUDOESTE DO RIO DE JANEIRO, ou 45 minutos de helicóptero particular, fica um dos retiros de férias mais famosos do Brasil, a baía de Angra dos Reis.

Conhecida por suas águas quentes, praias de areias brancas e vegetação exuberante, Angra dos Reis, ou simplesmente Angra, é formada por 365 ilhas – uma para cada dia do ano. É um lugar místico, com sua brisa carregada do aroma de flores tropicais exóticas que inebria os visitantes.

Depois de sua descoberta por oficiais da Marinha portuguesa em 1502, um deles escreveu para casa dizendo que tinham encontrado o *paraíso*.

Angra era mesmo um paraíso – do tipo onde uma pessoa pode sumir facilmente. E era exatamente isso que o Troll queria, embora não sem determinados confortos materiais.

A ilha particular que alugara tinha 800 metros de extensão e 400 de largura. Era conhecida como Algodão. Possuía um heliponto, lancha e acomodações à altura dos maiores hotéis do mundo. Embora pudesse acomodar tranqüilamente

18 pessoas, no momento só havia três almas – o Troll e seus dois Ovcharkas Caucasianos brancos, Argos e Draco.

Pesando cerca de 90 quilos cada um e com mais de um metro de cernelha, esses animais gigantescos eram os cães preferidos dos militares russos e dos patrulheiros da fronteira da antiga Alemanha Oriental. Eram extraordinariamente rápidos e absolutamente ferozes quando se tratava de proteger seu território. Davam guardas perfeitos para um homem com pouco menos de 90 centímetros de altura e que tinha inimigos poderosos – muitos dos quais clientes dele.

O Troll vivia de acordo com o lema de que conhecimento não é poder. A *aplicação* precisa do conhecimento é que equivalia ao poder. E também a uma incrível riqueza, como ele aprendera rapidamente.

Era seguindo esse lema que o Troll ganhava um dinheiro substancial lidando com compra, venda e troca de informações altamente confidenciais. Cada informação em si tinha um certo valor, mas a habilidade – a arte, se preferir – estava em saber como unir os fragmentos corretos e criar uma verdadeira obra-prima. Era aí que o Troll se destacava em sua profissão. Era maravilhoso, especialmente para alguém cujas perspectivas de vida eram tão sombrias que até os pais tinham desistido dele.

Quando ficou evidente que o Troll não ia crescer mais, seus pais perversos, nascidos na Geórgia, não tentaram encontrar um lar amoroso e adequado para o filho, sequer procuraram um orfanato meio decente. Em vez disso, o abandonaram. Como se ele fosse um objeto, o venderam a um bordel nos arredores de Sochi, no mar Negro. Ali o menino passou fome, foi espancado e obrigado a realizar atos sexuais indescritíveis que envergonhariam até o próprio marquês de Sade.

Foi no bordel que o Troll aprendeu o verdadeiro valor das informações. A tagarelice de clientes poderosos na cama mostrou-se uma mina de ouro depois que ele apreendeu o que ouvir e como tirar proveito disso.

As prostitutas, a maioria também rejeitada pela vida, sentiam uma afinidade pelo anão e o tratavam bem. Na verdade, elas se tornaram sua única família e um dia ele lhes retribuiu a gentileza comprando sua liberdade. Mandou torturar a cafetina e seu marido e depois os matou pela crueldade desumana que tinha sofrido nas mãos deles durante anos.

Das cinzas de sua juventude, o Troll ressurgiu como uma fênix flamejante, armado com uma perspicácia implacável para os negócios e um apetite voraz pelo melhor de tudo na vida.

Em sua sala de estar de telhado de folhas de palmeira, ele aninhava uma taça de bordeaux Château Quercy St. Emilion entre as mãos pequenas enquanto observava, através do piso de vidro da casa de veraneio, as estrelas-do-mar e a vibrante e colorida vida marinha que brincava na água embaixo. Tinha percorrido um longo caminho desde o bordel de Sochi. Mas chegara longe o bastante?

Draco olhou seu dono escorregar da cadeira e andar pela sala com os chinelos de palha de sisal Stubbs & Wootton feitos à mão. Argos continuava em sono profundo, ainda se recuperando do ferimento que sofrera em Gibraltar. Era bom que todos tivessem se afastado de sua propriedade nas chuvosas Terras Altas da Escócia. O clima era muito mais agradável no Brasil. Também era um lugar mais seguro.

Embora poucos conhecessem a Casa Eilenaigas, na Escócia, ele não se sentiria seguro ali por algum tempo. Depois do que seus clientes fizeram em Nova York, sabia que os americanos literalmente estavam decididos a se vingar. Sentira isso pessoalmente em Gibraltar. Mesmo que vivesse mil anos, jamais esqueceria a morte terrivelmente macabra que o agente americano Scot Harvath infligira a Mohammed bin Mohammed. Era uma coisa que nenhum homem são teria inventado. E no entanto era perfeito. Mohammed merecia milhões de vezes mais, em especial pelos atos sádicos que impusera ao Troll quando ele era um menino naquele bordel perto do mar Negro.

Harvath tinha sido incrivelmente cruel no castigo que elaborou para Mohammed, mas quase ao mesmo tempo se mostrara incrivelmente compassivo. Argos certamente teria morrido se o próprio Harvath não lhe tivesse dispensado atenção médica e encontrado um veterinário capacitado. Harvath chegou ao ponto de pagar do próprio bolso pela cirurgia do animal. Embora o Troll jamais tivesse gostado de americanos, este era um homem que ele respeitava. Era um assassino impiedoso e de sangue-frio, mas que também possuía um grau acentuado de humanidade.

Voltando sua mente para o jantar, o Troll retirou grandes filés de Kobe da geladeira, parte de uma encomenda especial que ele mandara vir de avião do Japão.

Os japoneses eram famosos pela dieta de cerveja e saquê com que alimentavam o gado premium – e, é claro, pelas massagens que esses animais recebiam. Nada era tão bom como a carne de vaca de Kobe e o esmero demonstrado com os animais resultava numa carne inacreditável. Era finamente entremeada de uma gordura menos saturada do que a de outras carnes, tinha um teor de colesterol significativamente mais baixo e não havia rival em sabor e maciez.

Enquanto ele colocava os filés na bancada, os dois cães apareceram ao seu lado, as narinas inflando com o cheiro da carne. Os dois exigiam tão pouco dele e no entanto davam tanto em troca. Eram seus companheiros sempre presentes, mais verdadeiros e mais leais do que quase qualquer ser humano que ele conhecera.

O Troll colocou um filé para cada um dos cães e os baixou no chão. Eles se atiraram imediatamente aos pratos e a carne desapareceu.

Quando a comida estava pronta, o Troll a pôs na mesa de jantar, abriu outra garrafa de Château Quercy e subiu na cadeira para comer.

Seu filé estava perfeito. Cortá-lo era como fatiar um pedaço de brie macio e curado.

Ele saboreou cada pedaço de sua refeição e, quando o prato estava limpo, e a taça de vinho, vazia, levou a louça para a cozinha.

Servindo-se de uma dose de conhaque Germain-Robin XO, tomou um longo gole e fechou os olhos. Apesar de todas as suas realizações, a vida do Troll era solitária.

capítulo 14

AS JANELAS DE CORRER DA SALA DE ESTAR tinham sido abertas para o mar. Uma brisa leve trazia o cheiro do oceano misturado ao das minúsculas flores exóticas da ilha. *Só os brasileiros poderiam criar uma noite tão perfeita*, pensou o Troll ao se sentar à mesa que usava como escrivaninha e abrir o austero laptop General Dynamics XR-1 GoBook. Por uma pequena antena de satélite posicionada do lado de fora, ele logo estava conectado a sua rede de servidores dedicados, secretamente abrigados em um bunker nos Pireneus.

Um empresário britânico tivera a idéia de reproduzir no mundo digital o método suíço de lidar com as transações bancárias.

Sua instalação no principado europeu de Andorra ostentava fontes de energia e alimentadores de rede reserva, sistema antiincêndio FM200, ar-condicionado extra e processos de identificação de segurança multifases. Seus servidores eram conectados a alocações de banda larga generosas, expansíveis, com múltiplos provedores agregados, garantindo total disponibilidade para todo o tempo de atividade.

Tudo isso era música para os ouvidos do Troll. Estava fora de cogitação depender de servidores em sua casa. A Casa Eilenaigas estava fora de qualquer perigo, pelo menos por ora. Se ele fosse bem discreto, os serviços de inteligência americanos acabariam desistindo dele, mas até lá ele precisaria ficar bem longe de seu lar na Escócia.

Havia lugares muito piores para passar o tempo que uma ilha particular no Brasil. E ele sabia disso. Estivera neles.

Ouvindo a música das ondas que delicadamente quebravam nas pedras do lado de fora, o Troll se conectou a seu servidor primário e começou o processo de autenticação para acessar seus dados. Ainda não tinha avaliado todo o maná de informações que compilara ao invadir os arquivos ultra-secretos da NSA em Nova York durante o ataque da Al Qaeda. A quantidade de dados que roubara dos americanos estava além de seus sonhos mais desvairados.

O programa da NSA tinha sido batizado de Atena, nome da deusa grega da sabedoria. Ao que parecia, os gregos não tinham uma deusa da chantagem.

Fora uma operação de coleta de dados *ultraclandestina.* Usando os sistemas Echelon e Carnivore, a NSA reunira informações que podiam ser usadas contra vários interesses estrangeiros – governos, chefes de estado e executivos influentes.

Em resumo, o Programa Atena fora criado para coletar e classificar uma roupa extremamente suja. Depois que seus agentes colocavam os dentes em algo particularmente suculento, como o acidente da princesa Diana, o TWA 800 ou a verdadeira causa da morte de Yasser Arafat, eles designavam equipes para detalhar o quadro maior e revelar o máximo possível de informações de apoio. Desta forma, quando chegava a hora de usar essas informações, eles colocavam a vítima contra a parede de forma que não havia absolutamente nenhum espaço para ela se libertar.

E quando descobriam uma conspiração envolvendo várias figuras estrangeiras poderosas era como tirar a sorte grande.

O Troll teve de sorrir. Era uma trapaça, era fraudulento e nada americano. E agora todos os dados da NSA pertenciam a ele. *O presente que continuará sendo dado.* Havia o suficiente ali para mantê-lo ocupado por três encarnações. O maior risco era se precipitar e vender os fragmentos de informação rápido demais. Ele teria de analisar tudo e entender como se inter-relacionavam antes de começar a atribuir valores. Felizmente os analistas do Atena já tinham feito grande parte desse trabalho para ele.

O Troll clicou na subpasta em que estivera trabalhando e esperou que seu conteúdo aparecesse. Não apareceu.

Ele clicou novamente no ícone e esperou, mas nada aconteceu. Ele verificou o status do uplink. Tudo parecia estar bem. Então por que seus dados não apareciam?

Ele tentou outro arquivo, depois outro. Tudo igual – *vazios.* O Troll sentiu seu coração na garganta. Isso não podia estar acontecendo. Isso *não estava* acontecendo.

Ele bebeu de um só gole o que restava do conhaque, enxugou os lábios com a manga da camisa de linho e repassou cada arquivo de cada servidor.

Todos vazios.

Ao se aproximar do fim, viu um ícone animado que não deveria estar ali. Era um homenzinho de barba com um capacete de chifres, uma espada numa das mãos e um escudo na outra. A figura pulava de um pé para o outro e a cada quatro saltos batia a espada no escudo.

Parecia um pequeno viking, mas o Troll sabia muito bem o que era. Não era um viking, e sim Nórdico – o codinome do agente contraterrorista Scot Harvath.

capítulo 15

FURIOSO, O TROLL CLICOU NO ÍCONE E ABRIU A PASTA. Levou um tempo enlouquecedoramente longo para carregar. Por um momento ele pensou que poderia ser um truque – uma maneira de mantê-lo online para que a inteligência americana o localizasse.

Por fim, o arquivo carregou. Era uma série de imagens de tela de todas as suas contas bancárias. Cada extrato refletia a mesma quantia – *zero.*

Um grito se formou no fundo de seu pequeno corpo enquanto ele jogava a taça de conhaque na parede. Os cães pularam e começaram a latir.

O trabalho de toda a sua vida se fora. *Tudo.* A única coisa que ele ainda tinha era a propriedade nas Terras Altas, mas, se os americanos haviam feito o trabalho completo, o Troll tinha poucos motivos para duvidar de que tinham encontrado um jeito de confiscar o imóvel, impedindo-o de fazer qualquer coisa com ele. As leis antiterrorismo britânicas eram muito severas. Logo os americanos convenceriam as autoridades do Reino Unido a cooperar.

Os cães ainda latiam. O Troll pegou um prato de peltre cheio de pistache e estava prestes a atirá-lo quando pensou melhor.

– Silêncio – ordenou e os cachorros se aquietaram.

Ele precisava pensar. Tinha de haver uma saída para isso.

Passou as duas horas seguintes vasculhando seus servidores, conectando-se remotamente a suas várias contas bancárias espalhadas por todo o mundo. Depois começou a dar uma série de telefonemas enfurecidos, durante os quais ouviu uma desculpa após a outra de cada um de seus gerentes de conta. Eles o encheram de promessas vazias de chegar ao fundo do que havia acontecido, mas o Troll sabia que era inútil. Os americanos fizeram isso. Conseguiram tudo. Ele estava arruinado.

Embora não tivesse idéia do que faria em seguida, o Troll tinha uma certeza: Scot Harvath era o responsável e ia pagar por isso.

Ele voltou ao único arquivo de computador que restara. O Nórdico zombava dele, pulando de um pé para o outro. Lentamente, o Troll repassou os dados. Na terceira vez, encontrou o que procurava.

Agora o Troll entendeu por que o arquivo levou tanto tempo para carregar. Implantada naquele ícone irritante do Nórdico havia uma mensagem.

Era um convite do próprio Scot Harvath para uma sala de bate-papo privativa. O Troll desligou o computador.

Isso requeria algum raciocínio. Ele resistiu ao impulso de se servir de outro conhaque. Em vez disso, preparou um forte café turco num pequeno bule de cobre e voltou à sala de estar.

Enquanto via os peixes coloridos embaixo do piso de vidro, ele considerou suas opções. Seria uma luta por sua sobrevivência e, embora se considerasse muito melhor que Harvath no quesito raciocínio, não havia como saber que tipo de recursos o americano tinha a sua disposição. O erro mais grave que podia cometer aqui seria subestimá-lo.

Como não havia prazo para o convite à sala de bate-papo, o Troll decidiu ter calma e primeiro pesquisar sobre seu adversário.

capítulo 16

ELK MOUNTAIN RESORT
MONTROSE, COLORADO

– TEM CERTEZA DE QUE ELE VIU O LINK? – perguntou Harvath.

Morgan assentiu.

– Carregamos o ícone com um programa projetado para nos avisar quando ele clicasse e se apagar em seguida. Ele viu. Pode acreditar.

– Essa demora toda não me agrada – disse Ron Parker, andando de uma ponta à outra da mesa comprida. Todos tinham se acomodado na sala de reuniões do Programa de Inteligência Sargaço, que também fazia as vezes de Gabinete de Guerra quando operações delicadas exigiam monitoramento. – Devíamos ter estabelecido um limite de tempo para ele.

Tim Finney ergueu a mão.

– Cavalheiros, ele virá. Não se preocupem. Ele não tem alternativa. Está enrolando porque pode. A esta altura, nos fazer esperar é o único poder que ele tem e sabe disso.

Parker parou de andar e se serviu de uma xícara de café da máquina no alto de um pequeno aparador. Acima dele havia uma grande tela a óleo de um alce num viçoso vale montanhoso.

– Ele também pode fugir.

Harvath sempre apreciara a mentalidade tática e afiada de Parker. Só os loucos se recusavam a considerar uma retirada quando era a melhor opção. Mas, neste caso, Harvath conhecia seu adversário melhor do que Parker. O Troll podia tentar enganá-los, mas não ia simplesmente desaparecer.

– Há muita coisa em jogo para ele – disse Harvath, sinalizando para Parker que também queria uma xícara de café. – Ele não pode fugir. Vai querer recuperar o que tiramos dele.

– É muito improvável que consiga – respondeu Parker enquanto entregava uma caneca a Harvath e se sentava ao lado dele. – Faz alguma idéia do que vai dizer quando ele aparecer naquela sala de bate-papo?

– Que tal "Além de suas informações e de suas contas bancárias, também revogamos sua carteira de sócio do fã-clube dos sete anões, idiota"? – propôs Finney enquanto se debruçava sobre o aparador.

Embora não estivesse com muita vontade, Harvath sorriu.

– Eu não tinha pensado nisso. Vou ver o que fazer quando chegar a hora.

– Já chegou – disse Tom Morgan, apertando um botão em seu laptop e o empurrando na mesa para Harvath.

Os monitores de tela plana na frente da sala de reuniões foram ligados com uma visão em tempo real da sala de bate-papo. Uma mensagem indicava que um novo participante tinha entrado. Como era uma sala privativa, criada unicamente para essa conversa, todos sabiam que só podia ser o homem conhecido como o Troll.

Os dedos de Harvath pairaram acima do teclado, mas Finney sacudiu a cabeça, *não*.

– Ele nos fez esperar. Agora vamos lhe retribuir o favor. Nós é que temos o trunfo. Vamos deixar isso bem claro.

Embora não tivesse certeza se concordava com o amigo, Harvath esperou. Momentos depois, o Troll disparou o primeiro tiro.

Você pegou coisas que não lhe pertenciam, digitou.

Harvath não precisava de nenhuma orientação. Você também, respondeu.

Quero minhas contas bancárias e meus dados restaurados imediatamente.

E eu quero saber quem atirou em Tracy Hastings, retrucou Harvath.

Houve uma longa pausa. Por fim, o Troll respondeu: Então é este o motivo disso tudo? Houve outra pausa antes de o anão acrescentar: Talvez possamos fazer um acordo.

Finney parecia pronto a dar uma sugestão, mas Harvath ergueu a mão para impedi-lo. Ele sabia o que estava fazendo. Se você cooperar, vou deixar que viva.

O Troll digitou :) e depois: Já fui ameaçado por homens mais poderosos e no entanto ainda estou aqui. Você terá de me oferecer algo mais.

Você matou um grande amigo meu em Nova York, respondeu Harvath. Tem sorte por eu estar lhe propondo isso.

Está se referindo ao primeiro-sargento Robert Herrington. A morte dele foi lamentável, mas devo lembrar que foi a Al Qaeda que o matou. Eu nem estava perto de Nova York quando o ataque aconteceu.

O Troll sabia muito sobre Harvath e isso o deixou pouco à vontade. Como descobriu onde eu morava?

Não foi difícil.

Me dê esse prazer, rebateu Harvath.

Fiz uma simples verificação de crédito.

A casa nova não está em meu nome. Nenhuma das contas está em meu nome. Nem recebo correspondência lá.

Sei que não, respondeu o Troll. Vai tudo para uma agência postal em Alexandria. Seu último endereço conhecido antes de você ficar esperto e usar a agência postal foi um apartamento a várias quadras de distância. Contratei alguém para averiguar se você ainda morava lá. No dia em que minha fonte apareceu você estava se mudando. Ele simplesmente o seguiu até sua nova casa. Pelo que ele me contou, o Bishop's Gate é um lugar lindo.

Harvath se cansou de rodeios. Você mandou que atirassem em Tracy Hastings?

O Troll demorou a responder. Por fim digitou: Não. Não mandei.

Sabe quem fez isso?

Talvez.

Harvath precisou de toda a força de vontade para manter o controle.

capítulo 17

MOMENTOS DEPOIS, O TROLL RESPONDEU: Agente Harvath, você pegou tudo que eu tenho. Se não apresentar mais do que ameaças a minha vida, não há realmente nada para mim aqui e não vejo nenhum sentido em continuar nossa conversa.

Harvath esperava por isso e estava preparado para barganhar. Estou disposto a comprar a informação de você.

Com o meu dinheiro, é claro.

É claro.

Eu quero tudo, declarou o Troll. Metade agora, como prova de boa-fé, o resto depois da entrega da informação.

Harvath digitou lenta e deliberadamente: Vai receber um milhão se e quando me der a prova da identidade do atirador. E, quanto à boa-fé, vai demonstrar a sua dando-me o nome da pessoa que me seguiu a Bishop's Gate.

Eu nunca revelo minhas fontes, respondeu o Troll. Nem por um milhão de dólares, o que, a propósito, é uma ninharia, considerando o que você tirou de mim.

Então não temos acordo.

Agente Harvath, o que aconteceu com a Srta. Hastings de fato foi uma infelicidade. Quando soube, interroguei minha fonte minuciosamente, mas ele não viu nem ouviu nada que tivesse algum valor para você. Ele o seguiu e pela manhã colocou meu presente na sua porta.

Harvath havia deduzido que o homem, quem quer que fosse, não passava de um mensageiro, provavelmente um detetive particular barato que o Troll contratou por uma bagatela. Era uma concessão que estava disposto a fazer, então deixou passar.

Antes que pudesse digitar uma resposta, o Troll acrescentou: Soube que encontraram sangue de cordeiro na sua porta.

As fontes dele eram realmente boas. O fato de uma pessoa dessas poder introduzir seus tentáculos onde quisesse, até numa investigação federal muito delicada, enojava Harvath. E daí?

E daí que é muito bíblico, não acha?

Pode me ajudar ou não?, perguntou Harvath.

Primeiro quero uma prova de sua boa-fé.

Já disse que vou deixá-lo viver.

Uma ameaça bem vazia, considerando que você não faz idéia de onde estou.

Harvath assentiu para Tom Morgan e depois digitou: Para sua informação, não faço ameaças vazias.

Uma fração de segundo depois, uma imagem de câmera de vigilância em infravermelho apareceu na tela e Harvath explicou: Esta imagem de satélite foi tomada de seu paradeiro em Angra dos Reis há menos de 10 minutos. Pelo que posso dizer, esse perto da frente da construção é você, e os dois pontos quentes à sua esquerda são os cachorros. Estou certo?

O Troll não respondeu. Harvath deduziu que ele tinha ficado chocado. Saber que um inimigo descobriu onde você mora é uma violação incrivelmente perturbadora. Era bom poder fazer o Troll provar um pouco de seu próprio veneno.

Então agora tem minha prova de boa-fé, acrescentou Harvath. Sou um homem de palavra. Se eu o quisesse morto, você estaria morto.

Minutos se passaram enquanto o Troll tentava entender como o haviam localizado. Por fim ele digitou: Foi a transferência para a imobiliária.

Agora foi a vez de Harvath digitar um sorriso. :) Com a ajuda de Finney, ele tinha arrancado tudo do Troll e o deixara completamente sem chão.

Alguns minutos depois, enquanto terminava suas instruções a um Troll agora aquiescente, Harvath lhe deu um último aviso: Não saia da ilha. Se sair, vou caçá-lo e matá-lo pessoalmente.

capítulo 18

SUL DA CALIFÓRNIA

O TELEFONEMA DO INSTRUTOR DE PHILIPPE ROUSSARD chegou no meio da noite.

– Já tem tudo arranjado?

Roussard se sentou na cama e colocou um travesseiro fino entre a cabeça e a parede de estuque.

– Sim – respondeu, pegando um Gitanes do maço na mesa-de-cabeceira e o acendendo.

– Isso ainda vai matar você – alertou o instrutor ao ouvir o isqueiro Zippo de Roussard se fechar com um tinido e o agente dar uma forte tragada.

Philippe retirou o cabelo escuro do rosto e respondeu:

– Sua preocupação com meu bem-estar é comovente.

O homem do outro lado da linha recusou-se a morder a isca. Ultimamente o relacionamento dos dois andava litigioso demais. Eles precisavam trabalhar juntos se quisessem ter êxito. Respirando fundo, o instrutor disse:

– Quando você terminar, o barco estará esperando. Cuide para que ninguém o veja entrar.

Roussard bufou em resposta. Ninguém ia vê-lo. Ninguém jamais o vira. Ele era como um fantasma, uma sombra. Na verdade, era tão esquivo que muita gente nem acreditava que ele existia. O governo dos Estados Unidos, porém, era diferente.

Até sua captura, ninguém jamais o tinha visto. Ninguém sabia seu nome ou sua nacionalidade. Os soldados americanos no Iraque o chamavam de *Juba* e viviam com um pavor humilhante de ser sua próxima vítima.

Todos os seus tiros partiam de pelo menos 200 metros de distância e chegavam a 1.300 metros. Quase todos foram perfeitos. Ele tinha uma compreensão íntima do colete à prova de balas dos soldados e sabia exatamente onde atirar – na parte inferior da coluna ou pouco acima do peito.

Às vezes, como no caso da equipe de reconhecimento formada por quatro fuzileiros navais em Ramadi, ele liquidava seus alvos com tiros absolutamente perfeitos na cabeça. Com bem mais de 100 mortes em sua conta, Roussard era um herói para os iraquianos que se ressentiam da ocupação americana e um anjo vingador para seus irmãos insurgentes.

Os americanos o caçaram incansavelmente e por fim o pegaram. Ele foi mandado para Guantánamo, onde suportou meses de tortura. Depois, havia apenas seis meses, tinha sido miraculosamente libertado do cativeiro. Ele e outros quatro prisioneiros foram colocados a bordo de um avião e voltaram para seus lares. Só Roussard sabia por que isso acontecera ou quem fora o benfeitor do grupo.

Agora, enquanto vestia seu corpo forte de 1,80m com um macacão da Servpro, a ironia da situação não lhe escapou. A América tinha concordado secretamente com sua libertação, junto com os outros quatro, para proteger seus cidadãos de mais terrorismo. E no entanto aqui estava ele, dentro da própria América, pronto para realizar seu próximo ataque.

capítulo 19

APESAR DOS HÁBITOS DESAGRADÁVEIS que Roussard cultivava para se misturar com a sociedade ocidental, no fundo ainda era um verdadeiro mujahedin. Sua natureza era totalmente oposta à de seu instrutor, que ficava inteiramente à vontade com os excessos ocidentais, em especial a comida farta e as bebidas caras.

O internato francês em que Roussard fora criado teve pouca influência sobre ele além de lhe ensinar a se misturar confortavelmente a seus inimigos ocidentais. Sua verdadeira educação viera de anos passados em uma mesquita próxima e mais tarde em vários campos secretos no Paquistão e no Afeganistão.

Foi lá que aprendeu que Al Qaeda não se traduzia por "a base", como a maior parte da mídia ocidental dizia com tanta ignorância, mas por "a base de dados". Referia-se ao arquivo de computador original de milhares de mujahedin que foram recrutados e treinados com a ajuda da CIA para derrotar os russos no Afeganistão.

Diziam que esse arquivo era um dos segredos mais bem guardados da liderança da Al Qaeda e que milhares e milhares de outros nomes foram acrescentados desde a década de 1990. Esses mujahedin vinham de todas as profissões e de mais composições étnicas e socioeconômicas que qualquer governo ocidental jamais admitiria. Tinham sido recrutados, doutrinados, treinados e espalhados pelo mundo para esperar que fossem chamados para a batalha.

Enquanto dirigia a van pela ponte San Diego-Coronado, Roussard refletiu sobre o que podia lhe acontecer se fosse preso. Afinal esta era a América e já tinham feito a ele o pior que podiam em Guantánamo. Pegando-o aqui em seu próprio solo, fariam ainda menos. Por isso era fácil explorar os americanos. Eles aprovavam leis distorcidas que protegiam melhor seus inimigos do que o próprio povo.

Quando a América pegava seus inimigos terroristas, faltava-lhe coragem de matá-los. Zacarias Moussaoui, o clérigo cego e xeque Omar Abdel-Rahman e até Ramzi Yousef foram sentenciados à prisão perpétua. Era uma prova da covardia e da fraqueza da América e do fato de que o país inevitavelmente sucumbiria aos verdadeiros seguidores do Islã.

Entrando no trânsito da Third Street, Roussard deu várias voltas e se virou duas vezes para ter certeza de que não estava sendo seguido. Quando chegou ao endereço na Encino Lane, estacionou a van na entrada de veículos e colocou um cone laranja na frente e outro atrás do carro. Embora duvidasse que alguém fosse perceber alguma coisa a esta hora da noite, uma van de serviços de reparos domésticos podia despertar o interesse de um vizinho, mas não era motivo para chamar a polícia.

Encaminhando-se para a porta da frente, Roussard retirou do bolso uma chave mestra e a escondeu numa pequena caixa de metal. Ao chegar à porta, fingiu tocar a campainha. Em silêncio, trabalhou na fechadura, sabendo que não haveria um sistema de alarme.

Quando a fechadura abriu, ele entrou e fechou a porta. Roussard parou na entrada até seus olhos se acostumarem à escuridão. A casa tinha cheiro de cera para móveis misturado com o aroma do mar perto dali.

Quando já conseguia enxergar no escuro, caminhou em silêncio, na direção do quarto principal. O corredor era cheio de fotografias da família, a maioria de muitos anos antes.

Roussard encontrou a porta do quarto escancarada e sua vítima dormindo na cama. Aproximando-se a dela, colocou a caixa de metal sob o braço esquerdo e abriu o macacão.

Por um momento pensou que podia tê-lo deixado cair, mas então sua mão se fechou em volta do objeto que procurava.

Quando olhou novamente para a vítima, levou o maior choque de sua vida. Os olhos da mulher estavam arregalados e ela o fitava. As janelas do quarto estavam abertas e, se ela gritasse, ele estaria arruinado.

Os instintos de Roussard assumiram o controle. Ele pegou a caixa com as duas mãos e a girou com força, batendo no lado esquerdo da cabeça dela.

A boca da mulher se abriu como se ela fosse gritar e Roussard a golpeou novamente. Seus olhos se fecharam e ela ficou deitada na cama, imóvel.

O sangue escorria do nariz e do ouvido da mulher, deixando seu longo cabelo grisalho colado e sujando a camisola. Ela estava inconsciente, mas ainda bem viva, e era assim que ele a queria.

Largando a caixa na cama, Roussard pegou a mulher nos braços e a carregou para o banheiro. Ali, ele a colocou na banheira, tirou sua camisola e cobriu seu corpo com uma pasta úmida. Em seguida lacrou todas as aberturas do banheiro com fita adesiva.

Voltou à van e pegou dois baldes de plástico fechados e um cinto de ferramentas.

De volta ao banheiro, Roussard baixou os baldes ao lado da banheira e retirou um vaporizador de dentro do macacão.

Abriu primeiro o olho direito da mulher e depois o esquerdo, aplicando fartamente a substância e assegurando-se de que cada olho ficasse completamente coberto. Sua tarefa estava quase encerrada.

Roussard pegou uma chave de fenda no cinto de ferramentas e soltou a tampa de cada um dos baldes. Pegou uma toalha e atirou-a pela porta do banheiro. Estava na hora.

Retirando a tampa dos dois baldes, ele esvaziou seu conteúdo sobre a vítima ainda inconsciente na banheira e depois saiu correndo, certificando-se de fechar firmemente a porta.

Roussard meteu a toalha embaixo da porta e prendeu-a com mais fita adesiva. Depois retirou a parafusadeira sem fio e alguns parafusos do cinto e reforçou a porta no batente.

Saiu da casa, recolocou os cones laranja na van e dirigiu lentamente de volta para o local de onde viera.

No Hotel e Marina San Diego Marriott, Roussard tirou o macacão, limpou as digitais da van e foi para o píer. O barco estava onde o instrutor lhe dissera que estaria.

Depois de seguir para o mar aberto e escuro, ele pegou um celular descartável, discou para a emergência e deu o endereço de uma mulher que precisava de ajuda na Encino Lane, Coronado.

Quando perguntaram seu nome, Roussard sorriu e jogou o telefone na água. Muito em breve eles saberiam quem era o responsável.

capítulo 20

Baltimore, Maryland

TOM GOSSE, O DIRETOR DA FUNERÁRIA DE MESMO NOME, dissera a Sheppard para não gravar a conversa deles. Isso significava que o repórter seria obrigado a tomar notas, e ele era o pior tomador de notas do mundo.

Ele não podia culpar Gosse por não querer ser gravado. Se a história que ele estava contando fosse verdadeira, alguém já tinha sido morto para ser silenciado.

Sheppard sentou-se à bancada da cozinha segurando uma cerveja enquanto folheava suas anotações. O diretor da funerária era um sujeito firme. Por várias vezes durante a entrevista Sheppard retrocedeu e fingiu se confundir com as informações para tentar fazê-lo cair em contradição, mas Gosse não hesitava. Sheppard não tinha dúvida de que o homem estava dizendo a verdade.

De acordo com a história que contou, há cerca de seis meses ele fora ao escritório do legista-chefe para pegar um corpo. Enquanto esperava, passou seu tempo com um colega, o legista assistente, Frank Aposhian. Segundo Gosse, eles eram ótimos amigos. Seus filhos estudavam no mesmo colégio e eles jogavam cartas algumas vezes por mês.

Naquele dia a conversa com Aposhian foi interrompida por dois homens que se identificaram como agentes do FBI e pediram para falar com o legista assistente em particular. Como Frank era o encarregado do escritório naquela noite, Gosse não estranhou o pedido. Agentes da lei entravam e saíam o tempo todo da sala do legista e é claro que não era para tomar um café.

Um dos agentes seguiu Aposhian à sala dele enquanto o outro começou a examinar alguns cadáveres. Mas não ao acaso – ele só parecia interessado em corpos que não tinham sido reclamados. Muitos deles eram encontrados em parques, debaixo de pontes ou em prédios abandonados, e em geral meio devorados por ratos ou vira-latas.

Procuravam por suas digitais nos bancos de dados municipal e nacional e investigadores eram designados para tentar descobrir suas identidades, mas na maioria das vezes não conseguiam nada. Os alunos de medicina legal praticavam com eles as técnicas de embalsamamento e depois os corpos eram colocados em caixões de compensado para que fossem enterrados na vala comum mais próxima.

O que Gosse estranhou foi que o agente não parecia saber o que procurava. Não trazia nenhuma foto. Simplesmente ia de um cadáver a outro, olhando-os como se quisesse comprar um novo jogo de tacos de golfe.

Momentos depois, quando Aposhian apareceu com o outro homem, o agente apontou um dos corpos, o legista assistente escreveu o número da etiqueta presa ao pé e voltou à sala para processar a papelada.

O corpo foi ensacado e colocado numa van sem identificação e os homens desapareceram.

Quando Gosse perguntou ao amigo o que significava aquilo, Aposhian lhe disse que fora instruído a não falar no assunto. Aparentemente, o cadáver não era de nenhum indigente, mas de uma pessoa que se envolvera num crime grave.

A história deveria ter terminado aí, mas não terminou. Os agentes do FBI tinham apresentado a documentação adequada para reclamar o corpo, mas insistiram em que Aposhian também lhes entregasse o arquivo do legista. Explicaram que o FBI estava envolvido em uma operação complicada e delicada que correria risco se a morte do homem se tornasse pública. Não era uma solicitação comum, mas os agentes foram educados e tinham a documentação em ordem, então Aposhian não viu motivo para fazer algum joguinho irritante com eles. Só meses depois percebeu o erro que cometera.

Um dos alunos de medicina legal que trabalhava ali naquela noite pegara o arquivo errado para ele. Quando Aposhian ligou para o escritório local do FBI para tentar corrigir o equívoco, disseram-lhe que não tinham registro de nenhum agente Stan Weston ou Joe Maxwell. Em seguida ele entrou em contato com a sede do FBI em Washington, mas foi informado de que não havia agentes com esses nomes em toda a organização e que talvez ele tivesse se enganado.

Aposhian verificou suas anotações. Não havia engano nenhum. Nada estava fazendo sentido.

Ele entregou o cartão com as digitais do cadáver a uma mulher chamada Sally Rutherford. Sally era uma das investigadoras e namorada de Aposhian havia 11 meses. No dia seguinte, tinha um e-mail impresso na mesa de Aposhian.

De acordo com Rutherford, houvera algum tipo de confusão. As impressões pertenciam a um homem morto em um tiroteio com a polícia em Charleston, na Carolina do Sul, dias depois de os agentes do FBI terem retirado o cadáver de suas instalações. A investigadora tinha telefonado para o Departamento de Polícia de Charleston e esperava o retorno.

Aposhian deduziu que era só outra confusão burocrática, mas mudou de idéia na noite em que os agentes do FBI lhe fizeram outra visita.

Gosse, que estava no apartamento do amigo para uma noitada de pôquer, não os reconheceu imediatamente. Afinal já fazia seis meses desde que os vira na sala do legista.

Eles pediram para falar com Aposhian do lado de fora e, quando voltou, o dono da casa estava visivelmente abalado. O que quer que aqueles sujeitos tenham dito a ele não foi bom.

Gosse perguntou ao amigo o que estava acontecendo, mas Aposhian não quis falar no assunto. Na realidade, dizendo que não se sentia bem, o legista assistente interrompeu o jogo e mandou os colegas de pôquer embora.

No dia seguinte, quando voltou ao escritório do legista para pegar um corpo, Gosse estava prestes a bater na porta da sala de Aposhian quando ouviu uma discussão lá dentro. Ele se afastou no exato momento em que a porta se abriu e Sally Rutherford saiu. Gosse não era de se intrometer, mas o amigo parecia tremendamente perturbado.

Era óbvio que Aposhian precisava conversar, mas não queria fazer isso no escritório. Eles decidiram se encontrar na funerária naquela noite.

Quando o amigo chegou, Gosse transferiu os telefonemas para o serviço de secretária eletrônica e abriu uma garrafa de uísque. Colocando dois copos sobre a mesa, serviu uma dose dupla em cada um. Gosse era um ouvinte nato. Não forçava a conversa. Esperou que o amigo falasse e, quando o fez, o homem lhe contou uma história inacreditável.

capítulo 21

MONTROSE, COLORADO

FAZIA VÁRIAS HORAS DESDE QUE Harvath chegara. Com a equipe do Sargaço monitorando a sala de bate-papo privativa para qualquer comunicação do Troll, os anfitriões de Harvath decidiram levá-lo de volta ao resort para jantar.

O prédio principal de Elk Mountain parecia um majestoso hotel de caça do século XIX. O trio se sentou no terraço aquecido, junto a uma lareira de pedra ao ar livre que dava para o lago.

O perfeccionismo de Finney era evidente em toda parte, até em como as lareiras queimavam. Quando um funcionário apareceu em silêncio com um cesto de lenha, Finney explicou que eles usavam uma mistura de nogueira, faia e eucalipto, com a quantidade certa de pinho maduro para dar aroma.

A atenção de Finney aos detalhes era igualmente aguda, se não mais, quando se tratava da comida de Elk Mountain. Ele não poupou despesas ao contratar um dos melhores chefs do país. O homem era um grande sucesso culinário, tinha sido pioneiro na cozinha americana alpina e conquistara mais prêmios

James Beard, Zagat e Wine Spectator do que o espaço no resort lhe permitia exibir. Desde que Tracy fora baleada, era a primeira vez que Harvath realmente fazia uma refeição completa.

Ele até se permitiu um drinque depois do jantar. Gostasse ou não, sabia que precisava relaxar. Estava ficando tenso demais e isso não fazia nenhum bem nem a ele nem a Tracy.

Depois que os pratos foram retirados, dois garçons apareceram ao lado de Finney – um com uma garrafa de licor B and B e três cálices, o outro com uma caixa de charutos elegantemente entalhada. Finney instruiu os homens a deixarem tudo na mesa e em seguida eles desapareceram em silêncio.

– Sabia que foi um bartender do Club 21 em Nova York que inventou isso? – perguntou Parker enquanto tirava a rolha da garrafa. – Licor Benedictine e conhaque. A mistura se tornou tão popular que os franceses começaram a engarrafá-la eles próprios. O cara nunca viu nenhum centavo dos lucros. Meu Deus, como eu odeio os franceses.

Harvath sorriu. Desde que o conhecia, Ron Parker nutria uma repugnância passional pelos franceses. Parker costumava dizer que eles eram o único exército do mundo com axilas bronzeadas.

Finney ofereceu a Harvath um charuto, mas ele recusou. O drinque seria suficiente.

Quando Parker lhe passou a bebida, Harvath levou o cálice ao nariz e fechou os olhos para sentir a fragrância aromática. Por um momento, quase se esqueceu de seus problemas.

Enquanto bebericava seu licor, ele ouvia Finney e Parker discutirem os assuntos de costume: o estado das coisas no mundo, planos para melhorar o resort, o Ponto Seis, o Programa Sargaço e as investidas de Parker contra as hóspedes de Elk Mountain – uma concessão engraçada mas que Finney tinha sido obrigado a fazer quando pediu a Parker para abrir mão de um ótimo cargo no Leste e se mudar para esse canto despovoado do Colorado.

Era bom para Harvath ouvir o bate-papo entre os velhos amigos. Enquanto divagava, seus pensamentos foram direcionados para Tracy. Ele pegou o BlackBerry no cinto e verificou o sinal do celular. Em geral o terraço era o melhor lugar de todo o resort para conseguir sinal, mas não havia nenhum.

Finney perguntou se ele queria usar um dos telefones sem fio do resort. Harvath disse que sim e Parker usou o rádio para pedir a um funcionário que levasse um aparelho ao terraço.

Harvath ligou para o hospital em Washington e pediu para falar com Laverna, a enfermeira do turno da noite.

– Que bom que o senhor ligou – disse a mulher ao atender ao telefone.

Harvath imediatamente temeu que tivesse acontecido o pior e sentiu todo seu corpo enrijecer.

– Por quê? O que houve? Tracy está bem?

– Tracy está bem, mas o Sr. Gary Lawlor o está procurando. Disse que é uma emergência. Tentei seu celular, mas só caía na caixa postal.

– Eu sei – respondeu Harvath. – Estou numa área que não tem boa cobertura. O Sr. Lawlor disse que emergência era?

– Não. Só pediu que, se eu o visse ou soubesse do senhor, lhe dissesse para ligar para ele imediatamente.

Harvath agradeceu a Laverna e deu o número de Tim Finney no resort antes de desligar. Sua chamada seguinte foi para Gary, que atendeu no primeiro toque.

– Gary, é o Scot. O que foi?

– Onde diabos você está? – perguntou Lawlor. – Estou tentando falar com você há horas.

– Estou no hotel de Tim Finney, no Colorado.

– *Colorado?* Por que não me disse que ia sair da cidade?

– Foi meio de última hora – disse Harvath. – O que está acontecendo por aí?

– Não me enrole – respondeu Lawlor. – Você o colocou para trabalhar no atentado a Tracy, não foi? Está usando o Sargaço. Será que você não ouviu o presidente lhe dizer *claramente* para ficar fora disso?

– O pessoal do Finney conseguiu um indício e eu vim aqui para dar uma olhada. Ponto final. Agora, o que está acontecendo em Washington de tão importante para você deixar um recado urgente com a enfermeira de Tracy?

Lawlor ficou em silêncio por um momento, tentando decidir como dar a notícia. No minuto em que Harvath ouvisse o que tinha a dizer, não haveria como controlá-lo. Percebendo que não havia uma boa maneira de contar, Lawlor simplesmente disse:

– Sua mãe sofreu um atentado esta noite em Coronado.

capítulo 22

HARVATH ACHOU QUE IA VOMITAR quando ouviu os detalhes do ataque à mãe. Os policiais tinham ouvido seus gritos quando chegaram a sua casa na Encino Lane.

Eles arrombaram a porta da frente e seguiram sua voz até o banheiro na parte dos fundos. Dois homens precisaram de vários minutos para arrombar a porta, que estava aparafusada.

Encontraram-na dentro da banheira, nua e coberta de gafanhotos. Os insetos, a maioria medindo alguns centímetros, pareciam estar se alimentando dela. Mais tarde, um dos peritos identificou a substância que cobria Maureen Harvath como sendo larva de inseto, um produto disponível em pet shops para alimentar gafanhotos.

Ela não fazia idéia do que eram aquelas coisas que cobriam seu corpo porque não conseguia vê-las. Seus olhos tinham sido pintados com tinta preta e os médicos ainda não sabiam se ela recuperaria totalmente a visão. Ela ficara incrivelmente traumatizada e estava sob efeito de fortes sedativos.

Com a última informação da cena do crime, a angústia de Harvath se transformou em raiva. Um bilhete rabiscado em vermelho fora encontrado no fundo de um dos baldes que, segundo acreditava a polícia, o agressor usara para levar os gafanhotos para a casa. O bilhete dizia: *Aquilo que foi tomado com sangue só pode ser respondido com sangue.*

Pela cara de Harvath e ouvindo apenas a parte dele na conversa, Finney e Parker supuseram que Tracy piorara. Quando souberam que a mãe de Harvath sofrera um atentado, disseram a única coisa que bons amigos podiam e deviam dizer nessa situação:

– Do que você precisa?

Harvath precisava do jato do resort e Finney já estava no rádio para arrumá-lo antes mesmo que ele terminasse de falar.

Parker, que tinha amigos no Departamento de Polícia de San Diego que podiam fazer contato com os policiais de Coronado, foi para Sargaço a fim de colocar o pessoal da inteligência em ação.

Eles tinham todos os motivos para acreditar que o homem que atacara Maureen Harvath era o mesmo que baleara Tracy.

Harvath estava certo. *Era mesmo pessoal.*

capítulo 23

UMA COISA QUE O TROLL TINHA DITO na sessão de bate-papo ressoava na mente de Harvath enquanto o Cessna Citation X do Elk Mountain disparava para Coronado.

Ele observara que o sangue de cordeiro no alto da porta de Harvath era muito "bíblico". Harvath não discordava, mas, desde o acontecido, não conseguia relacionar isso a nada – pelo menos não de uma forma que fizesse sentido. Agora sua mãe tinha sido atacada e submetida a uma verdadeira "praga" de gafanhotos. Também bíblico.

Harvath ligou o laptop de Finney a bordo e acessou a internet. Fez uma busca por *sangue de cordeiro* e *gafanhotos*. Obteve mais de meio milhão de resultados. O primeiro era da Wikipedia e o resumo dizia tudo. O sangue de cordeiro e os gafanhotos estavam relacionados às 10 pragas do Egito. Harvath abriu o link.

As pragas eram narradas no livro do Êxodo. Eram as 10 calamidades que Deus infligiu ao Egito para convencer o faraó a libertar os escravos israelitas.

A primeira praga foi os rios e outras fontes de água do Egito se tingirem de sangue. Em seguida as rãs infestaram a terra. Depois foram piolhos, moscas e uma doença no gado. As pragas seguintes foram úlceras incuráveis na pele de homens e animais e a tempestade de granizo e raios. Em seguida foram os gafanhotos, depois as trevas e por fim a morte de todos os primogênitos.

Quem atirou em Tracy e atacou sua mãe sem dúvida estava usando as 10 pragas como uma espécie bizarra de roteiro, mas na ordem contrária.

A décima praga foi a morte de todos os primogênitos no .Egito. Só foram poupadas as casas israelitas com o sangue do cordeiro sacrificado pintado no alto das portas. Deus "pulava" essas casas e foi assim que surgiram as festividades da Páscoa dos judeus. Esse episódio marcou a libertação dos israelitas de sua servidão ao faraó e o nascimento da nação judaica. Estava começando a ficar um pouco mais claro como isso se encaixava a Harvath e ao atentado a Tracy.

O atirador aparentemente se considerava um anjo da morte. Tinha pulado a casa de Harvath e o poupara, mas tentou levar Tracy.

A nona praga tinha a ver com as trevas, por isso os olhos de sua mãe tinham sido pintados. Deus instruíra Moisés a estender a mão sobre o Egito e isso trouxe uma praga de escuridão "completa e absoluta" por três dias.

A oitava praga, que pretendia "endurecer o coração do faraó", era a dos gafanhotos. A essa altura nem o coração de Harvath nem sua determinação precisavam ser mais endurecidos. Pegar Tracy e sua mãe como alvo já tinha sido o suficiente. Apesar do que o presidente ou qualquer outra pessoa tivesse dito, ele já havia se decidido. Quem estava por trás desses ataques não só precisava ser detido, mas morto, e era exatamente isso o que ele ia fazer.

Harvath continuou lendo. O resto das pragas era igualmente intragável e ele não queria imaginar como seriam seus equivalentes modernos. Sua única esperança era deter quem quer que as estivesse reproduzindo antes que atacasse novamente.

Isso levou Harvath a pensar em coisa ainda pior. Quem seria a próxima vítima desse louco? Primeiro foi Tracy. Depois sua mãe. Será que esse sujeito estava mirando somente as mulheres próximas dele ou também pretendia atacar homens? Harvath deveria alertar todos os seus amigos? Mesmo que quisesse fazer isso, o que diria? *Há uma praga de proporções bíblicas reservada para você?* Não, a questão era impedir o homem antes que ele pudesse agir de novo. Mas para fazer isso eles iam precisar de uma brecha – e das grandes.

capítulo 24

QUANDO ENTROU NO QUARTO DE HOSPITAL e viu a mãe deitada ali, Harvath ficou tomado de raiva. O rosto dela estava muito machucado e coberto de hematomas. Quem diabos faria uma coisa dessas?

Embora quisesse ir até a mãe, ele não pôde. A emoção de tudo aquilo – a culpa por ser o motivo de ela ter sido atacada e a raiva primitiva que sentia em reação a uma violação tão audaciosa – era esmagadora. Harvath se viu sufocando. Quando as lágrimas surgiram, ele não fez nada para enxugá-las.

Por fim, ele se forçou a andar até a beira da cama. Olhando o rosto inchado da mãe, Harvath delicadamente pegou uma de suas mãos e disse:

– Mãe, me desculpe.

Ficou parado ali por vários minutos e finalmente puxou uma cadeira para o lado do leito e se sentou. Enquanto afagava o cabelo da mãe, sentiu uma pontada indesejada de déjà-vu. Era quase como estar no quarto de hospital de Tracy.

Por que isso estava acontecendo? Por que, quando ele finalmente estava colocando sua vida em ordem, alguém tentava destruí-la?

Era uma boa pergunta e ele a tinha feito muitas vezes desde o atentado contra Tracy.

Harvath dominava muitas coisas na vida, mas os relacionamentos com mulheres não eram uma delas. Por muito tempo ele culpou sua atividade e as exigências de sua profissão. Mas quando conheceu Tracy jurou que não deixaria que o trabalho fosse desculpa para outra relação fracassada.

Ele também atribuía a culpa por sua fobia de assumir um compromisso ao estresse que a carreira do pai impusera à sua mãe. Na entanto, a verdade era que eles haviam tido um casamento excelente, apesar da profissão perigosa do pai e das ocasiões muito freqüentes em que ele precisava desaparecer por semanas, às vezes até meses seguidos.

Certa noite, enquanto Tracy dormia ao seu lado, Harvath finalmente deu uma boa olhada para dentro de si mesmo procurando um motivo – o verdadeiro motivo para ter afastado toda boa mulher que tinha entrado em sua vida.

Ele viu o rosto de Meg Cassidy pairar em sua mente. Como aconteceu com Tracy, eles se conheceram sob circunstâncias extraordinárias. No caso de Meg, tinha sido durante o seqüestro de um avião. Depois eles foram designados para uma operação incrivelmente difícil. Tudo levava a crer que eles seriam perfeitos juntos – *talvez tão perfeitos quanto ele e Tracy eram.* Mas as coisas simplesmente não funcionaram. Ela era uma mulher incrível, alguém que Harvath se arrependia profundamente de ter perdido.

De toda forma, era estranho fixar-se nessa imagem. Meg continuava com a vida dela. Conhecera alguém e ia se casar em breve.

Sua mente então foi a um canto muito escuro que ele se esforçava ao máximo para evitar. Estava no lugar certo. Sabia disso pelo embrulho no estômago que sentiu ao começar a explorar um dos dias mais sombrios de sua vida.

Foi sua segunda missão na Equipe Dois da SEAL. Eles foram mandados à Finlândia no meio de um dos piores invernos já registrados. Graças à neve e ao vento ofuscantes, era quase impossível ver ou ouvir qualquer coisa. Sua equipe se dividiu em pares ao se aproximar do alvo.

De algum modo, os homens que eles estavam caçando viraram o jogo e os atacaram por trás. Harvath jamais conseguiu descobrir como souberam que a equipe da SEAL estava lá.

Quando o confronto terminou, ele tinha levado um tiro no ombro e seu companheiro tinha sido morto com uma bala na cabeça.

Embora tenha conseguido eliminar todos os atiradores, ele não ficou muito satisfeito com isso. A culpa que carregava era imensa. Seu companheiro de equipe tinha esposa e dois filhos pequenos.

Harvath insistira em contar pessoalmente à esposa do homem o que tinha acontecido. Embora ela fosse uma boa e forte esposa da Marinha, sua expressão ao receber a notícia partiu o coração de Harvath. Ele jurou que jamais voltaria a provocar esse tipo de dor em outra mulher.

Durante anos Harvath pensou que isso significava cuidar para que todos os seus homens voltassem vivos. Era um objetivo nobre, mas em sua área de atuação as pessoas às vezes morriam. Era o pior aspecto de sua atividade. Também era um dos motivos para ele preferir trabalhar sozinho sempre que possível.

Deitado ao lado de Tracy, ele finalmente tinha entendido por que afastara todas as boas mulheres de sua vida. E naquele momento fez um novo juramento a si mesmo. Se Tracy fosse a mulher certa para ele, jamais a deixaria partir.

A linha de raciocínio de Harvath foi interrompida quando o BlackBerry em seu quadril vibrou com uma ligação.

– Harvath – falou ao levar o aparelho ao ouvido.

– Scot, é Ron Parker. Conseguimos uma coisa que você devia ver.

– O que é?

– Em quanto tempo consegue chegar ao San Diego Marriott?

– Aquele na baía? – perguntou Harvath enquanto olhava para a mãe. Os médicos lhe disseram que, embora seu quadro fosse estável, eles pretendiam mantê-la sedada ao menos pelo resto da noite. – Talvez uns 15 minutos. Por quê?

– Você verá quando chegar lá. Um dos meus contatos da polícia de San Diego estará esperando por você. Chama-se detetive Gold.

capítulo 25

NA MADRUGADA, O HOTEL E MARINA SAN DIEGO MARRIOTT era uma linda e sinistra composição de metal e vidro curvo. Os reflexos vermelhos e azuis das luzes no alto de várias viaturas policiais estacionadas à entrada só tornavam sua fachada mais dramática.

Depois de mostrar suas credenciais e ter de convencer um patrulheiro muito obstinado que não queria deixá-lo passar, Harvath finalmente encontrou o detetive Gold. Por algum motivo Parker não dissera o primeiro nome do detetive, que era Alison. Não que Harvath tivesse algum problema com detetives mulheres, só parecia estranho deixar um detalhe desses de fora.

Conhecendo Ron como conhecia, Harvath deduziu que Gold tinha se hospedado no Valhalla e que ela e Parker provavelmente haviam tido algum envolvimento. Não ter mencionado que era uma mulher provavelmente foi o jeito de Ron tentar retratá-la como uma policial competente e uma pessoa em quem Harvath podia confiar. Não era necessário. O fato de Parker confiar em Gold era suficiente para Harvath. Muito rapidamente a ruiva alta e atraente que Harvath julgava estar no final dos 30 anos se mostrou digna do respeito dos dois homens.

Depois de se apresentar e se desculpar pelo patrulheiro, Alison Gold levou Harvath à van de carga Chevy Express branca e sem janelas. As portas traseiras estavam abertas e lá dentro uma equipe de especialistas da Unidade Forense de Serviços de Campo do departamento reunia provas.

– De acordo com uma testemunha que passeava com cães perto da casa de sua mãe pouco antes do ataque, havia uma van comercial branca estacionada na rua. Já encontramos placas magnéticas na van bem parecidas com a descrição do letreiro que ela viu.

Gold bateu na lateral da van para chamar a atenção de um dos técnicos e o fez mostrar a Harvath os objetos de que estava falando.

– Qualquer pessoa que visse a van pensaria que sua mãe tinha um cano arrebentado ou alguma coisa assim precisando de conserto. A polícia de Coronado já verificou com as franquias da Servpro na região e nenhuma delas teve qualquer solicitação de serviço sequer perto da casa de sua mãe.

Harvath não ficou surpreso.

– E a van?

– Foi alugada de uma empresa de Los Angeles. Estávamos verificando agora, mas não espere grande coisa daí.

Harvath não esperava.

– Quanto a impressões e fibras, o veículo está mais do que limpo. A polícia de Coronado também não encontrou nada na casa dela.

– E duvido que vá encontrar – respondeu Harvath.

– Por quê? – perguntou Gold.

– O cara é profissional.

A detetive levantou as sobrancelhas.

– Não sei quanto Ron lhe contou, mas uma amiga minha foi baleada na frente da minha casa, em Washington, há alguns dias, e acreditamos que o responsável é a mesma pessoa que atacou minha mãe – disse Harvath.

– É, Ron me explicou isso. Também me disse para não perguntar o que você fez para irritar tanto esse cara a ponto de ele atacar pessoas próximas de você dos dois lados do país.

Harvath olhou para ela, mas não disse nada.

– Está tudo bem – respondeu Gold, reconhecendo o silêncio dele. – Eu estive em Elk Mountain. Eu entendo.

Ela não sabia nem a metade do que acontecia por lá, mas Harvath deixou passar. Parker era tão patriota quanto Finney e nunca abordaria assuntos de segurança nacional só para travar uma conversa na cama. Mudando de assunto, Harvath perguntou:

– Como descobriram a van?

– Com base na descrição da testemunha, solicitamos as gravações das câmeras na ponte e vimos a van indo e voltando de Coronado. Usando nossas câmeras de trânsito, conseguimos rastrear o veículo até aqui.

Era um bom trabalho policial, mas Harvath só precisou olhar a marina e as centenas de barcos ancorados nas docas para saber que o sujeito já tinha ido embora havia muito tempo. Ele tinha uma boa idéia de como, mas ainda precisou perguntar:

– Então ele largou a van aqui, e depois?

Gold inclinou a cabeça na direção da câmera de segurança do hotel.

– Já pegamos o filme. Como você disse, esse cara é profissional. Ele sabia que íamos usar as gravações. Não olhou diretamente para a câmera. Vou cuidar para que você tenha uma cópia de tudo, mas não acho que vá adiantar grande coisa. Ele usava um boné tão puxado para baixo que não dá para ver seu rosto. Também vestia roupas largas e andava curvado, o que nos impede de fazer uma estimativa de seu peso e altura.

– Ele tinha um carro esperando por ele ou foi a pé para as docas?

– Foi a pé para as docas – respondeu a detetive. – O pessoal da marina é muito rigoroso com o controle dos barcos que estão nos píeres, números de registro e tudo, mas...

– Mas a esta altura ele já deve estar no México.

Gold concordou.

– No lugar dele, eu teria um carro esperando em Ensenada ou num lugar mais adiante na costa e dali simplesmente desapareceria.

Ela estava certa. Era exatamente o que Harvath faria e isso o irritou. Eles estavam apenas algumas horas atrás do homem que tinha atirado em Tracy e atacado sua mãe, mas o atraso podia muito bem ser de dias. Com um barco e quase 3 mil quilômetros de costa na península Baja, o sujeito poderia estar em qualquer lugar.

A única coisa de que Harvath tinha certeza era que ele não desaparecera para sempre. Ele voltaria e, quando o fizesse, não ia ser tomando uma xícara de chá e contando uma história comovente sobre ter sido uma criança incompreendida.

Em algum momento os dois iam ter que se enfrentar e, quando isso acontecesse, só um deles sairia vivo.

capítulo 26

ANGRA DOS REIS, BRASIL

O TROLL OLHOU NOVAMENTE PARA A LISTA e empurrou o bloco de papel. Em uma palavra, ele estava *pasmo*.

Conseguir a lista foi quase tão impossível quanto ele pensara. O Troll tinha pouco para dar em troca e foi obrigado a cobrar um favor de uma vida toda a alguém extremamente bem situado que ele sabia que estava de posse de informações tão quentes que eram quase radioativas.

Depois de obter as informações, ele teve moeda de troca para procurar o que realmente queria. Embora Harvath lhe tivesse tirado tudo, o Troll ainda possuía algumas cartas na manga e as jogou com mestria.

Pegando sua xícara de café vazia, ele desceu da cadeira e foi até a cozinha. Uma brisa fria soprava pela casa, trazendo a promessa de chuva. Esse era um dos poucos aspectos negativos de seu paraíso particular na ilha: nas raras vezes em que chovia, era copiosamente. Isso significava que todas as transmissões de satélite eram suspensas até que a tempestade passasse.

Os bules de café turco estavam abrindo um buraco em seu estômago. Ele pegou o que restava de uma baguete, um pedaço de camembert e uma garrafa de água mineral, colocou tudo numa bandeja e voltou à mesa, onde olhou a lista mais uma vez.

Um milhão de coisas diferentes passavam por sua cabeça e ele tinha dificuldade para se concentrar. A cada informação, o quebra-cabeça ficava maior.

Uma das coisas mais interessantes que descobrira era que, pouco mais de seis meses antes, os americanos tinham libertado secretamente cinco de seus mais perigosos prisioneiros na baía de Guantánamo. Tinham usado isótopos radioativos em seu sangue para rastreá-los, mas isso não funcionou e perderam sua pista.

Tudo isso formava o *quê* da equação. Mas o Troll não conseguia entender o *porquê*.

Teria sido uma espécie de troca confidencial? Nesse caso, quem estaria envolvido e por que rastrear os homens? Será que eles esperavam pegá-los de novo? E, se pegassem, de quem? Quem os queria antes de tudo?

Pelo que o Troll podia ver, os prisioneiros não tinham nenhuma ligação. Vinham de organizações diferentes – até de países diferentes. Isso não fazia sentido.

Ele deduziu que talvez fosse possível ligar os cinco à Al Qaeda, mas não a ponto de a libertação em massa fazer sentido. E eles certamente não foram libertados por terem sido prisioneiros-modelo ou presos por engano. Não, eram homens muito rudes e perigosos.

Seus dossiês relatavam múltiplas tentativas de fuga e vários ataques aos guardas da Força-Tarefa Conjunta de Guantánamo. Embora vê-los longe dali talvez fosse um alívio para alguns de seus carcereiros, os Estados Unidos devem ter pedido um preço muito alto em troca.

Essa era a teoria do Troll. No entanto, por mais que tentasse encontrar uma ligação, não conseguia. Havia um vácuo de informações – um fenômeno de inteligência muito raro, em especial para os padrões dele. As informações podiam ser escondidas, mas jamais evaporavam. O fato de ter precisado cavar tanto para conseguir o que estava diante dele agora lhe dizia uma coisa: os Estados Unidos não queriam que vazasse sequer uma palavra sobre a libertação desses cinco homens.

Os soldados que estiveram envolvidos na libertação dos prisioneiros naquela noite chuvosa quase seis meses antes foram todos promovidos e transferidos de Guantánamo. Os Estados Unidos fizeram um ótimo trabalho atando todas as pontas soltas, mas por quê? O que estavam escondendo?

O Troll deixou esta última pergunta gritar em seu cérebro por algum tempo enquanto se concentrava em outra informação que não parecia se encaixar – o agente Scot Harvath.

Nas últimas horas ficou bem evidente que Harvath tinha à disposição recursos excepcionais, mas eles não pertenciam propriamente ao governo.

Pelo contrário, por algum motivo os Estados Unidos o consideravam um risco e, de acordo com as fontes do Troll, não permitiram que se envolvesse na investigação sobre o atentado a Tracy Hastings. Harvath estava trabalhando sozinho.

Se esta era a verdade, o homem evidentemente tinha amigos – e amigos talentosos. O Troll ainda não se conformava por ter perdido seus dados, sua fortuna, tudo.

De início, considerou encomendar a morte de Harvath. Mas, além de isso ser proibitivamente caro, se alguma coisa acontecesse com o agente, o Troll podia muito bem jamais voltar a ver seu dinheiro ou seus dados. Ele não tinha alternativa, pelo menos por enquanto, a não ser deixar que as coisas rolassem. Se aparecesse uma oportunidade em algum momento do futuro, e sempre aparecia uma, ele agiria. Mas por ora teria que dar a entender de todas as maneiras que estava participando do jogo.

Estendendo a mão pela mesa, ele puxou o bloco fino e analisou novamente a lista de cinco nomes. Qual seria seu próximo passo?

Enquanto um trovão estalava em algum lugar na baía, o Troll ergueu a caneta, riscou o primeiro nome da lista e depois entrou na sala de bate-papo. O que Harvath não soubesse não iria matá-lo.

capítulo 27

Programa de Inteligência Sargaço
Elk Mountain Resort
Montrose, Colorado

DEPOIS DE FALAR COM OS MÉDICOS, Harvath sentou-se novamente ao lado da mãe e a observou dormir. Ainda era cedo demais para saber se os danos a sua visão seriam permanentes, mas os médicos tinham esperanças de que ela logo começasse a voltar a enxergar. A essa altura o mais preocupante eram os golpes que ela levara na cabeça durante o ataque e eles queriam mantê-la ali pelos próximos dias para fazer mais exames e ficar em observação.

Depois de mais um tempo, Harvath se levantou. Ele amava profundamente a mãe, mas, por mais que quisesse, não podia ficar sentado ali esperando que outra pessoa fosse atacada. Precisava agir. Como um grupo de amigos dela se prontificou a ficar de vigília, ele novamente entrou a bordo do Citation X de Tim Finney e voltou para o Colorado.

Embora a viagem fosse tranqüila e sem sobressaltos, Harvath não conseguia dormir. Tracy estava à beira da morte e sua mãe fora atacada e torturada. Ele teria de conviver pelo resto da vida com o horror do que acontecera às duas. Por um momento ele se perguntou se isso fazia parte do plano. A idéia lhe embrulhou o estômago e mais uma vez ele sentiu a bile subir pela garganta.

Harvath estava se dispersando e sabia disso. Ele não era de se deixar dominar pelas emoções, mas isso era diferente. As vítimas eram pessoas que ele amava. Haveria outras? Provavelmente. Será que o atacante ficaria mais ousado e potencialmente letal? Era uma possibilidade tão grande que Harvath nem queria pensar nela, mas precisava contar com isso.

Todos, por mais competentes que fossem, deixavam pistas. Esse cara estava largando pistas muito óbvias, mas nenhuma que ajudasse Harvath a deduzir quem ele era ou como poderia ser detido.

Harvath refletiu durante o pouso do avião e a viagem de volta ao resort nas montanhas.

Quando chegou lá, Finney e Parker esperavam por ele.

– Conseguiu dormir na viagem? – perguntou Finney.

Harvath negou, balançando a cabeça.

O amigo lhe passou um cartão-chave numa pequena pasta com o número de um quarto.

– Por que não descansa um pouco?

– E o Garoto de Ipanema no Brasil?

– Estávamos na cola dele até cair uma tempestade. Por enquanto a comunicação está interrompida. Vamos ficar de olho. Quando o tempo melhorar chamaremos você.

Harvath agradeceu aos amigos e foi para o quarto. À porta, ele tomou a decisão de desligar a mente e tentar deixar todos os problemas de lado. O sono era uma arma que o mantinha afiado e nesse momento Scot Harvath precisava desesperadamente disso.

Abrindo a porta, ele tirou os sapatos e caiu na cama. O resort era famoso por seus lençóis incrivelmente sofisticados, edredons felpudos e colchões de penas, mas Harvath não se importava com nada disso. Tudo o que queria era dormir.

Em minutos suas preces foram atendidas e ele desceu a ladeira da consciência, entrando no sono mais profundo e mais sombrio que já tivera na vida.

capítulo 28

ERA O MEIO DA MANHÃ QUANDO Ron Parker ligou para o quarto de Harvath e lhe disse para se encontrar com ele no restaurante.

Harvath tomou um banho rápido, com uma ducha fria no final para ajudá-lo a acordar e afastar o que restava do terrível pesadelo que tinha rigorosamente toda noite desde que Tracy fora baleada.

Ele vestiu as roupas que Finney lhe arrumara e ligou para os dois hospitais para ver como estavam a mãe e a namorada.

No restaurante, Parker já estava com o café da manhã esperando por ele. Harvath se serviu de uma xícara de café e perguntou:

– Onde está o Tim?

– Está colado nos mercados, de olho em algumas ações na América do Sul.

Harvath entendeu e não fez mais perguntas. Depois de engolir o café da manhã, Parker o levou de carro para o Sargaço.

Quando entraram na sala de reuniões, Tim Finney e Tom Morgan esperavam por eles.

– O tempo está quase limpo – disse Morgan enquanto Harvath se servia de outra xícara de café e se sentava. – Logo deveremos ter notícias de nosso amigo.

– Como está sua mãe? – perguntou Finney ao se sentar ao lado de Harvath.

– Péssima.

– Lamento saber disso. E Tracy?

– Na mesma – respondeu ele. Querendo evitar mais perguntas sobre sua série de infortúnios, indagou: – Aquele tampinha fez alguma coisa?

– Nada – respondeu Parker enquanto se postava diante do laptop e tomava um gole de café.

– Alguém foi à ilha para vê-lo?

– Negativo.

Harvath se recostou na cadeira e esfregou o rosto.

– Então voltamos a esperar.

Finney batia a caneta na mesa de reuniões.

– É.

Todas as telas estavam ligadas e mostravam a sala de bate-papo com a última mensagem do Troll indicando que tinha informações para Harvath, mas teria de esperar que a chuva passasse.

– Que tal a Alison? – perguntou Parker, quebrando o silêncio. – Boa?

Harvath sorriu. Por mais luxuoso que fosse o ambiente, esperar ainda era esperar, e tanto policiais como soldados sempre falavam da mesma coisa.

– É – respondeu Harvath. – Ela é ótima.

– Se eu pudesse convencê-la a vir para cá em tempo integral, talvez pudéssemos ter alguma coisa.

Finney bufou, zombando dele:

– E privar todas as hóspedes do resort de sua atenção? Mas de jeito nenhum.

Parker riu.

– Não importa. A carreira dela está em San Diego. Ela não vai sair de lá. Nem por mim.

Harvath ia responder quando Tom Morgan estalou os dedos e apontou para uma das telas. O Troll estava de volta.

capítulo 29

DE INÍCIO, PARECEU UM PEDIDO ESTRANHO, mas Harvath não era o digitador mais rápido do mundo e Morgan lhe garantira que eles não estariam se arriscando.

Harvath colocou os fones de ouvido, esperou um sinal de Morgan indicando que era seguro continuar e disse:

– Muito bem, estou aqui.

– Agente Harvath, que bom ouvir sua voz – respondeu o Troll pelo chat de voz decodificado.

– A sua também. É um pouco mais grave do que eu esperava.

O Troll riu.

– É melhor evitar que você consiga minha impressão vocal precisa. Sabe, esse programa de escuta Echelon de seu governo é muito bom.

Harvath tentou identificar o sotaque do homem. Ele falava um inglês britânico com uma pronúncia excepcional, mas havia algo por trás. *Checo, talvez? Ou seria russo?* Harvath falava um russo passável e conhecia muitos nativos daquele país. Esse homem mais parecia ter vindo de fora da própria mãe Rússia. Talvez da Geórgia.

De todo modo, o agente não queria jogar conversa fora, então foi direto ao assunto.

– Sua última transmissão dizia que tinha algo para mim. O que é?

– Por algumas fontes a que ainda tenho acesso, consegui uma lista de nomes. Quatro, para ser exato – mentiu o Troll. – Todos libertados juntos das instalações de detenção da Marinha dos Estados Unidos na baía de Guantánamo.

– E por que eu estaria interessado neles? – perguntou Harvath.

O Troll fez uma pausa para criar um impacto e disse:

– Porque um deles é a pessoa que você está procurando.

Harvath olhou para Finney, Parker e Morgan, que ouviam a conversa em silêncio.

– Do que você está falando? – perguntou.

O Troll riu.

– Por acaso, agente Harvath, seu governo esconde muita coisa de você. Muita coisa que eles não querem que nem você nem ninguém descubra.

– Como o quê? – perguntou Harvath.

– Como o fato de que esses quatro homens libertados de Guantánamo são extremamente perversos. Todos legítimos terroristas, responsáveis por várias mortes de soldados americanos, homens das agências de inteligência e terceirizados.

Um milhão de perguntas invadiram a mente de Harvath, especialmente por que quatro terroristas teriam sido libertados. Não fazia sentido nenhum.

– Sua informação deve ser furada.

– Foi o que também pensei no princípio – respondeu o Troll. – Mas tem mais. Os quatro tiveram um isótopo radioativo injetado no sangue pouco antes de serem soltos. Trata-se de um projeto ultra-secreto que seu governo usa de vez em quando para rastrear agentes que vão para áreas perigosas e prisioneiros que eles querem soltar na selva de novo.

Nesse momento Harvath começou a ter uma série de insights.

– O único problema – continuou o Troll – era que quem quer que tenha mandado o avião para pegar os homens sabia do projeto ultra-secreto. O avião tinha sido abastecido com equipamento capaz de fazer transfusões de sangue completas.

Enquanto tentava se concentrar, Harvath perguntou:

– Como você sabe de tudo isso?

– Era parte de um relatório arquivado depois que seu governo perdeu o rastro dos quatro homens quando o avião pousou no exterior. Os recipientes com o sangue misturado ao radioisótopo foram levados a quatro cantos diferentes e descartados. Por fim foram recuperados pela CIA.

– Ainda não entendo o que isso tem a ver com...

– O sangue pintado acima de sua porta – interrompeu o Troll com impaciência. – Continha a mesma substância usada nos quatro homens libertados em Guantánamo.

capítulo 30

– NÃO TEMOS MUITA ESCOLHA – CONCLUIU FINNEY, tentando ser a voz da razão no grupo. – Se disser não ou se perder o prazo, ele vai fugir. Tenho certeza disso.

– E daí? – respondeu Parker. – Se fugir, vamos encontrá-lo. Pode levar algum tempo, mas um dia vamos localizá-lo. Além disso, ele não tem saldo nenhum no banco. Talvez tenha algum dinheiro escondido aqui e ali, mas quanto tempo vai durar? Não muito.

– E se ele decidir usar o dinheiro para encomendar a morte de Scot?

Era uma hipótese que Parker tinha considerado, mas não era nada plausível.

– Aí é que ele vai se meter em problemas. Se ele matasse Scot, jamais conseguiria os dados e o dinheiro de volta.

– Mas ele pode recomeçar – disse Finney. – Talvez possa até extorquir dinheiro dos quatro homens da lista. Pode se oferecer para se livrar de Harvath por eles.

– Ele terá de encontrá-los primeiro e, a julgar pelo que ouvimos, essa é uma coisa que nem o governo dos Estados Unidos conseguiu fazer. Não é?

Parker estava falando com ele, mas Harvath não estava totalmente atento. Ainda repassava em sua mente a conversa que tivera com Gary Lawlor pouco depois de desligar a conexão com o Troll.

Tudo o que o anão dissera fazia sentido. Ele tinha razão sobre o programa de radioisótopo e o fato de o sangue sobre a porta de Harvath conter essa substância. Harvath tinha poucos motivos para suspeitar de que a informação sobre os homens libertados de Guantánamo não fosse verdadeira.

Era isso que realmente o incomodava. Se esses quatro prisioneiros eram tão perigosos quanto o Troll afirmava, jamais deveriam voltar a ver a luz do dia. Então por que estavam livres? Que motivo poderia haver para deixar os quatro sair?

A linha de questionamento levou Harvath a uma coisa ainda mais perturbadora. Esses homens nunca teriam sido libertados de Guantánamo sem o conhecimento do presidente. De repente, ele entendeu por que Rutledge queria deixá-lo de fora da investigação. Por algum motivo, ele estava protegendo esses homens. *Mas por quê?*

Protegê-los fazia tanto sentido quanto libertá-los. Harvath confessou a Lawlor seu choque e sua decepção com o presidente, mas seu chefe demonstrou pouca solidariedade, lembrando-lhe de que estava sob ordens expressas de Rutledge para se afastar e deixar que o presidente e seu pessoal cuidassem do problema. Lawlor exigira que ele voltasse para casa.

Se alguém sabia que havia ocasiões em que as regras deviam ser quebradas, esse alguém era Lawlor. Sua recusa em reconhecer que agora definitivamente era uma dessas ocasiões não só irritava Harvath como o deixava com uma estranha sensação de abandono.

Parker estalou os dedos diante do rosto de Harvath para chamar sua atenção.

– Estou falando sozinho?

– Desculpe. Do que estávamos falando?

Parker revirou os olhos.

– *Do Troll.* Vamos fechar o acordo com ele ou não?

Harvath pensou por um momento e respondeu:

– Estou inclinado a dar o dinheiro a ele.

– Deve estar brincando comigo – gemeu Parker enquanto jogava as mãos para o alto. – Meu Deus, Harvath.

– Tim tem razão. Ele sabe muito bem como me acertar. Se fizer isso, nunca vai recuperar o que tiramos dele.

– Mas... – Parker tentou.

– E eu sei que, se alguma coisa me acontecer – continuou Harvath –, tenho dois amigos que sem dúvida farão com que ele pague por isso.

Finney olhou por sobre os ombros, tentando localizar os amigos a quem Harvath estava se referindo, e depois exclamou:

– Ah! Quer dizer nós.

Harvath ignorou os dois e deu uma série de instruções a Tom Morgan.

◆◆◆

Quarenta e cinco minutos depois, o Troll colocou a lista de quatro nomes, junto com suas nacionalidades e outras informações, na sala de bate-papo. A lista não fazia sentido nenhum. As nacionalidades eram as mais variadas. Harvath não fazia idéia do que eles podiam ter em comum, mas isso não tinha importância. Estava convencido de que tinha seu homem. Era o terceiro da lista – *Ronaldo Palmera, México.* O México ficava a uma curta viagem de barco de San Diego.

Harvath digitou o nome em seu computador e clicou *enviar.*

Enquanto o Troll tentava descobrir tudo o que pudesse sobre o alvo, Parker e Morgan começaram sua própria pesquisa. Finney e Harvath ficaram sozinhos para conversar.

– Algum nome o faz se lembrar de alguma coisa? – perguntou Finney.

– Não.

– Síria, Marrocos, Austrália e México? Não sei... Acho que seu colega Troll está nos passando a perna.

Harvath balançou a cabeça.

– Se brincar conosco, é ele quem vai sair perdendo. Ele sabe disso.

– Mas que tipo de lista é essa? Parece um júri para uma competição internacional de patinação artística. Estamos falando de quatro dos piores homens libertados de Guantánamo.

– E daí?

– Qual é a ligação? O que esses caras têm em comum para terem sido libertados ao mesmo tempo? E quem se importa com esses idiotas a ponto de mandar um avião pegá-los e trocar seu sangue como parte da diversão a bordo?

Harvath não podia discutir com ele.

– Talvez Ronaldo Palmera possa nos responder.

– Talvez – respondeu Finney. – Mas primeiro teremos de encontrá-lo. O México é muito grande.

– Estamos falando do sujeito que atacou minha mãe e quase matou Tracy – respondeu Harvath. – Não ligo se tivermos de vasculhar todo o país. Ele será nosso.

capítulo 31

BALTIMORE, MARYLAND

DESDE QUE ENTREVISTOU TOM GOSSE, o repórter do *Baltimore Sun* Mark Sheppard não dormiu muito. A primeira coisa que fez foi verificar as alegações de Gosse de que o amigo dele, o legista do estado de Maryland Frank Aposhian, e sua namorada, a investigadora Sally Rutherford, realmente morreram num acidente de trânsito. Era verdade, mas as circunstâncias em torno do acidente não estavam tão claras quanto Gosse fez parecer.

De acordo com Gosse, Aposhian disse que, na noite em que voltaram a sua casa, os supostos agentes do FBI o ameaçaram. Mandaram que ele parasse de fazer perguntas sobre o cadáver que tinha sido retirado da sala do legista. Aposhian não queria mais problemas e concordou em não perguntar mais nada. O problema, entretanto, não eram as questões de Aposhian, e sim as de Rutherford.

A mulher farejou alguma coisa estranha e se recusou a desistir. Não havia nada que a convencesse a obedecer à dupla de falsos agentes do FBI – por mais convincentes que eles fossem. Além do mais, eles não faziam idéia de que ela e Aposhian eram um casal. Tudo o que sabiam era que ela era investigadora no escritório do legista e tinha examinado umas digitais para ele. Se ela tomasse cuidado, eles, quem quer que fossem, não saberiam o que ela estava aprontando.

Assim, Rutherford continuou a investigar. Mas o que descobriu não era nada reconfortante.

Ela evitou entrar em contato com o Departamento de Polícia de Charleston. Já os tinha procurado uma vez e não pôde deixar de se perguntar se eles não haviam falado com os homens que apareceram no apartamento de Frank. Em vez disso, procurou o escritório do legista de Charleston.

Com base na cópia do arquivo do legista que fizera depois que Aposhian recebeu a segunda visita dos supostos agentes do FBI, ela não teve dúvidas de que o cadáver e a vítima de tiroteio com a polícia em Charleston eram a mesma pessoa. A diferença era que seu cadáver tinha morrido de overdose – e não por ferimentos a bala.

Para tornar o mistério ainda maior, havia o fato de que não era possível solicitar a exumação do corpo, uma vez que fora cremado. Quando perguntou no escritório do legista quem autorizara a cremação, disseram que não tinham a informação e que ligariam para ela depois.

Mas nunca tiveram oportunidade. Naquela noite, Rutherford e Aposhian morreram ao avançar um sinal vermelho e serem atingidos de lado por outro veículo.

A briga que Gosse tinha ouvido naquele dia começara porque Aposhian disse a Rutherford para deixar a questão do cadáver de lado. Rutherford havia descoberto alguma coisa na internet, mas Aposhian não queria ouvir. Só queria esquecer aquilo tudo. Foi nesse momento que ela saiu da sala dele daquele jeito.

Naquela noite, na funerária, o legista assistente rejeitara o segundo copo de uísque que seu amigo lhe oferecera e ligara para Rutherford do celular. Disse que se sentia muito mal pela briga. Concordou em ir buscá-la e essa foi a última vez que Tom Gosse o viu vivo.

Gosse estava convencido de que o acidente tinha sido provocado pelas pessoas que queriam que Aposhian parasse de fazer perguntas sobre o cadáver desaparecido.

Sheppard, porém, não tinha tanta certeza. Usando sua rede de contatos no Departamento de Polícia de Baltimore, ele falou com todo o pessoal envolvido na investigação do acidente de Aposhian. Nenhum deles tinha dúvida de que a batida aconteceu porque o legista assistente tragicamente avançara um sinal vermelho. Não havia nada de errado com o carro e Aposhian não estava usando o celular no momento do impacto, mas tinha um certo teor de álcool no sangue – algo de que Tom Gosse provavelmente se culpava. Mas, no fim das contas, o acidente parecia ter sido causado por Aposhian. Como disse um dos policiais, *O coitado simplesmente se lascou.*

Ao que parecia, Aposhian e Rutherford tinham conseguido alguma coisa quando foram mortos. Inclua duas figuras vagas fingindo ser agentes do FBI e até o maior cético teria dificuldade em ignorar a possibilidade de que algum tipo de conspiração podia estar acontecendo.

Por que usar um cadáver de Baltimore para fingir um tiroteio com a polícia na Carolina do Sul?

Sheppard achou o começo de uma resposta a essa pergunta em menos de dois minutos. Charleston era uma cidade pequena, em especial pelos padrões metropolitanos de Baltimore, e era ainda mais útil o fato de que seus cidadãos não costumavam se envolver em tiroteios com a polícia.

Ele estava na metade do primeiro artigo do jornal que conseguiu no Google quando entendeu o que faria em seguida. Mark Sheppard precisaria ir à Carolina do Sul.

capítulo 32

MÉXICO

ERA UM BAR DECRÉPITO EM UMA CIDADEZINHA decadente do México, mas tinha sanduíches decentes, cerveja gelada e, por incrível que pareça, uma conexão de internet de alta velocidade.

– Progresso – murmurou Philippe Roussard enquanto limpava com a manga da camisa o gargalo de sua garrafa de Negro Modelo e entrava com a senha.

O plano era bem simples e já funcionava havia algum tempo, mas, apesar de toda a sua tecnologia, os americanos ainda tinham de encontrar um jeito de desvendá-lo. Por isso era perfeito.

Roussard e seu instrutor compartilhavam uma conta de e-mail. Em vez de colocar mensagens cifradas num quadro eletrônico de avisos ou se arriscarem a ser identificados mandando e-mails um para o outro, eles simplesmente deixavam bilhetes curtos na pasta *rascunho* da conta. Assim que o outro lia a mensagem, a apagava. Sem pistas, sem vestígios e sem chances de alguém monitorar suas conversas.

Roussard fez o que tinha de fazer, se desconectou e passou a garrafa de cerveja gelada na testa. *Que país*, pensou. *Internet de alta velocidade, mas sem ar-condicionado.*

A sensação da garrafa em seu rosto e na nuca era boa. Pela manhã, ele tinha parado para colocar gasolina, encontrou o banheiro masculino e se barbeou. Era um hábito que praticava religiosamente todo dia. Podia agradecer à mãe por suas feições morenas. Uma barba por fazer só deixaria seu rosto mais escuro. Embora ao longo de todos esses anos algumas pessoas lhe tivessem dito que ele parecia italiano, não era assim que a maior parte do mundo o via. Roussard não podia escapar de suas origens. Ele aparentava o que era – um palestino.

Para fins diplomáticos, era francês. Falava a língua e tinha passaporte francês. Até nutria um forte ódio pelos americanos, o que significava que se adaptava perfeitamente quando estava na França. Mas a verdade era que havia anos que não ia lá. A guerra no Iraque o manteve muito ocupado.

Ser Juba, estar em todos os lugares e em nenhum, atacar soldados imperialistas ocidentais um por um com um disparo de seu rifle foi uma tarefa que consumiu todo o seu tempo. Depois ele foi apanhado.

Entre interrogatórios intensos, Roussard teve tempo para pensar – e muito.

E nessa época algumas coisas ficaram claras para ele. O tempo da América estava acabando.

Não seria em meses nem em anos, mas em questão de décadas os Estados Unidos cairiam. Já estava acontecendo. Estava acontecendo bem diante dos olhos de cada americano e no entanto eles eram gordos e felizes demais com sua comilança e televisão por satélite para ver.

Roussard ficava surpreso em constatar como uma nação antes tão altiva podia cair com tanta rapidez. O tecido da sociedade americana estava em farrapos. Só era preciso puxar um dos fios e ele se desintegraria ainda mais depressa. Se não fosse tão arrogante, a América seria digna de pena. Tinha realizado tanto, mas, como Roma, sua ganância pelo poder e pelo domínio do mundo já estava acelerando seu ritmo rumo à sepultura.

Roussard estava ansioso para voltar ao trabalho. As pragas tinham sido uma idéia brilhante. Davam um toque a mais de tormento ao que Scot Harvath sofreria. E depois que finalmente terminasse com o agente, Roussard pretendia retomar seu trabalho no Iraque. Embora o Exército Islâmico do Iraque tivesse treinado e disposto equipes de excelentes atiradores de elite, o medo que eles levavam ao coração e à mente de seus inimigos não era tão profundo quanto o que Juba fora capaz de criar.

Juba era um pesadelo. Era o atirador que atacava sem aviso, deixando os soldados americanos acordados em suas camas à noite, perguntando-se se seriam os próximos. Juba era o anjo da morte que decidia quem viveria e quem morreria. *Assim que esta tarefa estiver concluída*, disse a si mesmo, *poderei voltar ao Iraque. E então, mais uma vez, estarei em casa.*

capítulo 33

Programa de Inteligência Sargaço
Elk Mountain Resort
Montrose, Colorado

ERA O FINAL DA TARDE QUANDO SCOT HARVATH voltou a se unir a Tim Finney, Ron Parker e Tom Morgan na sala de reuniões do Sargaço. O chef do resort preparara um almoço tardio e os homens batiam papo enquanto comiam.

Depois que a refeição terminou, Morgan começou a apresentação.

– Quero primeiro dar uma perspectiva geral e breve, depois passarei aos detalhes. Agente Harvath, imagino que saiba muito disso, mas acho que o Sr. Finney e o Sr. Parker tirarão algum proveito.

Harvath educadamente fez um sinal para Morgan prosseguir.

– Depois do 11 de Setembro, muita gente foi presa no Afeganistão, no Iraque e em outros lugares. De acordo com minhas fontes, os prisioneiros vieram de mais de 50 países, mas apenas 41 deles foram divulgados na imprensa. A maioria dos prisioneiros era da Arábia Saudita, seguida do Afeganistão e do Iêmen.

– Até agora, nenhuma novidade – respondeu Finney.

– É verdade – concordou Morgan enquanto ativava o laptop e as telas da sala ganhavam vida com o primeiro slide de uma apresentação em PowerPoint criada às pressas.

– O que o México tem a ver com isso?

– Há algum tempo, agentes da inteligência americana e mexicana têm conhecimento de campos de treinamento paramilitares altamente especializados em todo o México, vários deles localizados a um dia de viagem de nossa fronteira ao sul. Esses campos são operados por um grupo de ex-soldados das forças especiais militares mexicanas conhecidos como os Zetas, que desertaram em meados da década de 1990 para trabalhar como milicianos para cartéis do tráfico, que pagavam alto.

Morgan passou para o slide seguinte – uma colagem de fotos de satélite.

– Os campos eram freqüentados por uma variedade de árabes e asiáticos, inclusive tailandeses, indonésios e filipinos.

– Representantes de todas as áreas de tensão islâmicas do mundo – observou Finney. – Tem uma Disneylândia para terroristas aí.

Morgan assentiu e avançou para o próximo slide.

– Tenho um colega em Washington que disse que há anos, por intermédio dos Zetas, os terroristas estão explorando a capacidade dos cartéis de drogas de contrabandear homens, armas e explosivos pela nossa fronteira com o México. Com o avanço das investigações, acho que um dia poderemos provar que homens e material envolvidos nos ataques a Manhattan no fim de semana de 4 de Julho entraram em nosso país pela fronteira sul.

– Se sabíamos de tudo isso antes, por que não fizemos nada? Construir uma cerca, tomar os campos, qualquer coisa, menos ficar sentados aqui enquanto somos invadidos?

Morgan sorriu e disse:

– Para esse tipo de pergunta, vai precisar de um analista político. No que diz respeito ao pessoal da inteligência e alguns membros esclarecidos do Congresso, os bárbaros não estão nos portões, eles já entraram. Além das células da Al

Qaeda no norte do México, há atividade do Hezbollah e do Jihad islâmico, entre outros. Estão todos lá.

O ex-funcionário da NSA apresentou outro slide.

– Não só estão lá como não têm medo nenhum de que alguém avance contra eles. A audácia deles é tanta que começaram a construir mesquitas como a que fica nos arredores de Matamoros, no México, a apenas alguns quilômetros de Brownsville, no Texas, do outro lado do Rio Grande.

Harvath já tinha ouvido falar de tudo aquilo e vira as provas. O governo inatamente corrupto do México não tinha vontade nem coragem de se opor aos Zetas e aos cartéis do tráfico. Não dava a mínima para o perigo claro que os dois grupos representavam para a segurança americana.

Finney estava horrorizado.

– Mas que droga, Scot. Isso é sério?

Era uma das poucas coisas de seu país de que Harvath se envergonhava e o fato de ele não responder dizia tudo.

– Por que o presidente ou o Congresso não fazem alguma coisa?

– É complicado – respondeu Harvath.

– Uma cirurgia de próstata também é complicada, mas você faz, apesar do pé no saco que ela é. A alternativa é inaceitável.

– Concordo com você. Os terroristas, as drogas, a onda de imigrantes ilegais. Tive amigos na Patrulha de Fronteira. É um crime e só podemos culpar a nós mesmos. Como podemos chamar a América de a nação mais poderosa do mundo se não conseguimos garantir a segurança de nossas próprias fronteiras? Estamos sendo invadidos e, se não fizermos alguma coisa imediatamente, em breve vamos acordar numa América muito diferente, um país que não vai agradar nem ao mais liberal de nós.

– E o que vamos fazer a respeito?

Harvath adorava Finney, mas agora não era exatamente a hora de resolver esse problema.

– Além de carregar seu Hummer com blocos de concreto, argamassa e dinheiro para a gasolina para ir à fronteira, não há muito que possamos fazer.

– O fato – disse Morgan, concentrando-se em Harvath – é que isso não é bem verdade.

capítulo 34

— ENTÃO AGORA CHEGAMOS AOS DETALHES da apresentação – disse Harvath.

– Exatamente – Morgan concordou enquanto passava ao slide seguinte, uma foto reticulada de vigilância. – Ronaldo Palmera, 43 anos, nascido a duas horas da Cidade do México, em Querétaro. Um Zeta e instrutor visitante em vários campos, Palmera era conhecido por sua expertise em explosivos e conflitos paramilitares. De acordo com as autoridades mexicanas, ele também era um dos mais impiedosos milicianos do cartel. Ficou particularmente famoso pelos horríveis métodos que criara para torturar e matar suas vítimas.

Quanto mais ouvia, mais Harvath tinha certeza de que ele era o responsável pelos ataques.

– A certa altura, a Al Qaeda ficou bastante impressionada com Palmera, a ponto de lhe oferecer muito dinheiro para ir ao Afeganistão e trabalhar em seus campos de treinamento. Ele já falava um pouco de árabe, mas aprendeu também dari e pashto. Logo depois converteu-se ao Islã.

– O Troll disse que todos os homens na lista eram culpados por várias mortes de soldados americanos, funcionários das agências de inteligência e terceirizados, então acho que Palmera não foi levado para Guantánamo só por seu envolvimento nos campos da Al Qaeda – disse Harvath.

– Não, não foi – respondeu Morgan enquanto mostrava o slide seguinte. – Depois do 11 de Setembro, os Estados Unidos lançaram a Operação Liberdade Duradoura. Antes de colocar forças terrestres no Afeganistão, equipes altamente especializadas da CIA e das Operações Especiais foram enviadas para coletar informações, ajudar a formar alianças, etc. Sem dúvida foi uma das missões mais perigosas e mais importantes logo após o 11 de Setembro. E também uma das mais bem-sucedidas. Teria tido ainda mais sucesso se não fosse por Palmera.

Morgan fez uma pausa e em seguida continuou:

– Com a bênção de Bin Laden, Palmera montou suas próprias equipes para rastrear os americanos que a Al Qaeda sabia que seriam mandados antes da campanha terrestre. Todos os homens das cinco equipes que você vê nesta foto foram dizimados, muitos de maneiras tão horrendas que o governo nem suporta mencionar. Basta dizer que Palmera fez pessoalmente a maior parte do trabalho sujo, torturando e matando seus prisioneiros depois que eles foram desarmados e não podiam mais lutar nem se defender. Dizem que ele gosta de guardar troféus de suas mortes. No caso das equipes americanas, foram as línguas. Ele as cortou enquanto os soldados e os agentes da CIA ainda estavam vivos e mandou um sapateiro em Kandahar fazer um par de botas com elas.

Harvath pensou em seu amigo Bob Herrington, que fora ferido no Afeganistão enquanto ajudava outro agente ferido da Força Delta e viu sua carreira acabar por causa disso. Embora tenha sido obrigado a deixar o trabalho que tanto amava, não hesitou em se apresentar mais uma vez quando o país precisou dele. Harvath sabia que tipo de homens eram aqueles soldados e agentes da CIA que Palmera tinha matado. Eram incrivelmente corajosos, capacitados e colocavam o amor por seu país acima de tudo – como Bob.

Harvath sabia que quando localizasse Ronaldo Palmera ia fazê-lo pagar por muito mais coisas além do que fizera com sua mãe e Tracy Hastings.

Era exatamente isso que estava prestes a dizer quando Ron Parker desviou os olhos do laptop e interrompeu seus pensamentos:

– Temos novidades na sala de bate-papo.

capítulo 35

SANTIAGO DE QUERÉTARO, MÉXICO

A CIDADE DE QUERÉTARO ERA QUENTE, suja e apinhada. Embora sua população fosse de menos de 1,5 milhão de habitantes, a maioria parecia se amontoar no centro histórico, considerado Patrimônio Mundial da Unesco por sua arquitetura colonial bem preservada.

De acordo com o ponto de vista de historiadores mexicanos ou espanhóis, Querétaro era conhecida como o berço da independência do México ou como um antro de atividade revolucionária. Foi nessa cidade que nasceu a trama para derrubar os espanhóis e mandá-los de volta à Espanha. Também ali foi assinado o acordo de paz conhecido como Tratado de Guadalupe Hidalgo, dando fim à guerra méxico-americana e cedendo partes dos atuais estados do Arizona, Novo México, Colorado e Wyoming, bem como a Califórnia, Nevada e Utah. Em troca, os Estados Unidos concordaram em perdoar a dívida de 3,5 milhões de dólares do México para com os cidadãos americanos.

Com fundamentalistas radicais islâmicos e uma boa maioria do governo mexicano querendo derrubar os Estados Unidos, Querétaro parecia um lugar perfeito para Ronaldo Palmera chamar de lar.

Quando o Troll lhes informou sobre o paradeiro de Palmera, Ron Parker ficou realmente decepcionado por ele não estar entocado em um dos campos de treinamento. Com todo o pessoal que saíra do grupo de Operações Especiais na folha de pagamento de Elk Mountain, ele tinha esperança de poder montar sua própria equipe de ataque, passar clandestinamente pela fronteira e eliminar todo o campo.

Harvath também teria gostado disso, mas pegar Palmera em Querétaro tinha algumas vantagens. A primeira delas porque a cidade era um centro de atividades e tinha uma das economias mais dinâmicas de todo o México. Isso significava que uma grande quantidade de capital americano e europeu, bem como um grande número de executivos, circulava regularmente por lá. Com suas cabeças raspadas, Parker e Finney não iam exatamente passar despercebidos, pelo menos não os dois juntos, principalmente Finney. Ele era tão grande que se destacava em qualquer lugar, mas Harvath tinha uma boa idéia de como tirar proveito disso.

Do ponto de vista operacional, Parker e Finney tinham conhecimento e experiência suficientes para levar a cabo o que Harvath queria fazer. Além do mais, uma equipe de três homens era o máximo que eles ousariam formar para essa operação. Embora os homens de Valhalla e do Ponto Seis fossem excelentes, para esse tipo de missão a melhor opção era um grupo pequeno.

Quando o jato pousou no Aeroporto Internacional de Querétaro, Finney e Parker, ambos bem-vestidos, assumiram as posições de guarda-costas de um Harvath trajado com ainda mais elegância.

Depois de passarem pelo controle de passaporte e pela alfândega, Finney e Parker retiraram rádios das bolsas, prenderam-nos por baixo dos paletós esporte e colocaram nos ouvidos fones no estilo Serviço Secreto. Os policiais que guardavam o terminal observaram seus movimentos, mas não com mais atenção do que faziam com qualquer outro executivo estrangeiro e rico que passava pelo aeroporto. Americanos e europeus ainda fascinavam e causavam inveja em Querétaro.

No meio da viagem até a cidade pela estrada principal, Finney instruiu Parker a fazer um desvio. Seguiram uma estrada mal pavimentada por aproximadamente 11 quilômetros até uma das piores favelas mexicanas que qualquer um deles já tinha visto. Não era um bom lugar para dirigir um luxuoso carro americano de quatro portas, novo e reluzente, fosse ele alugado ou não.

Depois de errarem o caminho duas vezes, finalmente encontraram o que procuravam. Ao encostarem diante da minúscula loja de autopeças com as placas pintadas à mão e grades enferrujadas nas janelas, Finney olhou para Parker e disse:

– Não desligue o motor.

Saindo do carro, Finney localizou um velho de camiseta e sandálias sentado em uma cadeira de jardim diante da loja. Ao sorrir, o velho mostrou uma fileira de dentes de ouro.

Finney se aproximou e fez uma pergunta sobre a estrada para Querétaro. Quando o velho lhe deu a resposta combinada, Finney perguntou se ele tinha um estepe que servisse para seu carro. O velho se levantou da cadeira bamba e fez sinal para que Finney o seguisse para dentro da loja.

Harvath e Parker observavam do carro. Isso não fazia parte do acordo e nenhum dos dois estava gostando, mas tinham poucas alternativas a não ser ficar sentados e esperar.

Minutos depois, Finney ressurgiu com o que eles supuseram ser o estepe embrulhado num saco de lixo grande. O velho foi até a traseira do carro e bateu duas vezes no porta-malas com os dedos nodosos. Parker soltou a trava da mala e Finney guardou o pneu cuidadosamente.

Dez minutos depois, eles pararam o carro no acostamento e saltaram. Abrindo a mala, retiraram o saco plástico que envolvia o "estepe". Preso com fita adesiva dentro do pneu estava tudo o que Harvath pedira. O Troll cobrara caro pelas armas, mas, como não tinham fontes no México e Harvath não podia recorrer a suas ligações em Washington por medo de que o presidente descobrisse o que ele estava fazendo, a única opção tinha sido concordar em comprar o que precisavam do Troll e sua extensa rede.

Harvath ficou satisfeito por ter as armas. Se Ronaldo Palmera era tão perigoso quanto todos diziam, iriam precisar delas.

capítulo 36

EMBORA PUDESSE MORAR EM QUALQUER LUGAR em Querétaro, Palmera preferia o discreto bairro de El Tepe, onde as pessoas cuidavam da própria vida e não faziam muitas perguntas.

Ele tinha uma modesta casa de dois andares não muito longe do centro comercial. Nos fundos havia uma espécie de quintal onde ele cultivava um amplo jardim, cujo ponto alto eram as filas elegantes de árvores frutíferas anãs.

A jardinagem era um passatempo que Palmera desenvolvera tarde na vida e se tornara uma forma segura de acalmar os nervos e afastar de sua mente tudo o que ele vira e fizera.

Para representar os cinco pilares do Islã, ele plantou cinco tipos diferentes de árvores: maçã para o testemunho da fé; damasco para o ritual da oração diária; cereja para a obrigatória doação de esmolas; nectarina para o jejum; e pêssego para a peregrinação a Meca – uma jornada que Palmera ainda tinha de empreender.

Enquanto cuidava de cada uma das árvores, lembrava-se de seu compromisso com Alá e se concentrava no que aquele determinado pilar do Islã significava para ele. Num mundo materialista demais, o jardim de Palmera era seu santuário, seu paraíso na Terra. Era também o ponto mais fraco na defesa da casa.

Harvath tinha desistido da idéia de pegar Palmera na rua – havia muitas testemunhas e coisas demais que podiam dar errado. O melhor seria pegá-lo em sua casa.

De acordo com o que o pessoal da inteligência descobrira, Palmera morava sozinho e não andava com guarda-costas – sua fama era toda a proteção de que precisava. A única coisa que preocupava Harvath era até que ponto Palmera tinha influência sobre a vizinhança. Dar dinheiro para as organizações de caridade, igrejas e famílias necessitadas do bairro era uma ótima maneira de comprar sua lealdade e ter olheiros para o alertarem se houvesse qualquer sinal de que alguém estava procurando por ele.

Harvath e sua equipe simplesmente não tinham como saber. Dessa forma, eles tiveram de partir do pressuposto de que todas as pessoas num raio de quatro quadras da casa de Palmera estavam em sua folha de pagamento e prontas a dar com a língua nos dentes na primeira oportunidade. Estava fora de cogitação tentar entrar às ocultas no bairro. Eles teriam de ser ousados.

E foi exatamente o que fizeram.

Estacionaram o carro alugado a uma quadra da casa de Palmera e pagaram 100 pratas a dois lojistas para cuidarem do veículo. Embora Finney falasse muito pouco espanhol, ficou claro o que aconteceria aos lojistas se alguma coisa tivesse acontecido ao carro quando eles voltassem.

Ele assumiu sua posição atrás de Harvath e Parker e os três andaram até a esquina e entraram na rua de Palmera. Harvath falava animadamente e apontava para diferentes construções com um rolo de plantas debaixo do braço.

Depois de percorrer três quartos da quadra, Harvath localizou a passagem estreita que levava aos fundos da casa de Palmera e parou. Ele abriu as plantas sobre o capô de um carro estacionado e pareceu estudá-las atentamente. Pegou uma pequena câmera digital do bolso e a entregou a Parker, ordenando que começasse a tirar fotos.

Os moradores do bairro não faziam idéia de quem era o homem com as plantas, mas, a julgar pelo tamanho de seu guarda-costas, tinha de ser alguém muito importante. Se estava visitando El Tepe, isso só podia significar uma coisa: reurbanização. E reurbanização significava dinheiro, muito dinheiro.

Eles ficaram olhando o homem examinar as plantas e o assistente tirar fotos de suas lojas e construções enquanto o guarda-costas ficava obedientemente postado ali, pronto para desestimular qualquer um que se aproximasse sem convite.

Ansiosos por justificarem o interesse do executivo em seu bairro, vários lojistas da rua pegaram vassouras e começaram a varrer as calçadas.

Harvath continuava a gesticular, usando a caneta para apontar como os cabos de eletricidade entravam em diversas estruturas. Satisfeito por terem angariado o tipo de atenção que queriam, Harvath examinou as plantas por mais alguns minutos, depois apontou para o beco bem à frente deles. Colocando o projeto da nova arena de equitação de Tim Finney em Elk Mountain debaixo do braço, começou a andar. Este seria um dos momentos mais perigosos de todo o plano.

Tom Morgan estava se aproveitando secretamente de um satélite da NSA que lhe permitia monitorar, de sua mesa no Colorado, tudo o que acontecia. Nesse momento, por exemplo, a casa de Ronaldo Palmera estava vazia. Se eles iam entrar, esta era a hora.

Recebendo a mensagem "tudo limpo" no fone de ouvido, Ron Parker passou o recado a Harvath e eles entraram despreocupadamente no beco estreito. Estava coberto de lixo e tinha cheiro de urina. Harvath já sentira cheiros piores.

Ignorando o fedor e uma ratazana tão grande que poderia competir no hipódromo Churchill Downs, ele seguiu seu caminho até o final da viela.

Ele já estava com metade da chave mestra para fora do bolso quando chegou ao pesado portão de madeira com grades de ferro preto e percebeu que precisaria pensar em outra solução. O portão dava a impressão de ter vindo de um castelo medieval ou de uma igreja espanhola fortificada e sua grossa tranca de ferro era igualmente proibitiva. Eles teriam de pular o alto muro de pedra.

Felizmente estavam bem escondidos e Harvath foi direto ao trabalho.

Dando dois passos para trás, contou até três e pulou. Conseguiu se segurar e agradeceu em silêncio pelo muro não estar coberto de cacos de vidro – uma medida de segurança comum em países do terceiro mundo. Com os braços, Harvath ergueu o corpo, passou as pernas e caiu no jardim embaixo.

Ao fazer isso, ouviu algo que fez seu sangue gelar.

capítulo 37

Os ANIMAIS IRROMPERAM DO CANIL IMPROVISADO e partiram na direção de Harvath a uma velocidade espantosa. Sua visão se estreitou. Tudo o que ele pôde ver foram aquelas caras retorcidas e medonhas, com as presas terríveis e os olhos negros.

Em um instante eles estavam no ar – as bocas escancaradas, prontos para dilacerar seu corpo. Harvath não teve tempo de sacar a arma nem de sair do caminho. Sua única reação foi de puro instinto: ergueu os braços para proteger o rosto.

Ouviram-se dois estampidos rápidos enquanto os animais desabavam sobre Harvath e o derrubavam na parede. Ele girou depressa para se afastar deles, surpreso por ter os braços livres.

Harvath estava pronto para o próximo ataque dos cães quando percebeu que ele não ia acontecer. Olhou para cima e viu Ron Parker sentado no muro, segurando a pistola com silenciador com as duas mãos. Seus olhos rapidamente percorreram o jardim em busca de outras ameaças. Não encontrando nada, ele pulou do muro e se juntou a Harvath.

– Tom Morgan mandou pedir desculpas – disse Parker, enquanto se certificava de que os animais estavam mortos. – Ele não percebeu os cães.

Harvath olhou os dois corpos no chão. Os animais eram absolutamente repulsivos. Pareciam um cruzamento de pit bull com dobermann que tinha dado terrivelmente errado. Ao mesmo tempo, Harvath lamentava ter precisado matá-los. Ele adorava cães.

Mas não havia dúvida de que esses dois o teriam dilacerado. Ele teve sorte por Ron Parker ser um atirador tão bom.

– Obrigado – disse Harvath sacando a arma.

– Está me devendo uma – respondeu Parker, enquanto Finney pulava o muro e pousava a alguns metros de distância.

– Esses são os cachorros mais feios que já vi – disse Finney, pegando-os pelas pernas traseiras e os arrastando para o canil de metal corrugado.

Enquanto Finney escondia as carcaças, Parker olhava as janelas das casas em volta em busca de algum sinal de que tinham sido descobertos e Harvath trabalhava na fechadura da porta dos fundos da casa de Palmera.

Depois de abrir a porta, ele fez sinal para Finney e Parker entrarem atrás dele.

Como o Troll dissera, Palmera não tinha sistema de alarme. Mas de algum modo ele não notara os cães. Harvath registrou que precisaria tirar isso a limpo mais tarde.

Com as armas em punho, os homens rapidamente percorreram a casa, verificando cada cômodo em que entravam. Não havia sinal de Palmera nem de mais ninguém. Isso deu a Harvath alguns minutos para procurar por alguma coisa.

Com Finney vigiando a porta da frente e Parker a dos fundos, Harvath deu início a sua busca. Começou pelos armários do primeiro andar e, como se revelaram vazios, subiu a escada.

Ele vasculhou todos os armários, debaixo da cama e estava puxando uma cadeira para ter acesso a um espaço oculto no sótão quando Finney pediu que ele descesse.

– O que foi? – sussurrou Harvath do alto da escada.

Finney deu um tapinha no fone de ouvido.

– Morgan viu um veículo vindo para cá que se encaixa na descrição que temos do carro de Palmera.

– Quanto tempo?

– Quarenta e cinco segundos, no máximo – respondeu Finney. – Precisamos ficar a postos.

Harvath olhou por sobre o ombro o quarto onde tinha encontrado o pequeno nicho no sótão e concluiu que isso podia esperar.

Ele estava no meio da escada quando ouviu o amigo dizer:

– Rapazes, temos um probleminha aqui.

Ele correu pelo resto da escada e se juntou a Finney perto das janelas da frente da casa. Ele tinha razão. Tinham um problema. Ronaldo Palmera não estava sozinho.

capítulo 38

PALMERA SAIU DO TOYOTA LAND CRUISER acompanhado de outros dois homens – e nenhum deles parecia mexicano.

Ambos eram só um centímetro mais baixos que Palmera, que tinha 1,80m, e obviamente passavam muito tempo ao ar livre. Tinham a pele queimada de sol e, embora pudessem passar por sul-americanos, suas feições logo os entregaram a Harvath. Eram árabes e provavelmente estavam ligados a um dos campos de treinamento de Palmera.

Se isso fosse verdade, representavam uma séria ameaça. Harvath tinha de pensar rápido.

Um dos mais populares métodos de dominar um suspeito perigoso era mandá-lo a um passeio de cinco segundos com um Taser X26. Quando a eletricidade começava a percorrer o corpo da pessoa, seu sistema neuromuscular era paralisado e ela desabava no chão. Algumas gritavam, mas a maioria ficava tão travada que apenas caía e então suas mãos e pés podiam ser algemados e uma tira de fita adesiva colocada em sua boca.

Era assim que se usava um Taser contra um único suspeito. Mas contra três homens a situação era completamente diferente.

Harvath verificou o cartucho de reposição abaixo do punho do Taser. Não se surpreendeu ao encontrá-lo vazio. A arma devia ter sido usada antes de chegar a suas mãos. Para quê, ele não queria saber.

A ausência de um cartucho de reposição deixou Harvath e sua equipe com muito poucas opções.

Finney e Parker fariam o que fosse preciso para cumprir a tarefa. Não tinham medo de sujar as mãos, mas não podiam simplesmente atirar nos amigos de Palmera porque pareciam árabes. Embora provavelmente fossem uma dupla de miseráveis envolvida em coisas muito ruins, ainda havia algumas atitudes que Harvath não tomaria e uma delas era matar homens que não tinham lhe dado motivo para isso.

Dito isso, quando chegava a hora da ação, Harvath em geral não precisava de muita persuasão. Ele sabia, só de olhar para a maioria das pessoas, de que tipo eram. Talvez isso se devesse a seu treinamento no Serviço Secreto. Talvez fossem os anos que passara em profissões perigosas, mas a questão era que, pelo fato de ter matado em várias ocasiões, ele reconhecia essa mesma capacidade nos outros imediatamente – estavam sempre presentes o rosto implacável e duro, os olhos atentos. Uma pessoa familiarizada com a morte a exibia como um corte de cabelo caro – era inconfundível.

Harvath não tinha dúvida de que Palmera e seus companheiros lhes trariam problemas. O plano era derrubá-los antes que qualquer um deles pudesse reagir. Harvath, Finney e Parker tinham o elemento surpresa a seu favor. A única pergunta era: com esse acréscimo repentino de dois novos participantes, será que eles ainda conseguiriam usar isso como vantagem? Não havia muitas alternativas. Tinham de conseguir.

Harvath indicou a Finney e Parker o que queria que fizessem e os dois assumiram suas posições.

Com a mão em volta do Taser, ele rezou para que seu plano desse certo.

capítulo 39

DE SEU PONTO DE OBSERVAÇÃO NA JANELA, Finney via os homens andando pela calçada. De repente, exclamou:

– Ah, droga!

Harvath saiu correndo de seu esconderijo bem a tempo de ver Palmera e seus companheiros entrarem no beco e seguirem para os fundos da casa.

Todo o plano tinha sido elaborado com base em sua entrada pela porta da frente. Agora eles iam chegar pelos fundos e teriam que atravessar o jardim. Quando os cães não reagissem à entrada deles, Palmera saberia que algo estava errado.

A única coisa que Harvath destestava mais do que bolar um plano de última hora era bolar um segundo plano de última hora porque o primeiro tinha ido por água abaixo. Cada vez que mudavam a estratégia, suas chances ficavam menores.

Mesmo assim, ele tinha sido treinado para se adaptar e superar as adversidades, pensar rapidamente por si mesmo e ter sucesso, independentemente das probabilidades. O plano que agora surgia em sua mente era puro instinto militar, proveniente de anos de prática.

Como Parker era o melhor atirador do grupo, ficou com o trabalho mais pesado. Deixando-o na porta da frente, Harvath e Finney correram para os fundos da casa.

A porta dos fundos, com suas múltiplas trancas, ainda estava aberta e eles correram por ela, chegando ao jardim. Tinham acabado de se posicionar quando Palmera enfiou a chave na pesada tranca de ferro do portão.

A chave começou a girar e depois parou. Harvath sabia por quê. Palmera esperava ouvir alguma coisa. Sem dúvida, os cães costumavam ficar loucos quando ouviam barulho na fechadura.

Harvath deu uma olhada rápida para Finney. Eles podiam pegar Palmera e seus colegas no beco, mas, como não contavam mais com o elemento surpresa, alguma coisa muito ruim podia acontecer.

Finney entendeu a mensagem. Esticando a mão para o telhado do canil, ele sacudiu as folhas de metal corrugado.

Os dois homens olhavam fixamente para o portão, os ouvidos atentos a qualquer som da tranca que pudesse indicar a intenção de Palmera. Nada aconteceu. Obviamente, o barulho que tinham feito não era o que ele esperava. Harvath mudou seu foco do portão para o alto do muro, certo de que a qualquer momento Palmera ou um de seus amigos colocaria a cabeça ali por cima para ver o que estava acontecendo.

Esse momento jamais chegou. Em vez disso, Palmera sacudiu a chave na tranca de um jeito provocativo. Estava brincando com os cães – instigando-os. Talvez eles fossem ainda mais bem treinados do que Harvath imaginara. Afinal, eles só o atacaram depois que ele já havia pulado o muro e estava dentro do jardim. Essa podia ser uma brincadeira que Palmera fazia com eles, deixá-los atentos antes de revelar que a "ameaça" do outro lado do portão era ele. Harvath conhecia muita gente que gostava de brincar de enganar seus cães de vez em quando. Talvez seu plano funcionasse.

Enquanto a chave girava e a tranca pesada se abria com um barulho, um sorriso se espalhou pelo rosto de Harvath. Sem dúvida ia dar certo.

O rosto de Palmera foi a primeira coisa que ele viu. Era cheio de marcas de acne e mal encoberto por um arremedo de barba que ele deixara crescer em reverência a sua fé muçulmana. Seu cabelo preto era despenteado e os olhos escuros e estreitos disseram a Harvath tudo o que ele precisava saber sobre o homem. Depois que terminasse com Palmera, Harvath o mataria. Mas primeiro eles teriam uma conversinha.

Quando o terrorista mexicano colocou todo o corpo dentro do jardim, Harvath saiu de seu esconderijo e disparou os fios de arame de seu Taser. As pontas em forma de dardos atravessaram a camisa de algodão fino de Palmera e atingiram seu peito. A eletricidade começou a fluir imediatamente e o assassino foi levado a fazer uma coisa que os policiais americanos chamavam de "cavalgar o búfalo".

Enquanto seus músculos travavam e seu corpo de 1,80m caía de cara no chão, Tim Finney jogou todo o seu peso contra o portão do jardim, que bateu com um estalo ensurdecedor, fazendo os dois companheiros de Palmera cambalearem para a viela e deixando um deles inconsciente.

Antes que o outro homem percebesse o que tinha acontecido, Finney já abrira novamente o portão e estava em cima dele. Com um golpe certeiro na cabeça, o homem se juntou ao amigo no reino da inconsciência.

Parker tinha sido encarregado de atirar nos joelhos dos árabes se alguma coisa desse errado, mas, agora que os dois estavam nocauteados, ele correu para a viela e ajudou Finney a arrastar os corpos para o jardim.

Com as mãos de Palmera algemadas às costas e um pedaço de fita adesiva na boca, Harvath confiscou uma pistola semi-automática, uma lata de spray de pimenta e um soco-inglês. Esse cara era mesmo um amor e Harvath estava ansioso para trabalhar nele. Se tivesse sorte, Palmera se mostraria difícil e exigiria um interrogatório extenso.

Harvath manteve o joelho na nuca do homem enquanto Parker e Finney passavam fita adesiva nos amigos dele e os colocavam para dormir no telhado do canil.

Quando terminaram, Harvath ficou de pé e levantou Palmera, que tinha acabado de recobrar os sentidos. Com o cano frio de seu silenciador nas costelas do assassino, Harvath não precisou dizer o que aconteceria se ele fizesse alguma idiotice. Palmera era um homem inteligente e sabia muito bem o que estava reservado para ele.

capítulo 40

RON PARKER FECHOU AS CORTINAS da sala de estar enquanto Harvath arrancava a fita adesiva da boca de Palmera e o atirava numa cadeira.

Quando o homem começou a xingar os três, Harvath lhe deu um chute tão violento no saco que expulsou o ar de seus pulmões.

Palmera deitou-se no chão arfando, mas Harvath o puxou pela camisa e o recolocou na cadeira.

– Eu pergunto e você responde. É assim que funciona. Qualquer desvio desse roteiro, vou ficar desagradável. Estamos entendidos?

Palmera não respondeu. Limitou-se a fuzilar Harvath com os olhos.

Retirando o Taser do coldre na parte inferior das costas, Harvath o encostou no pescoço de Palmera e puxou o gatilho. Mesmo sem um cartucho de reposição que lhe permitia fazer disparos de longe, de perto o Taser ainda podia ser usado como uma arma de atordoamento eficaz.

O corpo de Palmera ficou imediatamente travado e caiu para a frente. Ao atingir o chão, seu nariz sofreu a maior parte do impacto e se espatifou.

Enquanto o ajudava a se sentar de novo, Harvath se inclinou para seu ouvido e disse:

– Você sabe que todos aqueles casos de gente morrendo na América por causa de um Taser são pura besteira. Em 99% das vezes eles já tinham um problema cardíaco. Como está seu coração, Ronaldo?

– Vá se foder – Palmera cuspiu enquanto lutava para recuperar o fôlego.

Harvath colocou o Taser do outro lado do pescoço do homem e disse:

– Podemos fazer isso a noite toda. Trouxe muitos cartuchos extras.

Palmera ia cuspir em seu rosto, então Harvath o mandou cavalgar o búfalo novamente.

Harvath recolocou o homem na cadeira e esperou até que sua respiração se estabilizasse.

– Se isso não está atraindo sua atenção, podemos lhe preparar um escalda-pés e pegar a bateria do seu carro. Você decide.

Dessa vez o homem o xingou em espanhol e não em inglês. Era um sinal sutil de que eles estavam começando a esgotá-lo.

O nariz quebrado de Palmera sangrava, então Harvath gesticulou para Finney pegar uma toalha no banheiro.

Quando Finney voltou e lhe passou a toalha, Harvath enrolou a mão nela, segurou o nariz de Palmera o mais forte que pôde e puxou-o para si.

O assassino rugiu de dor. Harvath falou alto o bastante para garantir que ele ouvisse.

– O que você estava fazendo em Washington? Como descobriu minha casa? Como encontrou a casa de minha mãe?

Palmera não respondeu. Estava a ponto de desmaiar de dor.

– Por que você está atacando pessoas ligadas a mim? – perguntou Harvath. – Está trabalhando sozinho ou alguém o mandou? Responda!

Harvath estava pronto para mandar aquele miserável para outra viagem com o Taser quando Finney pôs a mão em seu ombro. Não foi preciso dizer nada. O gesto bastou. Eles tinham a noite toda, se necessário, para trabalhar com o cara. Bater nele até deixá-lo inconsciente só dificultaria as coisas. Eles estavam ali para obter informações e, se Harvath não controlasse suas emoções, ia estragar tudo.

Ele soltou o nariz quebrado de Palmera e tentou afastar de sua mente as imagens do que acontecera com Tracy e sua mãe. Haveria muito tempo para descarregar toda a sua raiva, mas não agora.

Harvath se afastou do prisioneiro e viu o queixo do homem bater no peito. Ainda bem que Finney o havia impedido. Os olhos de Palmera estavam desfocados e meio fechados.

No exato momento em que Harvath ia lhe dar um tapa para despertá-lo, Palmera começou a murmurar. Sua voz era muito fraca e nem Harvath, Finney ou Parker conseguiam entender o que ele dizia. Provavelmente só estava recitando versos do Corão. Todos faziam isso quando ficavam com medo. Por mais durão que pensasse ser, Palmera não era páreo para Harvath. Era muito provável que tivesse visto em Harvath o mesmo que o agente vira nele – a capacidade *e* a disposição de matar.

Até que soubesse exatamente o que Palmera estava dizendo, Harvath sabia que precisava tratar cada declaração como potencialmente importante. Colocando o Taser na virilha do homem, Harvath mandou o recado inconfundível de que Palmera podia continuar bancando o durão, mas o risco seria só dele.

Quando Harvath se inclinou para a frente para tentar decifrar o que o homem dizia, houve um som que pareceu um enorme carvalho sendo dividido ao meio por um raio. A visão de Harvath ficou turva e ele cambaleou para trás, perdendo o equilíbrio ao esbarrar na mesa de centro.

De algum lugar atrás de onde Palmera estivera sentado, Harvath ouviu o som de vidro se quebrando e Finney e Parker gritando desesperadamente um com o outro.

Segundos depois veio o som de pneus cantando na rua, seguido por um baque ensurdecedor e mesmo em seu atordoamento Harvath sabia que um carro tinha atingido alguém. Ele rezou para que não fosse Palmera.

Sentindo desprezo por si mesmo por ter levado uma cabeçada tão violenta na barriga, Harvath tentou recuperar o prumo, obrigou-se a ficar de pé e lutou para chegar à porta e à rua.

Finney levantou os olhos do local onde o corpo mutilado de Ronaldo Palmera estava deitado sob o pára-choque amassado de um táxi e balançou a cabeça.

Harvath avançou para o corpo e Ron Parker pegou seu braço.

– Está morto – disse Parker. – Vamos dar o fora daqui.

– Ainda não – respondeu Harvath, enquanto se livrava da mão do amigo e ia até Palmera.

Uma multidão começava a se formar, mas Harvath a ignorou. Curvando-se, ele pegou a câmera digital no bolso, tirou uma foto e retirou as botas revoltantes do homem.

Juntando-se a Finney e Parker na calçada, disse:

– Agora podemos ir.

capítulo 41

CHARLESTON, CAROLINA DO SUL

OS CONTATOS DE MARK SHEPPARD na polícia o alertaram para não cometer nenhuma gafe em Charleston. Desde 1995 a cidade era repetidamente reconhecida como a "mais educada" da América e eles não aceitavam comportamento rude ou grosseiro. Sheppard não sabia se agradecia ou sentia-se insultado. De qualquer forma, não pretendia ficar por tempo suficiente para causar impressão.

Os tiroteios com a polícia eram muito raros em Charleston e Sheppard não teve problemas para encontrar o que procurava. De acordo com artigos de jornal que leu, o principal grupo de ação tática envolvido no "tiroteio" era a equipe SWAT da chefatura de polícia do condado de Charleston. A comunidade SWAT era relativamente pequena e Sheppard usou sua influência com um membro do alto escalão da SWAT de Baltimore para conseguir um encontro com Mac Mangan, o chefe da SWAT em Charleston.

Embora normalmente fosse gentil com a mídia, Mangan nunca se importara muito com repórteres, que, para ele, tinham apenas um objetivo: fazer com que ele e outros agentes da lei parecessem maus.

Já era bem ruim ter de lidar com os repórteres de sua própria cidade, mas ter de aturar um jornalista de fora que sem dúvida tinha vindo até ali para criticar sua equipe e retratá-la como um bando de caipiras que gostam de usar arma não combinava nada com ele. Se ele e a mulher não fossem tão amigos de Richard e Cindy Moss, de Maryland, jamais teria concordado com isso.

Sheppard encontrou Mangan – um homem muito forte no final dos 40 anos – na lanchonete Wild Wing, na Market Street, onde pediram o almoço.

Quando a comida chegou, eles já tinham batido bastante papo e Sheppard se sentiu seguro para puxar o assunto que realmente queria discutir.

– Imagino que Dick Moss tenha lhe contado por que estou aqui.

Mangan assentiu e deu uma mordida no sanduíche.

– O que pode me dizer sobre o que aconteceu?

O chefe da equipe SWAT mastigou a comida pensativamente e depois limpou a boca com o guardanapo.

– Um cara mau se trancou na casa. A equipe SWAT entrou. Bang. Bang. O cara mau já era.

Sheppard sorriu.

– Entendi. O condado de Charleston não é um lugar que trata com gentileza os caras maus.

Mangan ergueu o polegar e apontou o indicador imitando uma pistola, dando uma piscadela para Sheppard enquanto puxava o gatilho.

O repórter riu, de bom humor.

– O artigo no *Post and Courier* dava mais alguns detalhes, mas em resumo a versão deles bate com a sua.

O chefe da SWAT abriu a boca e deu outra grande mordida no sanduíche.

– Estou achando que teria sido melhor eu ter começado minhas perguntas antes de o almoço chegar.

Mais uma vez Mangan fez uma pistola com os dedos e piscou para Sheppard enquanto atirava.

O repórter estava ficando irritado.

– Sabe, Dick disse para eu me preparar para o blablablá preconceituoso dos caipiras, eu só não esperava que começasse tão rápido.

Mangan parou de mastigar.

– Não interrompa seu almoço por minha causa – continuou Sheppard. – Como sou eu que estou pagando seu lanchinho feliz, quero ter certeza de que desfrute cada pedaço. A propósito, que tipo de brinquedinho vem com o sanduíche e a bebida? Um maço de Marlboro?

O chefe da SWAT limpou a boca com o guardanapo e o largou no prato.

Sheppard o observou, sem ligar a mínima se o homem estava aborrecido. Ele não tinha vindo à Carolina do Sul para ser enrolado.

Lentamente, um sorriso começou a se abrir no rosto de Mangan.

– Dick disse que você podia ser meio sensível.

– Ele disse, é?

Mangan assentiu.

– O que mais ele disse?

– Disse que depois que eu o sacaneasse um pouco, devia tentar responder a suas perguntas.

Sheppard percebeu que sua mão esquerda apertava com força a Coca-Cola. Com uma risada, ele se permitiu relaxar.

– Então isso significa que você já me sacaneou?

– Depende – respondeu Mangan. – Vai deixar de ser tão sensível?

Uma típica pegadinha de policial. Sheppard devia saber que isso aconteceria. Os policiais de Charleston não eram diferentes dos de Baltimore. Em resposta à pergunta do homem, o repórter assentiu.

Mangan sorriu.

– Que bom. Agora, o que você quer saber sobre o tiroteio?

– Tudo.

Mangan balançou a cabeça:

– Vamos pular toda a bobajada.

– Tudo bem – disse Sheppard, cooperando. – Dick disse que você foi o primeiro a entrar na casa. O que viu?

– Essa é a primeira coisa que precisamos deixar clara – respondeu ele. – Eu não fui o primeiro a entrar.

– Como assim?

Mangan fez um sinal para Sheppard desligar o gravador. Depois que o repórter fez isso, o chefe da SWAT olhou por sobre o ombro e, virando-se novamente para ele, disse:

– O único jeito de eu contar qualquer coisa é você concordar que será tudo extra-oficial.

capítulo 42

PARQUE OLÍMPICO DE UTAH
PARK CITY, UTAH

PHILIPPE ROUSSARD ESTAVA EM BOA FORMA e era atlético, mas nunca se considerou muito um esportista. Não compreendia como uma cultura podia ser tão obcecada por uma variedade tão grande de esportes. Sem dúvida era um luxo que só uma nação ocidental como a América podia ter.

Roussard sentou-se e assistiu ao treino dos jovens acrobatas da equipe americana de esqui de estilo livre. O dia estava ensolarado e sem nuvens. A temperatura era perfeita – acima dos 21 graus e sem muito vento, condições excelentes para treinar.

O cenário o fazia se lembrar de muitos vilarejos onde sua família alugava chalés nas férias. É claro que eram em lugares muito mais remotos do que esse. A necessidade de segurança em sua família era tanta que nas poucas vezes por ano em que se reuniam era sempre em um lugar onde havia pouco risco de serem vistos ou, pior, atacados.

O Parque Olímpico de Utah, com 157 hectares, tinha sediado os eventos de salto de esqui, *bobsled* e *luge* das Olimpíadas de Inverno de 2002 e era também o local de treinos da equipe americana de esqui o ano todo.

A partir de sua observação, ele entendeu que os acrobatas precisavam se mostrar aptos a fazer todos os novos saltos na água antes de serem autorizados a treinar na neve quando chegasse a temporada de inverno. Três rampas cobertas de plástico, ou *kickers*, como eram chamadas, imitavam as rampas de verdade onde os esquiadores realizavam suas acrobacias durante a temporada. A diferença era que, em vez de pousar no sopé de uma colina coberta de neve, eles pousavam em uma piscina.

Roussard sempre quis ver como isso era feito e em sua primeira visita ao parque fora brindado com algumas manobras excepcionais. Os esquiadores, com seus trajes de banho de neoprene curtos, botas de esqui e capacetes, subiam uma série de escadas até o alto da rampa que iriam usar, soltavam os esquis dos ombros e os fechavam nos tirantes. As rampas de plástico eram continuamente borrifadas com água e os atletas desciam exatamente como fariam na neve.

Descendo em disparada a colina coberta de plástico, os esquiadores chegavam à rampa no final e eram lançados no ar, onde seus corpos davam giros, cambalhotas e contorções que desafiavam a gravidade e a mera crença.

A superfície da piscina era salpicada de bolhas provocadas por uma série de jatos para ajudar a suavizar a queda dos esquiadores. Isso, somado a cordas elásticas e simuladores de salto em trampolim, compunha uma verdadeira ciência. Era uma série fascinante de imagens que Roussard levaria com ele para o resto da vida. Estava grato porque já teria partido há muito tempo quando seu plano surtisse efeito.

Sentado na colina que dava para a piscina, o vale verde embaixo e, além, as montanhas encimadas pela neve, Roussard fechou os olhos e se permitiu sentir o sol no rosto. Todos os dias que passara no cativeiro se perguntara se voltaria a respirar ar puro. Tinha viajado pelo mundo e visitara poucos lugares tão tranqüilos e serenos como Park City. Mas essa paz e serenidade estavam prestes a acabar.

Quando seu instrutor entrou em contato pelo celular descartável que ele comprou no México, eles tiveram uma discussão. Roussard queria terminar sua tarefa. Avançar por essa intricada lista de pessoas da vida de Scot Harvath não era só perigoso, era inútil. Não que Roussard estivesse com medo de ser apanhado. Ele sabia que tinha a vantagem sobre todo mundo, já que ninguém sabia onde ou quem ele atacaria em seguida.

Mesmo assim, era inteligente o bastante para perceber que a cada ataque as chances de ele ser capturado ou morto aumentavam.

Roussard queria pular para o final da lista, mas seu instrutor não lhe deu ouvidos. A relação entre eles estava ficando tensa. A última conversa que tiveram no México tinha dado um fim à tranqüilidade usual e terminado com Roussard gritando e batendo o telefone.

Quando eles se falaram algumas horas depois, Roussard já tinha se acalmado, mas ainda estava com raiva. Queria que Harvath pagasse pelo que fizera, mas havia outras maneiras de fazer isso. A vingança deveria ser maior e mais radical. Não deveria haver sobreviventes. As pessoas próximas de Harvath tinham que morrer e ele teria que sentir e ver o sangue delas em suas mãos pelo resto da vida.

Por fim, seu instrutor tinha abrandado.

Roussard observou os últimos esquiadores do dia subirem a escada para os últimos saltos. Estava na hora.

Com cuidado, tirou a mochila do ombro e desceu para a beira da piscina. A falta de segurança no parque o surpreendia. Espectadores e funcionários sorriam e o cumprimentavam enquanto ele passava, nenhum deles suspeitando de todo o horror que logo seria desencadeado.

O primeiro dispositivo estava embrulhado como um sanduíche numa embalagem da Subway. Foi para um recipiente de lixo perto do portão principal da piscina.

Dali, Roussard calmamente atravessou o portão destrancado e seguiu para o vestiário. Ele era um camaleão e 99% de seu disfarce vinham de sua atitude. Incorporara com perfeição a aparência despreocupada da estação montanhosa. O iPod, a camiseta, os jeans e os tênis Keens comuns – tudo combinava com seu ar de determinação de tal forma que qualquer um que o visse acharia que ele ou era um esquiador ou trabalhava no parque. Em resumo, ninguém se incomodou com Philippe Roussard porque ele parecia pertencer àquele lugar.

No vestiário, Roussard rápida e cuidadosamente colocou os outros dispositivos. Quando terminou, retirou-se por uma saída de emergência e foi para o estacionamento.

Colocou os fones do iPod nos ouvidos, o capacete prateado e deixou a garrafa de vidro com seu bilhete onde os investigadores pudessem encontrá-la.

Ligando a moto Yamaha Yzf R6 2005 que tinha roubado do outro lado da fronteira com o Wyoming, Roussard saiu do estacionamento e lentamente foi para as montanhas.

Perto do sopé, ele parou e esperou.

Quando a primeira explosão foi detonada, Roussard pegou o iPod, escolheu a música que queria, acelerou o motor e seguiu para a rodovia.

capítulo 43

Em algum lugar sobre o Sudoeste

SAIR DO MÉXICO TINHA SIDO A MAIOR PREOCUPAÇÃO de Harvath. Mas, depois que estavam seguros, ela logo foi substituída por outra. Quando o jato de Finney chegou à altitude de cruzeiro e entrou no espaço aéreo americano, o telefone tocou.

Harvath e Parker ouviam enquanto Finney conversava com Tom Morgan. Ele encerrou a ligação dizendo ao chefe de inteligência para mandar tudo o que o pessoal do Sargaço tivesse.

Em seguida olhou para Harvath e disse:

– Scot, tenho más notícias.

O coração de Harvath se apertou. *Seria sua mãe? Tracy?* Ele não precisou perguntar porque Finney pegou um controle remoto, ativou o monitor de tela plana na parte de trás da cabine e ligou em um dos noticiários da TV a cabo.

Uma gravação feita de um helicóptero mostrava um grande incêndio e incontáveis veículos de emergência reunidos em torno de um dos prédios principais do Parque Olímpico de Utah, que Harvath conhecia tão bem.

– O que está havendo?

– Alguém colocou várias bombas caseiras cheias de esferas de metal na área de treinos da equipe americana de esqui. Pelo menos duas explodiram no vestiário enquanto a equipe estava lá.

– Meu Deus – Parker exclamou. – Já têm uma estimativa do número de vítimas?

– Morgan está mandando por e-mail agora – disse Finney. – Mas não é nada bom. Até agora não encontraram sobreviventes.

Harvath desviou o olhar da televisão. Não podia ver mais.

– E os treinadores? – perguntou.

– Morgan está mandando tudo o que tem – respondeu Finney ao ligar o laptop e evitar os olhos de Harvath.

Harvath tirou o laptop de Finney.

– Há um motivo para Morgan ter entrado em contato com você sobre isso. E os treinadores?

– Você acha que tem relação? – perguntou Parker.

Harvath não tirou os olhos de Finney ao dizer:

– A sétima praga do Egito era granizo misturado com fogo.

Parker não sabia o que falar.

– Dois dos treinadores eram meus colegas de equipe – disse Harvath. – Eram como uma família para mim. Não quero esperar pelo e-mail de Morgan. Quero que me conte o que ele disse.

Finney encarou Harvath e respondeu:

– Brian Peterson e Kelly Cook foram declarados mortos junto com outros nove membros da equipe.

Harvath sentiu como se tivesse sido golpeado no peito com um cano de chumbo. Parte dele queria gritar: *Por quê?* Mas ele já sabia a resposta. *Era ele.*

A pergunta mais urgente era: quando isso ia parar? E a resposta também era bem simples – quando ele metesse uma bala entre os olhos do responsável por tudo isso.

Ele se arrependia de ter perdido Palmera. O idiota tinha corrido direto para a rua e acabara se matando.

Não que isso fizesse muita diferença. Eles podiam ter ficado lá a noite toda. Se e quando Palmera abrisse o bico, a informação dele não teria valido de nada porque ele obviamente não era o homem que procuravam. Era outra pessoa daquela lista e Harvath estava decidido a localizá-lo antes que atacasse novamente. Mas o tempo obviamente estava se esgotando.

capítulo 44

PROGRAMA DE INTELIGÊNCIA SARGAÇO
ELK MOUNTAIN RESORT
MONTROSE, COLORADO

TOM MORGAN TERMINOU SUA APRESENTAÇÃO passando as gravações da TV a cabo do San Diego Marriott e do Parque de Esportes Olímpicos de Utah numa tela dividida num monitor na frente da sala de reuniões do Sargaço.

– Embora não tenhamos uma imagem de seu rosto, os policiais encontraram um bilhete com a mesma mensagem deixada nas cenas dos outros dois crimes: *Aquilo que foi tomado com sangue só pode ser respondido com sangue.* Tudo indica que estamos lidando com o mesmo sujeito.

Harvath concordou.

– Vamos mandar os filmes aos dois hospitais. Mesmo que não tenhamos o rosto dele, vou me sentir melhor se o pessoal da segurança de minha mãe e de Tracy ficar de olho nesse cara.

– Estamos mandando alguns de nossos homens também – respondeu Finney.

– O que quer dizer? – perguntou Harvath.

– Selecionamos a dedo duas equipes para cuidar de sua mãe e de Tracy – respondeu Parker.

Harvath olhou para ele.

– Vai custar uma fortuna. Não posso pedir que façam isso.

– Já fizemos – respondeu Finney com um sorriso. – Quanto mais cedo você pegar o babaca responsável por tudo isso, mais cedo posso trazer meus homens de volta e colocá-los numa tarefa realmente lucrativa.

– Fico te devendo essa – disse Harvath.

– É, deve mesmo, mas vamos cuidar disso depois. Por ora, precisamos decidir qual vai ser nossa próxima ação.

Era uma palavra que Harvath não queria ouvir e menos ainda reconhecer.

Esta não era *nossa* ação, como Finney colocara. Era dele – de Harvath. Ele amava Finney e Parker como se fossem seus irmãos, mas preferia trabalhar sozinho. Podia agir mais rapidamente e haveria menos preocupação. Embora Finney e Parker tenham sido de grande ajuda no México, ele não podia mais colocá-los em perigo.

Ele já estava lutando sob uma montanha de culpa. Precisava começar a compartimentalizar sua vida – proteger do perigo todos que pudesse e isso incluía Tim Finney e Ron Parker.

Virando-se para Tom Morgan, Harvath perguntou:

– O que sabemos sobre os três nomes que restam na lista?

Morgan distribuiu pastas a todos e depois abriu um arquivo no computador. O filme da TV a cabo desapareceu do monitor e foi substituído por três silhuetas da cabeça ao ombro com nomes e nacionalidades logo abaixo de cada uma.

– Não muito. Referências esparsas da inteligência. Codinomes vagos. Quase nenhum contato conhecido. O que pude descobrir está na pasta. Parece que ficaremos à mercê do Troll para ir atrás desses três.

– Você os colocou em nosso banco de dados nacional? – perguntou Harvath enquanto examinava a tela e abria a pasta na mesa.

– Sim – respondeu Morgan –, mas não consigo encontrar nenhum visto, pedidos de visto, passagens aéreas, nada que sugira que qualquer um deles tenha entrado recentemente nos Estados Unidos.

Harvath não ficou surpreso.

– Esse sujeito não ia deixar rastro.

Morgan assentiu.

– Então acha que o México foi uma pista falsa? – perguntou Finney.

– Acho que queríamos que fosse tudo muito simples no México – disse Harvath. – Mas não é assim tão fácil.

– Então o Troll está jogando conosco?

Harvath balançou a cabeça.

– Acho que nos precipitamos. Não fazemos idéia de para onde nosso homem foi depois que saiu do porto de San Diego. Ele pode até ter ficado nos Estados Unidos. Mas em nossa mente o México fazia mais sentido e, quando o Troll nos apresentou Palmera, nós pulamos.

– E daí?

– Daí que talvez não devamos mais pular.

– Você agiu por instinto – esclareceu Parker. – Você não *pulou.* O instinto faz parte da boa técnica de investigação.

– Ah, é? As provas também – respondeu Harvath.

– Bom, esse cara não deixou muitas provas.

– Vamos encarar a realidade – disse Finney. – Ele não nos deixou nada.

Harvath examinou a origem dos três homens restantes da lista: Síria, Marrocos e Austrália. De acordo com o Troll, um desses homens era responsável por três ataques terríveis e havia muitos motivos para acreditar que ainda haveria mais. Uma vez que o autor dos atentados os relacionava às 10 pragas do Egito, Harvath se perguntava se a resposta estaria nas próprias pragas.

Mas talvez não estivesse. Talvez tudo tivesse a ver com o Egito como país. Ainda assim, não fazia sentido nenhum. E o que o apavorava era que ainda restavam seis pragas. Será que esse louco as combinaria, como fizera com sua mãe? Ou cada uma delas seria lançada individualmente? E, por trás de tudo isso, o que o presidente tinha a ver com a libertação dos quatro prisioneiros de Guantánamo? Certamente uma libertação dessa magnitude não podia ter acontecido sem o conhecimento dele.

Reunindo a pasta e as anotações, Harvath pediu licença, saiu da sala de reuniões e foi para o escritório de Tom Morgan.

Ele precisava ver como estavam sua mãe e Tracy. Discou primeiro o número do hospital da mãe. Ela estava acordada e ele passou 20 minutos conversando com ela, garantindo-lhe que tudo ia ficar bem e que ele voltaria para vê-la assim que pudesse. Quando estava se despedindo, uma amiga dela chegou ao quarto e saber que ela não estaria sozinha o deixou contente. Melhor seria se ele pudesse estar lá, mas era impossível estar em dois lugares ao mesmo tempo.

Ele desligou, discou o número para obter uma nova linha e ligou para o hospital em Falls Church, na Virgínia. Os pais de Tracy já haviam voltado ao hotel para passar a noite. Laverna estava de plantão e deu a Harvath uma atualização completa do estado de Tracy. Não era bom. Embora o quadro geral não tivesse se alterado, pequenos sinais começavam a indicar um agravamento.

Olhando a cena de pescaria na parede de Tom Morgan, Harvath pediu um favor a Laverna. Quando ela levou o fone à orelha de Tracy, ele começou a lhe contar sobre as férias maravilhosas que os dois teriam assim que ela ficasse melhor.

capítulo 45

RECOSTADO NA CADEIRA DE ESCRITÓRIO DE MORGAN, Harvath fechou os olhos. Tinha de haver alguma coisa que ele não estava enxergando, algum elo importante para ele pegar o fio da meada.

A essa altura ele só conhecia um homem que podia responder a suas perguntas. Embora tenha sido repudiado por ele uma vez, Harvath concluiu que muita coisa já havia mudado e que valia a pena tentar novamente. Pegando o telefone, ligou para a Casa Branca.

Ele sabia que não devia perguntar diretamente pelo presidente. Por mais que gostasse de Harvath, Rutledge se cercava de várias pessoas que tinham a função de evitar o acesso direto a ele. O máximo que Harvath podia esperar era chegar ao chefe-de-gabinete da Presidência e mesmo assim não havia como saber se ou quando Charles Anderson passaria o recado ao presidente.

Ele precisava de alguém em quem confiasse e que pudesse fazer contato imediato com o presidente. Esse alguém era Carolyn Leonard, chefe do destacamento do Serviço Secreto encarregado da proteção de Jack Rutledge.

Era quase impossível falar com uma agente em seu horário de trabalho, principalmente conseguir que ela deixasse o posto de proteção pessoal do presidente para atender a um telefonema. Quando pegou o telefone, Carolyn Leonard não estava nada satisfeita.

– Tem cinco segundos, Scot.

– Carolyn, preciso falar com o presidente.

– Ele não está disponível.

– Onde ele está?

– Na betoneira – respondeu Leonard, usando o apelido do Serviço Secreto para o Gabinete de Gestão de Crises.

– Carolyn, por favor. É importante. Sei quem foi o responsável pelo ataque à área de treinamento em Park City hoje.

– Me dê o nome e passarei adiante.

Harvath respirou fundo.

– Não posso fazer isso. Escute, preciso que diga ao presidente que você está comigo na linha e que tenho informações importantes sobre o ataque de hoje. Ele vai querer ouvir o que tenho a dizer. Confie em mim.

– Da última vez que deixei um homem me enganar desse jeito acabei grávida de gêmeos.

– Estou falando sério. A vida de muita gente está em jogo.

Carolyn pensou por um momento. Harvath claramente estava desrespeitando a hierarquia. Ele a procurou como um atalho, o que significava que ou o tempo era essencial ou não havia outros caminhos.

Ele era uma lenda no Serviço Secreto, e seu heroísmo e patriotismo, irrepreensíveis, mas Harvath também era conhecido por ser um agente impulsivo e independente que costumava desprezar as regras em favor da conveniência. Seu jeito de trabalhar em que "os fins justificavam os meios" também se tornara lendário e sempre fora usado como um exemplo do que não se deve fazer.

Em geral, Harvath era caracterizado como um homem de mais coragem do que inteligência e os agentes eram advertidos a não seguir seu exemplo. Tinha ficado bastante claro para toda a organização que o sucesso de Harvath como agente do Serviço Secreto dos Estados Unidos se devia mais à sorte do que a qualquer outra coisa.

O emprego de Carolyn estava em jogo. Seu trabalho era proteger o presidente, e não decidir que telefonemas deveriam ser passados a ele. Importuná-lo com isso seria passar dos limites e podia muito bem levar a um rebaixamento, uma transferência ou coisa pior.

– Scot, eu posso ser demitida por isso.

– Carolyn, o presidente não vai demiti-la. Ele adora você.

– Assim como meu ex-marido, que me deixou com os gêmeos, uma hipoteca e mais de 25 mil dólares em dívidas do cartão de crédito.

– Pelo que sei, Jack Rutledge também pode estar na lista desse maníaco. Por favor, Carolyn, esse sujeito é um assassino e tem de ser detido. Preciso de sua ajuda.

Leonard sempre gostou de Harvath e o admirou. Independentemente do que os poderosos diziam sobre ele, era um homem de ação e seus motivos jamais foram questionados. Todos no Serviço Secreto sabiam que ele colocava o país acima de tudo. Se havia alguém que merecia um favor mais do que Harvath, Leonard não conhecia.

– Espere. Vou ver o que posso fazer.

capítulo 46

CASA BRANCA – GABINETE DE GESTÃO DE CRISES

QUATRO MINUTOS E MEIO DEPOIS, Jack Rutledge pegou o fone.

– Scot, eu soube de sua mãe e quero lhe dizer que lamento profundamente.

Harvath deixou que o silêncio falasse por ele.

– A agente Leonard me disse que você tem informações sobre o atentado de hoje que eu devia saber – continuou o presidente. – Disse que você sabe quem está por trás disso.

– Foi a mesma pessoa que baleou Tracy Hastings e mandou minha mãe para o hospital.

O sangue de Rutledge começou a ferver.

– Eu lhe disse para ficar fora disso.

Harvath mal pôde acreditar no que ouvia.

– Enquanto esse sujeito continua a vitimar pessoas que amo? Duas estão no hospital, outras duas estão mortas e muitas outras morreram ou ficaram feridas só porque estavam no lugar errado na hora errada. Desculpe, Sr. Presidente, não posso *ficar fora disso.* Estou bem no meio.

Rutledge fez um esforço para permanecer calmo.

– Scot, você não tem idéia do que está fazendo.

– Por que não me ajuda? Vamos começar pelo grupo de prisioneiros que o senhor libertou de Guantánamo há pouco mais de seis meses.

Agora foi a vez de o presidente ficar calado. Depois de uma longa pausa, ele falou com muito cuidado.

– Agente Harvath, está pisando em um terreno muito perigoso.

– Sr. Presidente, sei sobre o radioisótopo que devia rastreá-los e sei que também foi encontrado no sangue no alto da minha porta. Um desses homens está mandando uma mensagem usando como alvo pessoas próximas de mim.

– E minha palavra de que o pessoal que coloquei para cuidar disso está fazendo tudo o que pode não é o bastante para você?

– Não, Sr. Presidente. Não é – respondeu Harvath. – Não pode mais me excluir.

Rutledge tombou a cabeça e apertou o alto do nariz entre o polegar e o indicador.

– Eu não tenho alternativa.

Harvath não acreditou.

– O senhor é o presidente. Como isso é possível?

– Não tenho liberdade para discutir nada disso com você. Você precisa obedecer a minhas ordens ou nós dois teremos um grande problema.

– Então parece que temos um grande problema, porque já foram três atentados e eles vão continuar a não ser que *eu* faça alguma coisa.

O presidente fez uma pausa enquanto o chefe-de-gabinete lhe passava um bilhete. Quando terminou de ler, disse:

– Scot, preciso colocá-lo na espera por um minuto.

Passando à linha em que estava o diretor da CIA, James Vaile, Rutledge disse:

– É melhor que tenha boas notícias, Jim.

– Desculpe, Sr. Presidente, não são boas. Na realidade, temos um probleminha.

– Essa parece ser a regra do dia. O que é?

– Está sozinho?

– Não, por quê?

– Tem a ver com a Operação Quadro-negro.

Quadro-negro era um codinome que o presidente esperava jamais ouvir de novo, mas, desde que Tracy Hastings fora baleada, parecia que ele e o diretor da CIA só falavam disso.

Colocando o fone no peito, Rutledge pediu ao chefe-de-gabinete para tirar todo mundo da sala e fechar a porta.

Depois que todos saíram, o presidente disse:

– Agora estou sozinho.

capítulo 47

O DIRETOR DA CIA FOI direto ao assunto.

– Sr. Presidente, deve se lembrar de que um dos prisioneiros de Guantánamo trocados na Operação Quadro-negro era um ex-soldado das Forças Especiais mexicanas que se converteu ao islamismo e estava ajudando a treinar agentes da Al Qaeda. Seu nome era Ronaldo Palmera.

Embora normalmente o presidente se lembrasse apenas dos homens mais importantes na guerra contra o terror, os nomes dos cinco homens libertados de Guantánamo ficaram em sua mente porque ele abrigava nos recessos mais profundos de sua alma o medo de que eles um dia voltassem para assombrá-lo. De repente parecia que este medo estava prestes a se tornar realidade.

– O que tem ele?

– Palmera foi atropelado e morto por um táxi em Querétaro, no México.

– Que bom.

– Seus pulsos estavam presos às costas com algemas descartáveis quando isso aconteceu – respondeu Vaile.

– Isso não é tão bom, mas, pelo que me lembro, ele tinha muitos inimigos. Era responsável por fazer cumprir as regras de um dos grandes cartéis de drogas de lá, não era?

– Sim, Sr. Presidente, mas o problema não é esse. Ao que parece, Palmera pulou por uma janela e correu para a rua. Três homens, *três brancos* – acrescentou Vaile, dando ênfase –, foram vistos saindo da residência de Palmera logo em seguida. Um deles retirou as botas do mexicano e depois eles desapareceram.

– *Retirou as botas?*

– Sim, senhor. Deve se lembrar dos boatos de que Palmera fez um par de botas com as línguas dos agentes da CIA e das Forças Especiais que matou no Afeganistão. Quando ele foi capturado, nós procuramos as botas, mas não encontramos. Ele obviamente as escondera em algum lugar e as pegou depois de ser libertado de Guantánamo.

– Obviamente – respondeu o presidente, que podia sentir uma forte dor de cabeça chegando. Ele olhou para baixo e viu a luz piscando na linha em que Harvath aguardava. – Então, de acordo com sua informação, três gringos foram responsáveis pela saída de Palmera de casa, *pela janela,* com os braços presos às costas, e então ele correu para o trânsito e foi atropelado por um táxi.

– Sim, Sr. Presidente.

– Depois um desses homens retirou as botas de Palmera e o trio saiu de cena?

– Exatamente – respondeu Vaile. – Acreditamos que eles podem ter chegado pelo Aeroporto Internacional de Querétaro e agora estamos trabalhando na obtenção dos registros de vôo e dos passageiros, bem como das fitas de segurança. Não preciso lhe dizer o que isso começa a me parecer.

– Sei exatamente o que parece: que não mantivemos nossa palavra. Nenhum desses homens de Guantánamo devia ser tocado. Jamais.

– Com toda justiça, Sr. Presidente, se pudéssemos rastreá-los, teríamos evitado que isso acontecesse.

– Não vou começar com isso de novo, Jim – respondeu o presidente, a raiva aumentando. – O secretário Hilliman e o Departamento de Defesa tinham todos os motivos para acreditar que o sistema de rastreamento de isótopos funcionaria. Ainda não sabemos como os terroristas descobriram sobre o programa.

– Bem, eles descobriram. As transfusões de sangue devem ter começado no minuto em que o avião deixou o espaço aéreo de Cuba.

Eles já tinham esgotado essa discussão. O Departamento de Defesa culpava a CIA por perder os cinco terroristas libertados de Guantánamo e a CIA culpava o Departamento de Defesa por apostar todas as fichas no sistema de rastreamento de isótopos. Cada uma das partes tinha certeza de que a outra era responsável pelo vazamento sobre o programa ultra-secreto. Todo o plano se baseava na capacidade de rastrear os cinco homens e tinha fracassado. Agora essa falha estava voltando para assombrá-los.

Mudando de assunto, o presidente disse:

– Por que ainda não recebi nenhuma atualização sobre seu progresso na localização do terrorista que atacou Harvath?

– Porque infelizmente não houve muito progresso. Pelo menos, ainda não.

– Mas que droga, Jim. Como diabos isso é possível? Tem todos os recursos a sua disposição. Você me disse que as pessoas que colocou nesse caso eram agentes contraterroristas experientes. Você me prometeu e eu prometi a Harvath que daria conta do problema.

– E daremos, Sr. Presidente. Estamos fazendo tudo o que é possível para caçar esse sujeito. Vamos pegá-lo, posso lhe garantir.

Vaile parecia um disco arranhado, mas por ora Rutledge deixou passar. Tinha outros problemas a resolver.

– E como vamos corrigir esse contratempo no México?

– Vai nos dar muito trabalho. Teremos de criar uma trama muito convincente e mesmo assim não sei se vai colar. Fomos avisados do que ocorreria se alguma coisa acontecesse com qualquer um dos cinco.

O presidente não precisava ser lembrado dos termos punitivos de seu acordo. Ele fora obrigado a fazer o pacto com o diabo e para ele era uma agonia violar o primeiro mandamento da nação na guerra contra o terror.

– Vamos nos ater apenas ao fundamental.

– Para começar – respondeu o diretor da CIA –, precisamos saber quem foi atrás de Palmera.

O presidente olhou mais uma vez para a luz que piscava no telefone.

– E depois?

– Depois vamos nos assegurar de que essa pessoa de maneira nenhuma possa ser associada ao senhor, a esta gestão ou ao governo dos Estados Unidos – respondeu Vaile.

– E depois?

– Depois rezaremos a Deus para que as pessoas com quem tivemos de lidar há seis meses não descubram tudo e cumpram suas ameaças.

capítulo 48

PROGRAMA DE INTELIGÊNCIA SARGAÇO
ELK MOUNTAIN RESORT
MONTROSE, COLORADO

HARVATH DESLIGOU O TELEFONE NA MAIS absoluta incredulidade. Não fazia idéia de com quem o presidente falara enquanto ele aguardava, mas, ao voltar à linha, Jack Rutledge estava furioso e a conversa dos dois foi de mal a pior.

O presidente lhe disse taxativamente para abandonar a investigação e, ao ouvir a recusa de Harvath, afirmou que não tinha alternativa a não ser ordenar sua prisão sob a acusação de traição.

Traição? Harvath ficou chocado. Como é que tentar salvar a vida de pessoas importantes para ele, de cidadãos americanos, podia ser traição?

O presidente lhe dera 24 horas para voltar a Washington e se apresentar.

– E se eu não for? – Harvath perguntara.

– Então não posso e não vou me responsabilizar pelo seu bem-estar – respondera-lhe Rutledge.

Então era assim. As cartas estavam na mesa e agora Harvath sabia exatamente onde estava pisando.

Ele encerrou a conversa com o presidente dizendo:

– Cada um de nós deve fazer o que acha que é certo – e depois desligou o telefone.

Foi um momento que Harvath jamais previra. O presidente dos Estados Unidos ameaçara sua vida. Era incompreensível – tão incompreensível como ser rotulado de traidor. Por um minuto, Harvath se perguntou se era uma espécie de pesadelo, mas a situação era bastante real.

Suas condições agora eram claras. Apesar dos anos de serviço altruísta a seu país, ele era dispensável. Sua perícia, seu histórico e até sua lealdade não passavam de itens num balancete, que seriam pesados e liquidados quando e como quisessem.

Embora desejasse dar o benefício da dúvida ao presidente, Harvath não conseguia se convencer – não agora. Não depois de ter merecido tantas vezes a sua confiança. Harvath jamais o traíra. Sua lealdade e discrição eram irrepreensíveis, mas pareciam importar pouco para Jack Rutledge, se é que ainda tinham alguma importância.

Harvath sentia-se traído e abandonado. O presidente escolhera os terroristas em detrimento dele. Era absolutamente surreal.

Apesar de tudo, não tinha perdido a esperança. O presidente podia ameaçar prendê-lo por traição ou fazer coisa pior, mas as ameaças só teriam peso se ele fosse apanhado. E, nas próximas 24 horas, a última coisa que ele pretendia fazer era ser preso.

Olhando a pasta que colocara na mesa de Tom Morgan, pegou o mais recente resumo das informações que lhe deram antes de sair da sala de reuniões.

Enquanto examinava a lista de codinomes usados pelos prisioneiros libertados, viu um que conhecera no passado, mas pertencera a um homem que ele matara e que se certificara de estar morto. A descoberta só podia significar uma coisa: alguém estava usando aquele codinome.

capítulo 49

TRÊS HORAS E MEIA DEPOIS, Harvath falava pelo fone de ouvido.

– Tem certeza?

– Sim – respondeu o Troll, que repetiu a informação. – Abdel Salam Najib é um agente da inteligência síria que passou a ser conhecido pelo codinome de Abdel Rafiq Suleiman.

Najib era o terceiro nome da lista e o codinome Suleiman originalmente pertencera ao homem que Harvath matara.

– E Tammam Al-Tal? – perguntou.

– Também da inteligência síria e instrutor de Najib. É a ligação que você estava procurando, não é? – perguntou o Troll.

– Talvez – disse Harvath, sem querer revelar nada ao anão. – Quero que nos passe tudo o que conseguiu sobre Najib e seu instrutor, Al-Tal.

– Mandarei agora.

Harvath desconectou seu computador, retirou o fone e virou-se para os colegas.

– Quer me explicar? – perguntou Finney entrelaçando os dedos grossos atrás da nuca e encarando Harvath.

– Em 23 de outubro de 1983, um caminhão de entregas Mercedes-Benz amarelo, carregado de explosivos, seguiu para o Aeroporto Internacional de Beirute. O Oitavo Regimento do Primeiro Batalhão da Segunda Divisão dos Fuzileiros Navais americanos montara um quartel ali como parte de uma força de paz internacional enviada para supervisionar a retirada da OLP do Líbano.

Harvath fez uma pausa e em seguida continuou:

– O motorista do caminhão contornou o estacionamento nos arredores do aeroporto e pisou no acelerador. Atravessou a cerca de arame farpado no perímetro do estacionamento, voou entre duas guaritas de sentinelas, cruzou um portão e bateu o veículo no saguão do quartel dos fuzileiros.

– Por que os sentinelas não atiraram nesse idiota? – perguntou Finney.

– Eles não tinham permissão para usar munição de verdade – respondeu Parker, que perdera um bom amigo nesse dia. – Os políticos temiam que uma bala perdida matasse um civil.

Como Parker não acrescentou mais nada, Harvath prosseguiu:

– De acordo com um fuzileiro que sobreviveu ao ataque, o motorista estava sorrindo quando bateu o caminhão no prédio. A força de detonação dos explosivos foi equivalente a mais de cinco toneladas de TNT. O resgate durou dias e foi atrapalhado pelos disparos contínuos de atiradores de tocaia. No final, foram mortos 220 fuzileiros, 18 militares da Marinha e três soldados do Exército. Outros 60 americanos ficaram feridos. Foi a maior baixa em um único dia para os fuzileiros desde a Segunda Guerra Mundial e a batalha de Iwo Jima. Também foi o ataque mais mortal às forças americanas no exterior no pós-Segunda Guerra, mas o mais interessante do ponto de vista do contraterrorismo é que, embora tenham existido pilotos camicases, o atentado ao quartel dos Fuzileiros Navais foi o primeiro ataque suicida a bomba da História.

Finney ficou sem fala. Sabia desse atentado, mas não com tantos detalhes.

– Jamais soubemos exatamente quem foi o responsável. Assim, apesar de algumas pedras reviradas na Síria, nunca houve uma retaliação concreta – declarou Harvath. – Agora voltemos cinco anos atrás e falemos de um homem chamado Asef Khashan. Khashan era extremamente hábil na guerrilha e no uso de explosivos potentes graças ao treinamento que recebera na inteligência síria. Era uma força motriz na organização terrorista Hezbollah, sediada no Líbano, e estava diretamente subordinado a Damasco. Quando os Estados Unidos obtiveram informações de que Khashan estivera envolvido no planejamento e na organização do atentado a bomba de 1983, decidiram que era hora de ele ter uma aposentadoria precoce.

Parker olhou para Harvath do outro lado da mesa e disse:

– E você foi mandado para lhe entregar o bilhete azul.

Harvath assentiu.

Finney desentrelaçou as mãos e pegou a caneta que enfiara atrás da orelha. Apontando a tela na frente da sala, disse:

– Então esse cara, Najib, quer pegá-lo por causa do que você fez a Khashan?

– Se eu estiver certo – disse Harvath –, pode ser que sim.

– O que quer dizer com *pode ser?*

– A verdadeira ligação entre Najib e Khashan está em seu instrutor, Tammam Al-Tal. Khashan era um de seus melhores agentes. Alguns dizem que ele era como um filho para Al-Tal. Quando Khashan foi morto, Al-Tal colocou minha cabeça a prêmio.

– Se foi uma operação secreta, como ele sabia que você estava envolvido?

– Usamos um oficial militar sírio que estava na folha de pagamento americana para ajudar a localizar Khashan – respondeu Harvath. – Nunca lhe disse meu nome verdadeiro, mas ele tinha compilado um dossiê sobre mim com imagens e outras informações de nossas reuniões. Não muito tempo depois, quando foi acusado de desfalque, tentou usar o dossiê como moeda de troca. O dossiê acabou indo parar nas mãos de Al-Tal, que usou todos os recursos para relacionar um nome às minhas fotos. O resto é história.

– Al-Tal teve alguma coisa a ver com o atentado? – perguntou Parker.

– Não conseguimos provar que ele estava diretamente envolvido. Mas há uma pilha de evidências de que Al-Tal ajudara a coordenar a venda de armas de destruição em massa que Saddam Hussein escondia em seu país pouco antes de o invadirmos.

– Qual é o valor do prêmio por sua cabeça?

– Algo em torno de 150 mil dólares – respondeu Harvath. – Supostamente, equivale ao grosso das economias de Al-Tal e, graças a sua disposição de gastálas para financiar minha eliminação, os poderosos de Washington retiraram a Síria e o Líbano de minha área de operação.

– Parece que temos o suficiente para acreditar que esse Al-Tal está por trás dos ataques a Tracy, a sua mãe e à equipe de esqui – disse Finney. – Tem alguma idéia de onde ele está?

– Na Jordânia, tratando um câncer de pulmão em fase terminal.

– Com o fim tão próximo – disse Parker –, ele deve estar ainda mais decidido a acabar com você.

Harvath inclinou a cabeça como se dissesse *talvez.*

– Mas o que o codinome de Najib tem a ver com Al-Tal?

Harvath olhou para Parker do outro lado da mesa.

– Abdel Rafiq Suleiman era o codinome que Khashan estava usando quando o localizei num aparelho do Hezbollah nos arredores de Beirute.

– E daí?

– Al-Tal deu esse codinome a Khashan.

– Não é incomum que os codinomes sejam reciclados – sugeriu Morgan. – Em alguns casos, gasta-se muito tempo e dinheiro em sua criação. Se o agente anterior foi discreto, uma organização ou um instrutor pode decidir passar o codinome a outro agente.

Nesse momento, Harvath sabia exatamente como eliminar Abdel Salam Najib. Ia obrigar seu instrutor a entregá-lo numa bandeja de prata.

capítulo 50

BALTIMORE, MARYLAND

MARK SHEPPARD VOLTOU PARA CASA com um material que era uma verdadeira bomba. Mac Mangan, o chefe da SWAT do condado de Charleston, acabou por se revelar uma fonte melhor do que ele teria imaginado.

Embora Mangan tenha lhe pedido que a conversa deles fosse "extra-oficial", Sheppard sabia que não haveria matéria sem ela. Foi preciso perder a maior parte da tarde, mas ele finalmente conseguiu convencer o chefe da SWAT a ser citado como fonte anônima.

Houve alguma coisa muito errada no tiroteio e Mangan não queria tornar seu envolvimento maior do que já era. O fato de um repórter do *Baltimore Sun* se dar o trabalho de ir a Charleston conversar com ele sobre isso lhe dizia que ele precisava começar a fazer as coisas direito.

Sheppard ouviu o chefe da SWAT relatar os acontecimentos que cercaram o resgate dos reféns. Tudo tinha sido supostamente coordenado pelo FBI em Washington. Mas ninguém do escritório do FBI em Columbia, na Carolina do Sul, estivera envolvido. Os dois agentes que chegaram ao local para trabalhar com a equipe SWAT explicaram que o escritório de Columbia tinha sido propositadamente excluído porque havia a preocupação de que o fugitivo conhecesse uma pessoa lá de dentro. Assim, no decorrer da investigação, as forças policiais de Charleston deviam manter sigilo sobre o envolvimento do FBI nesse resgate.

Sheppard pedira a Mangan para descrever os dois agentes do FBI que apareceram como que por mágica na cidade com informações que levavam à localização do seqüestrador. Eram os mesmos homens que Tom Gosse vira levarem o corpo do escritório do legista em Baltimore e que ameaçaram Frank Aposhian. O chefe da SWAT os descreveu à perfeição, inclusive os nomes que usavam – Stan Weston e Joe Maxwell.

Os "agentes" eram muito convincentes. Foram corteses, profissionais e tinham todas as credenciais. Além de tudo, tinham ido prender um criminoso que ameaçara matar um monte de crianças e que todo o estado estava ansioso para que fosse levado à justiça.

Mangan e sua equipe SWAT foram convocados, mas ficaram limitados a dar cobertura enquanto Weston e Maxwell assumiam a liderança. A dupla alegou que queria conversar com o suspeito na esperança de tirá-lo de lá vivo. Logo depois eles entraram na casa e teve início um tiroteio curto mas feroz.

Antes que a fumaça tivesse baixado, Maxwell estava à porta para informar a Mangan e seus homens que o suspeito fora morto e que eles iam precisar de uma ambulância.

Como líder da equipe no local, Mangan aproximou-se da casa a fim de inspecionar a cena para depois fazer seu relatório. Weston veio encontrá-lo na soleira da porta e bloqueou sua entrada com o corpo. O agente declarou que ele e o parceiro precisavam coletar provas e, até que tivessem terminado, quanto menos gente pisoteando a cena do crime, melhor. Mangan não gostou disso.

Aqueles sujeitos estavam sendo superprotetores demais e ele manifestou suas preocupações em voz alta o bastante para que Maxwell viesse à porta e dissesse a Weston para deixar o chefe da SWAT entrar.

A primeira coisa que ele queria ver era o cadáver. Estava num quarto nos fundos, uma pistola automática ainda na mão e um rifle de cano serrado caído no chão ao lado dele. Enquanto examinava o corpo, algo pareceu estranho a Mangan. Apesar de todos os ferimentos a bala, não havia muito sangue.

Enquanto Mangan se curvava para examinar mais de perto, o agente Weston entrou e disse que precisava que ele recuasse porque tinha de continuar seu trabalho. Apesar de algo lhe dizer que tinha todo o direito de examinar o cadáver, Mangan fez o que o outro mandou.

Segundos depois, o agente Maxwell gentilmente o pegou pelo cotovelo e o levou para a frente da casa. Enquanto caminhavam, Maxwell explicou que o FBI decidira dar o crédito pelo resgate à equipe SWAT do condado de Charleston. Tinha sido um problema local e os cidadãos da Carolina do Sul se sentiriam muito melhor se soubessem que seu próprio pessoal tinha retirado aquele miserável de circulação.

Embora isso passasse a impressão de competência de seus homens, algo em toda a história não caía bem para Mangan – em especial o corpo. Ele vira muitos cadáveres na vida e sabia que a única maneira de não haver muito sangue quando alguém era baleado ou esfaqueado era já estar morto antes.

Havia mais uma coisa que não lhe soava bem. Maxwell e Weston pareciam e agiam como agentes do FBI, mas havia algo de errado neles que Mangan não conseguia identificar.

Deixando a casa, Mangan voltou rapidamente ao furgão da SWAT e entrou. Pegando um dos intercomunicadores pretos e pequenos da equipe, trocou a freqüência de rádio de seus homens e os instruiu a ficar de olho na casa. Se um dos agentes do FBI aparecesse numa janela ou estivesse se preparando para sair pela porta da frente ou dos fundos, ele queria ser informado. Depois disso, saiu do furgão.

Agachando-se bem para não ser visto de dentro, Mangan deslizou para a lateral da casa tomando o cuidado de ficar abaixo da linha das janelas. Quando chegou ao quarto dos fundos, onde estava o corpo, abriu um estetoscópio especial de fibra óptica. Teria adorado ter também uma câmera, mas não havia como abrir um buraco na parede sem ser detectado.

O estetoscópio de fibra óptica era um instrumento excepcionalmente sensível que permitia às equipes táticas ouvir através de portas, janelas e até paredes de concreto. Mangan o ligou, pôs um par de fones de ouvido e começou a escutar o que acontecia no interior do quarto.

Considerando que Maxwell e Weston tinham baleado um cadáver, o chefe da SWAT não ficou surpreso por eles estarem plantando evidências. O que o surpreendeu foi por que eles estavam fazendo isso e sob ordem de *quem.*

Depois que o chefe da SWAT terminou de contar sua história, Sheppard compreendeu por que ele preferira manter a boca fechada e continuar com a farsa. Agora a bola estava nas mãos de Sheppard e ele precisava planejar o movimento seguinte com muito cuidado. Estava prestes a acusar o presidente dos Estados Unidos de vários crimes extremamente graves, todos ligados por uma operação de acobertamento repulsivamente elaborada.

capítulo 51

AMÃ, JORDÂNIA

OS DOIS HOMENS ESTAVAM SENTADOS NO INTERIOR do BMW Série 7 azul numa rua secundária silenciosa perto do centro da cidade. A maioria das lojas estava fechada para as orações da tarde.

– Depois disso estaremos quites – disse o homem sentado ao volante ao pegar uma pequena bolsa de lona no banco traseiro e entregar a seu carona.

Harvath abriu o zíper e olhou o conteúdo. Estava tudo ali.

– Quando eu estiver em segurança fora de seu país – respondeu com um sorriso –, *aí sim* estaremos quites.

Omar Faris, um oficial de alta patente do Departamento de Inteligência da Jordânia, ou GID, concordou com a cabeça redonda e pesada. O jordaniano de 1,85m estava acostumado a fazer acordos. No mundo em que ele operava, os acordos eram de praxe – em especial quando se tratava de manter em xeque a crescente maré do radicalismo islâmico.

Além disso, ele sempre gostara de Scot Harvath, mesmo com suas decisões táticas não ortodoxas. Não importava como ele realizasse as operações, Harvath era um homem de palavra e podia-se confiar nele.

Os dois tinham trabalhado juntos no Projeto Apex, quando Harvath estava começando. Uma célula de jordanianos matou dois diplomatas americanos e tramava destronar o rei Abdullah II. Embora oficialmente o GID não fizesse idéia de que Harvath estava atuando em seu país, Faris serviu como seu parceiro e linha direta para o rei.

Abdullah só pedira uma coisa ao agente americano – que fizesse o máximo para capturar vivos os membros da célula. Foi uma tarefa incrivelmente complicada e perigosa. Teria sido muito mais fácil matar os terroristas e dar um fim a toda a operação. Todavia, correndo grande risco pessoal, Harvath acatou a solicitação do rei.

Desse modo, ele não só conquistou o respeito do soberano como também ganhou alguns pontos com Faris, que foi promovido em conseqüência do sucesso da missão.

– É claro que, se souberem de sua presença aqui, Sua Majestade negará qualquer conhecimento sobre você e sua operação. Se os sírios, ou quem quer que seja, descobrirem que estamos permitindo que você ataque um de seus agentes que está em nosso país para tratar um câncer, isso será arrasador para a imagem da Jordânia. Para não falar da rixa diplomática – disse o oficial do GID.

– Não me venha com besteira, Omar – respondeu Harvath. – Você sabe tão bem quanto eu que Al-Tal é uma ameaça para vocês também. Muitas armas de que os sírios se livraram com a ajuda dele vão para grupos como a Al Qaeda, que podem muito bem usá-las aqui.

– Estamos cientes, mas isso não muda o fato de que a imagem do país é de extrema importância. Nossa credibilidade com nossos vizinhos e aliados seria significativamente desgastada se descobrissem que temos algum envolvimento em sua operação.

– Que envolvimento? – perguntou Harvath enquanto fechava o zíper da bolsa.

Faris sorriu, pegou um envelope pardo embaixo do banco e o entregou ao amigo.

– Compilamos um dossiê completo, como você pediu.

Harvath não se surpreendeu ao ver quanta coisa havia ali. O GID em geral era muito meticuloso.

– Registros de vigilância, fotos, plantas do prédio... É um dossiê muito impressionante para menos de 24 horas de observação.

– Al-Tal tem estado em nosso radar há algum tempo. Quando descobrimos que ele entrou no país com uma identidade falsa para começar seu tratamento, demos início a uma vigilância ininterrupta.

– Algum dispositivo de escuta ou de vídeo no apartamento? – perguntou Harvath.

– É claro – respondeu Faris. – Ficamos muito preocupados com a venda de armas. Qualquer informação que pudéssemos coletar seria muito útil.

– Mas?

– Mas o homem se mostrou muito cauteloso. Ele fala com freqüência ao telefone, mas nada do que pegamos é de uso direto. Suspeitamos que outra pessoa esteja cuidando das operações enquanto ele se trata.

– Você disse que ele não tem muito tempo.

– Foi o que os médicos disseram. Semanas. No máximo um mês.

– E a família? – perguntou Harvath.

– Está tudo no dossiê.

– Não quero nenhum registro de minha presença no apartamento. Quero que sejam retirados todos os dispositivos de escuta e vídeo.

– Receio que não poderemos fazer isso – disse Faris.

– Por que não?

– Quando chegaram, ele e a família iam ao hospital quase diariamente. Agora ele está preso ao leito em casa o tempo todo. Sempre há alguém com ele. Seria impossível que um membro do meu grupo entrasse lá e retirasse os dispositivos.

– Então vou removê-los para você – declarou Harvath. – Vou precisar de um esquema detalhado de onde todos foram instalados.

Faris pôs a mão no bolso da camisa.

– Achei que ia me pedir isso.

– E as equipes de vigilância? – perguntou Harvath enquanto colocava a folha de papel no dossiê.

– Serão retiradas assim que você entrar no prédio.

– Então parece que estamos entendidos.

Faris entregou a Harvath um molho de chaves para o discreto Mitsubishi Lancer cinza que tinha arranjado e apertou a mão dele.

– Tenha cuidado, Scot. Al-Tal pode estar morrendo, mas um animal fica mais perigoso quando está doente e acuado.

Harvath saiu do carro e, antes de fechar a porta, disse:

– Diga a seus homens para se prepararem para abandonar a vigilância.

Faris ficou um tanto confuso.

– Não quer estudar o dossiê primeiro?

– Já vi tudo de que preciso. Quanto mais cedo entrar lá e assumir o controle de Al-Tal, mais cedo posso lançar a isca para Najib.

Faris observou Harvath abrir o Lancer, atirar a bolsa dentro dele e arrancar do meio-fio. Embora soubesse que Harvath era um profissional, não gostava da encrenca em que ele estava metido.

capítulo 52

QUANDO A ESPOSA E O FILHO DE 20 ANOS de Al-Tal voltaram da mesquita, Harvath esperava por eles. Usando uma máscara de esqui preta e fina, ele saiu em silêncio do vão da escada e seguiu pelo corredor mal iluminado, colocando sua pistola Taurus 24/7 OSS calibre 45 com silenciador na nuca do garoto.

A mãe abriu a boca para gritar, mas Harvath a pegou pelo pescoço.

– Se der um pio – disse ele em árabe –, matarei os dois.

Com mãe e filho imobilizados com algemas descartáveis e tiras de fita adesiva na boca, ele pegou as chaves e entrou no apartamento.

Antes de chegar ao prédio, Harvath dera uma olhada no dossiê, memorizando as informações sobre a residência de Al-Tal e seus ocupantes. Leu o suficiente sobre o segurança do terrorista para saber que era extremamente perigoso. Ex-interrogador da Polícia Secreta síria, fazia parte de sua rotina agredir os suspeitos, submetendo-os a espancamentos horríveis e obrigando-os a vê-lo estuprar e sodomizar suas esposas e filhos.

Ao se esgueirar para dentro do apartamento, Harvath encontrou o enorme segurança usando um coldre de couro no ombro por cima de uma camiseta manchada de suor. Estava concentrado numa panela de carne de cordeiro gordurosa que aquecia no fogão da cozinha. Ele olhou para cima no exato momento em que a pistola de Harvath cuspiu dois tiros em sua testa.

A panela quente caiu no chão com um estrondo e Harvath voltou rapidamente ao corredor no instante em que o enfermeiro de Al-Tal apareceu. Não havia dúvida de que tinha sido escolhido devido a seu porte. O esperto agente da inteligência síria deve ter considerado usá-lo como uma força a mais se fosse necessário.

Harvath o golpeou no rosto com a coronha da arma e o homem se dobrou como uma carteira barata.

Passando por cima do enfermeiro, Harvath entrou no quarto dos fundos. Encontrou Al-Tal escorado na cama e preso a um cateter endovenoso com ACP, a analgesia controlada pelo paciente. Isso lhe permitia regular o fluxo de morfina para a dor do câncer por meio de um pequeno dispositivo em sua mão.

– Quem é você? – perguntou em árabe quando Harvath entrou no quarto.

Antes que pudesse responder, Harvath percebeu que a mão direita do homem grisalho tinha deslizado para baixo do lençol. Deu três tiros no colchão e Al-Tal de imediato recolheu a mão.

Harvath foi até a cama e puxou os lençóis. Encontrou uma pistola e uma AK-47 modificada.

– Quem é você? – cuspiu novamente Al-Tal ao ver Harvath pegar as armas. Seus olhos eram estreitos e escuros; a voz, arrogante.

– Vai descobrir quem eu sou em breve – disse o agente, sabendo que o homem falava um inglês impecável.

Amarrando à cama suas mãos e pés, Harvath o amordaçou e saiu do quarto.

capítulo 53

HARVATH AMARROU O ENFERMEIRO, foi buscar sua bolsa no vão da escada e levou a esposa e o filho de Al-Tal para dentro do apartamento. Depois de se certificar de eles terem visto o segurança e entendido que Harvath não estava brincando, arrastou o cadáver para o banheiro. Retirando a cortina de plástico do boxe, embrulhou o corpo, prendeu com fita adesiva e o largou na banheira.

Usando o esquema de Faris, Harvath retirou todos os dispositivos de vídeo e de escuta. Embora acreditasse que o agente do GID fora sincero com ele, decidiu ficar com a máscara de esqui. Agora tinha de lidar com o resto da confusão que criara.

Harvath odiava fazer reféns. Não só eram um risco como uma verdadeira chatice. Precisavam ir ao banheiro, ser alimentados e impedidos de fugir. Mas, com tão pouca antecedência e considerando as restrições de tempo e o fato de que o estado de Al-Tal o impedia de sair do apartamento, era o melhor que podia fazer.

Soltando as mãos e os pés do terrorista, Harvath retirou o cateter de seu braço e o arrastou para o banheiro, para que ele visse o que acontecera com seu segurança. Depois que deu uma boa olhada, foi arrastado à sala de jantar, onde estavam sua família e o enfermeiro.

Harvath puxou uma cadeira e atirou Al-Tal nela. Depois de ter prendido o sírio com algemas descartáveis o mais forte que pôde, retirou a mordaça do homem.

– Você vai morrer. Eu garanto – Al-Tal disse atabalhoadamente.

– Ameaça interessante – respondeu Harvath ao pegar outra cadeira e se sentar, os dois com o nariz quase se tocando –, principalmente porque você já colocou minha cabeça a prêmio por 150 mil.

– É você. O homem que matou Asef.

– Quer dizer Suleiman? – perguntou Harvath. – Foi esse o nome que você deu a ele, não foi? Abdel Rafiq Suleiman?

Al-Tal não respondeu.

Não fazia diferença para Harvath. Ele podia ler tudo de que precisava no rosto do homem. Al-Tal estava ao mesmo tempo furioso e apavorado.

– Sei muito mais sobre você do que pensa, Tammam.

– O que você quer? – perguntou o espião sírio.

– Informações.

Al-Tal riu com desprezo:

– Jamais lhe direi coisa alguma.

Harvath odiava tudo naquele homem. Ele não costumava ter prazer em matar, mas desta vez seria diferente.

– Vou lhe dar uma chance. Onde está Abdel Salam Najib?

Al-Tal parou de rir.

Harvath o encarou.

– Se preferir, podemos chamá-lo de Suleiman. Afinal, você lhe deu esse codinome depois da morte de Khashan.

– Quer dizer, depois que *você* matou Khashan.

– Nenhum de nós tem muito tempo, Tammam. Não vamos discutir questões semânticas.

– Deixe minha família ir embora e lhe direi tudo o que quiser.

Agora foi a vez de Harvath rir.

– Pelo menos solte o enfermeiro. Ele não tem nada a ver com isso.

Harvath não ia fazer nada por esse monstro.

– Onde está Najib? – repetiu.

Al-Tal se recusou a responder e então Harvath se colocou de pé num salto, agarrando a esposa do terrorista. Ele não gostava de agir dessa maneira, mas ela sabia muito bem quem era seu marido e isso precisava ser feito.

Harvath a arrastou até cerca de meio metro de Al-Tal, olhando-o nos olhos o tempo todo.

– O que vai fazer com ela?

– Depende de você – respondeu Harvath, tirando a pistola de baixo da jaqueta e a usando para afastar o cabelo da mulher acima da orelha esquerda.

– Em nossa área de trabalho não usamos os familiares dos outros como alvo – rebateu Al-Tal. – Você sabe disso.

– O velho preceito do agente de inteligência. É engraçado, principalmente se considerarmos o que você fez com a minha família.

– Do que está falando?

– Minha mãe, minha namorada... Não finja que não está entendendo.

– Sua *mãe?* – disse Al-Tal. – Como eu poderia fazer alguma coisa com sua mãe? Nem sei quem você é. Você diz que é o homem que matou Asef, mas nem sei o seu nome.

Harvath não acreditou. Al-Tal estava mentindo.

– É a sua última chance.

– Ou o quê? Vai atirar na minha esposa?

– Você viu o que fiz com seu segurança.

– Sim, mas atirar na esposa de um homem, numa mãe, é completamente diferente.

O sírio tinha razão. Harvath não tinha nenhuma intenção de dar um tiro nela. Mas estava disposto a torturá-la impiedosamente para poupar de mais dor sua própria família e amigos queridos.

Harvath guardou a arma no coldre lentamente. Viu um sorriso aparecer no rosto de Al-Tal. Seu excesso de confiança era nauseante. Ele julgava ter decifrado Harvath. Estava prestes a saber quanto se enganara.

– Há coisas piores do que ser assassinado – disse Harvath ao retirar uma pequena lata de spray do bolso da jaqueta. Havia um tubo de plástico transparente e longo preso ao bico.

Segurando com força uma mecha dos cabelos da mulher de Al-Tal, Harvath imobilizou sua cabeça e enfiou o tubo em sua orelha.

– Já foi atacado com spray de pimenta, Tammam? – perguntou, enquanto a mulher gritava por trás da fita adesiva que cobria sua boca.

– Deixe-a em paz – o sírio exigiu.

Harvath o ignorou.

– Sabe como queima nos olhos, no nariz, na garganta?

– Eu disse para deixá-la em paz!

– Isto aqui no canal auditivo é uma experiência completamente diferente. Quando eu apertar este spray, uma névoa fina de aerossol correrá por este tubo e sua mulher terá a impressão de que todo o interior do seu crânio está repleto de gasolina em chamas.

– Você é um depravado!

– Não sou nada comparado a você. E o medo que está fluindo por seu corpo agora não é nada perto da culpa que sentirá pelo que tenho reservado para sua família.

Al-Tal não respondeu. Harvath puxou a cadeira da mulher para junto do marido e disse:

– Dê uma boa olhada no rosto dela. O que vai acontecer agora é por sua causa.

Os olhos da mulher se arregalaram de medo, assim como os de seu filho e do enfermeiro.

Torcendo a mão aberta do homem, Harvath forçou todos os seus dedos a se fecharem na lata de spray. Erguendo o indicador de Al-Tal, ele o deslizou para o bico.

A mulher não tinha parado de gritar um minuto sequer e agora berrava com ainda mais força. Seu corpo se retorcia e ela lançava a cabeça violentamente de um lado para o outro, tentando deslocar o tubo que fora enfiado em seu ouvido.

– Sim! – gritou Al-Tal, incapaz de suportar qualquer outra tortura à esposa. – Vou lhe dizer como entrar em contato com Najib, seu canalha. Mas deixe minha família em paz.

capítulo 54

— DIGA-LHE QUE O IMÃ NÃO ESTÁ BEM. Ele deve vir depressa, para que possam ler alguns versos do Corão juntos pela última vez.

Quando a esposa de Tammam Al-Tal terminou de dar o recado exatamente como Harvath mandara, ele retirou o fone de sua orelha e desligou. Agora tudo o que podiam fazer era esperar.

Quinze minutos depois o telefone tocou. A Sra. Al-Tal não precisou ser lembrada do que aconteceria se não fizesse tudo exatamente como fora ensaiado.

Harvath levou novamente o fone à orelha dela e curvou-se para ouvir.

Abdel Salam Najib tinha uma voz grave e penetrante. Falava de forma rápida e autoritária e era tão arrogante quanto seu mentor.

– Por que o imã não ligou pessoalmente?

– Está fraco demais – respondeu a esposa de Al-Tal em árabe. Suas palavras estavam carregadas de pânico e medo.

– Então ele está morrendo.

– Sim – respondeu ela.

– Quanto tempo ele ainda tem?

– Pelo que nos disseram, não deve passar desta noite.

– Ainda estão no apartamento?

– Sim. Os médicos queriam levá-lo para o hospital, mas Tammam se recusou.

Najib a repreendeu.

– Você sabe que não deve usar o nome dele ao telefone.

Harvath ficou tenso. Será que ela estava tentando dar uma dica a Najib ou realmente se equivocara? Harvath não tinha como saber. Pegando no bolso sua faca tática, encostou a lâmina no pescoço da mulher. Harvath concordava com Najib. Ela devia saber muito bem.

A mulher de Al-Tal reprimiu um soluço apavorado.

– Ele quer ser levado de volta à Síria, mas os médicos nos disseram que a viagem só apressaria seu falecimento.

– Os médicos têm razão – disse o agente. – O imã não deve ser removido. Quem está na casa com a senhora?

A mulher falou lentamente, com o cuidado de não dizer nada que pudesse lhe trazer problemas.

– Nosso filho está aqui, é claro, e o enfermeiro. Há também outro amigo que veio conosco e cuida da segurança e do conforto do imã.

Najib conhecia bem o segurança e o filho. Eram de confiança. O enfermeiro, porém, ele não conhecia.

– A senhora aprendeu a administrar os remédios de seu marido?

A pergunta a pegou de surpresa.

– Os *remédios* dele?

– Sim. A morfina.

Ela não fazia idéia de como responder. Não estava esperando por essa pergunta. Olhou para Harvath, que balançou a cabeça firmemente de um lado para o outro, dizendo não.

– Não sei nada sobre isso – respondeu ela.

– Bem, devia aprender – Najib retrucou. – Não haverá muito o que fazer, não se o imã estiver mesmo morrendo. Diga ao enfermeiro para lhe ensinar o que fazer e mande-o embora. O imã e eu temos coisas importantes a discutir antes que ele parta ao encontro do Profeta, que a paz esteja com Ele. Não quero o enfermeiro no apartamento quando conversarmos.

Harvath assentiu e a voz da Sra. Al-Tal foi áspera.

– Assim será feito.

Najib ficou em silêncio por vários segundos. Harvath começou a se preocupar que ele estivesse suspeitando de alguma coisa. Estava perto demais de perdê-lo. *Que diabos ele está esperando?*

Enfim, Najib disse:

– Estarei aí para os serviços de oração da noite. Há alguma coisa especial que o imã deseja que eu leve?

Sem saber o que responder, a mulher olhou para Harvath, que balançou a cabeça.

– Nada – ela respondeu. – Só venha depressa.

– Diga ao imã que ele deve esperar por mim.

– Eu direi – respondeu a mulher com os olhos cheios de lágrimas.

A conversa acabou, Harvath pegou o fone e o recolocou no gancho. Najib mordeu a isca e o anzol estava preparado. Só o que restava fazer era puxar a linha. Mas Harvath sabia muito bem que nunca se deve comemorar antes que o peixe realmente esteja no barco.

capítulo 55

HARVATH OFERECEU A CADA UM DOS REFÉNS um tempo para ir ao banheiro, mas só o enfermeiro teve coragem de aceitar. Ele urinou bem ao lado da banheira com o corpo embrulhado na cortina de plástico.

Soltar os pés do enfermeiro, permitindo que ele andasse novamente, facilitou muito sua remoção para o quarto de hóspedes. Em seguida Harvath trouxe a esposa e o filho de Al-Tal e, depois que estavam todos bem amarrados, voltou à sala de jantar.

Al-Tal transpirava, o pijama listrado de cinza e azul colando-se ao corpo molhado. Ele precisava de sua morfina.

Harvath soltou Al-Tal da cadeira e, passando um braço em volta de sua cintura, levou-o de volta ao quarto. Depois de dar uma busca completa nos travesseiros e na roupa de cama, Harvath o ajudou a subir no leito e a se acomodar sob os cobertores. Al-Tal estava tão frágil que era como lidar com uma boneca de papel machê.

Depois que ele estava na cama, Harvath recolocou o cateter endovenoso e colou uma nova fita adesiva sobre a agulha no dorso de sua mão esquerda. Como o cão de Pavlov, a boca seca do sírio se encheu de saliva com a expectativa da onda quente que estava prestes a inundar seu corpo devastado.

Harvath colocou o controle da ACP na cama, mas fora do alcance de Al-Tal. Quando o homem se curvou para pegá-lo, Harvath o empurrou para trás.

– Não tão rápido. Ainda tenho mais algumas perguntas para você.

Al-Tal ficou com raiva.

– Fiz tudo o que me pediu.

– E agora vai fazer mais.

– Não basta eu ter entregado um de meus agentes? Um homem que confia plenamente em mim?

Harvath o ignorou.

– Quem arranjou a libertação de Najib de Guantánamo?

– Não sei.

– Que tal eu trazer seu filho aqui? Que tal eu brincar um pouco com ele? Você ia gostar disso? – Harvath perguntou enquanto tirava sua faca tática do bolso e a abria com um movimento rápido. – Vou começar arrancando a pele da ponta dos dedos da mão esquerda. Vou continuar até chegar ao pulso e a mão estar toda em carne viva. Quando ele começar a ficar entorpecido pela dor, vou preparar uma tigela cheia de suco de limão em sua cozinha e mergulhar a mão dele lá dentro. Vai doer mais que qualquer outra coisa que ele já tenha experimentado na vida.

Os olhos de Al-Tal se fecharam.

– Vou responder a suas perguntas.

Harvath repetiu:

– Quem arranjou a libertação de Najib?

– Eu já lhe disse, não sei.

– Vou dizer a seu filho quanto você cooperou comigo antes de começar com ele – respondeu Harvath ao se levantar.

– Estou lhe dizendo a verdade – gaguejou Al-Tal. – Não sei exatamente quem é ele.

– Mas sabe de alguma coisa.

O sírio assentiu e deixou que os olhos vagassem para a bomba de morfina.

– Nada disso – disse Harvath, compreendendo o pedido silencioso. – Primeiro você me diz o que quero saber e depois terá sua morfina.

Os ombros de Al-Tal arriaram enquanto ele soltava um suspiro e se acomodava nos travesseiros em que se apoiava.

– Entraram em contato comigo com uma oferta.

– Que tipo de oferta?

– Pelo preço certo, a pessoa afirmava poder libertar Najib da custódia americana.

– E você acreditou nela?

– É claro que não, não de início. Nosso governo já estava negociando a libertação de Najib. Alegamos que eles tinham capturado um inocente, um homem cuja família precisava desesperadamente que ele voltasse para casa.

– Mas os Estados Unidos não engoliram essa, não é? – perguntou Harvath.

– Não. Então tentamos outra abordagem. Admitimos que Najib era um criminoso muito perigoso, procurado por uma série de delitos graves na Síria. Prometemos levá-lo a julgamento e até permitimos que os Estados Unidos monitorassem os procedimentos, mas eles também não concordaram com isso.

– E ao mesmo tempo apareceu essa pessoa misteriosa que afirmava poder tirar Najib da prisão pelo preço certo.

– Mais ou menos.

– E qual era o preço? – perguntou Harvath.

– Eu tinha de cancelar o prêmio que ofereci pela *sua* cabeça.

Harvath ficou desnorteado.

– Do que você está falando?

– Nós fechamos o acordo – respondeu Al-Tal. – Eu cancelei minha oferta e Najib foi libertado.

Harvath começava a acreditar que o homem estava brincando com ele.

– Como é possível se você nem sabia quem eu era?

– Ainda não sei quem você é – respondeu Al-Tal ao traçar um círculo pelo rosto, uma alusão à máscara de esqui de Harvath. – Normalmente, quem faz reféns só esconde sua identidade porque sabe que a certa altura vai libertá-los. É por isso que não está mostrando seu rosto?

– Eu mantive minha palavra e continuarei mantendo. O desfecho desta situação só depende de você. Se cooperar comigo, vou deixar que sua esposa e seu filho saiam.

– E meu enfermeiro?

– Ele também.

– E eu? – perguntou Al-Tal como se já soubesse a resposta.

– Isso vou ter de deixar por conta de Najib – disse Harvath.

capítulo 56

CASA BRANCA

O PRESIDENTE RUTLEDGE estava irritado.

– Não quero mais nenhuma desculpa, Jim – disse ao diretor da CIA enquanto equilibrava o fone entre a cabeça e o ombro e se curvava para amarrar os tênis de corrida. – Já devia ter pego esse sujeito. Se não começar a me dar resultados, vou substituí-lo por alguém que possa fazê-lo.

– Eu entendo, senhor – respondeu James Vaile.

Ele merecia a repreensão. A equipe que colocara em campo para prender o terrorista que atacara Scot Harvath era bastante qualificada para o trabalho. O problema era que, a cada passo, a caça se mostrava mais inteligente do que os caçadores. A única prova que deixava era o que queria que seus perseguidores encontrassem. Embora Vaile não tivesse a intenção de admitir a derrota, certamente não enquanto tivessem vidas americanas em risco, todos – inclusive o presidente – sabiam que estavam perseguindo uma presa formidável.

– Agora, e o alerta? – perguntou Rutledge, sua mente voltando-se para as pessoas por trás do assassino e as ameaças que fizeram contra a América.

– Não acho que seja necessário – respondeu Vaile. – Ainda não.

– Explique.

– Mesmo que os terroristas possam identificar Harvath pela gravação do circuito de câmeras do aeroporto do México, ainda podemos negar tudo. Ele é reservista e estamos fazendo tudo que podemos para prendê-lo. E, afinal de contas, foram *eles* que o provocaram.

– E fomos *nós* que não conseguimos controlá-lo – declarou o presidente enquanto prendia no pulso o monitor cardíaco digital. – Francamente, não vejo nenhuma desvantagem de tomarmos uma atitude. Mandamos em segredo o alerta às forças da lei municipais e estaduais e pedimos para ficarem de olhos abertos. Não precisamos dizer que temos informações específicas de uma ação terrorista iminente, porque não temos. Não vamos chegar à ameaça de nível nacional. Vamos deixar como está.

O diretor da CIA ficou em silêncio, pensando em sua resposta.

– Com tantos policiais e soldados estaduais na vigilância, podemos ter sorte e impedir qualquer possível ataque – acrescentou Rutledge.

– Podemos – disse Vaile, concordando nesse ponto. – Também podemos conseguir um monte de perguntas e lhe garanto que alguém vai relacionar isso ao que aconteceu em Charleston.

– Não tenho tanta certeza.

– Sr. Presidente, os policiais falam uns com os outros e sabem muito bem como ligar os pontos. Muitos vão chegar às mesmas conclusões. E a imprensa vai acabar pegando o fio da meada também. Depois que a notícia do alerta começar a circular, não vamos conseguir empurrar o gênio para a garrafa.

– Então seu plano é não fazer nada?

– Perfeitamente. No mínimo porque, se os terroristas souberem do alerta, podem tomar isso como nossa confissão de culpa. Se eles virem que estamos nos preparando para o ataque que ameaçaram perpetrar, vão entender que estamos por trás da morte de Palmera.

Esse era um ponto de vista que Rutledge não tinha considerado.

– Mas, e se eles atacarem e não fizermos nada para evitar? Será que poderemos viver com as conseqüências... em especial neste caso? Sei que eu não poderia.

– Eu provavelmente também não – respondeu Vaile. – Mas ainda não chegamos a esse ponto. É apenas um homem de um grupo de cinco. Um homem que, posso acrescentar, tem muitos inimigos e que cedo ou tarde teria uma morte violenta.

Seu raciocínio fazia sentido. Embora os instintos do presidente lhe dissessem para não concordar com o plano do diretor da CIA, ele decidiu confiar no intelecto de Vaile.

– Mas, e Harvath? Ele é o curinga que pode provocar um caos completo.

– É aqui que temos boas-novas – Vaile garantiu ao presidente. – Já temos informações sobre ele. Se ele não se apresentar dentro do prazo, nós o pegaremos logo depois.

– Que bom – disse Rutledge ao se preparar para a corrida. – Só espero que o peguemos antes que ele coloque a nação num risco ainda maior.

capítulo 57

Amã, Jordânia

Harvath passou os 90 minutos seguintes interrogando Tammam Al-Tal, permitindo apenas que, de vez em quando, uma pequena dose de morfina fosse bombeada para seu corpo assolado pelo câncer.

Embora Harvath fosse um ótimo agente, era difícil perscrutar Al-Tal. Sem dúvida o homem tinha muita experiência em interrogatórios e contra-interrogatórios, o que levou Harvath a tentar arrancar dele tudo o que fosse capaz.

Harvath não parou de fazer perguntas – repetindo-as duas ou três vezes para tentar pegar o sírio numa mentira, mas isso não aconteceu. Al-Tal parecia dizer a verdade. Ele não fazia idéia de quem tinha atacado Tracy, a mãe de Scot ou a equipe de esqui.

Harvath estava se preparando para fazer mais perguntas quando Al-Tal ficou inconsciente, o corpo arruinado por uma fadiga e uma dor que nem a morfina conseguia abrandar.

Agora ele não tinha mais utilidade nenhuma.

Era hora de se concentrar em Najib.

A distância de Damasco a Amã era de uns 180 quilômetros. Com um trânsito bom e uma passagem rápida pela fronteira da Síria com a Jordânia, Harvath tinha pelo menos mais uma hora até que Najib chegasse ao apartamento. Seria mais do que suficiente para se preparar.

◆◆◆

Harvath fez a esposa de Al-Tal atender o interfone e quando Abdel Salam Najib entrou no apartamento foi recebido pela coronha da Taurus 24/7 OSS de Harvath batendo no alto de seu nariz.

O homem foi pego inteiramente de surpresa. Houve um jorro de sangue enquanto ele caía de joelhos. Harvath recuou a pistola e o golpeou novamente com força, atingindo o queixo de Najib com um estalo nauseante. Sua cabeça foi lançada para trás e ele caiu deitado no chão, inconsciente.

Harvath pegou todas as armas do agente, que incluíam uma pistola Beretta 9mm, um estilete e uma navalha no pé esquerdo.

Tirou as suas roupas, deixando-o de cuecas, e o prendeu com fita adesiva em uma cadeira da sala de jantar. Não ia repetir os erros que tinha cometido com Palmera.

Depois de passar vários minutos espiando pelas cortinas para ter certeza de que não havia ninguém do lado de fora esperando por Najib, Harvath foi para a cozinha, encontrou um balde e o encheu de água gelada.

De volta à sala de jantar, jogou a água com toda a força no rosto de Najib, que voltou a si quase de imediato.

O homem começou a tossir enquanto, por instinto, sacudia a cabeça de um lado para outro para se livrar da água. Quando os olhos se abriram, seu cérebro precisou de um instante para processar tudo o que acontecera, mas ele logo compreendeu.

Mexendo o queixo para verificar se estava quebrado, Najib olhou o homem mascarado à sua frente e deu uma cusparada com sangue aos pés dele.

Harvath sorriu. Para o povo do Oriente Médio, cuspir equivale a mostrar o dedo médio no Ocidente. Era um jeito machista de demonstrar coragem.

Harvath não moveu um músculo. Ficou parado como uma estátua enquanto os olhos de Najib percorriam a sala. Em silêncio, contou os segundos: *um, dois...* E então Najib viu.

O corpo do segurança de Tammam estava estirado na mesa de jantar – bem à direita do terrorista. Estava disposto como se fosse parte de um banquete medonho. Coisas horríveis tinham sido feitas a ele. Braços e pernas foram esfolados, a cavidade peitoral estava aberta e, no lugar dos órgãos vitais, só havia buracos escuros.

Najib era um homem valente, mas ficou nitidamente abalado com o que viu.

– Vamos falar de sua libertação de Guantánamo – disse Harvath, rompendo o silêncio.

Najib cuspiu novamente e o xingou em árabe:

– *Khara beek!*

Al-Tal tinha dito a Harvath que Najib era um dos melhores agentes que ele já tivera, melhor até que Asef Khashan. Ele garantiu que Harvath teria muita dificuldade para dobrá-lo. Pelo que Al-Tal sabia, o homem não tinha medo de nada nem de ninguém. Fora enviado ao Iraque para ajudar a coordenar a insurgência. Sua fama era grande. Quem resistia a suas ordens ou, pior ainda, falhava em suas missões tinha de sofrer castigos indizíveis que Najib infligia pessoalmente.

Ele era um dos homens mais temidos do Iraque. Sua habilidade no campo de batalha só encontrava equivalente em sua crueldade numa câmara de tortura. Dizia-se que tinha sido idéia dele usar facas curtas e cegas para decapitar os ocidentais e gravar tudo em vídeo. Para ele, a cimitarra era uma arma eficiente demais. As vítimas precisavam ser exibidas sendo abatidas como animais. Um ou dois golpes com uma espada longa não eram o bastante. Elas deviam sofrer a completa agonia nas mãos dos bravos guerreiros do Profeta, e Najib era um mestre da agonia.

Harvath conhecia muito bem aquele tipo. A única maneira de ter uma vantagem psicológica sobre ele era chocá-lo a ponto de fazer com que perdesse completamente o equilíbrio. O corpo na mesa foi um bom começo, mas Harvath sabia que não seria o bastante.

Ele repetiu a pergunta, desta vez mais especificamente e em árabe.

– Na noite em que vocês foram libertados de Guantánamo, embarcaram num avião. Fale-me sobre isso.

– Vá se foder – respondeu Najib em inglês. – Não vou lhe falar nada. – Sua voz era ainda mais inquietante pessoalmente.

O homem media bem mais de 1,80m e tinha duas vezes a largura de Harvath. Seus braços eram enormes e ele parecia uma daquelas pessoas naturalmente musculosas que não precisavam malhar. Tinha cabelos pretos, olhos escuros e uma cicatriz fina que ia de uma orelha a outra, passando por baixo do queixo, e que Harvath deduziu que não estava ali por ele ter usado uma gravata apertada demais.

No geral, Najib era uma figura muito desagradável e Harvath ficou feliz por tê-lo surpreendido. Não obstante quão bom lutador ele fosse, não ia querer encontrar Najib em pé de igualdade.

Harvath foi até a mesa e pegou uma furadeira sem fio em sua bolsa. Colocou uma broca grossa e apertou o gatilho da ferramenta para se assegurar de que girava adequadamente.

Em seguida, pegou um chumaço de gaze que encontrara nos suprimentos do enfermeiro e o embebeu em solução anti-séptica. Sabendo que ver uma área ser preparada para uma injeção costumava ser mais assustador para a maioria das pessoas do que a injeção em si, Harvath se curvou e demorou-se limpando a rótula direita de Najib.

Não foi preciso tomar o pulso do homem para saber que seu coração estava disparado. Bastava olhar para sua carótida pulsando e para o suor brotando na testa e no lábio superior para ver que ele estava morrendo de medo.

Mas o fato de estar apavorado não significava que ele ia cooperar. Harvath decidiu lhe dar uma última chance.

– Fale do avião. Quem estava a bordo com você?

Najib fixou os olhos num objeto do outro lado da sala e começou a recitar versos do Corão. Essa era a sua resposta.

Harvath colocou uma mordaça na boca do homem para evitar que seus gritos fossem ouvidos do lado de fora do apartamento e aproximou lateralmente a cadeira da parede, prendendo-o ali para impedir que ele se virasse quando a dor começasse.

Passando o braço pela parte de dentro da coxa de Najib, colocou a broca ao lado da rótula e apertou o gatilho da furadeira.

O corpo do terrorista ficou rígido. Lágrimas encheram seus olhos e ele começou a gritar por trás da mordaça enquanto a broca penetrava em sua carne.

Ele tentou se livrar das amarras, mas a fita adesiva e o peso de Harvath prendendo-o à parede lhe davam pouco espaço para se mexer, menos ainda para escapar da incrível dor que sentia.

Harvath continuou lentamente. Quando chegou ao osso, a broca fez uma nuvem de fumaça enjoativa sair da ferida sangrenta. Najib se debatia violentamente, cada fibra de seu ser lutando para escapar do louco que destruía seu joelho com uma furadeira.

De repente houve um estalo e a rótula de Najib explodiu numa massa de osso espatifado. O homem finalmente desmaiou de dor.

capítulo 58

HARVATH ABRIU UM VIDRO DE AMÔNIA, embebeu um chumaço de gaze e o agitou abaixo do nariz do homem. Em questão de segundos, Najib tossia e levantava a cabeça.

Harvath ergueu uma seringa e tentou fazer o agente se focar nela.

– Isto é morfina – disse. – Só o que precisa fazer é falar comigo e terá quanto quiser.

Com a cabeça girando, Najib olhou para baixo e viu seu joelho inchado, com duas vezes o tamanho normal. Desviando o olhar, viu que seu outro joelho tinha sido limpo com anti-séptico havia pouco tempo. Era demais. Sua cabeça começou a cambalear enquanto ele desmaiava novamente.

– Fique comigo – ordenou Harvath enquanto segurava o rosto de Najib e forçava o chumaço de gaze com amônia sob seu nariz.

A cabeça do homem empinou para trás mais uma vez e ele a sacudiu para escapar dos vapores que irritavam as membranas do nariz e dos pulmões.

Harvath sabia que os vapores também incitavam um reflexo, fazendo os músculos que controlam a respiração trabalharem mais rápido, e por um momento esperou que o agente recuperasse o fôlego.

Erguendo a seringa novamente, ele disse:

– A decisão é sua.

Com a dor gravada em seu rosto machucado e furioso, Najib lentamente acenou um sim.

Harvath inseriu a agulha na coxa do homem. Apertou o êmbolo, mas parou antes que toda a droga tivesse sido injetada.

– Quando me contar tudo o que quero saber, darei o resto.

Ele segurou a mordaça e acrescentou:

– Se me enrolar ou tentar gritar, vou partir para o outro joelho. Depois para seus cotovelos e em seguida passarei a cada vértebra de suas costas e de seu pescoço. Está claro?

Najib assentiu e Harvath retirou a mordaça.

Ele esperava uma espécie de declaração inflexível – uma promessa de persegui-lo e a todos que ele amava até os confins da Terra ou coisa parecida, mas Najib o surpreendeu gaguejando uma pergunta:

– Al-Tal ainda está vivo?

A pergunta era humana demais e Harvath não gostou nem um pouco disso. Dificultava as coisas. Tornava-as complicadas.

Era muito mais fácil quando um verme como Najib vomitava seu ódio pela América e afirmava sua crença inequívoca de que era questão de tempo até que eles fossem vitoriosos e todos os infiéis vissem muçulmanos sapateando no alto da Casa Branca.

Embora fosse útil desumanizar o inimigo, Harvath ainda podia fazer o que viera fazer aqui. Só precisava pensar nas atrocidades que Najib orquestrara no Iraque contra soldados e fuzileiros navais americanos para saber que não havia nada de humano nesse animal.

E a possibilidade de ele jamais poder abraçar Tracy de novo endureceu seu coração e encheu sua alma de cólera.

– O destino de Al-Tal está em suas mãos.

– Então ele está vivo? – perguntou Najib. – Prove. Eu quero vê-lo.

– Isso não faz parte do nosso acordo.

– Mostre-me Al-Tal ou não lhe direi nada.

Dane-se o acordo, pensou Harvath enquanto saía da sala de jantar e entrava na cozinha. Voltou um minuto depois com uma tigela cheia de limões, pegou a faca no bolso e cortou um ao meio.

Aproximou-se de Najib, segurou o limão acima da ferida em seu joelho e o espremeu. Ao sentir o líquido cítrico penetrando a carne dilacerada, um uivo se formou na garganta de Najib. Harvath cobriu a boca do agente com a mordaça bem a tempo.

Depois que a dor diminuiu um pouco e o homem voltou a se acalmar, Harvath retirou a mordaça e disse:

– Não vou avisá-lo novamente. Agora fale-me do avião.

Najib não parecia ter nenhuma intenção de obedecer, mas quando Harvath pegou novamente a furadeira, colocando-a em seu joelho esquerdo e apertando o gatilho, o homem começou a falar.

– Era um avião comercial. Um 727.

– Quem estava a bordo? – perguntou Harvath, soltando o gatilho.

– Dois pilotos e uma equipe de médicos vestidos como comissários de bordo.

– Já tinha visto algum deles?

Najib negou com a cabeça:

– Nunca.

– Que língua eles falavam?

– Principalmente inglês.

– Principalmente? – perguntou Harvath.

– E um pouco de árabe.

– Para que era a equipe médica?

– Disseram-nos que nosso sangue tinha sido batizado. Uma espécie de material radioativo tinha sido introduzido em nosso sistema para que os Estados Unidos pudessem nos rastrear. Depois que o avião chegou a certa altitude, recebemos transfusões.

– Quem disse a vocês que seu sangue tinha sido batizado? – perguntou Harvath, a mão firme como uma rocha mantendo a furadeira no lugar.

– Os médicos.

– E como eles sabiam disso?

– Não faço idéia – respondeu Najib. – Eles estavam nos tirando de lá. Era só o que me importava.

– E vocês simplesmente concordaram com isso? E se fosse um truque qualquer?

– Foi o que pensamos. Eles tinham dois dispositivos que pareciam detectores de radiação. Quando passaram por nosso corpo, os dispositivos indicaram o material radioativo. Quando passaram no corpo da tripulação, não havia sinal nenhum. Todos sentimos enjôo por um ou dois dias antes de sairmos de Guantánamo. Pensamos que era intoxicação alimentar, mas os médicos disseram que era um efeito colateral da substância introduzida em nosso sangue.

Harvath procurou por algum sinal de que Najib estivesse mentindo, mas não encontrou nenhum.

– Quem arranjou a libertação de vocês?

– Al-Tal.

– Alguém procurou Al-Tal e se ofereceu para arranjar sua libertação – Harvath esclareceu. – Quem foi essa pessoa?

– Nunca soube. Nem Al-Tal sabia.

– Por que alguém ia querer ajudar a libertar vocês?

– Não sei.

– Quem tinha poder suficiente para fazer isso? – perguntou Harvath.

– Não sei – respondeu Najib.

– De todos os prisioneiros de Guantánamo, por que esse benfeitor mágico escolheu vocês?

Najib sentiu a broca da furadeira comprimida contra sua rótula. Ele olhou a ponta que rompera a pele.

– Eu juro que não sei – gritou. – Eu não sei! Não sei!

Harvath afastou a broca.

– Fale-me dos outros homens que foram libertados com você naquela noite. Já os tinha visto?

– Não – respondeu Najib. – Fiquei isolado todo o tempo. Quando tinha permissão para me exercitar, era numa área fechada. Nunca vi nenhum dos outros prisioneiros.

– Sei sobre sua época no Iraque – Harvath replicou, tentado a enfiar a broca da furadeira pela garganta do homem para se vingar de cada americano que ele matara. – Esses homens eram ligados às pessoas que você conheceu lá?

– Todos estávamos preocupados que o avião pudesse estar grampeado, então não falamos de associados ou do que fizemos antes de sermos presos em Guantánamo.

– Sobre o que conversaram então?

– Além do ódio que sentimos pela América?

Mais uma vez Harvath ficou tentado a meter a furadeira pela garganta do homem, mas controlou sua raiva.

– Não me provoque.

Najib fuzilou Harvath com os olhos. Por fim, disse:

– Conversamos sobre o nosso lar.

– *Lar?*

– Lar. Onde moramos. Síria, Marrocos, Austrália, México, França.

– Espere um minuto – interrompeu Harvath. – Síria, Marrocos, Austrália, México e *França?*

Najib assentiu.

Harvath não conseguia acreditar.

– Pensei que só houvesse quatro de vocês no vôo de Guantánamo naquela noite. Está me dizendo que havia um quinto prisioneiro libertado?

Mais uma vez Najib assentiu lentamente.

capítulo 59

UMA TEMPESTADE DE EMOÇÕES assolava Harvath. Em vez de conseguir decifrar o mistério em que estava imerso, achou tudo ainda mais obscuro. Não foram quatro homens libertados de Guantánamo naquela noite, mas cinco. Será que o Troll não sabia do quinto prisioneiro? Harvath duvidava disso. O anão era inigualável quando se tratava de colocar as mãos em informações delicadas. Não, Harvath tinha certeza de que ele sabia sobre o quinto passageiro naquela noite.

Harvath arrancou de Najib o máximo de informações que pôde sobre o vôo e passou ao encerramento de seu plano.

Arrastou Najib para o quarto de hóspedes e lhe mostrou o enfermeiro, a esposa e o filho de Al-Tal amarrados, mas ainda bem vivos. Depois o levou ao quarto de Al-Tal, onde puxou os lençóis e mostrou que o homem não estava ferido e dormia tranqüilamente.

– Tenho mais uma pergunta para você – disse Harvath.

Najib olhou para ele.

– O que é?

– O bombardeio às instalações dos Fuzileiros Navais em Beirute em 1983. Asef Khashan era um dos agentes de Al-Tal. Sabemos que Khashan estava envolvido no planejamento e ajudou a realizar o ataque.

– Isso foi há muito tempo – disse Najib, tendo agora confirmada sua suspeita de que o homem de máscara que o mantinha refém era um agente americano.

Harvath ignorou a observação.

– Al-Tal tinha conhecimento do ataque? Ele ajudou Khashan a planejá-lo e executá-lo?

Najib não queria ajudar o carrasco a colocar a corda no pescoço de seu mentor. Depois de mais de 20 anos tentando identificar os envolvidos, os americanos ainda não tinham provas contra Al-Tal. Se tivessem, ele teria sido eliminado como Asef.

– Quero uma resposta – disse Harvath, enjoado de ver esse monstro que abatera tantos soldados americanos.

– Não – disse Najib. – Asef era livre para planejar e coordenar, como bem entendesse, as ações do Hezbollah no Líbano.

Então Harvath viu o pequeno sinal que revelava que Najib não estava dizendo a verdade.

– Vou perguntar mais uma vez – falou. – Pense muito bem antes de responder. Al-Tal sabia ou estava envolvido no ataque de 1983 ao quartel dos Fuzileiros Navais em Beirute?

Najib ficou em silêncio por vários segundos, depois sorriu. Entendeu que o americano percebera que ele estava mentindo e sabia que ia morrer.

– Não – declarou. – Tammam Al-Tal não estava envolvido e não tinha conhecimento prévio de nada do glorioso ataque a seus 220 preciosos fuzileiros.

Lá estava de novo – o sinal. Harvath não tinha dúvida. Najib definitivamente estava mentindo.

Harvath sacou a pistola Taurus com silenciador e atirou na testa dele à queima-roupa.

– Você se esqueceu de 18 homens da Marinha e três soldados do Exército que também foram mortos naquele dia, seu babaca.

Depois virou a pistola para Al-Tal e lhe deu um tiro na cabeça e quatro no peito. Era exagero, mas ele se sentia bem fazendo isso.

Guardando suas coisas na bolsa, Harvath desceu a escada até o saguão, tirou a máscara e saiu do prédio.

capítulo 60

McLean, Virgínia

Embora os agentes do Serviço Secreto devessem evitar a previsibilidade e a rotina, em seus dias de folga Kate Palmer e Carolyn Leonard cultivavam seus hábitos.

Morando no mesmo bairro e sendo duas das poucas mulheres no destacamento de proteção ao presidente Jack Rutledge, Kate e Carolyn tornaram-se boas amigas desde o início. Embora Carolyn tecnicamente fosse chefe de Kate, suas posições hierárquicas profissionais não faziam diferença quando estavam longe do trabalho.

A não ser que o presidente estivesse viajando, sábado era o dia de folga delas. Os filhos de Carolyn sempre iam visitar a avó; então as mulheres tinham o dia inteiro para fazer o que quisessem.

Seus sábados começavam com uma aula de spinning no Regency Sport & Health Club, na Old Meadow Road, e em seguida faziam uma hora de musculação. Depois disso se sentiam exaustas. Após uma longa sauna seguida de uma ducha rápida, as amigas estavam prontas para a segunda atividade favorita dos sábados: fazer compras.

Numa carreira que exigia que elas competissem no mesmo nível físico e na qual eram julgadas pelos mesmos padrões de desempenho dos homens, Kate e Carolyn aproveitavam os fins de semana para reafirmar sua feminilidade. Fazer compras podia ser considerado uma atividade feminina estereotipada, mas nenhuma das duas se importava com isso. Era revigorante sair com uma amiga e não ter de se preocupar o dia todo em ser um dos rapazes.

Embora ainda estivesse pagando as dívidas do marido, Carolyn era uma poupadora inteligente e uma investidora ainda melhor. Muito trabalho e nenhuma diversão poderiam fazer uma garota ficar insensível, por isso ela tratava de guardar um dinheirinho a mais para suas saídas com Kate.

A rotina das duas na Tysons Galleria era sempre a mesma. Primeiro elas percorriam lojas como Salvatore Ferragamo, Chanel e Versace, procurando por qualquer liquidação ou pechincha. Depois iam para a Nicole Miller, Ralph Lauren e Burberry, de onde nunca saíam sem pelo menos uma sacola de compras cada uma.

O almoço era sempre no Leagal Sea Foods of Boston, no P. F. Chang's ou no Cheesecake Factory. Hoje fora no P. F. Chang's.

Depois de uma refeição de rolinhos de alface, *wonton* de caranguejo, escalopes ao limão e pato assado cantonês, as mulheres pagaram a conta, esvaziaram as taças de vinho e foram para o estacionamento.

Cortando caminho pela Macy's, foram abordadas por um dos homens mais bonitos que já tinham visto. Media pelo menos 1,80m, tinha cabelos escuros e olhos azuis penetrantes. Parecia italiano e vestia um terno cinza de corte impecável.

Apesar de ser um rematado atirador de elite, Philippe Roussard também gostava de se aproximar de seus alvos. Adorava fazer tudo devagar, ouvi-los implorar pela vida e depois vê-los morrer. Às vezes, porém, ele não agia dessa maneira. Neste caso, ele teria de ler sobre as mortes das mulheres no jornal – se os jornais publicassem alguma coisa.

– *Che bella donna* – disse ao se aproximar e não estava mentindo. As duas mulheres eram muito atraentes, muito mais do que nas imagens de vigilância.

Italiano, pensou Carolyn Leonard. *Eu sabia.*

Embora normalmente não desse atenção a estranhos, Carolyn tinha tomado um pouco de vinho no almoço e era seu dia de folga. Além do mais, que problema poderia haver com esse cara? Ele trabalhava na Macy's. Ela estava vendo o frasco de perfume e as tiras de amostra em sua mão. Claro que ele queria que elas comprassem alguma coisa, mas ele era tão lindo. O que quer que estivesse vendendo, Carolyn Leonard estava disposta a adquirir.

A chefe do destacamento do Serviço Secreto do presidente sorriu. Ela era alta, com cerca de 1,75m, e muito magra. O cabelo ruivo estava puxado num rabo-de-cavalo firme e ela parecia estar em ótima forma.

Roussard inclinou a cabeça e sorriu para as duas. A outra agente, Kate Palmer, era mais baixa, com cerca de 1,70m, mas igualmente atraente, com o corpo rijo e ágil, cabelos castanhos compridos e olhos verdes profundos.

– Vocês certamente são as mulheres mais bonitas que vi passar pela loja o dia todo – ele disse num inglês com forte sotaque.

Carolyn Leonard riu.

– Deve ter sido um dia muito entediante.

Roussard sorriu.

– Estou falando sério.

– De onde você é? – perguntou Palmer.

– Itália.

– Não diga – ela brincou. – *Onde* na Itália?

– San Benedetto del Tronto. Fica na região central das Marcas, no Adriático. Conhecem?

– Não – respondeu Leonard. – Mas gostaria de conhecer.

Roussard ergueu o frasco de perfume como se estivesse demonstrando a mais recente maravilha da tecnologia.

– Tenho de dar a impressão de que estou lhes vendendo alguma coisa. Meu supervisor anda me observando muito de perto. Diz que paquero demais.

Carolyn riu novamente.

– Isso não faz parte da venda?

– Não quando se fala a sério – respondeu Roussard.

– Ah, esse cara é bom – disse Palmer com um sorriso. – Muito bom mesmo.

– Bem, eu detesto interrompê-lo – disse Carolyn. – Mas não acho que nenhuma de nós queira um perfume novo, não é?

Palmer balançou a cabeça.

– Quem sabe da próxima vez.

Os lábios de Roussard se abriram num sorriso juvenil.

– Pelo menos experimentem. É muito bom e meu supervisor não poderá dizer que não estou fazendo meu trabalho.

Carolyn olhou para Kate Palmer, deu de ombros e disse:

– Por que não?

Roussard lhes passou um frasco e recuou educadamente. As mulheres borrifaram o perfume nos pulsos, esfregaram no pescoço, e Palmer até borrifou um pouco no cabelo.

– Não tem muito cheiro – comentou Carolyn Leonard.

– Isso porque funciona com a química de seu corpo. Esperem um pouco e verão. É extraordinário.

Leonard devolveu o frasco enquanto Roussard entregava a ela e a Palmer um cartão de amostra com o nome do produto e uma frase que parecia estar escrita em italiano.

Ao seguirem para o estacionamento, nenhuma das duas mulheres fazia a menor idéia do horror que tinham deixado entrar em suas vidas.

capítulo 61

Aparelho da CIA
Coltons Point, Maryland

A PEQUENA E DISCRETA CASA FICAVA na extremidade verdejante da Graves Road, em St. Patrick's Creek – uma pequena enseada do rio Potomac, a menos de 50 quilômetros do ponto onde o Potomac desaguava no Chesapeake.

Os carros estacionados à entrada eram igualmente discretos – um 4x4 e pickups, o tipo de veículos que se esperaria ver numa casa de fim de semana de um empreiteiro de Baltimore.

Se tivessem visto qualquer um dos homens saindo de seus carros e entrando na casa, nenhum dos vizinhos teria dado muita atenção. Eles eram elegantes e de alturas variadas, o rosto bronzeado do sol, sinais de que exerciam a mesma profissão do proprietário. Se alguém notasse a presença deles, certamente ia supor que tinham vindo pescar.

Os seis homens altamente qualificados reunidos na casa eram conhecidos no jargão da CIA como Equipe Ômega. Ômega é a última letra do alfabeto grego. Também se refere ao *fim* literal de alguma coisa. As Equipes Ômega não recebiam esse nome por acaso. Seu trabalho era muito, muito sujo. Às vezes suas missões eram públicas, mas a maioria era extremamente secreta e exigia uma delicadeza cirúrgica.

O líder da equipe desafivelou sua pasta de couro e atirou cinco dossiês na mesa de jantar. Não precisava de um para si. Já memorizara o conteúdo.

– Sei que muitos de vocês também estão envolvidos em outras operações – disse –, mas agora esta missão é sua única e exclusiva preocupação.

Como a maioria dos grupos de campo da CIA, as Equipes Ômega eram compostas de pessoas muito inteligentes e extremamente patriotas. Um dos membros da equipe desviou os olhos do dossiê e disse:

– Tem certeza disso?

– Nenhum de vocês tem permissão para repetir o que vou dizer, mas a ordem vem do próprio diretor Vaile.

– Mas esse cara é praticamente um herói nacional – disse outro agente. – É como nos pedir para dar um tiro na Lassie.

O líder da equipe não se importou com o que estava ouvindo.

– O que foi, isso aqui de repente virou uma reunião do clube do livro? Ninguém pediu a opinião de vocês. O alvo é uma ameaça significativa para a segurança nacional. O presidente pediu a ele para deixar o serviço várias vezes, mas ele se recusou. Deram-lhe um prazo para se entregar, e ele se recusou novamente.

– Espere um segundo, como o presidente Rutledge está envolvido nisso? O que esse cara queria, afinal? – perguntou outro homem.

– Isso não é da sua conta. Só o que precisam saber é que ele está colocando em perigo a vida de americanos inocentes por não ter cumprido as ordens do presidente.

– Besteira – queixou-se outro membro. – Todos lemos a ficha dele. Esse cara é um durão e tem uma pontaria daquelas. Se vamos atrás de alguém tão experiente e perigoso, acho que merecemos saber o que ele realmente aprontou. Por que ele não obedeceu às ordens do presidente?

O chefe da equipe não estava nem um pouco disposto a explicar aos homens as motivações de seu alvo, do diretor da Central de Inteligência ou do presidente dos Estados Unidos.

– Vou falar só uma vez, então calem a boca e escutem. Só o que vou dizer a vocês, e é tudo que precisam saber, é que tanto o diretor Vaile como o presidente dos Estados Unidos nos deram sinal verde para derrubar esse alvo. Nossa tarefa é deter Scot Harvath pelos meios que forem necessários. Fim de papo.

capítulo 62

HARVATH ESTAVA ESGOTADO FÍSICA e emocionalmente, com os nervos em frangalhos. E provavelmente toda essa história tinha apenas começado. Tudo em que conseguia pensar era no Troll. O homem mentira para ele. Não foram quatro terroristas libertados de Guantánamo – foram cinco. Harvath estava louco para pôr as mãos nele.

Ele usou o telefone de bordo para contar a Finney e Parker o que havia descoberto e eles imediatamente começaram a montar a estratégia. Esperavam poder apresentar várias opções quando Harvath voltasse.

Durante as várias horas seguintes, Harvath repassou suas próprias hipóteses. As poucas reservas de energia que ainda tinha se exauriram completamente. Depois da escala para reabastecimento na Islândia, o cansaço venceu e ele caiu num sono pesado e sombrio. E então vieram seus sonhos.

Era o mesmo pesadelo que ele tinha com Tracy, mas desta vez foi pior. Sonhou que estava em uma longa ponte de cordas, entre dois grupos de pessoas que amava, cada um deles em risco iminente. Ele só podia salvar um grupo. Mas, em vez de escolher, ficou paralisado de medo.

Sua indecisão lhe custou muito caro. Ele olhou impotente enquanto os membros de cada grupo eram assassinados um por um, suas mortes perpetradas alegremente por um demônio sádico resolvido a extrair cada grama de sofrimento que pudesse. Em todo esse tempo, Harvath limitou-se a ficar parado e olhar, sem ter certeza de si mesmo e de sua capacidade de fazer alguma coisa para impedir aquele holocausto de selvageria diante dele.

Foi um toque rápido da campainha da cabine que o arrancou de seu pesadelo. Abrindo as pálpebras, ele olhou pela janela e viu que estavam sobrevoando terra firme, embora não fizesse idéia do local exato. Ele ergueu o fone e apertou o botão para a cabine de controle.

– O que está havendo? – perguntou quando o co-piloto atendeu.

– Temos um problema mecânico dos grandes.

– De que tipo?

O co-piloto o ignorou e disse:

– Estamos a umas 50 milhas do aeroporto. Fique sentado e certifique-se de que seu cinto de segurança esteja bem afivelado. – E depois disso a linha ficou muda.

Harvath ouviu a porta da cabine de controle sendo trancada. Talvez fosse uma precaução de segurança legítima, mas havia alguma coisa ali que não lhe soava bem.

Ele olhou o relógio e tentou calcular onde estavam. Tinha dormido por muito tempo.

O protocolo ditava que o avião particular pousasse na primeira grande cidade que sobrevoasse depois de entrar em espaço aéreo americano para a rotina de alfândega e controle de passaporte, mas Tom Morgan entrou em contato com umas pessoas que conhecia para ter essas exigências suspensas nas viagens ao México e à Jordânia.

Eles deviam estar em algum lugar sobre o Canadá ou os Grandes Lagos, mas o terreno abaixo parecia mais a Costa Leste dos Estados Unidos. Alguma coisa definitivamente não estava certa.

O Citation X inclinou-se fortemente e houve uma mudança brusca de altitude enquanto o jato particular disparava para baixo. Harvath não gostava nem um pouco do que estava acontecendo.

Ele sentiu baixar o trem de pouso e apertou o cinto de segurança.

Olhando novamente pela janela, um sentimento de pânico o atingiu como um soco no estômago quando ele reconheceu onde estavam.

O jato não pousava perto do Colorado, mas no Aeroporto Nacional Ronald Reagan, em Washington.

Agora ele sabia por que os pilotos haviam trancado a porta da cabine. Não havia nenhum problema mecânico. Alguém pegara Tim Finney. Alguém sabia que Harvath estava nesse avião e o obrigara a pousar em Washington.

Ele precisava planejar seu próximo passo.

Grande parte do plano seria baseado em que tipo de agente da lei fora mandado para encontrar o avião em terra.

Harvath sentou-se colado à janela enquanto o Citation X flutuava sobre a pista e tocava o solo com um baque suave dos pneus. Vários caminhões dos bombeiros e duas ambulâncias foram mobilizados e seguiam o jato que taxiava.

Não era a recepção que Harvath esperava. Não havia um carro de polícia nem um sedã do governo sem placa. Ainda assim, ele manteve a guarda.

O avião taxiou para uma área de parada. Quando a aeronave freou, os veículos de emergência a cercaram e suas equipes entraram em ação.

Harvath desafivelou o cinto e foi para o outro lado do jato, tentando ver o que estava acontecendo.

Imediatamente, a porta da cabine principal se abriu e a aeronave se encheu do gemido agudo dos motores Rolls-Royce do Citation.

Segundos depois, vários bombeiros subiram a bordo e entraram na cabine. Seus walkie-talkies vomitavam ordens ladradas entre o pessoal de emergência. Não passava de ruído de fundo para Harvath. Ele estava concentrado nos homens.

Por baixo dos trajes de Nomex, eles eram iguais a quaisquer outros bombeiros que Harvath já vira. Eram magros e atléticos, com expressões sérias e concentradas que demonstravam que tinham um trabalho a fazer.

O único problema era que tinham o mesmo olhar de muitos agentes da lei e da elite militar que Harvath conhecera e com quem trabalhara em seus anos na SEAL e no Serviço Secreto.

Harvath se levantou e partiu para a frente da cabine. Foi então que ele viu. O segundo "bombeiro" segurava alguma coisa contra as costas do homem diante dele.

No reflexo das paredes muito polidas da cabine de passageiros, Harvath distinguiu a cor e o tamanho inconfundíveis de um Taser X26. Era o mesmo dispositivo que ele tinha usado em Ronaldo Palmera poucos dias antes.

Harvath caíra numa armadilha.

capítulo 63

ANOS ANTES, HARVATH TOMARA UM TIRO de Taser como parte de seu treinamento, para ver como era. Numa palavra, era forte – mais forte do que qualquer coisa que ele já experimentara. Ele não queria cavalgar o búfalo novamente, então agora simplesmente caiu de joelhos e entrelaçou os dedos na nuca. Suas 24 horas se esgotaram muito mais rápido do que ele previra.

Com o joelho de alguém em seu pescoço e a cara espremida contra o chão acarpetado da cabine, Harvath sentiu as algemas descartáveis apertarem seus pulsos às costas.

Eles estavam sendo excepcionalmente rudes com ele e a mensagem era clara – *Tente nos ferrar e as coisas vão piorar muito.*

Um Yukon Denali preto esperava na base da escada. Os pés de Harvath não chegaram a tocar o solo.

Ele foi atirado no banco traseiro e cercado por dois homens, que bateram a porta ao mesmo tempo. Um deles prendeu o cinto de Harvath enquanto o outro dava ordens ao motorista para partir.

Ele não viu o capuz até ser colocado em sua cabeça e tudo ficar preto.

Foi uma longa viagem. Cada minuto privado da visão, nessa escuridão impenetrável, parecia uma hora. Quando o 4x4 finalmente parou, um dos guardiões de Harvath abriu a porta e o arrancou do Denali.

Harvath ouviu pássaros e o que parecia uma espécie de motor ao longe. Podia ser um cortador de grama, mas, como parecia estar em movimento, ele imaginou que era algum tipo de barco. Eles deviam estar perto da água.

Um rude par de mãos o agarrou do outro lado e ele foi conduzido para a frente. O pavimento suave sob seus pés deu lugar à grama e em seguida a degraus de madeira.

Ele foi orientado e obrigado a parar enquanto uma porta era aberta. O ar no interior cheirava a umidade, com um toque fraco de desinfetante.

Harvath foi conduzido por um longo corredor e parou diante de outra porta, onde suas algemas foram retiradas. A porta então foi aberta e, depois de arrancarem seu capuz, o empurraram para dentro. Ele ouviu a porta se fechar atrás de si e ser trancada.

De início, só o que conseguiu ver foi a cor branca. Lentamente, enquanto seus olhos se adaptavam, começou a distinguir alguns tons azuis, bem como a cor escura do piso de madeira surrado. Algumas bóias de pesca de lagosta foram os primeiros objetos que ele realmente conseguiu focalizar. Depois todo o cômodo começou a tomar forma.

A decoração parecia ter saído da revista *Coastal Living* – paredes com rebordo, modelos de barco, almofadas criadas com antigas bandeiras náuticas. Embora Harvath tenha imaginado muitos tipos de cela em que o presidente podia tê-lo atirado, nenhuma se assemelhava a esta.

Contornando um pequeno sofá-cama, ele foi até a janela. Não ficou surpreso por não poder abri-la. O que o surpreendeu foi que ela parecia ser feita de vidro à prova de balas, com cerca de 4 centímetros de espessura. Sem dúvida não era um quarto comum.

Harvath deduziu que estava numa espécie de aparelho. A primeira agência a lhe ocorrer como a provável proprietária foi a CIA, embora pudesse pertencer a várias outras.

Harvath vira muitos aparelhos em seus tempos e a decoração deste sugeria mais o envolvimento da Agência Central de Inteligência do que de qualquer outro grupo.

O armário estava vazio, bem como a escrivaninha encostada na parede mais distante. Na mesa-de-cabeceira havia uma Bíblia com um selo afirmando que os Gedeões a colocaram ali, o que obviamente foi uma piadinha esperta de alguém.

Harvath notou que os modelos de barco em todo o quarto tinham nomes de universidades de prestígio. Sem dúvida era um aparelho da CIA, mas por quê? Por que o trouxeram para cá?

Havia duas portas dos dois lados do quarto. Uma levava ao banheiro, visivelmente sem as ferragens habituais, como uma barra no boxe ou um espelho que pudesse ser usado como arma. Harvath abriu a torneira e tomou vários goles de água em um copinho de papel antes de voltar ao quarto.

A outra porta presumivelmente levava ao interior da casa, mas estava trancada. Nenhuma surpresa nisso. Harvath deduziu que havia pelo menos um, talvez dois guardas postados do outro lado. Conhecendo a tendência da CIA de manter vigilância eletrônica, ele também pressupôs que seu quarto estava grampeado para áudio e vídeo.

Sem mais nada a fazer, pegou a Bíblia na mesa-de-cabeceira e se sentou na cama. Fruto do sistema de ensino do Sagrado Coração quando menino, Harvath ficou constrangido por tanto tempo ter se passado desde que segurara uma Bíblia, que dirá ler os seus livros.

Ele folheou respeitosamente as páginas até chegar ao segundo livro do Antigo Testamento, o Êxodo.

O livro era dividido em seis partes, todas familiares a Harvath. Ele leu sobre a escravidão dos israelitas e a fuga do Egito, e agora as 10 pragas tinham um significado especialmente doloroso para ele.

Se o ataque à equipe de esqui e suas instalações em Park City representava granizo e fogo, havia outras seis pragas que ainda estavam por vir. Ele as leu na ordem inversa – bolhas, peste, moscas, piolhos, rãs e por fim um rio de sangue.

Embora algumas parecessem brandas pelos padrões atuais, Harvath sabia que o responsável por todos esses ataques, o homem que ele acreditava ser o quinto terrorista libertado de Guantánamo, pensaria numa forma excepcionalmente anticonvencional e apavorante de incorporá-las a seus atentados.

A idéia de haver mais atentados fazia da atual situação de Harvath uma pílula ainda mais amarga de engolir. Ele precisava encontrar uma maneira de sair dali e deter o responsável por tudo isso.

Colocando a Bíblia sobre a mesa-de-cabeceira, ele se levantou. Daria mais uma olhada no quarto. Tinha de haver alguma coisa que pudesse ajudá-lo a fugir. Ele não se importava se o mantinham sob vigilância ou não. Ficar sentado sem fazer nada não era uma opção.

Depois de examinar completamente o armário, estava prestes a voltar ao banheiro quando ouviu vozes do lado de fora. Harvath viu a maçaneta começar a girar lentamente e entendeu que seu tempo estava se esgotando.

capítulo 64

QUANDO A PORTA DE SEU QUARTO SE ABRIU, Harvath ficou surpreso ao ver quem estava do outro lado.

Antes que ele pudesse abrir a boca, o homem ergueu o Taser e o apontou para seu peito. Atirando-lhe um par de algemas, disse:

– Seu pulso direito na cabeceira da cama, agora.

Harvath hesitou e o homem gritou:

– Agora!

Harvath obedeceu.

Com o prisioneiro seguro, o homem guardou a arma, virou-se para o segurança na entrada e assentiu.

Depois que o segurança fechou a porta e o homem do Taser ouviu o estalo da tranca, ele atirou as chaves das algemas a Harvath.

– Só temos 15 minutos para conversar enquanto os servidores da vigilância são reiniciados.

– Que diabos está havendo aqui? – perguntou Harvath ao tirar as algemas do pulso e devolver a chave a Rick Morrell.

Morrell era um agente paramilitar da CIA com quem Harvath trabalhara em diversas ocasiões. No começo, o relacionamento dos dois foi consideravelmente difícil, mas depois desenvolveram um respeito profissional mútuo e até mesmo uma amizade. Harvath não sabia se a presença dele ali era boa ou ruim. No mundo da inteligência, muito freqüentemente as amizades eram destruídas por questões de segurança nacional. Harvath não esquecera que o presidente Rutledge o procurava por traição. Ele precisava seguir com muito cuidado.

– Você se meteu numa encrenca danada, sabia? – disse Morrell.

Harvath *sabia* e não precisava que Rick Morrell nem ninguém o lembrasse disso.

– Você faria a mesma coisa no meu lugar.

Morrell concordou.

– Isso não torna meu trabalho mais fácil.

Harvath não gostou de ouvir aquilo.

– E *qual* é exatamente seu trabalho?

– Por ordem do presidente, fui encarregado de impedir você de tomar qualquer outra medida com relação aos atentados a Tracy Hastings, à sua mãe e à equipe de esqui americana.

– Então o presidente acredita que o ataque à equipe de esqui foi realizado pela mesma pessoa?

– Sim, acredita – disse Morrell. – Encontraram um bilhete na cena do crime igual aos dos outros dois ataques.

– Então qual é o problema?

– O problema é que o presidente quer que você saia dessa história.

– Eu tenho todo o direito de... – começou Harvath, mas Morrell o interrompeu.

– Não tem direito nenhum. Jack Rutledge é o presidente dos Estados Unidos. Quando ele diz para você fazer alguma coisa, você faz.

– Isso não basta.

– Bom, vai ter que bastar – disse Morrell.

Harvath olhou para ele com descrença.

– Meu Deus, você é um babaca. Sabia disso? Há um minuto concordou que teria feito a mesma coisa no meu lugar.

– E estava falando sério.

– Então qual é o seu problema?

– Meu problema é que eu e outros cinco membros de minha Equipe Ômega do outro lado desta porta recebemos ordem de eliminá-lo se você se recusar a cooperar.

A resposta pegou Harvath de surpresa.

– Vivo ou morto – disse Morrell, enquanto avaliava a expressão de Harvath.

Harvath tinha se sentido traído quando o presidente se voltara contra ele antes, mas agora não havia palavras para descrever o que estava sentindo.

– E, para piorar a situação – disse Harvath –, você foi escolhido para chefiar essa equipe. Devo chamá-lo de Brutus? Ou Judas seria melhor?

– Não foi Rutledge que me escolheu, e sim o diretor Vaile.

– Que diferença faz? Você aceitou a tarefa do mesmo modo.

– É verdade, eu aceitei. O diretor usou um argumento muito convincente.

– Tenho certeza que sim – respondeu Harvath, o desprezo evidente em sua voz. – Sempre gostei de Vaile, mas ao que parece ele nunca pensou muito bem a meu respeito. Maldito jogador de pôquer. Ele me enganou.

– Só para constar – disse Morrell –, Vaile é péssimo no baralho. E, para sua informação, ele é um sujeito decente. Provavelmente é um dos melhores diretores que a Agência já teve. É um patriota que coloca nosso país acima de tudo, até de seu próprio bem-estar.

– Do que você está falando?

Morrell esticou o braço, mostrando o quarto.

– Foi graças a ele que você foi trazido para cá em vez de ser levado para uma prisão federal. Graças a ele estou chefiando a equipe.

– Não entendi – respondeu Harvath.

– Vaile tem muito respeito por você. Embora aparentemente ele não acredite que bater de frente com o presidente dos Estados Unidos seja uma boa atitude profissional, entende por que você está fazendo isso. Mas também entende a decisão do presidente. O resultado é que Vaile sabe que você não é um traidor.

– Então por que estou aqui? – perguntou Harvath. – Por que estamos tendo esta conversa?

Embora todos os dispositivos de monitoramento supostamente estivessem desativados, Morrell se curvou para mais perto de Harvath e disse numa voz que mal passava de um sussurro, mas não era menos intensa:

– Porque o diretor Vaile se sente parcialmente responsável pelo que houve... Tracy, sua mãe, a equipe de esqui, tudo isso. Ele quer que você saiba por que isso está acontecendo.

capítulo 65

SEU TEMPO ERA POUCO, então Morrell falou rapidamente.

– É política declarada do governo dos Estados Unidos jamais negociar com terroristas. Todos nós sabemos que é o primeiro e mais importante mandamento da nação na guerra contra o terror... *Não negociarás com terroristas.*

Harvath conhecia esse mandamento.

– Mas alguém o desrespeitou – deduziu, enquanto pensava nos cinco prisioneiros libertados de Guantánamo.

Morrell assentiu.

– Toda regra tem sua exceção.

– O presidente estava diretamente ligado à libertação dos prisioneiros?

Morrell olhou para a porta e novamente para Harvath.

– Sim.

Harvath suspeitara o tempo todo que o presidente estivesse envolvido, mas agora tinha a confirmação.

– O que vou lhe dizer agora – continuou Morrell – fica neste quarto. Apesar de sua situação atual de foragido, você ainda está preso a seu juramento e aos acordos de sigilo de segurança nacional que assinou antes de trabalhar na Casa Branca e no Departamento de Segurança Nacional. Está claro?

– Perfeitamente – respondeu Harvath.

Morrell respirou fundo.

– Só há um caso em que os Estados Unidos podem transgredir sua própria regra de não negociar com terroristas.

Em toda a experiência de Harvath, ele nunca vira o primeiro mandamento ser desrespeitado. Ele não podia nem imaginar o que caracterizaria uma exceção.

Harvath tinha visto muitas coisas horríveis em sua carreira de agente antiterrorista. Parte dele questionava se realmente queria saber o que justificaria uma exceção dessas, mas precisava entender por que o presidente o impedia de proteger as pessoas que amava. Precisava saber por que um terrorista doente recebera imunidade total para fazer o que quisesse com cidadãos americanos inocentes.

– A exceção – disse Morrell – é quando um terrorista ou uma organização terrorista ameaça crianças.

– Quer dizer que quem está perpetrando esses atentados também ataca crianças?

– Não. Os cinco libertados de Guantánamo ainda estavam lá quando aconteceu o ataque em questão. O grupo que negociou sua libertação usou isso para conseguir sua saída. Sei que você tem passado por muitas coisas, mas, se serve de consolo, o presidente não teve absolutamente nenhuma alternativa.

Harvath ainda não estava pronto para perdoar Rutledge. Precisava ouvir mais e fez sinal para Morrell continuar.

– Dois dias antes de os cinco serem libertados de Guantánamo, um ônibus escolar cheio de crianças de cinco anos desapareceu em Charleston, na Carolina do Sul. Os terroristas ameaçaram matar uma criança a cada meia hora até que suas exigências fossem atendidas. Imediatamente foi ordenado que a imprensa abafasse o caso e as autoridades federais partiram freneticamente para localizar o ônibus. Satélites foram reprogramados, a Equipe de Resgate de Reféns do FBI foi acionada e trouxeram membros da Força Delta, das Equipes Seis e Oito da SEAL e até mesmo da CIA. Esse foi um ataque direto à nossa nação, cujo impacto psicológico poderia ter sido extremamente grave. O presidente não relutaria em nada.

Harvath continuou ouvindo atentamente.

– Para demonstrar que estavam falando sério, os terroristas mataram a motorista do ônibus e a deixaram atrás do volante do veículo abandonado. Quando chegaram notícias sobre a morte da motorista e o fato de que não estávamos mais procurando um ônibus escolar amarelo e animado, as pessoas ficaram ainda mais preocupadas. Ou os terroristas tinham as crianças numa localização central ou, pior, o grupo se separara e fora levado a vários locais diferentes. As imagens do massacre da Escola Beslan, na Rússia, passavam assustadoramente pela cabeça de todos. Todo mundo sabia que tentar recuperar as crianças à força podia ser um erro terrível e fatal. Se os terroristas fossem atacados, havia poucas dúvidas de que eles se fariam de mártires e levariam as crianças com eles. Não havia alternativa para os Estados Unidos a não ser negociar.

Morrell fez uma pausa e depois prosseguiu:

– De início, os terroristas queriam que todos os prisioneiros fossem libertados de Guantánamo. Aos poucos, os negociadores reduziram a lista a cinco e concordaram que o presidente assinaria uma espécie de carta prometendo, entre outras coisas, que todas as instalações secretas de detenção dos Estados Unidos seriam fechadas, os detentos de Guantánamo receberiam alimentação melhor, assistência médica e visitas mais freqüentes da Cruz Vermelha, todos os prisioneiros seriam levados a julgamento por seus supostos crimes e esses julgamentos seriam transparentes, com a presença de monitores internacionais para atestar sua legitimidade.

– E o presidente concordou com isso? – perguntou Harvath.

– Ele não teve escolha. Os terroristas colocaram uma arma em sua cabeça e esbravejaram que iam matar a primeira criança. O líder orientou o presidente a um website onde foram postadas fotos de celular da criança que os seqüestradores escolheram para ser a primeira a morrer. Pelo que eu soube, as fotos partiram seu coração. Eles escolheram a mais nova e mais bonita do grupo. A imagem teria caído muitíssimo mal nos noticiários. A NSA e várias outras agências passaram a trabalhar no website, enquanto o presidente se reunia com seus conselheiros no gabinete de crises. Tinha uma decisão muito difícil e potencialmente histórica a tomar.

– E todos sabemos como terminou – respondeu Harvath.

Morrell levantou a mão.

– Não, você não sabe. Não acabou. Longe disso. Para os Estados Unidos, o problema tinha apenas começado.

capítulo 66

HARVATH NÃO SABIA O QUE PENSAR nem o que sentir. Ele imaginava que o presidente fora motivado a fazer o que era certo para o país e certamente foi o que ele fez nesse cenário horrível, mas isso ainda não explicava por que ele fora excluído.

Harvath não tinha certeza se Rick Morrell podia lhe dar as respostas que procurava, mas sabia que cada informação que conseguisse o levaria para mais perto da solução do enigma. Eles não tinham muito tempo, então Harvath decidiu guardar as perguntas e deixar que Morrell terminasse.

Morrell obviamente também estava preocupado com o tempo. Olhou o relógio pela terceira vez e disse:

– O secretário de Defesa sugeriu ao presidente que fosse usado um programa de rastreamento altamente secreto para localizar os cinco homens libertados de Guantánamo.

– Através de um isótopo radioativo – disse Harvath, sentindo o rumo que a conversa tomava. – Já estou a par disso.

– Os Estados Unidos não sabiam com quem estavam negociando, muito menos que tipo de relação havia entre os homens que estavam prestes a libertar. Se pudessem rastreá-los, talvez fosse possível localizar a organização responsável pelo seqüestro do ônibus e levá-la à justiça, ou no mínimo a uma espécie de vingança. O único problema era que de algum modo o outro lado soube do programa de radioisótopos e fez uma transfusão completa nos cinco detentos no avião. Depois usaram o sangue extraído para levar a CIA a uma caçada inútil. O sangue foi espalhado em vários contêineres, que foram jogados em diferentes lixeiras e nas malas de diversos carros. O Departamento de Defesa culpou a CIA por perder os homens e a CIA culpou o Departamento de Defesa por confiar num programa que não era tão ultra-secreto como eles pensavam.

– Então os Estados Unidos os perderam. Disso eu sei – disse Harvath.

– O que você não sabe é que os terroristas impuseram algumas condições no acordo que fizeram com o presidente.

– Como o quê, por exemplo?

– Que os homens que libertamos jamais fossem perseguidos, feridos ou recapturados – respondeu Morrell. – Como garantia, forneceram imagens de mais de 100 ônibus escolares de todo o país. A mensagem era clara. Se trapaceássemos, eles voltariam a atacar e as coisas seriam muito piores da próxima vez. Nossas crianças sofreriam um ataque medonho e dessa vez não haveria negociação.

– Foi por isso que o presidente queria que eu ficasse de fora.

Morrell pôs a mão no ombro do amigo.

– Ele não *queria* deixá-lo de fora, ele só não tinha escolha. Você o colocou numa situação muito complicada.

– E daí? Ele nem mesmo me contou quem supostamente está perseguindo esse sujeito.

– E isso faria diferença? As decisões pessoais do presidente o convenceriam a ficar sentado enquanto esse maluco atacava sua família e seus amigos?

Harvath não sabia como responder a essa pergunta. Por fim disse:

– Provavelmente, não.

– Scot, o presidente sabe que você esteve no México quando Palmera foi morto.

– Como ele soube disso?

– A CIA tem imagens suas do circuito interno do aeroporto de Querétaro. Identificaram o avião que vocês usaram. Também sabem a quem a aeronave pertence. Foi assim que deduzimos que você estava voltando de Amã.

O coração de Harvath ficou apertado. Se ele ia cair, não queria puxar ninguém com ele, especialmente americanos decentes e patriotas como Tim Finney e Ron Parker.

– Os caras de Elk Mountain não sabiam de nada disso.

– Você e eu sabemos que isso é besteira – respondeu Morrell. – Eles estavam nas gravações com você. A única coisa a seu favor é que as testemunhas dizem que viram Palmera correr para a rua e ser atropelado por um táxi. Para eles, foi obra de um cartel. Se os terroristas que ajudaram a organizar sua libertação de Guantánamo acreditam nisso, é outra história.

– E aonde isso nos leva?

– Preciso saber o que aconteceu em Amã. Por que você foi lá? Com quem se encontrou?

Harvath balançou a cabeça numa negativa.

– Scot, escute. A história de Palmera pode ser disfarçada de modo a parecer que ele se meteu com gente ruim do passado dele. É apenas uma morte e, apesar de suspeita, nada é definitivo. Duas mortes e estaremos com um grande problema. Não sabemos quantos ônibus escolares essa gente pode atacar. A única esperança que temos para evitar mais ataques é administrar a situação com sucesso. Não podemos fazer isso sem que você nos dê o que precisamos. O que aconteceu em Amã?

– Se o presidente tivesse sido franco desde o início, eu poderia...

– Scot, o que aconteceu?

– Abdel Salam Najib está morto. O mentor dele também.

– Merda – xingou Morrell.

– O que você esperava? O que qualquer um esperava? A vida de pessoas que amo está em jogo. Eu não podia ficar sentado e não fazer nada.

Rick Morrell se levantou e foi para a porta.

– Espere aí! – disse Harvath. – É só isso? Achei que você fosse me ajudar.

– Eu já o ajudei – disse Morrell enquanto continuava andando. – O presidente disse *vivo ou morto*. Você está vivo.

Embora ainda estivesse vivo, Harvath percebeu que também tinha sido ludibriado ao revelar o que acontecera na Jordânia. Com dois dos detidos mortos, não havia como o deixarem sair agora.

O que ele fez em seguida foi imprudente, impensado e mera idiotice, mas, dadas as circunstâncias, provavelmente era a única coisa que podia fazer.

capítulo 67

MORRELL ESTAVA QUASE NA PORTA QUANDO Harvath desceu o punho como um martelo na base de seu crânio.

Os joelhos de Morrell se dobraram enquanto ele perdia a consciência. Harvath o colocou delicadamente no chão e olhou o relógio de Morrell.

Será que Morrell estava dizendo a verdade sobre os servidores serem desativados por 15 minutos? Se tivesse mentido, os outros membros da Equipe Ômega estariam correndo para o quarto neste exato momento. Ele contou até cinco. Nada aconteceu.

Morrell pelo menos lhe dissera a verdade sobre as câmeras, o que significava que Harvath agora tinha menos de dois minutos para sair da casa sem ser visto.

Ele pegou a chave do agora ex-amigo, tirou o Taser do coldre e bateu duas vezes na porta.

Harvath ouviu os passos pesados do guarda do outro lado, seguidos pelo deslizar da tranca da porta que se abria. Ele ergueu o Taser e se preparou para disparar.

Assim que a porta se abriu, o guarda apareceu e Harvath apertou o gatilho. Os dardos se cravaram no peito do homem e ele foi cavalgar o búfalo por cinco segundos. Caiu para a frente no quarto e, depois de rolá-lo rapidamente para colocá-lo de costas, Harvath deu uma série de murros violentos no rosto e na cabeça do homem, deixando-o inconsciente.

Ele pegou a Glock calibre 45 do guarda, suas chaves, um walkie-talkie e uma faca tática Benchmade.

Ao contrário do Taser que Harvath usara no México, este tinha um cartucho de reposição e Harvath rapidamente recarregou a arma. Embora tivessem recebido autorização para matá-lo, esses homens eram antes de tudo americanos que estavam fazendo o trabalho que lhes ordenaram. Harvath não queria matá-los se não fosse necessário.

Ele chegou cautelosamente ao corredor. Podia ouvir vozes vindo da parte principal do chalé, o que facilitou ainda mais sua decisão de tomar a direção oposta.

Ao se aproximar de mansinho da extremidade do corredor, pôde ouvir um aparelho de televisão, acompanhado por um zumbido regular e uma pancada ocasional. Harvath não tinha idéia do que estava ouvindo, até que se aproximou do cômodo e ouviu um grito.

Ao espiar pelo canto da porta, acabaram-se suas esperanças de uma saída limpa. Dois membros da Equipe Ômega jogavam totó em uma das mesas mais capengas que Harvath já vira. Logo atrás deles havia uma porta que levava ao mundo e, para além dele, à liberdade. O único problema era que só restava a Harvath um disparo no Taser.

Ele precisava pensar em alguma coisa depressa. Seu tempo estava quase se esgotando. Dando outra espiada rápida pelo canto, ele apreendeu o máximo possível da sala e gravou a imagem na cabeça.

Os dois homens estavam armados, mas Harvath contava com o elemento surpresa. Ele podia irromper na sala com a Glock em punho e lhes dizer que se deitassem no chão, mas não havia garantias de que eles obedeceriam. Se percebessem o blefe, Harvath ficaria numa situação muito difícil. Ele não queria atirar nos homens, nem para garantir sua liberdade, mas seria obrigado a fazê-lo se fosse preciso. Podia atirar nos joelhos dos dois, mas o som dos disparos atrairia os outros membros da equipe e ele ficaria numa encrenca de verdade. Tendo de atirar primeiro, ele sem dúvida seria considerado uma ameaça real que precisava ser neutralizada. Harvath podia muito bem estar assinando seu atestado de óbito.

A solução era sair com pouco ruído e atrair a menor atenção possível.

Outro grito irrompeu do jogo de totó e Harvath teve a chance de olhar uma terceira vez. Outro gol fora marcado e o homem que o fizera estava se preparando para colocar a bola em jogo. O homem de frente para ele estava com as duas mãos nas barras de metal, pronto para agir. Foi então que Harvath percebeu que faltava a maior parte dos pegadores da antiga mesa. Os dois membros da Equipe Ômega seguravam direto no metal.

Harvath esperou que o jogo recomeçasse. Quando o homem estendeu a mão para a outra barra de metal, Harvath ergueu o Taser de lado, entrou na sala e apertou o gatilho.

Ele cravou um fio em cada um dos homens que tinham as mãos carnudas e suadas nas barras de metal e lançou os 50 mil volts de eletricidade. Foi um tiro desagradável e inesperado, que pegou os homens totalmente de surpresa. Harvath, em seguida, ligou o atordoador da arma em cada um deles, completando o circuito e incapacitando o último obstáculo que impedia sua fuga.

Harvath não se incomodou em nocauteá-los. Foi direto para a porta e saiu o mais rápido possível.

Permanecendo abaixo da linha das janelas, ele se esgueirou para a frente da casa e pegou as chaves de Rick Morrell no bolso. Apertou o botão do controle remoto e viu os faróis acesos de um Chevy Tahoe prata. Seria um carro perfeito para a fuga se não estivesse estacionado no alto da entrada de veículos.

Harvath pegou outro molho de chaves e repetiu o processo. Um par de faróis se acendeu atrás do 4x4 de Morrell e Harvath sacou a faca Benchmade que tirara do guarda do lado de fora de seu quarto.

Depois de furar os pneus dos outros veículos, ele pulou na pickup do guarda, colocou a chave na ignição e girou, mas nada aconteceu – nem mesmo o enjoativo *clique, clique, clique* da ignição travada ou o zumbido de uma bateria quase arriada.

Harvath não conseguiria escapar desses homens a pé. Muitos tinham formação em operações especiais e o localizariam com facilidade. Sua única esperança era a água. Se eles não tivessem acesso a um barco, ele talvez conseguisse escapar a nado. Tudo o que precisava fazer era abrir uma distância segura entre ele e os homens antes de voltar a terra firme, onde poderia pegar uma carona ou roubar outro carro.

Ele estava prestes a sair da pickup Ford do guarda e ir para a água quando descobriu a chave antifurto do carro.

Segundos depois, Harvath arrancava da entrada de veículos e levava a pickup para o norte, para Washington, ao homem que ele ia obrigar a lhe dar algumas respostas.

capítulo 68

NORTE DA VIRGÍNIA

PHILIPPE ROUSSARD DESPREZAVA OS Estados Unidos e os americanos por muitos motivos. Desprezava-os por sua gula, sua indolência e sua arrogância. A maioria jamais saíra do país e mesmo assim achava que era o centro do mundo e que seu estilo de vida era o único correto e íntegro.

Ele os desprezava pelo que entendia ser o fundamento de seu império – a constante intromissão nos assuntos de outras nações. Desprezava-os não só pelo ato, mas pelo conceito de globalização. Se a América não fosse refreada, ele sabia que seu veneno continuaria a ser vertido e afetaria cada nação do planeta até surgirem pústulas de capitalismo e democracia em toda parte. O maior defeito dos Estados Unidos era acreditar que só havia dois tipos de pessoas no mundo: os americanos e os que queriam ser americanos.

Mas, embora odiasse a América, havia muitas coisas na geografia do país que ele achava encantadoras. Com as janelas do carro abertas, Roussard dirigia pelo interior da Virgínia e admirava sua beleza.

Ele nunca entendeu por que Alá abençoara os infiéis, em particular a América e seus aliados ocidentais, com tanta prosperidade, abundância e beleza geográfica enquanto permitia que os verdadeiros crentes, seus fiéis islâmicos, adoecessem em condições detestáveis em alguns dos lugares mais desolados da Terra.

Roussard sabia que era um erro tentar compreender a mente de Alá, mas era uma questão sobre a qual ele sempre se pegava refletindo. Seu Deus era grande e misericordioso e, em Sua sabedoria, atribuíra a Seu povo a situação que tinha na vida para que ele pudesse lutar em Seu nome e se provar digno de Seu reconhecimento. A hora do povo muçulmano estava próxima. Logo suas lutas, seu jihad laborioso, gerariam frutos maduros, suculentos e abundantes, jorrando a doçura de ter eliminado seus inimigos e livrado a Terra de todos os infiéis.

O terrorista se lembrou da declaração de um companheiro mujahedin que dissera que os seguidores do Profeta, que a paz esteja com Ele, só descansariam quando sapateassem no teto da Casa Branca. Visualizar essa cena sempre o fazia sorrir.

Ele imaginava se veria esse desenvolvimento glorioso em sua vida quando o celular que comprara na véspera vibrou em seu bolso. Ele só dera o número a uma pessoa.

– Sim – disse Roussard ao levar o aparelho ao ouvido.

– Li o relatório que me enviou – disse seu instrutor.

– E?

Embora os dois trocassem de celular depois de cada conversa, o instrutor não gostava de se comunicar desta forma. Não podiam subestimar os americanos e seus programas de escuta.

– Passei um bom tempo elaborando o itinerário de sua visita. Suas mudanças nele são...

– São o quê? – perguntou Roussard, irritado. Ele não gostava do modo como seu instrutor criticava tudo o que ele fazia. Não era criança. Sabia muito bem os riscos que assumia.

Houve uma pausa e Roussard sabia o que o instrutor estava pensando. O erro não fora cometido na Califórnia – mas do lado de fora da casa de Harvath. Tracy Hastings devia ter sido assassinada. Devia estar morta agora, e não deitada num leito hospitalar presa a aparelhos. Mas ela se virou no último minuto. Aquele cachorro maldito latiu, se contorceu ou fez qualquer coisa que levou a mulher a mexer ligeiramente a cabeça, de modo que o tiro de Roussard a atingiu, mas não onde ele pretendia.

Talvez as coisas fossem melhor assim. Talvez a dor de Harvath fosse mais intensa. Eram 10 pragas no total e cada uma atingiria alguém próximo a ele. Ele teria de passar por todo aquele sofrimento e finalmente sua vida lhe seria tomada. Era o preço definitivo pelo que Harvath tinha feito.

– Suas mudanças me preocupam – disse o instrutor.

– Todas elas – perguntou Roussard com raiva – ou algumas em particular?

– Por favor. Isso não é...

– Responda a minha pergunta.

A voz do instrutor continuou calma.

– O shopping foi particularmente perigoso... Muitas câmeras, diversas maneiras de sua presença ser registrada. Você devia ter ficado com a academia.

Roussard não respondeu.

– Mas o que está feito está feito – disse o instrutor. – Você e eu somos muito parecidos.

Roussard estremeceu ao ouvir aquilo.

– Não vou mentir para você – continuou o instrutor. – É perigoso ceder a seus impulsos e se desviar do roteiro, por mais produtivos que esses desvios sejam. Quando você se desvia, arrisca-se em território desconhecido. Sem minha orientação, você coloca em grande perigo não só a si mesmo mas também a mim.

– Se meu desempenho é insatisfatório, posso descartar completamente o plano e terminar isso do meu jeito.

– Não – respondeu o instrutor. – Chega de desvios. Deve terminar seu trabalho como combinamos. Mas primeiro surgiu um problema que precisa ser resolvido... Nós fomos traídos.

– Traídos por quem?

– O homenzinho com quem seu avô costumava obter informações – respondeu o instrutor.

– O Troll?

O instrutor, imerso em pensamentos, grunhiu uma resposta.

Roussard ficou preocupado.

– Como pode ter certeza disso?

– Tenho meus contatos e fontes. Acha que foi coincidência você ser enviado à casa de Harvath no mesmo dia em que o Troll mandou o presente para ele?

– Eu sabia que não – concordou Roussard.

– Então não duvide de mim. O anão sabe de sua libertação e está procurando informações sobre você.

– Os americanos sabem o que planejamos?

– Acho que não – disse o instrutor. – Ainda não.

– Quer que eu cuide dele?

– Não gosto da idéia de você sair do país antes que sua visita atual seja concluída, mas esse problema precisa ser solucionado antes que fique ainda maior e você é o único em quem posso confiar para ter certeza de que será resolvido adequadamente.

– Ele é baixinho e fraco. Será um prazer.

– Não deve subestimá-lo – advertiu o instrutor. – Ele é um adversário formidável.

– Onde ele está agora?

– Ainda estou trabalhando em sua localização.

– Não está na Escócia? – perguntou Roussard.

– Não. Já dei uma busca na propriedade. Ele não aparece por lá há algum tempo.

– Deixe-me ajudar você a encontrá-lo.

– Não. Concentre-se em seu próximo alvo. Eu o encontrarei para você.

– E depois?

– Depois decidirei como ele será liquidado e você seguirá minhas ordens à risca. Está claro? Agora estamos chegando muito perto. Não quero mais surpresas.

Embora a bile sufocasse sua garganta, Roussard manteve a raiva sob controle. Quando isso terminasse, ele cuidaria de seu instrutor.

Sua voz mal passou de um sussurro ao responder:

– Sim, está claro.

capítulo 69

PHILIPPE ROUSSARD FEZ UM DESVIO para a estrada de cascalho e reduziu a velocidade até parar. Ali, o carro estaria fora de vista de qualquer veículo que passasse pela rua principal, bem como de qualquer um na pequena casa de pedra da fazenda a 800 metros de distância.

Ele pegou na mala os objetos de que precisaria e seguiu o resto do caminho a pé.

O dia estava realmente lindo. O sol brilhava e havia apenas algumas nuvens finas no céu. Roussard podia sentir o cheiro característico da grama recém-aparada em uma propriedade próxima.

Enquanto se esgueirava pelas árvores, vários pássaros gritavam no alto das copas, mas, fora isso, não havia nenhum som a não ser o de seus passos.

No ponto onde terminavam as árvores, ele tirou o binóculo da mochila e se acomodou confortavelmente. Não precisava ter pressa.

Vinte minutos depois, a mulher apareceu com o cachorro atrás dela. Ele ficou surpreso por ela confiar em que o animal não ia fugir. Harvath o deixara com ela havia apenas algumas semanas, mas o maldito cão ainda era novo, não passava de um filhote e, ao que parecia, se apegava facilmente a qualquer um que lhe desse atenção.

A mulher era mais velha, embora não aparentasse. Estava no final dos 60 anos, era alta e atraente, tinha o rosto bronzeado numa cor de cobre. Seu cabelo grisalho ia até os ombros e ela andava por sua pequena fazenda com uma autoconfiança altiva que Roussard supôs ser um pré-requisito para qualquer um que tivesse trabalhado no FBI.

Ela cuidava de suas tarefas diárias – pegar ovos no pequeno galinheiro, alimentar as aves, depois abrir um fardo e jogar feno no curral dos dois cavalos.

Havia dois porcos gordos e detestáveis, que só uma cultura como a americana podia considerar animais de estimação, e um grupo de gatos que se deliciavam em reafirmar seu domínio sobre o cachorrinho.

Enquanto examinava a mulher, Roussard se viu pensando em sua própria mãe, o que era totalmente antiprofissional e inadequado. Ele estava ali para cumprir uma tarefa e as semelhanças, ou a falta delas, entre essa americana e sua mãe não tinham nenhuma relação com o que ele precisava fazer.

A distração inoportuna instigou Roussard a agir. Ele não desejava ficar sentado sozinho no bosque com seus pensamentos. Estava na hora.

Ele levaria a mulher para o celeiro. Sua única preocupação era o cachorro, mas Roussard acreditava ter uma solução.

Quando a mulher desapareceu atrás de um dos anexos da fazenda, ele pegou a mochila e correu.

Sempre pragmático, parou perto da pequena casa de pedra e inutilizou o veículo da mulher. Se algo desse errado, não queria deixar uma forma conveniente para ela escapar.

Da velha perua Volvo, ele se esgueirou para a casa. Encostou-se na fachada, cujas pedras ainda estavam frias apesar do calor crescente da manhã.

Espiando pela quina da casa, esperou até avistar a mulher. Quando a viu desenrolando uma longa mangueira de jardim para limpar o cocho do cavalo, Roussard entrou em ação.

Preferiu não correr por medo de assustar os cavalos. Andou rapidamente e decidido, a mão fechada na coronha da pistola com silenciador que pegara na mochila. Se a mulher notasse sua presença e tentasse gritar ou fugir, ele podia facilmente pegá-la com um único tiro, mesmo à distância.

Dentro do celeiro, escondeu a mochila e se preparou. Havia um espaço entre as tábuas externas onde ele se encontrava e isso lhe deu um excelente ponto de observação para vigiar a mulher se aproximando.

Seu coração martelava no peito. Nada era tão excitante quanto ficar à espera de uma presa. A adrenalina corria por suas veias. Qualquer outra coisa, qualquer outra experiência de vida era apenas um sonho intermitente e incompleto da realidade. Ter o poder de matar e usar esse poder – isso é que era viver.

O suor começava a brotar na testa de Roussard. Enquanto as gotas lentamente rolavam por seu rosto e pelo pescoço, ele ficou inumanamente imóvel. *Em breve*, pensou. *Em breve.*

Quando a mulher apareceu novamente, saindo do curral, o corpo do matador passou a um estado totalmente diferente. Sua respiração ficou imediatamente mais lenta. Em seguida, os batimentos cardíacos começaram a diminuir. Seu campo de visão se estreitou até que tudo o que podia ver eram a mulher e o filhote aos pés dela. Ele ficou tão imóvel quanto uma estátua de granito, as fibras musculares enrolando-se como molas, prontas para disparar à frente numa doce libertação.

Quando ela se aproximou, ele prendeu a respiração. Nada mais importava. Ela estava quase nas portas abertas. Um segundo depois ele podia ver sua sombra derramando-se no celeiro.

Enfim, ela atravessou a soleira e ele atacou.

capítulo 70

WASHINGTON, D. C.

HARVATH LARGOU A PICKUP FORD DO INTEGRANTE da Equipe Ômega quase imediatamente. Depois de abrir uma boa distância do aparelho da CIA, começou a percorrer as casas que ficavam de frente para a água, ao norte de Coltons Point. Não demorou muito para encontrar o que procurava.

Era uma casa grande e obviamente cara e Harvath ficou admirado por não ter um sistema de alarme. Era quase cômico como as pessoas deixavam de se preocupar com a segurança quando saíam da cidade grande.

As chaves do magnífico Chris Craft Corsair de 36 pés estavam penduradas numa cavilha em plena vista. Embora Harvath não gostasse de tomar coisas que não lhe pertenciam, não tinha escolha, dadas as circunstâncias.

O Corsair estava com a bateria totalmente carregada, o tanque cheio e pegou de primeira. Ele estava "tomando emprestado" um barco com um valor de mercado de mais de 350 mil dólares e jurou que seus donos o teriam de volta no mesmo estado em que se encontrava.

Ele levou o reluzente barco de passeio para o Potomac, apontou a proa para o norte e empurrou os aceleradores completamente para a frente.

Os dois motores Volvo Penta de 420 cavalos rugiram. Como leões sendo libertados de suas jaulas, impeliram o barco rapidamente e o fizeram voar.

Harvath arregaçou as mangas da camisa e ficou atento enquanto rajadas de água espumavam das laterais do barco. Ele escondera a pickup na garagem da casa antes de subir a bordo do Corsair, mas não havia como saber quão perto seus perseguidores estavam.

A única coisa de que ele tinha certeza era que, mesmo com Rick Morrell na direção, nada impediria que a Equipe Ômega o tirasse de cena, mesmo que tivesse de matá-lo.

Na Marina de Washington, Harvath fingiu um problema no motor e atracou o Corsair. Os empregados o deixaram sozinho para ligar para o suposto vendedor da Chris Craft em Maryland, mas em vez disso Harvath discou para uma empresa de táxi da cidade e 10 minutos depois era levado ao estacionamento anexo do Aeroporto Ronald Reagan.

Como a viagem à Jordânia seria pessoal e muito delicada, ele deixara suas credenciais do Departamento de Segurança Nacional, o BlackBerry do governo e sua arma com Ron Parker, em Elk Mountain.

Enquanto o táxi esperava, Harvath localizou seu Chevy Trailblazer preto. Debaixo do amortecedor traseiro, ele pegou um jogo de chaves reserva, um rolo de notas de 10 e 20 dólares preso com elástico, um cartão de débito e uma cópia da carteira de motorista para substituir os objetos pessoais que Rick Morrell lhe subtraíra quando ele foi retirado do avião de Tim Finney.

Depois de sair do estacionamento, pagou ao taxista e seguiu para Washington. Enquanto dirigia, retirou um dos celulares descartáveis que mantinha na mochila e ligou para seu chefe, Gary Lawlor.

– Estou tentando falar com você há dois dias – disse Lawlor quando atendeu. – Onde você está?

– Isso não importa – Harvath respondeu. – Preciso que me escute.

Lawlor ficou em silêncio e Harvath passou os minutos seguintes contando-lhe tudo o que acontecera e tudo o que ele descobrira desde a última vez que os dois tinham se falado.

Quando ele terminou, Lawlor disse:

– Meu Deus, Scot, se o que está me contando é verdade, você andou matando gente que o presidente prometeu proteger! Está fazendo com que ele pareça um mentiroso e arruinando nossa palavra. É só questão de tempo até que essas pessoas achem que nós as enganamos e cumpram a promessa de atacar mais crianças.

Não era exatamente este o tipo de apoio que Harvath esperava quando desabafou com o chefe.

– Um desses homens libertados de Guantánamo está matando americanos inocentes – respondeu. – O presidente prometeu deixá-los em paz com base em seus atos passados, não nos atuais. Mas será que alguém parou para pensar que pode ter sido exatamente por isso que os terroristas fizeram o acordo? Então eles podem ter imunidade total enquanto realizam *novos* atos de terror?

Harvath fez uma pausa e depois concluiu:

– Desculpe, Gary, foi uma péssima troca. Eu não criei essa confusão, mas acho que sou o único que pode dar um jeito nela.

– Muito bem – disse Lawlor. – Quero que você pegue esse filho-da-puta.

Pelo tom de voz dele, Harvath percebeu que estava acontecendo alguma coisa.

– O que está havendo?

– É Emily.

Harvath não precisou ouvir o sobrenome para saber de quem Gary falava. Emily Hawkins fora assistente de Gary e seu braço direito enquanto ele estava no FBI. Era como uma segunda mãe para Harvath desde que ele se mudara para Washington e ele tinha deixado o filhote de cachorro com ela depois que Tracy foi baleada.

– O que aconteceu?

– Ele a atacou. Ela e o cachorro.

Lawlor não era um homem de demonstrar suas emoções e Harvath sabia que ele estava fazendo um grande esforço para manter o controle. Ele estava completamente sufocado.

– Me conte o que aconteceu.

– Ele estava escondido na fazenda dela, perto de Haymarket. Ele espancou o cachorro e Emily gravemente. Os dois sofreram diversas fraturas e contusões. Fez tudo o que podia com eles, mas isso foi só o começo. Esse filho-da-puta doente tinha levado dois sacos de cadáver, um para adulto e outro para criança. Ele a colocou em um saco e o cachorro no outro, mas antes de fechar o zíper atirou alguma coisa lá dentro.

O estômago de Harvath começou a embrulhar. Ele sabia que os sacos de cadáver não tinham buracos por onde o ar pudesse entrar. Era uma maneira horrível de morrer. Decididamente, ele ia matar esse cara. Parou no acostamento e perguntou:

– O que ele jogou dentro dos sacos?

– O de Emily, encheu de varejeiras. Ela foi picada mais de 200 vezes.

Varejeiras? Isso não fazia sentido. A praga seguinte devia ser de bolhas.

– Gary, tem certeza de que foi só isso? Só moscas?

– Os paramédicos que os socorreram disseram que ele colocou mais de mil pulgas no saco do cachorro.

– Pulgas e moscas? É só isso?

– Não, não é só. Ele pendurou os dois de cabeça para baixo em uma viga. Se o vizinho de Emily não tivesse aparecido, eles estariam mortos.

– Espere um segundo – disse Harvath. – Eles estão vivos? Emily *e* o cachorro?

– Sim, mas estão muito mal. Estou a caminho do hospital em Manassas.

– Quando chegar lá, assegure-se de que o médico e o veterinário procurem por bolhas e qualquer doença como a peste. Na verdade, você deve recomendar que eles comecem a ministrar antibióticos imediatamente. Esse cara andou combinando algumas das 10 pragas do Egito. Moscas e pulgas foram a terceira e a quarta ou, no caso desse sujeito, a sétima e a oitava. Diga-lhes que fiquem atentos.

– Scot, há outra coisa que preciso lhe contar.

Ao ouvir essas palavras, Harvath foi tomado de pavor.

– Quem mais? – Foi só o que Harvath conseguiu dizer.

– Carolyn Leonard e Kate Palmer. Foram infectadas com uma espécie de híbrido de *Staphylococcus aureus* com peste bubônica.

A faca fora enterrada no coração de Harvath no minuto em que ele encontrou Tracy deitada numa poça de sangue em sua porta. Agora parecia que estavam despejando ácido pela lâmina. A dor do que acontecera com Emily e o cachorro já era terrível, Kate e Carolyn também terem sido atacadas era quase demais.

– Onde isso aconteceu? – perguntou ele.

– Na Tysons Galleria – respondeu Lawlor.

– No shopping? Em público?

– Um sujeito estava oferecendo amostras de perfume. Achamos que ele tinha o híbrido em aerossol. Kate deu uma descrição aos homens do FBI. A Macy's mandou fotos de todos os funcionários, terceirizados ou não, e nenhum deles bate.

– Eles procuraram nas gravações do circuito interno?

– As fitas já foram retiradas e Kate e Carolyn estão trabalhando com os desenhistas do retrato falado.

– Elas estão bem? – perguntou Harvath.

– Este microorganismo é de ação muito rápida. Elas manifestaram os sintomas em menos de 12 horas, o que é muito incomum, tanto no estafilococo como na peste bubônica.

– Se bem me lembro de meu treinamento médico, o *Staphylococcus aureus* causa umas bolhas muito desagradáveis.

– E pode ser terrível de tratar, devido à resistência à maioria dos antibióticos – disse Lawlor. – A única coisa a favor delas é que foi diagnosticado logo. Mesmo assim, os médicos estão muito preocupados com a taxa de infecção. As duas estão de quarentena.

– Não tenho dúvida de que estamos lidando com o mesmo sujeito – disse Harvath.

– Ninguém tem. Encontraram um cartão na bolsa de Carolyn Leonard, as amostras de perfume estavam borrifadas nele. Tinha o nome de um perfume falso e uma frase em italiano.

– Deixe-me adivinhar – disse Harvath. – *O que foi tomado com sangue só pode ser respondido com sangue?*

– Exatamente – disse Lawlor.

– O presidente sabe disso?

– Sim, ele sabe.

– E? – perguntou Harvath.

– E não mudou nada. Ele ainda espera que você se afaste do caso.

– Bom, ele terá de esperar até que eu tenha terminado.

capítulo 71

Casa Branca

JACK RUTLEDGE ORGULHAVA-SE DE SUA CAPACIDADE de interpretar seu pessoal. Quando Charles Anderson apareceu em sua residência, o presidente soube que ele não trazia boas notícias.

– Temos um problema, senhor – disse Anderson, confirmando suas suspeitas.

Rutledge fechou o relatório que estava folheando e fez sinal para seu chefe-de-gabinete se sentar.

– O que foi?

– Acabei de saber pelo diretor Vaile. A equipe dele conseguiu prender Harvath.

– Esta deveria ser uma boa notícia. Qual é o problema?

– Ele escapou.

– Ele o quê? – perguntou Rutledge. – Como isso aconteceu?

– Está tudo no relatório do diretor – respondeu Anderson. – Mas não é só isso.

– O que mais?

O chefe de gabinete baixou o tom de voz.

– Antes de fugir, Harvath contou de sua recente viagem à Jordânia. Ao que parece, ele conseguiu atrair Abdel Salam Najib da Síria a Amã.

O presidente pôde sentir o peito se apertando.

– Harvath o matou, não foi?

– Sim, senhor, ele o matou.

– Mas que droga! – berrou Rutledge. – Primeiro Palmera e agora Najib. Quando o pessoal deles perceber o que está acontecendo, vai revidar. Precisamos reunir o Conselho de Segurança Nacional.

O presidente estava sendo impedido de trabalhar. Ele sabia que não havia como os Estados Unidos darem proteção contínua a cada ônibus escolar do país. Não só seria um pesadelo de logística, como criaria um pânico generalizado. Os cidadãos americanos iriam se perguntar, e com razão, se os ônibus não estavam a salvo de terroristas, o que era verdade. As salas de cinema seriam seguras? Os shoppings? E o transporte público? Será que eles deveriam manter seus filhos na escola? Deveriam ir ao trabalho?

O fantasma do terrorismo, especialmente quando era legitimado pelo governo, tinha um impressionante efeito corrosivo na sociedade. O presidente havia lido os relatórios secretos sobre o impacto do atentado a tiros em Washington e fizera conjeturas de quão rapidamente a economia americana sofreria se ameaças semelhantes fossem feitas em todo o país. Depois que as conseqüências econômicas começassem a aparecer, surgiriam os problemas sociais. Se as forças da lei não levassem os perpetradores à justiça, os cidadãos começariam a tomar o problema nas próprias mãos. Haveria uma onda de crimes de ódio e os grupos que se sentissem perseguidos começariam a revidar. Se a situação não fosse resolvida com rapidez e eficácia, haveria uma rebelião. Em resumo, a situação evoluiria para a anarquia. Os efeitos psicológicos do terrorismo eram absolutamente insidiosos.

O chefe-de-gabinete do presidente interrompeu seus pensamentos:

– Há outra coisa de que precisamos falar.

Rutledge balançou a cabeça como se dissesse: *O que mais pode haver?*

– Um repórter do *Baltimore Sun* entrou em contato com o escritório de Geoff Mitchell querendo uma declaração sobre uma matéria que ele está escrevendo. Como o senhor sabe, sendo secretário de Imprensa da Casa Branca, Geoff tem de responder a muitas perguntas loucas e conspiratórias, mas parece que esse repórter descobriu algo importante. Geoff tem medo da repercussão que pode haver se ele não for calado imediatamente com um repúdio direto do senhor.

– De que se trata a matéria?

– Ele afirma que o senhor autorizou a remoção de um cadáver não identificado do escritório do legista de Maryland para levar o povo de Charleston a acreditar que o seqüestrador do ônibus escolar foi morto a tiros.

Rutledge trincou os dentes e agarrou os braços da poltrona.

– De onde ele tirou essa história?

– A esta altura, senhor, isso não importa muito. O que importa é que é muito perigosa e ele também vai alegar que a Casa Branca foi cúmplice de um homicídio.

– *Um homicídio?* Que homicídio?

– De acordo com esse tal de Sheppard, um legista assistente de Maryland e uma investigadora do escritório dele foram abordados por dois homens fingindo-se de agentes do FBI, que lhes disseram para deixar o caso de lado. Logo depois eles foram mortos num acidente de trânsito.

O presidente empalideceu.

– Por que ninguém me informou disso?

Anderson deu de ombros e disse:

– Imagino que o senhor terá de perguntar isso ao diretor Vaile.

– Diga a ele para vir aqui imediatamente – ordenou Rutledge. – E depois que eu checar essa história com ele, quero falar com Geoff. Não podemos deixar essa matéria ser publicada.

– Ainda quer que eu reúna o Conselho de Segurança?

O presidente pensou por um momento e respondeu:

– Quero a confirmação sobre Najib diretamente de Vaile. Depois vou decidir o que fazer.

O chefe de gabinete assentiu e desapareceu.

Depois que ele saiu, Rutledge apertou os polegares nas têmporas. Podia sentir a aproximação de uma enxaqueca monstruosa. As coisas estavam tão loucamente descontroladas que começavam a sair dos trilhos. Ele nem queria pensar no que podia acontecer em seguida. Mas no fundo sabia que tudo ia ficar muito pior antes mesmo que se pudesse rezar para melhorar.

capítulo 72

NA TWELFTH STREET, logo ao sul do Logan Circle, Harvath olhou mais uma vez para ter certeza de que não estava sendo seguido, atravessou a rua e entrou no banco.

A funcionária foi profissional e educada. Depois de verificar a identidade e a assinatura de Harvath, fez um gesto para que ele a seguisse até a câmara onde ficavam os cofres.

Harvath pegou sua chave e, numa sincronia que ele estava certo de que tinha o objetivo de impressioná-lo, a funcionária do banco seguiu seu exemplo, inseriu sua chave e a girou exatamente no mesmo momento que ele, como se os dois estivessem prestes a soltar uma bomba nuclear.

Depois que a caixa foi retirada, ele foi levado a uma salinha privativa, onde a porta foi fechada e ele ficou sozinho.

Harvath ergueu a tampa da caixa e retirou as coisas normais que alguém esperaria encontrar – certificados de ações, títulos, documentos jurídicos. Por baixo deles, estava o que Harvath realmente procurava.

Ao olhar os objetos, sentiu um estranho contentamento reprimido por ter tido a precaução de se preparar para uma eventualidade dessas. Ora, a quem ele estava enganando? Não era precaução. Ele só era prático. Seu próprio governo já tinha se voltado contra ele várias vezes. O que o incitava a manter aqueles objetos escondidos era puro e simples instinto de sobrevivência.

Houvera o seqüestro do presidente alguns anos antes, o mais recente problema no Iraque com a Al Jazeera e agora isso. Todas as vezes as pessoas a quem ele servia o deixavam de fora, olhando. Eles o haviam rotulado de criminoso e agora de traidor.

Ele sempre soube que poderia ser sacrificado. Fazia parte do seu trabalho, mas era inaceitável que fizessem isso com sua família e seus amigos.

Toda vez que era deixado de fora, Harvath tinha de voltar à força. Tinha de obrigar os poderosos a ver que ele tinha razão e que eles estavam errados. Desta vez, porém, não sabia se as coisas eram tão preto no branco. Ele não ia só ficar sentado ao fundo enquanto alguém atacava as pessoas importantes de sua vida. E pela primeira vez Harvath pensou que podia realmente se queimar pelo que estava fazendo.

Ele sempre tinha feito a coisa certa. Em toda sua carreira, tomara o rumo de ação correto diversas vezes, muitas delas por sua própria conta e risco, mas sabendo que, se fizesse o que julgava ser o certo, seria capaz de se olhar no espelho, e isso era tudo o que importava.

Agora ele estava enfrentando uma coisa nova – duas versões do que era correto: a do presidente e a dele. A decisão que Harvath tinha de tomar, porém, ia muito mais fundo do que simplesmente o que era certo. Tratava-se de proteger as pessoas que ele amava e que haviam sido colocadas em perigo apenas porque o amavam ou eram amigas dele.

Na mente de Scot Harvath, não podia haver traição maior do que permitir que esses inocentes fossem atingidos. Mesmo que custasse a sua vida, ele precisava impedir que isso acontecesse.

capítulo 73

HARVATH PEGOU AS COISAS DE QUE precisava no cofre e saiu do banco.

Do lado de fora, seus olhos rapidamente varreram tudo – telhados, carros estacionados, as pessoas na rua. O presidente tinha colocado uma Equipe Ômega atrás dele e Harvath sabia que eles usariam todos os meios necessários para detê-lo.

A essa altura a equipe podia estar em qualquer lugar e ele precisava estar preparado para o que faria se o encontrassem.

Harvath voltou ao 4x4 sem contratempos e seguiu para o norte de Washington. Enquanto dirigia, pegou outro celular na bolsa no banco traseiro e discou.

Ele queria saber como estavam sua mãe e Tracy, mas era arriscado demais. Se a CIA estava procurando por ele, os telefonemas que fossem feitos aos dois hospitais estariam sendo rastreados. Em vez disso, discou o número de acesso externo ao sistema de caixa postal do BlackBerry para ouvir seus recados.

Havia vários de Gary Lawlor. Como acabara de falar com ele, Harvath os apagou. A única mensagem restante era de Ron Parker. Ele pedia que Harvath ligasse assim que fosse possível e deixou um número diferente do de costume para que ele entrasse em contato.

Harvath apertou os dígitos no telefone e esperou. O timbre do toque mudou no meio da ligação e parecia que a chamada estava sendo redirecionada. Harvath começou a ficar inquieto. Se a CIA tinha usado os pilotos de Tom Finney e até Rick Morrell contra ele, quem viria em seguida?

Percebendo que qualquer interferência da CIA seria praticamente imperceptível, ele decidiu não desligar. Um segundo depois, Parker atendeu.

– Está em algum lugar seguro? – perguntou.

– Por ora, seguro o bastante – Harvath respondeu. – Esta linha é segura?

– Nosso amigo pescador cuidou disso. Desde que não entremos em detalhes, acho que está tudo bem.

Harvath imediatamente entendeu o que Parker dizia. Tom Morgan tinha montado esse esquema de comunicação e a necessidade de não entrar em detalhes era porque, embora Morgan fosse bom, a CIA e a NSA eram melhores. Se eles realmente queriam pôr as mãos em Harvath tanto quanto parecia, podiam ter programado o sistema de escuta Echelon para monitorar todas as ligações em busca de certas palavras-chave relacionadas a Harvath e à trama em que ele estava envolvido.

Harvath precisava escolher as palavras com muito cuidado.

– Você sabia da mudança de planos de minha viagem para casa?

– Não até você ter desembarcado. Se soubéssemos, teríamos falado com você.

Harvath conhecia Parker bem o bastante para saber que ele estava dizendo a verdade.

– Como eles descobriram?

– Eles souberam de nossa pequena excursão ao sul da fronteira. Mas só quando você já estava voltando do exterior. Como foi tudo?

– Muito esclarecedor. Ao que parece, nosso amiguinho não foi completamente prestativo.

– Sobre o quê? – perguntou Parker.

– Faltava um nome na lista dele.

– Acha que foi um engano?

Harvath riu.

– De jeito nenhum. Ele sabia o que estava fazendo. Só precisamos descobrir por quê.

Houve uma longa pausa antes de Parker responder.

– Precisamos conversar.

Quando eram ditas por uma mulher, essas palavras nunca significavam boa coisa, e agora Harvath tinha ainda mais certeza de que eram um prelúdio a más notícias.

– O que foi? – perguntou ele.

– Todos os nossos contratos foram cancelados – disse Parker.

– *Cancelados?* Do que você está falando?

– Recebemos ligações de nossos clientes especiais do Leste e todos invocaram a mesma cláusula de cancelamento. Sem discussão nem explicação.

Harvath não sabia o que dizer. Os contratos com o Ponto Seis e o Programa Sargaço eram seu ganha-pão. Representavam uma quantia vultosa.

– Acho que é a forma sutil de os grandões dizerem a vocês que eu sou *persona non grata.*

– Na verdade não foi tão sutil assim – respondeu Parker. – Um dos cães maiores do canil de cinco lados ligou para nos dizer que todos os contratos podiam ser revalidados imediatamente.

– Se vocês concordassem em romper comigo.

– É por aí.

Harvath não gostava de colocar os amigos nessa situação. Eles já haviam feito mais do que o suficiente por ele. Com o Pentágono oferecendo uma saída, Harvath decidiu que ia facilitar a vida deles.

– Agradeça a seu chefe por tudo e diga a ele para considerar cortado qualquer contato entre nós.

– Pode agradecer pessoalmente. Ele mandou todo mundo pro inferno.

Isso era típico de Finney. Com todas as traições que Harvath sofrera ultimamente, era bom saber que ele ainda tinha amigos verdadeiros e leais, motivo suficiente para não permitir que Finney acabasse com os negócios que trabalhara tanto para construir e que adorava administrar.

– Ele é um sedutor. Vai conseguir convencer todo mundo.

– E você?

– Vou terminar o que essas pessoas começaram – disse Harvath.

– Eles podem cancelar nosso contratos, mas não podem nos impedir de ajudar você.

– Podem, sim. Os contratos são só a ponta do iceberg. A pressão só aumenta quando sua cabeça é empurrada mais para o fundo da água. Vocês não querem isso. Já me ajudaram demais e sou grato por tudo.

Assim como Harvath, Parker não gostava de ser tirado de cena.

– Então não vamos fazer nada a não ser que você peça. Mas as babás continuarão a postos e isto não está aberto a discussões.

Harvath sorriu.

– Agradeço por isso. – Era bom saber que Tracy e sua mãe continuariam a ser protegidas.

– Se mudar de idéia sobre uma ajuda a mais – continuou Parker –, tem meu número. Nesse meio-tempo, tenho algumas atualizações de rotina para você. Não é grande coisa, mas devem ajudar a afiar um pouco seu foco. Vou mandar em breve.

– Obrigado – respondeu Harvath, que sabia que Parker estava se referindo ao sistema de comunicação pela internet que eles desenvolveram para o caso de precisarem se falar enquanto Harvath estivesse fora de Elk Mountain. Considerando os acontecimentos recentes, ele ficou feliz por isso.

– Mais alguma coisa que possamos fazer? – perguntou Parker.

– Só mais uma – respondeu Harvath.

– Diga.

– Preciso que me ajudem a organizar um jogo de golfe.

capítulo 74

BETHESDA, MARYLAND

O CONGRESSIONAL COUNTRY CLUB era um dos clubes mais exclusivos do país. Inaugurado em 1924, seus campos Blue e Gold foram posteriormente remodelados por Rees Jones; e o campo Blue, listado diversas vezes entre os 100 melhores do país.

O campo era um cenário desafiador de colinas verdes e árvores altas. Tinha as melhores características dos mais requintados campos de golfe do mundo e era a única coisa capaz de tirar da mente de James Vaile toda a porcaria que acompanhava o trabalho de diretor da CIA.

Ele tinha um jogo de golfe marcado para os domingos, ao qual comparecia mais religiosamente do que aos serviços na Igreja da Santa Trindade, em Georgetown. Funcionava como uma terapia e ele acreditava verdadeiramente que era uma das poucas coisas que o mantinham são e civilizado em um mundo sem dúvida insano e incivilizado.

O Congressional Country Club era o playground da aristocracia eleita de Washington e Vaile achava revigorante fazer os mesmos percursos que tinham feito William Howard Taft, Woodrow Wilson, Warren G. Harding, Calvin Coolidge, Herbert Hoover e Dwight D. Eisenhower.

O buraco 18 do campo Blue normalmente era o seu preferido. A vista do tee era inacreditável, dando para os fundos de uma das sedes mais majestosas e imponentes do mundo.

A tacada exigiu toda a concentração que Vaile pôde reunir. Do terreno elevado, eram 170 metros por cima da água. Se o jogador tivesse sorte, a bola caía na península verde e rolava para a beira do buraco ou, melhor ainda, direto para ele.

Mas hoje a sorte não sorria para o diretor da CIA. Ainda aborrecido com a dura que tinha recebido do presidente e tendo sérias dúvidas se seu pessoal seria capaz de recapturar Harvath, Vaile mandou a primeira tacada bem por cima do gramado. Ele ainda não acreditava que Rutledge pensava que ele podia ter tido participação na morte do legista assistente de Maryland e de sua namorada investigadora. Embora o acidente de fato tenha sido conveniente, nem Vaile nem qualquer um de seus agentes tiveram qualquer coisa a ver com ele. O idiota simplesmente avançou um sinal vermelho.

Mesmo assim, o presidente queria que ele cuidasse do repórter do *Baltimore Sun*. Ele só não sabia como ia fazer isso, já que Rutledge deixara bem claro que o homem não deveria sofrer nenhum dano.

Com dois dos cinco terroristas de Guantánamo mortos, o maior ponto de discórdia entre o presidente e o diretor da CIA era o que deviam fazer em seguida. Rutledge estava convencido de que precisavam mandar a todos os órgãos da lei uma instrução da Agência de Segurança Nacional cuidadosamente redigida sobre a possibilidade de um ataque a ônibus escolares americanos. Vaile, porém, ainda tinha suas dúvidas e insistia em muitos dos mesmos argumentos que usara antes.

Uma coisa era certa: não havia como nenhum alerta sair com aquela ameaça do artigo do *Baltimore Sun*. Isso colocaria em dúvida tudo o que o presidente fizera daquele momento em diante. Sua credibilidade seria severamente abalada e toda instrução antiterrorista que partisse de Washington seria criticada.

Vaile já tinha começado a traçar um plano e gostou de poder ter um pouco de paz e silêncio no campo de golfe. Muitas de suas melhores idéias surgiam quando ele simplesmente aquietava a mente e se concentrava no jogo.

Embora fosse exatamente isso que estivesse tentando fazer, sua tacada seguinte subiu pouco e caiu raspando pelo dique até um fosso de água.

– Tirando a distância e a direção, foi uma tacada muito boa – brincou o colega de golfe de Vaile.

Vaile não estava com humor para isso. Ele deu mais uma tacada, só para provar que podia colocar a bola no gramado, e conseguiu. Mas a mira se provou sua ruína.

A bola deveria ter entrado de primeira, mas Vaile precisou de quatro tacadas para acertar o buraco. Ele era um homem temperamental e precisou de todo o controle do mundo para não partir o taco com o joelho. Seu colega não sabia o que achava mais engraçado: as três tacadas para acertar o gramado ou as quatro para colocar a bola no buraco.

O homem ia rir mais uma vez das jogadas do amigo, mas Vaile olhou o relógio e lhe disse que precisava ir. A dupla trocou um aperto de mãos e, apesar de seu péssimo humor, Vaile prometeu ficar para o almoço depois do jogo na semana seguinte. Em seguida desapareceu na direção da sede do clube com sua equipe de proteção atrás dele.

Chegando ao vestiário, tudo o que Vaile queria era fazer uma sauna rápida antes de voltar ao seu escritório em Langley. Ele rezou para que ninguém o reconhecesse ou, caso isto acontecesse, que fizessem a gentileza de deixá-lo em paz.

Tirando a roupa, pegou uma toalha e foi para a sauna. Seu segurança estava acostumado com sua rotina e não esperava que ele saísse do vestiário em menos de meia hora.

Embora ele realmente não quisesse que seu pessoal o visse nu, a verdadeira razão para Vaile fazê-los esperar do lado de fora era que precisava de um tempo a sós. Ser diretor da CIA já era muito duro. Ser constantemente cercado de seguranças porque tantos malucos queriam-no morto só tornava as coisas piores. Às vezes, mesmo que só por meia hora aos domingos, James Vaile queria esquecer quem era e ser anônimo por um tempo. Considerando o dia que estava tendo, desejava esse tempo mais do que nunca.

Abrindo a porta da sauna, ele foi recebido por uma névoa densa e com cheiro de eucalipto. Ele se acomodou no degrau mais baixo da escada de ladrilhos brancos e escutou o delicioso som da porta se fechando.

Seu corpo começou a relaxar imediatamente. Pelos próximos minutos ele ficaria completamente desligado do mundo, envolvido num silêncio jubiloso.

Vaile recostou-se e fechou os olhos. Enfim estava sozinho.

Sua mente começou a vagar, mas seus pensamentos logo foram interrompidos.

– Foi um dos jogos mais feios que vi em toda a minha vida – disse uma voz de um dos degraus acima dele.

Vaile era uma figura conhecida no clube e não se surpreendeu por seu jogo ter sido observado. Ainda assim, teve de reprimir o impulso de dizer à figura nebulosa sentada acima dele o que fazer com suas opiniões. Vaile simplesmente queria se desligar de tudo.

– Não foi um de meus melhores dias – respondeu ele com a voz falhando, um sinal claro de que não queria conversar.

– Pode apostar que não – respondeu o homem enquanto se curvava para a frente e armava a pistola.

capítulo 75

APESAR DO FORTE CALOR NA SAUNA, o corpo de Vaile congelou.

– Quem é você? – perguntou. – O que quer?

– Vai me desculpar, diretor – disse a voz –, mas vou poupar nosso tempo e fazer eu mesmo as perguntas.

– Meus seguranças estão...

– Não estão no vestiário nem esperam ver o senhor por um tempinho.

Vaile conhecia aquela voz, mas não conseguia dizer de onde, pelo menos não com precisão.

– Eu conheço você.

Harvath desceu do degrau superior e se sentou ao lado do diretor da CIA.

Quando a cortina de névoa se abriu, Vaile não pôde acreditar no que via.

– Harvath. Ficou louco? As coisas já não estão ruins o suficiente para você? Agora aponta uma arma para o diretor da CIA?

– Em primeiro lugar, não vejo como as coisas possam piorar muito para mim – respondeu Harvath. – Segundo, não apontei uma arma para o senhor. Apenas armei uma pistola que nem estava apontada na sua direção.

– Vou me lembrar dessa sutileza quando relatar este encontro ao presidente.

– Sei que estamos numa sauna, mas não vamos torrar o saco um do outro, está bem?

– Escute – respondeu Vaile –, nós dois sabemos do que isso se trata. O presidente foi obrigado a fazer um pacto com o demônio e...

– E são as pessoas que amo que estão pagando por isso.

– Não sabíamos que as coisas tomariam esse rumo.

Harvath estava pronto para "apagar" Vaile com um murro.

– Mas agora que tomaram, não vejo ninguém fazendo muita coisa para impedir.

– Você não sabe nada sobre o que nós estamos fazendo – rebateu Vaile.

– O que quer dizer com *nós?*

– O presidente me pediu para colocar uma equipe secreta no caso.

– Ele designou uma equipe da CIA dentro dos Estados Unidos – perguntou Harvath –, além do FBI?

Vaile ergueu as mãos.

– O presidente queria muita experiência em contraterrorismo e foi o que dei a ele.

– Mas eles não fizeram muitos progressos, não foi?

Vaile não se incomodou em responder. Era dolorosamente evidente que seu pessoal não tinha conseguido muita coisa.

– Morrell e sua Equipe Ômega também estavam encarregados disso?

O diretor balançou a cabeça.

– Não. Nós montamos equipes separadas. Eu mesmo as escolhi. Todos são ótimos agentes, com experiência em Operações Especiais, só não há o bastante para eles seguirem.

– E você escalou Rick Morrell para o trabalho sujo para usar nossa amizade contra mim, não foi?

– Era a maneira mais rápida de conseguir as informações de que precisávamos.

– Eu devia saber disso.

Vaile respirou fundo e desabafou.

– Scot, negociar com esses terroristas foi uma decisão ruim, mas era a única opção que o presidente tinha. Não vamos deixar que esse animais matem crianças americanas. E ainda não deixamos. É por isso que você tem que se entregar.

Não era um pedido simples. Harvath não queria provocar atentados terroristas a crianças, mas o fato de que o pessoal de Vaile não tinha feito nenhum progresso para pegar o responsável pelos ataques a seus entes queridos só reforçava sua decisão.

– Só vou parar quando pegar esse filho-da-puta.

– Mesmo que isso signifique colocar incontáveis vidas americanas em risco?

Harvath ficou tentado a dizer a Vaile o que descobrira com Tammam Al-Tal na Jordânia: que seu agente, Najib, foi libertado de Guantánamo em troca de Al-Tal renunciar à cabeça de Harvath. Mas a essa altura não tinha vontade de partilhar informações com ninguém, especialmente com o diretor da CIA. Em vez disso, falou:

– Quem quer que seja esse cara, está atrás de mim. Não fui eu que comecei isso.

– De qualquer modo – respondeu Vaile –, o presidente deu sua palavra de que não iríamos atrás desses homens depois que eles fossem libertados de Guantánamo.

– Um deles atacou *americanos* em solo *americano*. Isso deve invalidar qualquer acordo que o presidente tenha feito. No que me diz respeito, esses cinco deviam passar o resto da vida *na cadeia*.

– Concordo com você – disse Vaile. – Deviam, mas agora só resta um.

Harvath não entendeu.

– Um?

– Você matou Palmera e Najib e nós localizamos outros dois.

– Quais deles? – perguntou Harvath. – Onde estão?

– Marrocos e Austrália – disse Vaile. – Estão sob vigilância e muito perto de serem presos por esses países por envolvimento em atividade terrorista *desde* sua libertação de Guantánamo. O que deixa...

– O quinto prisioneiro libertado naquela noite. O francês.

capítulo 76

O DIRETOR DA CIA ASSENTIU.

– Seu nome é Philippe Roussard. É um atirador de elite, também conhecido como Juba. Antes de o pegarmos, fez fama no Iraque, com mais de 100 mortes confirmadas de soldados americanos em serviço.

– É ele que está matando meus amigos e minha família? – perguntou Harvath, buscando inutilmente na memória algo que estivesse associado àquele nome.

Vaile concordou novamente.

A raiva de Harvath cresceu mais.

– Não posso acreditar que você sabe quem é esse sujeito e ainda assim não faz nada para pregá-lo na parede.

Vaile não queria entrar numa disputa irritante com Harvath, então mudou de assunto.

– Sabia que um sobrinho meu foi morto no Iraque?

– Não, eu não sabia – respondeu Harvath, tentando controlar seu gênio. – Sinto muito.

– Por motivos óbvios, nossa família e os fuzileiros mantiveram a relação em segredo. Por acaso foi Roussard quem o matou. É claro que ele não sabia disso. Para esse miserável, meu sobrinho era só mais um infiel, outro tracinho no cano de seu rifle.

Vaile fez uma pausa e prosseguiu:

– Mesmo com a morte de meu sobrinho, mantivemos em sigilo nosso parentesco. A última coisa que queríamos era dar uma vitória tão proeminente à insurgência, especialmente porque Juba, ou Roussard, era quase um mito por conta de sua fama de ser intocável e capaz de matar quem quisesse.

– É claro – disse Harvath, lamentando a perda do chefe. – Sem querer parecer insensível, onde eu e meu pessoal entramos nisso tudo?

– O nome Roussard não lhe traz nenhuma lembrança? – perguntou Vaile.

Harvath negou com a cabeça.

– Acho que não faz diferença. Como o presidente pretende honrar sua parte no trato, não tenho alternativa a não ser informá-lo.

– Mas, e se eu conseguir pegar o responsável por tudo isso antes de vocês?

– Pessoalmente – disse Vaile ao se levantar –, não acho que nada disso diga respeito a crianças, ônibus escolares ou às condições em Guantánamo. Acho que de certo modo tem *mesmo* a ver com você e não há nada que eu queira mais do que caçar e matar até o último responsável por isso.

Houve uma longa pausa e Harvath sentiu que o diretor queria dizer mais alguma coisa.

Um instante depois, ele falou:

– Mas minhas opiniões pessoais não importam muito. Profissionalmente, sou obrigado a obedecer às ordens do presidente dos Estados Unidos. Recomendo que você comece a fazer o mesmo, mas algo me diz que já passamos muito do ponto de isso ser a melhor opção.

– Passamos mesmo – respondeu Harvath.

Vaile deu alguns passos até a porta da sauna e depois, com a mão erguida, virou-se para olhar para Harvath.

– Nesse caso, há uma coisa que você precisa ver.

capítulo 77

EM ALGUM LUGAR SOBRE O MAR DO CARIBE

O VÔO PARA O RIO DEVIA TER SIDO REPOUSANTE, mas Harvath não conseguiu pregar o olho. Embora Vaile tivesse prometido mandar o dossiê de Roussard por e-mail, ele duvidava que fosse encontrar alguma coisa de útil nele.

Agora Harvath tinha umas contas a acertar.

Ficou pensando em seu passado em geral e numa pessoa em particular. Meg Cassidy era a última mulher com quem ele se envolvera antes de conhecer Tracy.

O Brasil era um daqueles lugares mágicos a que Meg sempre queria levá-lo, mas Harvath nunca conseguiu, ou não quis, encontrar tempo para ir. À medida que seu vôo comercial seguia para o sul, pensou em como tinha sido idiota por perder Meg e na sorte que fora conhecer Tracy. Se ela morresse, sua condição de fracassado seria gravada em pedra para sempre. Raramente se tinha uma segunda chance na vida. Ele conseguira colocar sua segunda chance de ser feliz presa a aparelhos. Era uma metáfora irônica, já que sua vida amorosa sempre esteve em condições críticas.

Harvath tentava se livrar dos pensamentos mórbidos, mas não conseguia. Viu dois jovens recém-casados do outro lado do corredor. Pelo modo como se davam as mãos, beijavam-se e pediam mais champanhe, estavam indo ao Brasil em lua-de-mel.

Harvath não vinha acompanhando o calendário. Dando uma olhada em seu relógio de pulso, ele se deu conta de que o casamento de Meg Cassidy aconteceria dali a alguns dias. Fez uma anotação mental para entrar em contato com Gary e lhe pedir para recrutar um destacamento de segurança especial para ela imediatamente. Embora ele e Meg não tivessem mais nenhum envolvimento, Harvath ainda gostava muito dela e não queria que nada lhe acontecesse, principalmente por culpa dele.

Lawlor passou a conhecer Meg muito bem e gostava demais dela. O presidente também passara a ter carinho por ela e visitava seu chalé de verão todo ano, quando passava férias em Lake Geneva, em Wisconsin.

Meg prestara um serviço inestimável a seu país ajudando Harvath a localizar os sucessores da organização terrorista de Abu Nidal vários anos antes. Lawlor não teria dificuldades para conseguir que o presidente Rutledge concordasse em destacar um grupo especial de segurança para ela nos próximos dias.

Era esse o período que preocupava Harvath. Apesar do ataque em Nova York, a última coisa que soubera do presidente era que ele ainda pretendia ir ao casamento de Meg. Então a segurança no evento seria extrema. O que o preocupava eram as horas que o antecederiam.

Como Tracy, Meg era uma mulher incrível. Ela o convidou para a cerimônia, embora isso deva ter criado um certo atrito com seu noivo.

Quando o convite chegou, belamente gravado, o atingiu como um martelo no meio do peito. Ele jamais havia percebido, mas naquele momento ficou evidente que ainda era apaixonado por Meg e abrigava um desejo secreto de que as coisas um dia dessem certo entre eles. Ver o convite com o nome dela e do noivo o fez entender que não era mais possível que uma reconciliação caísse do céu.

Sem saber como responder ao convite, Harvath simplesmente deixou-o de lado e, quando o presidente tocou no assunto, se esquivou educadamente.

Agora, ainda mais perto do Brasil – um país que Meg insistira tão apaixonadamente que ele devia conhecer –, Harvath não conseguiu deixar de pensar nela e em si mesmo. Deus, será que ele realmente era tão ruim? Parecia que tudo o que ele tocava virava pó.

Por um momento uma parte de Harvath se perguntou se depois que o avião pousasse ele não devia simplesmente desaparecer nas matas brasileiras para nunca mais ser visto.

capítulo 78

RIO DE JANEIRO, BRASIL

A TEMPERATURA ERA DE 23 GRAUS QUANDO Harvath saiu do avião no Aeroporto Internacional Antônio Carlos Jobim. Seu senso de propósito voltara e o desejo de sumir nas matas do Brasil desaparecera. Ele estava ansioso para começar a trabalhar.

Usando o documento falso que pegara no cofre em Washington, ele passou pela alfândega e pelo controle de passaportes como um alemão chamado Hans Brauner. O passaporte tinha um valor inestimável. Não só lhe permitia viajar sem ser localizado por nenhuma organização de inteligência americana como também, viajando como europeu, ele podia entrar no Brasil sem visto, o que não seria possível se estivesse usando passaporte americano.

◆◆◆

Evitando o balcão de táxi especial, ele seguiu direto para o balcão da Secretaria de Turismo do Rio de Janeiro e comprou um comprovante pré-pago de táxi. A última coisa de que precisava agora era lidar com um dos inescrupulosos taxistas da cidade.

Depois de entrar no carro e dizer ao motorista para onde ir, Harvath recostou-se e fechou os olhos. Estivera em aviões ou fazendo conexões entre eles nas últimas 11 horas. Ansiava por se registrar no hotel, tomar um banho e dormir um pouco, mas antes havia um trabalho a ser feito.

O taxista pegou a Linha Vermelha rumo ao centro da cidade. Sua velocidade e a constante troca de pista estavam em perfeita sincronia com o funk carioca que "bombava" no alto-falante instalado no painel elaboradamente decorado do carro.

O escritório da American Express ficava no térreo do hotel Copacabana Palace, na Avenida Atlântica, em frente à mundialmente famosa praia de Copacabana.

Saindo do táxi, Harvath deu as costas para a água azul-esverdeada e para os corpos bronzeados e seminus e entrou. Havia ligado para o escritório da American Express perguntando se sua encomenda da FedEx chegara. Sim, havia chegado.

Depois de se registrar na recepção e pegar a chave de seu quarto, ele foi ao Amex buscar a encomenda. Trocou alguns milhares de dólares em reais e voltou ao saguão, onde pediu ao recepcionista para lhe agendar um passeio de helicóptero.

Em seu quarto, Harvath atirou a caixa da FedEx na cama e largou a bolsa perto da mesa. Foi até a janela e abriu as cortinas transparentes. Com as palmas das mãos no parapeito, ele se debruçou para fora.

A vista era impressionante. Quatro quilômetros de praia apinhados de gente. O cheiro salgado do mar invadiu o quarto. Olhando as ondas que quebravam na praia, Harvath quase se lamentou por não ter trazido roupa de banho.

Saindo da janela, foi até o banheiro e abriu o chuveiro. Depois de pendurar as roupas, ele entrou no box e se demorou ali, deixando a água quente cair em seu corpo.

Normalmente ele teria terminado o banho com uma ducha de água fria – um truque que ele achava ainda mais renovador do que uma xícara de café espresso –, mas hoje, não. Hoje ele precisava colocar o sono em dia.

De pé no tapete macio do banheiro, ele se secou e foi para a cama king size. Ativou o *não perturbe* do telefone, puxou as cobertas e se deitou.

Fechando os olhos, ele ouviu a música dos carros e dos freqüentadores da praia até pegar no sono.

capítulo 79

HARVATH ACORDOU SOBRESSALTADO e precisou de alguns segundos para entender onde estava. Teve o pesadelo de novo.

Seu corpo estava coberto de suor, e o coração, disparado. Embora tivesse dormido várias horas, ele se sentia pior do que quando se deitara.

Não fazia diferença. Agora estava acordado e sabia que não conseguiria voltar a dormir antes de anoitecer.

Harvath voltou ao chuveiro e desta vez terminou o banho com uma ducha fria.

Fez a barba e vestiu uma muda de roupas limpas. Em seguida, pegou o telefone e chamou a recepção. Seu passeio de helicóptero estava programado para a manhã seguinte e a agência até mandaria um carro particular para pegá-lo. Harvath agradeceu ao recepcionista e, depois de perguntar como chegava à farmácia mais próxima, desligou o telefone.

A farmácia não ficava longe. Depois de comprar o que precisava para o dia seguinte, ele voltou ao quarto, abriu o pequeno laptop que comprara antes de sair de Washington e acessou a internet. Precisou de uma hora para ficar à vontade com as medidas de segurança que montara a fim de evitar que fosse detectado. Ele usou vários servidores *proxy* e diversos programas de criptografia *shareware*, todos muito bons. Se a CIA ou quem quer que fosse tentasse localizá-lo, teria muita dificuldade.

Harvath acessou a conta que Vaile lhe dera para esse fim e abriu o e-mail. A maior parte do arquivo fora suprimida, mas o mais importante estava ali. As primeiras coisas que Harvath olhou foram as fotos de Philippe Roussard.

Harvath era muito bom com nomes e melhor ainda com fisionomias. Embora houvesse alguma coisa de familiar nesse homem, tinha certeza de jamais tê-lo visto na vida.

Assim, se não era Roussard que estava perseguindo Harvath, tinha de ser alguém por trás dele; pessoas que conseguiram sua libertação de Guantánamo. Ele continuou lendo a ficha do francês por mais uma hora, mas nada lhe saltou aos olhos. Para Harvath, não havia uma única pista ali que lhe parecesse útil – além das fotos.

De acordo com o e-mail de Vaile, Carolyn Leonard e Kate Palmer, as duas em estado grave, identificaram Roussard como o homem que lhes oferecera o perfume na Tysons Galleria no sábado. Infelizmente Emily Hawkins não estava em condições de responder a nenhuma pergunta, mas Harvath já sabia que ela também o identificaria. Assim como sua mãe – ele pensou com uma pontada aguda de dor –, se e quando sua visão voltasse. Em resumo, ter as fotos já era um começo, embora muito lento.

Harvath acessou a conta do Gmail que criara com Ron Parker e Tim Finney e abriu a mensagem deixada para ele na pasta de rascunhos. Começava com uma curta recapitulação de tudo o que Parker já lhe dissera, junto com o alerta de não tentar falar com nenhum deles por celular, pois acreditavam que os números estavam grampeados. O mesmo era válido para mensagens de texto ou qualquer de suas contas de e-mail normais.

Havia um informe de Tom Morgan que sustentava o que Vaile dissera sobre os terroristas marroquino e australiano recém-colocados sob vigilância em seus países. A julgar pela ordem dos eventos, eles não podiam estar envolvidos nos ataques nos Estados Unidos.

Harvath anexou as fotos de Roussard e os detalhes mais importantes de seu dossiê e pediu a Finney que se certificasse de mandar cópias aos seguranças que cuidavam de Tracy e de sua mãe.

Parker sabia que Harvath ia ficar receoso de entrar em contato com os hospitais diretamente, então forneceu os números de celular dos seguranças, se ele quisesse ter notícias de forma mais segura.

Depois de ler o restante da mensagem, Harvath a apagou e se desconectou. Navegando por uma das múltiplas contas VoIP que tinha, ele baixou o software necessário para seu computador, conectou um fone de ouvido ao BlackBerry e ligou para o segurança da mãe no sul da Califórnia.

Falou rapidamente com o homem que atendeu, que lhe garantiu que a barra estava limpa antes de fechar a porta e passar o telefone para a mãe de Harvath.

Eles conversaram por cerca de 10 minutos e então Harvath lhe explicou que tinha de desligar. Prometeu telefonar novamente assim que pudesse.

Em seguida, ligou para a equipe de Tracy. O agente de segurança explicou que estava claro que os pais dela não os queriam ali, embora se mostrassem educados. Harvath agradeceu pelo que ele e os colegas estavam fazendo. Os pais de Tracy podiam não gostar de ver aqueles homens andando pelo CTI, mas, se alguma coisa acontecesse, ficariam felizes por eles estarem lá.

Assim como fizera com a equipe da Costa Oeste, Harvath deu ao agente uma descrição física e um informe completo de Philippe Roussard e lhe disse que receberia fotografias de Finney e Parker em breve.

O segurança passou o telefone ao pai de Tracy, Bill. Foi uma conversa embaraçosa. Não havia nada de novo a contar sobre o estado dela. Fizeram vários exames mas, se não conseguissem retirá-la da ventilação assistida, não havia como fazer uma ressonância magnética. Nesse momento, seu eletroencefalograma mostrava uma atividade cerebral significativamente reduzida, que a equipe de neurologistas acreditava ser indicativa de lesão cerebral permanente.

A falta de progresso não surpreendeu Harvath, mas mesmo assim não era o que ele esperava ouvir. Ele falou rapidamente com a mãe de Tracy, Barbara, depois lhe pediu para levar o fone ao ouvido da filha por alguns minutos.

Quando teve certeza de que o fone estava no lugar, ele começou a falar. Logo se esqueceu de todo o cansaço que invadira cada parte de seu corpo. Só o que importava era Tracy e transmitir força para ela. Ele lhe disse quanto a amava e ansiava por tirá-la do hospital, para que eles pudessem continuar de onde tinham parado.

Falou de todas as coisas que iam fazer juntos: da viagem de pesca a Jackson Hole, de ver as cores do outono na Nova Inglaterra, que era o passatempo preferido dela, e de ir à Grécia, onde Harvath estava louco para mostrar a ela as ilhas de Paros e Antiparos e apresentá-la a todos os seus amigos.

Por fim, Harvath ficou sem nada para dizer. Algumas pessoas podiam ter se envergonhado disso, mas ele e Tracy logo perceberam que era um sinal de sua compatibilidade. Eles gostavam de ficar juntos mesmo sem dizer absolutamente nada.

Ele mais uma vez disse a Tracy que a amava e lembrou-a de que ela era uma das maiores guerreiras que ele já havia conhecido. Ela precisava continuar sendo forte. Estava lutando por sua vida e venceria a luta desde que continuasse concentrada apenas em sua completa recuperação.

Ele não sabia se Tracy podia ouvi-lo. Harvath preferia pensar que sim. Tinha lido muitos artigos sobre pacientes em coma e acreditava que as pessoas podiam ouvir e compreender o que lhes era dito. No mínimo, era um sinal de como ele a amava e respeitava. Como Tracy ainda respirava, mesmo que com a ajuda de aparelhos, ele ia tratá-la como sempre a tratara.

Quando a mãe de Tracy pegou novamente o telefone, Harvath lhe deu boa-noite e desligou.

Discando para o serviço de quarto, pediu o jantar. Amanhã seria um dia difícil e ele ia precisar de toda a força que conseguisse reunir.

capítulo 80

O RELUZENTE SEDÃ MERCEDES DEIXOU Harvath no heliporto, onde um helicóptero Colibri EC 120B de um azul vivo estava pronto e esperava por ele.

Depois de dar uma olhada nos mapas e discutir sobre o que Harvath queria, o piloto assentiu, fez um sinal de positivo para ele e o ajudou a guardar seus pertences.

Eles se acomodaram, afivelaram os cintos, colocaram os fones e o piloto acelerou os potentes motores. Minutos depois, estavam no ar.

Eles foram até o morro do Corcovado, onde fica o Cristo Redentor, a imensa estátua de Jesus com os braços abertos. Havia algo no monumento que fazia Harvath se lembrar de Atlas sustentando a Terra.

Harvath via paralelos entre Cristo e Atlas. Os valores judaico-cristãos eram uma das poucas coisas que sustentavam o mundo civilizado moderno contra as hordas bárbaras de extremistas muçulmanos.

Harvath teve de rir consigo mesmo. O termo “extremista muçulmano” começava a cansá-lo. Era o jargão do politicamente correto, algo que ele odiava nos outros e desprezava em si mesmo. A expressão devia fazer uma diferença entre os bons e os maus muçulmanos, mas, para Harvath, a cada dia que os bons muçulmanos não faziam absolutamente nada com relação às atrocidades cometidas em seu nome, a divisão entre eles e os maus muçulmanos tornava-se cada vez mais indistinta.

Só o que era necessário para o mal triunfar era que as boas pessoas não fizessem nada. Harvath via isso todo dia e estava decidido a não permitir que sua nação fosse infestada pelo Islã. Os franceses já eram uma causa perdida e muitas outras nações seguiam seu exemplo, permitindo tribunais islâmicos, proibindo símbolos históricos importantes, ícones e passatempos inocentes como natação mista para apaziguar suas minorias muçulmanas crescentes e cada vez mais ruidosas. O multiculturalismo era uma besteira. Era o politicamente correto às cegas e isso o deixava doente. Se essas pessoas queriam que as coisas fossem exatamente como em seus países de origem, por que não continuaram lá?

Muitas opiniões de Harvath pareciam xenófobas, mas ele conquistara o direito a elas. Estivera na linha de frente da guerra contra o terror e vira o que os extremistas eram capazes de fazer. O Islã radical dizia respeito tanto a criatividade e idéias cuidadosa e deliberadamente aplicadas como a bombas e projéteis.

Na América, células habilmente organizadas dos chamados "muçulmanos moderados" promoviam um jihad ideológico, tentando destruir tudo o que o país representava. Eram um inimigo paciente e determinado, disposto a transformar a nação nos Estados Unidos do Islã e muitos responsáveis pela proteção da América não davam atenção a isso.

Considerando a maré de imigração ilegal e a agenda islâmica radical na América, havia ocasiões em que Harvath tinha vontade de chorar por seu país.

Eles sobrevoaram a baía de Guanabara e o Pão de Açúcar. O piloto em seguida zumbiu pelas praias de Copacabana e Ipanema antes de colocar o helicóptero no curso de seu último destino, a baía de Angra dos Reis, a 45 minutos de vôo ao sul do Rio.

Eles passaram por algumas paisagens incríveis no caminho, a maior parte cidades costeiras e matas densas e exuberantes. O mar cintilava como incontáveis cacos de vidro, enquanto iates imensos cortavam a água, deixando rastros de espuma branca.

Era absolutamente puro e Harvath começava a entender por que tanta gente se apaixonava pelo Brasil.

Cerca de 40 minutos depois, quando se aproximavam de Angra dos Reis, o piloto baixou tanto o helicóptero que seus esquis quase tocavam a crista das ondas. Harvath teve de olhar para ele atentamente para se certificar de que não era o mesmo taxista que o levara do aeroporto ao hotel na véspera.

Como o passeio rápido pelos pontos mais pitorescos do Rio, esse pequeno truque devia ser uma maneira de o piloto se valorizar com seus clientes e garantir uma boa gorjeta. Harvath não ligou para as acrobacias e pediu que ele parasse com aquilo. Os helicópteros já chamavam muito a atenção.

Suficientemente intimidado, o piloto retomou a altitude e agiu conforme as instruções.

Pelas imagens de satélite que examinara, Harvath sabia que a ilha que o Troll alugara era particularmente pequena. Entretanto, ele queria chegar o mais perto que pudesse.

Uma vez que pairar acima da ilha estava definitivamente fora de cogitação, Harvath optou por passar direto por ela a uma boa velocidade. Tinha de processar muitas informações em pouco tempo, mas era a única maneira de ver do alto a ilha com seus próprios olhos sem atrair a suspeita de seu morador.

Angra é composta de 365 ilhas diferentes. O piloto apontou para um minúsculo trecho de terra no horizonte próximo. Ao se aproximarem, Harvath examinou o mapa, bem como o tamanho e o formato das outras ilhas em volta da ilha do Troll, e percebeu que o piloto tinha razão.

Ele se aproximou exatamente como Harvath lhe pedira. Curvando-se para a porta, Harvath se esticou para ver o máximo que pudesse, gravando todo o quadro em sua mente – a construção principal e seus chalés, o heliponto, a lancha no píer, o formato e a disposição da ilha, tudo.

Ele ia voltar à noite, mas então estaria muito escuro e isso só aumentaria o perigo do que pretendia fazer.

capítulo 81

WASHINGTON, D. C.

A GESTÃO DE JAMES VAILE NA CIA não era marcada por um relacionamento particularmente bom com a imprensa. As reportagens arrasadoras sobre as prisões secretas da CIA no exterior e sobre como os Estados Unidos localizavam terroristas por meio de suas movimentações bancárias ainda pesavam sobre ele. E, embora as histórias partissem de membros estúpidos de sua própria organização que colocavam a aversão à política do presidente acima de sua lealdade ao país, todas as suas tentativas para impedir que elas fossem divulgadas tinham fracassado.

Ele aprendera rapidamente que muitos jornais tinham um orgulho muito maior de sua circulação do que de seu patriotismo. Não fazia nenhuma diferença para eles que estorvassem a América e dessem poder aos inimigos terroristas. Não era de admirar que ele tivesse pouca esperança de conseguir alguma coisa apelando ao patriotismo de Mark Sheppard.

Apesar de esse sentimento não motivar um repórter, às vezes ele podia balançar com uma promessa de uma exclusiva ou uma história ainda maior. Mas, como nos casos das prisões secretas e dos programas de movimentação bancária de terroristas, Vaile não tinha nada maior para dar em troca. Seria preciso encontrar outra solução e teria de fazer isso de forma que o repórter do *Baltimore Sun* não fizesse idéia do envolvimento da CIA.

Uma das primeiras coisas que Vaile fez foi investigar o passado do homem. Ele conhecera muito pouca gente na vida que não tivesse pelo menos um esqueleto no armário. Mas infelizmente Sheppard estava limpo. Até demais, para falar a verdade. Era praticamente um santo. Além de algumas multas por excesso de velocidade quando estava na faculdade, o repórter nunca avançara sequer um sinal vermelho.

Investigando suas atividades fora do trabalho, Vaile ficou ainda mais desencantado ao saber que Sheppard dedicava grande parte de seu tempo a ajudar crianças desprivilegiadas em toda a região metropolitana de Baltimore. Ele até fazia parte do conselho da organização.

Embora não quisesse fazer isso, Vaile rapidamente percebeu que a única maneira de dissuadir Sheppard de publicar a matéria era ameaçá-lo seriamente. Se ele não cooperasse, sua vida seria completamente destruída.

Algumas horas depois, uma vez que se confirmou que tudo estava no lugar, o diretor da CIA pegou o telefone e fez a chamada.

O repórter atendeu ao primeiro toque.

– Mark Sheppard – disse, parecendo ansioso demais. Vaile se perguntou se o jornalista já havia aberto espaço na mesa para o prêmio Pulitzer.

Qualquer bom repórter teria um dispositivo de gravação conectado ao telefone. Por isso, além de se certificar de que sua ligação não pudesse ser rastreada, James Vaile empregou uma nova tecnologia que tornaria inaudível a reprodução de qualquer gravação. Ele também usou um modulador para disfarçar a voz. Todo cuidado era pouco e, além disso, a voz computadorizada trazia uma gravidade a mais que em geral tinha um efeito perturbador.

– Sr. Sheppard, precisamos conversar.

Houve uma pausa enquanto o repórter acionava o botão para gravar, depois ele perguntou:

– Com quem estou falando?

– Quem eu sou não é tão importante quanto o que tenho a dizer.

– Então como vou saber que é pra valer?

– Você ligou para a assessoria de imprensa da Casa Branca em busca de um comentário sobre uma matéria que quer publicar – disse Vaile pela voz grave e computadorizada.

– E, pelo que estou ouvindo – disse Sheppard –, imagino que o senhor me ligou para me assustar e me convencer a enterrá-la.

– Liguei para lhe dar a oportunidade de fazer o que é certo.

– É mesmo? E o que seria?

– O que está em jogo são questões graves de segurança nacional que você não compreende.

– Então, como um patriota americano, eu devia destruir o artigo, não é? Esquecê-lo. Não vou engolir essa.

Vaile decidiu dar mais uma chance ao repórter.

– Sr. Sheppard, o povo de Charleston precisava de uma solução para o seqüestro do ônibus e a solução foi providenciada.

O repórter engoliu uma risada.

– Então agora o dever do governo dos Estados Unidos é fazer com que as vítimas de crimes e seus familiares se sintam melhor? Dezenas de milhares de crimes ficam sem solução a cada ano. O que torna este tão especial?

– Este é um crime particularmente hediondo contra crianças... – começou Vaile antes de ser interrompido.

– Que teve implicações de segurança nacional – disse Sheppard enquanto sua mente juntava as peças. – Meu Deus, isso não foi obra de um maluco. Foi um ato terrorista.

capítulo 82

— E O SENHOR ESPERA QUE EU ABAFE O CASO? – perguntou Sheppard.

– Sim – respondeu Vaile. – Sua matéria seria arrasadora para a confiança do povo.

O repórter não conseguiu segurar o riso.

– Bom, talvez o senhor devesse ter pensado nisso antes de planejar a coisa toda.

O diretor estava perdendo a paciência rapidamente. Mas, antes que ele pudesse dizer qualquer coisa, Sheppard perguntou:

– Vai arranjar um acidente para mim como fez com Frank Aposhian e Sally Rutherford?

– Para sua informação, Sr. Sheppard, a morte deles *foi mesmo* um acidente. O governo americano não assassina seus próprios cidadãos.

– Então não tenho com que me preocupar, não é?

– Depende de se você vai cooperar ou não.

O repórter tinha recebido tantas ameaças nesses anos todos que não caiu nessa facilmente.

– É mesmo? E se eu não cooperar?

– Sua matéria tem o título provisório de "A invasão dos ladrões de corpos"... – começou Vaile.

– Como é que sabe disso?

– Cale a boca e escute – ordenou o diretor. – Você tem um arquivo protegido por senha. A senha é *Romero*. Abra-o.

Sheppard obedeceu. Dentro do arquivo, ele viu que tinha sido criada uma subpasta chamada "pirulito". Por instinto, ele clicou nela e abriu uma página com imagens em miniatura. Ele maximizou uma aleatoriamente e prendeu a respiração.

– Seus babacas de merda – disse o repórter ao perceber o que pretendiam fazer com ele. – Não vai dar certo.

– Eu não teria tanta certeza – disse Vaile. – Culpado ou não, é quase impossível livrar-se do estigma da pedofilia.

– Ainda bem que estou gravando essa conversa – disse Sheppard.

Vaile riu.

– Sugiro que tente ouvir a gravação antes de apostar sua carreira e sua vida nisso.

A intuição do repórter lhe dizia que o homem não estava de brincadeira.

– Você me faz ter vergonha de ser americano – disse Sheppard.

– Não me venha com essa de se enrolar na bandeira agora – repreendeu o diretor. – Você teve a sua chance. Estamos em guerra, e guerras envolvem segredos. Trata-se de fazer o que é certo por seu país e o senhor está desprezando isso. De qualquer modo, vou lhe dar mais uma oportunidade.

– O que me impede de deletar esses arquivos? – perguntou Sheppard, tentando se mostrar decidido a permanecer fiel a sua integridade jornalística, mas já perdendo a firmeza.

– Não pode deletar essas imagens. Mesmo que pudesse, há mais delas em seu laptop e no desktop de sua casa. Também temos vários pedófilos condenados dispostos a testemunhar sobre suas várias inclinações obscenas. O buraco é tão fundo que você nunca vai conseguir sair dele.

Vaile continuou com suas ameaças:

– O jornal será o primeiro a querer distância de você. Sua matéria sobre o ladrão de corpos jamais será publicada. Você perderá toda a credibilidade. Em seguida, seus amigos desaparecerão e até sua família começará a se afastar. E depois há todas aquelas crianças que você tão nobremente ajudou. Acha que alguma coisa que lhes disse ou ensinou vai ter importância depois que todos deduzirem que o único motivo para que você estivesse lá era tentar tirar suas roupas? Provavelmente não, mas seus problemas não terminarão aí. Será moleza condená-lo pela pornografia infantil descoberta em seus computadores e em sua casa. Você vai para a cadeia e, como é um repórter investigativo, eu não preciso lhe dizer o que eles fazem com pessoas na sua situação, não é? Depois que correrem os boatos de que você é pedófilo e de que apelou para conseguir uma redução da pena por posse de pornografia infantil, se você não for morto nos primeiros dias, eles tornarão sua vida um inferno a ponto de você querer morrer.

Durante toda essa diatribe, Sheppard ficou sentado, pasmo. Eles o tinham pegado. Era revoltante, mas não havia absolutamente nada que ele pudesse fazer. Sua mente procurava desesperadamente respostas, mas ele sabia que sua única alternativa era ceder. Por fim, perguntou:

– O que quer que eu faça?

Vaile o instruiu a reunir todo o material que conseguira para a matéria, inclusive anotações, fotos e gravações, e o levasse numa pequena bolsa de viagem até um armazém abandonado nos arredores de Washington.

Três horas depois o diretor da CIA entrou em contato com o presidente e lhe deu as boas-novas. Depois de investigar um pouco mais, o repórter do *Baltimore Sun* descobrira que suas fontes não eram tão confiáveis como ele pensava e por isso decidiu não publicar a matéria.

Jack Rutledge ficou aliviado ao ouvir isso. Era um problema a menos. Agora precisavam concentrar novamente todos os seus recursos para deter Harvath.

capítulo 83

ANGRA DOS REIS, BRASIL

MESMO COM A LUZ FRACA DO LUAR, o pequeno barco de Harvath mais parecia estar flutuando do que deslizando sobre a água incrivelmente clara.

Ele baixou a âncora em silêncio, soltando o cabo lentamente. Quando o barco estava preso, Harvath verificou o traje uma última vez e deslizou pela lateral.

Nadou com a confiança de um homem que passou a vida toda perto do mar. Suas braçadas fortes e seguras o impeliram pelas águas quentes da baía de Angra dos Reis.

Com óculos de visão noturna e uma bússola com iluminação especial, ele percorreu a escuridão na direção da ilha particular conhecida como Algodão.

A sotavento, ele se esgueirou para fora da água e soltou da cintura a corda que usara para puxar um pequeno saco impermeável.

Harvath tirou de dentro do saco uma pistola Beretta 9mm que tinha enviado a si mesmo por FedEx. Ele verificou a arma e a deixou de lado enquanto retirava uma muda de roupas e se vestia. Pegou uma lanterna, seu canivete Benchmade Auto Axis, algumas algemas descartáveis e outros poucos objetos, colocando-os nos bolsos. Escondeu o traje de mergulho numa grande pedra próxima da praia e verificou o que restava no saco impermeável.

Os cães do Troll ainda eram uma de suas maiores preocupações. Desde que resgatara um deles em Gibraltar, Harvath tinha pesquisado um pouco sobre essa raça. Os Ovcharkas Caucasianos eram animais impressionantes – rápidos, ágeis, ferozes quando precisavam ser e tremendamente fiéis. Era evidente por que haviam sido a raça preferida dos militares russos e da patrulha de fronteira da Alemanha Oriental. Também era evidente por que o Troll os escolhera.

Harvath pensou em seu próprio Ovcharka Caucasiano, ou melhor, o pobre cachorro que ele deixara sob os cuidados de Emily Hawkins enquanto decidia o que faria com ele. Harvath tinha um grande problema para ficar com um "presente" de um homem que fora cúmplice na morte de inúmeros americanos, inclusive um de seus melhores amigos.

Para ser sincero, com Tracy no hospital e tudo o que acontecera, ele não tinha pensado muito no filhote até Gary lhe contar sobre a horrível tortura que o animal sofrera. Era um retrato horrendo que Harvath afastava à força de sua mente. Ele precisava se concentrar.

Harvath esforçou-se para ouvir alguma coisa antes de pendurar o saco no ombro e esgueirar-se para o interior da ilha. A não ser pelas estreitas línguas de areia de cada lado, a ilha não passava de um amontoado de árvores e vegetação exuberante. O covil do Troll ficava na outra extremidade da ilha, construído sobre pilotis aparentes acima da água.

Harvath tinha pensado muito sobre como lidaria com os cães. O método mais fácil seria usar uma arma com tranqüilizantes, mas ele não dispunha de uma. As únicas coisas a que teve acesso para esta viagem foram as que estavam em seu cofre no banco e num pequeno armário que ele mantinha em Alexandria. Não havia muito o que escolher.

Embora estivesse com a Beretta, ele não tinha um silenciador, portanto matar os cães estava fora de cogitação. Faria muito barulho. Tinha de encontrar outra maneira de colocá-los fora de combate. Mas para isso precisava isolá-los sem despertar suspeitas em seu dono – algo muito mais fácil de falar do que de fazer.

Os cães eram a força de segurança particular do Troll. Nunca o deixavam – *a não ser* quando saíam para fazer suas necessidades. Era seu momento de maior vulnerabilidade. E era quando Harvath pretendia atacar.

Com base nas imagens de satélite que analisou, Harvath percebeu que o Troll deixava os animais saírem pela última vez às 22 horas. Agora passava um pouco das 21h15, o que significava que ele tinha menos de 45 minutos para montar a armadilha e se colocar a postos.

Os cães, de modo geral, e em particular os Ovcharkas, tinham uma visão noturna excelente e uma incrível capacidade de detectar movimentos, então era imperativo que Harvath não ficasse perto da isca quando eles saíssem.

Abrindo o saco impermeável, ele pegou um objeto embrulhado em papel, do tamanho de uma bola de futebol americano, especialmente preparado para essa situação. Eram 10 quilos de carne fresca moída, aos quais Harvath pedira ao açougueiro em Angra dos Reis para misturar um quilo de bacon, para ficar ainda mais irresistível.

Depois, a uma distância segura da praia, Harvath acrescentou seu ingrediente especial, um laxativo muito potente que comprara na farmácia no Rio.

Escolhendo o local na trilha estreita que levava ao retiro do Troll, Harvath dividiu a carne em duas partes e as colocou perto o suficiente para que os cães pudessem sentir seu cheiro, mas longe o bastante uma da outra para que o cão que chegasse primeiro não conseguisse devorar sua porção e depois pegar a do outro.

Com a isca montada, Harvath entrou no jardim, certificando-se de ficar contra o vento enquanto se esgueirava para a casa.

Encontrou um ponto de observação perfeito entre algumas pedras grandes e redondas à beira-mar. A casa brilhava com uma luz suave e todas as portas de vidro das varandas estavam abertas para deixar entrar o ar da noite. Harvath podia ouvir música clássica vindo de dentro. Era o *Canon em Ré Maior* de Pachelbel, e ele o reconheceu de imediato. Uma das peças favoritas de Tracy. Ela a gravara no iPod e tocava no aparelho de som da cozinha quando preparava o café da manhã.

Harvath se perguntou se ela não estaria ouvindo essa música na manhã em que foi baleada.

Sacando a pistola, Harvath verificou se estava carregada e disse para o ar quente da noite:

– Esta será para você, querida.

capítulo 84

HARVATH NÃO ECONOMIZARA NA DROGA e em pouco tempo a carne com laxante fez sua mágica. Os dois cães começaram a uivar quase em uníssono. O ronco dilacerante em seus intestinos deve ter sido horrível.

A música foi desligada e Harvath teve o primeiro vislumbre do Troll. Isso lhe trouxe lembranças do primeiro encontro deles em Gibraltar.

Os cães brancos do Troll, que tinham mais de um metro de cernelha, eram bem mais altos do que o homenzinho. Os animais deviam pesar perto de 90 quilos cada um, mas o Troll não pesava mais de 35 quilos. Harvath calculou sua altura em pouco menos de 90 centímetros. Mas ele sabia que o tamanho do homem não tinha nada a ver com sua esperteza.

O Troll abriu as portas da frente de sua rústica casa de veraneio e os cães saíram num rompante, atropelando o dono. Se o anão tinha alguma idéia do que havia de errado com eles, não demonstrou. Harvath acreditava que ele realmente não desconfiava de nada. Só o que ele sabia era que seus animais estavam agindo de uma forma estranha.

Harvath observou o Troll seguir os cães para fora. Estava na hora.

Saindo de trás das pedras, Harvath avançou rapidamente para a praia. Ao se aproximar da casa, ele a contornou e pulou a cerca de madeira em volta de uma suntuosa piscina. Atravessou o jardim perfumado e, depois de subir uma pequena escada de pedra, entrou na casa pelas portas escancaradas.

Ao passar pela cozinha, Harvath deixou dois pacotes em formato de osso na bancada.

Quando estava no meio da sala, percebeu uma pequena câmara que devia ser usada como canto de leitura. Tinha duas poltronas, uma luminária e uma mesa lateral. Harvath tirou o saco impermeável do ombro, pegou a pistola e se sentou.

◆◆◆

Dizer que o Troll ficou surpreso ao vê-lo seria pouco. Ele recuou tão depressa que perdeu o equilíbrio. Harvath teria rido se não sentisse um ódio tão intenso pelo homem.

Para mérito do Troll, ele tinha o raciocínio muito ágil. Ao ver Harvath e sua arma, compreendeu a situação rapidamente.

– O que você fez com meus cães? – perguntou.

– Eles ficarão bem – disse Harvath. – É temporário.

– Seu filho-da-puta – rosnou o homenzinho. – Como se atreve a ferir esses animais? Eles não têm nada a ver com você.

– E eu quero que continue assim.

O Troll fuzilou Harvath com os olhos.

– Eu juro que se alguma coisa acontecer a eles a missão da minha vida vai ser fazer com que você pague com seu último suspiro.

Seu comportamento passou da agitação, quase pânico, para uma calma gélida. Não havia dúvida de que ele estava falando sério e de que acreditava piamente poder cumprir a ameaça.

– Deixei dois pacotes na cozinha – disse Harvath, referindo-se a um produto chamado K-9 Quencher que adquirira quando saiu para comprar o computador, antes de partir de Washington.

– O que são? – perguntou o Troll, a apreensão evidente na voz.

– Não se preocupe. Se eu quisesse seus cães mortos, eles estariam mortos.

Aqueles pacotes contêm um eletrólito em pó especialmente formulado para reidratar cães.

– O que você fez com eles?

– Só dei um laxante. Eles ficarão bem daqui a algumas horas. Despeje o conteúdo de cada pacote numa tigela de água e deixe-as do lado de fora, onde os cães possam alcançá-las. – Enquanto o Troll o fuzilava com os olhos, Harvath acrescentou: – E trate de ficar onde eu possa vê-lo.

Depois de colocar as duas tigelas na soleira, o Troll fechou a porta da frente, voltou para o nicho de leitura e subiu na poltrona ao lado de Harvath.

– Eu sabia que viria me procurar – disse ele. – Só não achava que seria tão cedo. Então acabou.

– Talvez – respondeu Harvath. – Depende de você ter mais alguma utilidade para mim.

– Então você não é um homem de palavra.

Harvath sabia a que ele estava se referindo, mas deixou a pergunta pairar no ar.

– Você garantiu que eu não morreria – insistiu o Troll com o sotaque britânico ruim. Seu cabelo escuro era curto e ele exibia uma barba bem cuidada.

Harvath sorriu.

– Quando lhe fiz essa promessa achei que estivesse cooperando comigo.

O olhar do Troll mudou, dando uma indicação muito sutil. Harvath sabia que o pegara.

– Devia haver outro nome na lista que me deu. Cinco homens foram libertados de Guantánamo naquela noite, e não quatro.

O Troll sorriu.

– Agente Harvath, se há uma coisa que aprendi na vida é como interpretar as pessoas e posso lhe dizer que você já sabe quem é o quinto homem.

Harvath curvou-se para a frente, o rosto uma máscara de determinação letal.

– Se sabe mesmo interpretar as pessoas, já deve saber que, se não cooperar, vou matá-lo com minhas próprias mãos, aqui mesmo. Estamos entendidos?

Se o Troll ficou intimidado com a ameaça de Harvath, não demonstrou.

– Foi um longo dia – disse. – Por que não vamos à sala e tomamos um drinque?

Ao ver a hesitação de Harvath, o Troll acrescentou:

– Se está preocupado que eu tente envenená-lo, não precisa se juntar a mim. Estou acostumado a beber sozinho.

De qualquer maneira, Harvath não estava disposto a baixar a guarda. Apontando para o bar com o cano da Beretta, disse:

– Fique à vontade.

capítulo 85

— E ENTÃO, AGENTE HARVATH – DISSE O TROLL enquanto subia no sofá com uma taça de conhaque Germain-Robin XO e se colocava à vontade –, o que posso fazer por você?

Sentado cara a cara com aquele cretino presunçoso, o dedo de Harvath começou a coçar no gatilho. Ele pesava seriamente as vantagens de matá-lo. Se o Troll não lhe desse alguma coisa de valor, ia lhe meter uma bala e atirar seu corpo na baía.

– Por que deixou o nome de Philippe Roussard fora da lista? – perguntou Harvath.

O Troll não sabia o que dizer. Estava irritado consigo mesmo por subestimar Harvath, mas também estava irritado com Roussard. Sua tolice colocara o Troll numa situação muito difícil.

O homenzinho parecia a milhões de quilômetros de distância. Então Harvath deu um tiro na almofada em que ele estava encostado.

O barulho assustou o Troll. Além de extremamente agressivo, o ato era também grosseiro.

Embora nada no comportamento de Harvath surpreendesse o Troll, ele achara que os dois tinham criado uma espécie de parceria ou no mínimo uma trégua. Tinha um respeito profissional por Harvath, mas era óbvio que não havia reciprocidade.

Estufando as bochechas de ar, o Troll bufou e disse:

– Não vejo nem falo com Roussard há muitos anos.

– Então você o conhece.

– Sim – respondeu o Troll. Era inútil mentir e ele sabia disso. Harvath tinha todas as cartas na mão: seu destino, seu ganha-pão, até sua vida.

– Quando foi a última vez que o viu?

– Uns cinco, talvez 10 anos. Não me lembro muito bem.

– Mas você sabia que ele era um dos cinco libertados de Guantánamo – afirmou Harvath.

– Sim, eu sabia.

– No entanto, excluiu propositadamente o nome dele da lista que me deu. Por quê? Vocês dois esperavam me matar antes que eu os impedisse? É isso? – perguntou Harvath, erguendo a pistola para dar ênfase.

Era a conclusão mais lógica a que Harvath podia chegar, mas era absurda.

– Da última vez que vi Philippe, ele não passava de um jovem muito problemático.

– É engraçado como as coisas mudam depressa.

O Troll pensou em rir disso, mas a pistola apontada para seu peito não era particularmente divertida.

– Não tive contato com ele desde então.

– Então por que deixou o nome dele fora da lista?

– Em minha área de trabalho, fazemos inimigos muito rapidamente. Já os amigos são mais difíceis de aparecer.

– Roussard é seu amigo? – perguntou Harvath.

– Pode-se dizer que sim.

Cansado das declarações obscuras do Troll, Harvath deu outro tiro no sofá, a milímetros da coxa esquerda do anão.

– Minha paciência está se esgotando.

– Meu afilhado – gaguejou o Troll. – Philippe Roussard é meu afilhado.

– Alguém escolheu *você* para ser padrinho de uma criança?

– Foi mais um título honorífico que a família conferiu a mim.

– Que família? – perguntou Harvath, ajustando a mira da arma e se preparando para apertar o gatilho.

Um sorriso lento começou a se espalhar pelo rosto do Troll.

– Qual é a graça? – gritou Harvath.

– Às vezes – respondeu o Troll – o mundo é um lugar incrivelmente pequeno.

capítulo 86

CASA BRANCA

ERA TARDE, MAS O PRESIDENTE dissera ao diretor da CIA que esperaria acordado por sua avaliação. Quando chegou, James Vaile foi levado à área residencial.

O presidente estava em seu estúdio privativo vendo uma partida entre o Chicago White Sox e o Kansas City Royals. Era um grande jogo que já estava na prorrogação.

Quando o diretor da CIA bateu na porta aberta do estúdio, Jack Rutledge largou seu drinque, desligou a TV e fez sinal para que ele entrasse.

– Está com fome? – perguntou o presidente enquanto Vaile fechava a porta e se acomodava numa poltrona de couro ao lado dele.

– Não, obrigado, senhor.

– Aceita uma bebida?

Vaile balançou a cabeça, declinando educadamente.

– Muito bem, então – disse Rutledge, feliz por poder continuar. – Você teve uma chance de olhar tudo. Vamos ver.

O diretor retirou uma pasta de sua maleta e a abriu.

– No quesito redação, Mark Sheppard não é grande coisa, mas compensa e muito na profundidade da pesquisa.

Vaile entregou uma cópia do artigo ao presidente e continuou:

– A atenção que este artigo teria atraído ao *Baltimore Sun* levaria a circulação do jornal à estratosfera. Com base nas anotações de Sheppard, o jornal procurava uma maneira de transformar a reportagem numa série de artigos. Eles já planejavam reconstituir o acidente de carro, bem como a captura do seqüestrador desconhecido em Charleston, com agentes falsos do FBI e tudo.

Após uma pausa, o diretor da CIA prosseguiu:

– Foi sorte esse tal de Sheppard ter pedido uma declaração oficial uma semana antes de publicar o artigo. Se ele tivesse entrado em contato na véspera, Geoff Mitchell e a assessoria de imprensa não conseguiriam calá-lo dizendo que a Casa Branca estava investigando.

– E você jamais teria tempo para chegar a ele – disse o presidente enquanto terminava de passar os olhos pelo artigo.

– Não como eu precisava – respondeu Vaile.

– Então escapamos da bomba.

O diretor balançou a cabeça.

– Neste momento, os editores de Sheppard devem estar furiosos. Esta matéria foi a melhor coisa que apareceu no jornal em anos e agora foi destruída.

Rutledge teve a sensação de que sabia o que viria.

– Acha que um alerta sobre os ônibus escolares pode incitar o *Sun* a publicar a matéria de Sheppard assim mesmo?

– É bem possível. Embora tenhamos todo o material original, eles têm as anotações que fizeram nas reuniões do editorial. Se desconfiarem de que Sheppard destruiu a matéria sob coação, podem decidir entrevistar as fontes novamente e publicar tudo sem o nome dele.

– Então é melhor que ele tenha sido muito convincente quando retirou a matéria.

Vaile assentiu.

– Ele sem dúvida tem a motivação certa, disso tenho certeza.

– No entanto, você ainda se opõe a emitirmos qualquer tipo de alerta de segurança nacional.

– Sim, senhor, eu me oponho.

O presidente deixou o artigo sobre a mesa.

– E se houver um ataque? Não acha que o *Sun* vai refazer o artigo de uma forma igualmente prejudicial?

– Como poderiam? Somos os únicos que sabem da história toda. Eles só têm uma peça do quebra-cabeça e uma peça que podemos girar. Mostrará que estivemos envolvidos num esforço organizado, *antes* do fato, para levar os terroristas à justiça. Harvath já matou dois deles, outros dois estão prestes a ser presos em seus respectivos países e temos uma multidão de agentes em ação tentando localizar o quinto e último. Acho que devemos dar o caso por encerrado.

Rutledge admirava a confiança de Vaile, mas infelizmente não estava convencido.

– Se aprendi alguma coisa com o 11 de Setembro, é que, depois do fato consumado, sempre vemos tudo claramente. As pessoas vão querer saber por que não decidimos emitir um alerta se sabíamos de uma ameaça a ônibus escolares.

– Porque – respondeu enfaticamente o diretor da CIA – lançar um alerta é uma confissão de culpa. Diria a nossos inimigos que acreditamos ter quebrado nossa promessa e que merecemos ser atacados, o que não pode estar mais distante da verdade.

O presidente tentou responder alguma coisa, mas Vaile ergueu a mão para poder terminar.

– Correta ou incorretamente, nosso acordo com os terroristas se baseou no pressuposto de que os cinco homens libertados de Guantánamo não usariam sua liberdade para nos atacar aqui em nosso país.

– É claro – disse Rutledge. – Nós concordamos em não atingi-los.

– É isso que está me incomodando. Quanto mais penso nesse assunto, mais acredito que os terroristas tinham outros planos o tempo todo.

capítulo 87

– QUE TIPO DE PLANOS? – perguntou Rutledge.

Vaile o olhou e respondeu:

– Esses cinco homens devem ser muito importantes para que a organização deles se arriscasse tanto para libertá-los.

– Concordo – disse o presidente.

– Também me preocupa que eles continuem importantes o bastante para que a organização venha a cumprir sua promessa de retaliação pela morte de qualquer um dos cinco.

– Não entendo aonde você quer chegar.

– Palmera e Najib estão mortos e até agora nada aconteceu. Nada.

– Bem, um foi morto no México e o outro na Jordânia. Talvez a organização deles ainda não saiba.

Vaile balançou a cabeça.

– Todos no bairro conheciam Palmera e sua morte foi pública. Najib era membro da inteligência síria e, embora eu não tenha idéia do que os jordanianos fizeram com o corpo, Harvath deixou a esposa e o filho de Al-Tal vivos e eles sem dúvida não vão ficar de boca fechada. Notícias assim correm depressa. A organização deles sabe. Mesmo assim, insisto, *nada* aconteceu.

O presidente pensou por um momento.

– Pelo que sabemos, o pessoal deles pode estar tomando suas posições enquanto conversamos.

– Ah, acho que fizeram mais do que isso – respondeu Vaile. – Acho que escolheram uma pessoa e ela já tomou sua posição.

– Roussard? – perguntou Rutledge.

O diretor da CIA assentiu.

– Se seguirmos o raciocínio de que os cinco eram importantes a ponto de a organização se arriscar para tirá-los de Guantánamo e depois ficar tão irritada com a morte de dois deles e cumprir a ameaça de retaliação, então como esta mesma organização pode não saber que Roussard está aqui e o que ele está fazendo?

– Ele pode estar agindo por conta própria. Obviamente tem motivo para se vingar de Harvath.

– Ele pode estar agindo sozinho na realização dos ataques, mas consegue muito apoio de algum lugar. Esse tipo de operação exige dinheiro, informações, armas, identidades falsas. Não há como ele ter conseguido tudo isso sozinho apenas seis meses depois de ser libertado de Guantánamo. Seu pessoal sabe o que ele está fazendo e acho que este era o plano deles desde o início.

O presidente ficou em silêncio enquanto pensava no assunto pelo maior número possível de ângulos. Por fim, disse:

– É uma teoria interessante, mas você pode prová-la? Porque está me pedindo para arriscar a vida de dezenas, centenas, talvez até milhares de crianças americanas com base numa *teoria.*

– Não, senhor – respondeu Vaile. – Não posso prová-la.

Rutledge coçou a cicatriz onde o dedo indicador direito fora reimplantado, um eterno lembrete do pavoroso seqüestro de que fora vítima vários anos antes, e disse:

– Bem, uma coisa eu posso provar. Posso provar que essas pessoas já seqüestraram um ônibus escolar e mataram a motorista. As vítimas e suas famílias ficaram completamente aterrorizadas e traumatizadas. O fato ganhou as manchetes do país e, como presidente, farei tudo o que puder para que isso jamais volte a acontecer.

O presidente fez uma pausa e depois continuou:

– Então vou permitir que o DSN lance um alerta e vou lidar com o *Baltimore Sun* ou com quem quer que seja se e quando criarem problemas. Nesse meio-tempo, estou *ordenando* que você encontre Scot Harvath e o detenha. Chega de desculpas. Diga a seu pessoal para fazer o que for preciso para concluir a tarefa. E trate de lembrar-lhes que eu estava falando sério quando disse vivo ou morto.

capítulo 88

ANGRA DOS REIS, BRASIL

O TROLL JOGARA UMA BOMBA EM HARVATH e o impacto foi forte. Philippe Roussard não era o nome verdadeiro do assassino. Era o nome que lhe fora dado quando menino para protegê-lo dos inimigos de sua família. Seu nome verdadeiro era Sabri Khalil al-Banna.

Ele começou a explicar de quem Roussard recebera o nome, mas Harvath ergueu a mão para impedi-lo.

– Ele foi batizado com o nome do avô.

O Troll assentiu.

O ácido corroía a boca do estômago de Harvath. Antes de Osama bin Laden, Sabri Khalil al-Banna foi o mais letal e mais temido terrorista do planeta. Seus atos foram sangrentos, impiedosos e se tornaram lendas no mundo do terrorismo e do contraterrorismo.

Como era comum entre radicais islâmicos, ele era conhecido por muitos nomes. O mais famoso era Abu Nidal. Philippe Roussard era quase um sósia do falecido avô. Agora Harvath sabia por que o terrorista parecera tão familiar no material enviado por Vaile.

Também sabia por que ele, Harvath, ou melhor, as pessoas ligadas a ele estavam sendo atacadas.

Era o troco por uma missão que ele chefiara vários anos antes, de codinome Operação Fantasma. Sua tarefa era eliminar uma organização terrorista do ressurgente Abu Nidal. As rédeas do poder foram passadas à filha e ao filho de Nidal, gêmeos que nasceram e foram criados sem que as organizações de inteligência ocidentais soubessem. Com base no que Harvath descobrira, o terrorismo era uma espécie de tradição de família.

– Até onde sabemos, Abu Nidal só teve dois filhos.

– Correto – disse o Troll. – O menino, Hashim, e a menina, Adara.

Só os nomes tinham o poder de provocar um frio na espinha de Harvath. Eram dois dos mais cruéis terroristas que ele conhecera, Adara ainda mais do que o irmão.

Harvath lembrava-se muito bem dela. Seu ódio por Israel e pelo Ocidente a consumira a ponto de destruir tudo o que teria sido encantador nela. Ela era alta, tinha maçãs do rosto pronunciadas e longos cabelos pretos. Seus olhos, porém, eram o traço mais impressionante. Eram cinza, quase prateados, como a cor do mercúrio. Mas quando ela estava com raiva ou estressada, eles passavam por uma transformação surpreendente e ficavam negros.

Foi em meio a um seqüestro perpetrado por Adara Nidal e seu irmão que Harvath conheceu Meg Cassidy. Eles localizaram os gêmeos em um vinhedo nos arredores de Roma, mas foram ultrapassados por um veterano da inteligência israelense chamado Ari Schoen – um ex-membro de alta patente do Mossad, que tinha seus próprios interesses com a família Nidal.

Mas tudo terminou muito mal. As lembranças assombraram Harvath por muito tempo e ele agora via-se obrigado a revivê-las.

Hashim surgiu no vinhedo como um fantasma e correu para eles com granadas nas mãos. Harvath se preparou para repelir o ataque, mas Hashim passou direto por eles. Pegou Schoen e sua equipe completamente de surpresa. Gritando a plenos pulmões, Hashim pulou no furgão no momento em que a porta começava a se fechar.

Harvath se atirou por cima de Meg. As granadas foram detonadas e o furgão explodiu numa bola de fogo, levando consigo Schoen, Hashim e a irmã, Adara.

Harvath jamais se esqueceria daquele cheiro horrível de gasolina e carne queimada.

Então agora alguém da família Nidal queria vingança. A única questão era que ramo da árvore genealógica Philippe Roussard representava.

– Philippe é filho de quem? Hashim ou Adara?

– De Adara – respondeu o Troll.

– Quem é o pai dele? – perguntou Harvath.

– Um agente da inteligência israelense que morreu antes de o menino nascer.

– Daniel Schoen? – Harvath perguntou, pasmo que a operação desvirtuada voltasse para assombrá-lo desse jeito. – Era filho de Ari Schoen.

Harvath era bom.

– Como sabia disso? – perguntou o Troll.

– Não sabia.

– Mas então...

– Na noite em que Adara foi morta – disse Harvath –, Schoen confessou ter dado um fim ao relacionamento dela com Daniel. Ele a chamou de prostituta e ela disse alguma coisa sobre Daniel querer ter filhos com ela. Mas senti que havia algo mais... Algo que ela não estava dizendo.

– Claro que havia. Ela teve o filho dessa relação logo depois de sair de Oxford, onde ela e Daniel se conheceram. Como Schoen pai tinha feito um trabalho admirável para dar a impressão de que Daniel não queria mais nada com ela, Adara criou o filho em segredo. Deixou-o com uma família francesa com que tinha ligações e eles o criaram como se fosse deles. Ele teve de tudo e foi para as melhores escolas ocidentais, mas sempre soube quem era e de onde vinha.

– Como a mãe dele – disse Harvath.

Mais uma vez o Troll assentiu.

– Você ainda não explicou a sua ligação. Era com os Nidal ou com a família adotiva, os Roussard?

– Com os Nidal – respondeu o Troll. – Abu Nidal foi um de meus primeiros clientes.

Harvath olhou o anão com desdém.

– Você tem companhias bem desagradáveis. Tudo farinha do mesmo saco, imagino.

O Troll tomou um longo gole do conhaque.

– Como eu disse, em minha área de trabalho, uma pessoa faz inimigos muito depressa. É muito mais difícil conquistar um amigo. Abu Nidal foi um dos melhores e mais leais amigos que tive. Sua filha, Adara, era a segunda melhor. Normalmente, um homem como eu tem de pagar pela atenção de uma mulher. Com Adara as coisas eram diferentes.

Harvath já ouvira muita gente se gabando na vida, mas esse sujeito era de matar.

– Você e Adara Nidal? – perguntou.

– Um cavalheiro não faz esse tipo de pergunta – disse o Troll ao tomar outro gole de conhaque.

Pelo que Harvath sabia, Adara Nidal era uma psicopata desvairada com uma sede de sangue ímpar. Era uma mulher de apetites estranhos e, pensando bem, parecia provável que ela e o Troll fossem perfeitos um para o outro.

No momento, porém, nada disso fazia diferença. Harvath tinha um assassino para pegar.

– Então o filho de Adara está atacando as pessoas que me cercam porque me considera responsável pela morte da mãe?

– É a única coisa em que consigo pensar – respondeu o Troll.

– E quanto a relacionar seus ataques às 10 pragas do Egito? O sangue de cordeiro na minha porta, o ataque a Tracy, minha mãe, a equipe de esqui, o cachorro e todo o resto têm ligações com as 10 pragas, mas na ordem inversa, da décima à primeira.

– Espere um segundo – disse o Troll. – O cachorro que deixei para você?

Harvath assentiu.

– O que tem ele?

Harvath percebeu que podia ter tocado numa ferida.

– Roussard teve um prazer imenso em torturá-lo. Espancou furiosamente o filhote e o colocou num saco de cadáver infestado de pulgas. Pendurou-o de cabeça para baixo numa viga e o deixou para que morresse ali.

A cara do Troll ficou vermelha de raiva.

capítulo 89

— AQUELE CACHORRO ERA INOCENTE, absolutamente inocente! – o Troll grunhiu furioso enquanto deslizava do sofá e ia ao bar encher novamente a taça.

Atribuindo sua crescente loquacidade ao álcool, Harvath não se preocupou em impedi-lo.

– Há um motivo para que eu não tenha mantido contato com Philippe – disse o Troll enquanto se servia de mais conhaque. – Ele sempre foi um jovem muito perturbado.

– Perturbado como? – perguntou Harvath.

– Extremamente perturbado – respondeu ele enquanto voltava ao sofá. – Chegou a um ponto em que os Roussard se recusaram a continuar cuidando dele. Adara teve de colocá-lo num internato muito caro. Mas os problemas só pioraram por lá.

– Que tipo de problemas?

– No início, seu comportamento foi marcado por uma falta de empatia ou consciência. Ele tinha pouco controle dos impulsos e exibia vários comportamentos manipuladores. Um psicólogo que os Roussard consultaram não conseguiu dar um diagnóstico específico. O menino demonstrava distúrbios de personalidade anti-social e narcisista... E nada disso era bom. Parafraseando o renomado psiquiatra forense Robert D. Hare, Philippe era um predador que usava o charme, a manipulação, a intimidação e a violência para controlar os outros e satisfazer suas necessidades egoístas. Sem ter consciência e sentimento pelos outros, ele tomava friamente o que queria e fazia o que lhe agradava, violando normas sociais e expectativas sem o menor senso de culpa ou arrependimento.

A descrição de Philippe parecia a de sua mãe e Harvath se perguntou se um problema psicológico tão detestável como esse podia ser hereditário.

– Os Roussard tentaram medicar o menino – continuou o Troll, olhando o conhaque na taça –, mas ele se recusou a tomar os comprimidos. Quando atacou a filha mais nova deles com uma faca, os Roussard deram um ultimato a Adara.

– Que ultimato?

– Ou ela aparecia nas 24 horas seguintes para buscá-lo ou eles iam colocá-lo no próximo avião para a Palestina. Foi o primeiro de uma série de abandonos que sem dúvida contribuíram para sua já precária saúde mental. O rapaz sempre foi muito confuso por causa de sua ascendência palestino-israelense. O uso das pragas na ordem inversa pode ser um desvirtuamento da herança judaica do pai.

Agora que seus piores temores sobre o homem que atacava as pessoas próximas dele tinham sido confirmados, Harvath precisava se concentrar em como detê-lo.

– Tem alguma maneira de entrar em contato com ele?

O Troll balançou a cabeça e tomou outro gole da bebida.

– Philippe e eu tivemos um incidente. Depois disso, nunca mais nos falamos.

– Que tipo de *incidente?*

– Não gosto de falar sobre isso.

Harvath lançou um olhar furtivo para a pistola e aumentou a pressão no gatilho. O Troll entendeu o recado.

– Tivemos um desentendimento. Sobre uma coisa absolutamente inconseqüente. Qualquer pessoa normal teria esquecido e seguido em frente, mas Philippe não era normal, era doente.

Harvath fez um sinal para que ele prosseguisse.

– Ele me raptou e me manteve refém por dois dias e nesse tempo fui torturado. Foi Adara quem finalmente me encontrou e me resgatou. Ela cuidou de mim até que eu me recuperasse.

– Então, por que diabos você ia querer mostrar alguma lealdade a um homem desses? – perguntou Harvath.

– Minha lealdade não é a ele – disse o Troll, com um sorriso triste brincando em seus lábios. – É à mãe dele.

– Quero saber uma coisa – disse Harvath. – Eu estava presente na noite em que ela morreu.

– Sim.

– Você me considera responsável pelo que aconteceu?

O Troll ficou em silêncio.

– Isso realmente importa? – perguntou por fim.

– Sim, importa.

– Não sei a quem culpar. Hashim se martirizou e explodiu o furgão, mas fez isso para salvar a irmã de um destino ignóbil nas mãos dos Schoen.

– Mas, e quanto a mim? – Harvath quis saber.

– Você estava lá. Como poderia não culpá-lo? – perguntou o Troll. – Eu a amava e agora ela está morta. Você participou daquela noite. Então, sim, em parte eu o culpo.

Harvath procurou por algum sinal de que o Troll não estava lhe contando a verdade.

– O bastante para me querer morto?

Houve uma longa pausa. Por fim o homem disse:

– A certa altura, eu o queria morto. Queria todos os envolvidos mortos. Mas percebi que o que aconteceu foi mais responsabilidade de Adara do que qualquer outra coisa. Ela era a responsável em última instância... Ela e o irmão louco, Hashim. Toda a família estava destinada à tragédia.

– Inclusive Philippe? – sondou Harvath.

Os olhos do Troll vagaram para o mar. Havia um som estranho vindo da baía. Parecia uma embarcação acelerada batendo ritmadamente contra as ondas. O único problema era que a baía estava perfeitamente calma. Não havia ondas essa noite.

Harvath também percebeu e olhou no exato momento em que um helicóptero Bell JetRanger aparecia e abria fogo contra a sala escancarada.

capítulo 90

O RONCO DO GRANDE HELICÓPTERO PAIRANDO acima da água foi encoberto pelo trovão ensurdecedor de metralhadoras sendo descarregadas na casa.

Harvath pegou o Troll pela nuca e o obrigou a se deitar no chão de ladrilhos enquanto em volta deles as paredes, a mobília e os objetos de decoração eram completamente destruídos.

Cacos de vidro cobriam o chão e começou um incêndio na cozinha. Graças à construção de madeira e ao telhado de sapê, Harvath sabia que o lugar se reduziria a carvão mais rápido do que uma pilha de gravetos.

Sacando a pistola, ele fixou mentalmente onde o helicóptero pairava e preparou-se para abrir fogo. Mas não teve oportunidade de fazê-lo.

Numa pausa no matraquear da metralhadora, Harvath ergueu-se do chão com a Beretta em punho e viu os esquis do helicóptero que desaparecia no alto.

Apesar do tinido nos ouvidos, ele pôde ouvir o helicóptero sobrevoar o telhado e teve um pressentimento ruim sobre aonde ia – ao heliponto.

O JetRanger podia levar de cinco a sete passageiros, portanto não havia como saber quantos homens estavam a bordo. Harvath já gastara dois pentes de munição e só lhe restava um. Se tivessem de entrar num tiroteio prolongado, as probabilidades não eram boas para ele. Sua única esperança era atingir quem quer que estivesse no helicóptero.

Quando Harvath estendeu o braço para ajudar a levantar o Troll, ele não estava mais ali. Voltou-se e o viu correndo para a porta da frente. Harvath o alcançou no nicho de leitura.

– Temos que sair daqui – gritou enquanto agarrava o anão pela gola.

– Não sem os cachorros! – ele respondeu.

– Não há tempo. Temos de ir agora.

– Não vou sair sem eles!

Harvath não acreditava que o Troll colocaria a própria vida em risco pelos cães.

– Agora – disse girando-o na direção da sala de jantar e dando-lhe um empurrão.

Passando pelo sofá, Harvath pegou o saco impermeável e o pendurou no ombro.

Na mesa de jantar o Troll parou novamente, desta vez procurando pelo laptop. Começou a puxar freneticamente os cabos de suas portas. Antes que Harvath pudesse dizer alguma coisa, ele declarou:

– Vamos querer isso. Confie em mim.

Harvath não discutiu. Arrancou o laptop da mesa com um puxão, livrando-o dos cabos restantes que chicotearam para todo lado.

Com a outra mão, Harvath segurou o braço do Troll e o empurrou. Eles correram para a frente da construção, onde as salas de jantar e de estar se juntavam. Abaixo havia o piso de vidro. Muitos painéis tinham sido espatifados. Outros tinham sido furados e rachados pelos tiros de metralhadora que varreram a casa.

Enquanto Harvath se aproximava da parede de vidraças que levava à água, o Troll estacou:

– O que está fazendo?

– Estou nos tirando daqui. Ande.

O Troll libertou o braço do aperto de Harvath e retornou à casa.

– Você vai nos matar. Que diabos há com você? – disse Harvath.

O Troll olhou o incêndio que devorava a cozinha, as chamas agora altas, lambendo o telhado. Ao dar as costas para Harvath, disse:

– Eu não sei nadar.

Harvath estava prestes a dizer que não havia alternativa quando todas as luzes da casa se apagaram. Ele sabia que quem começara o trabalho com o helicóptero estava prestes a invadir a casa para se certificar de que a tarefa estava concluída.

capítulo 91

ESPERANDO QUE O SOM DO HELICÓPTERO abafasse o mergulho dos dois na água, Harvath passou o braço pela cintura do anão e pulou.

Eles nadaram pelo tempo que Harvath pôde se manter submerso, antes de subir para tomar ar. O Troll estava apavorado e respirava em arquejos acelerados quando voltaram à superfície. Harvath o colocou nas costas para ajudar a manter a cabeça dele fora da água e o rebocou a nado pela baía.

Eles nadaram paralelamente à costa, com o Troll ferrenhamente agarrado ao laptop à prova d'água. Ele era incrivelmente forte para seu tamanho. Se tivesse resistido mais, Harvath muito provavelmente teria de nocauteá-lo para que os dois não se afogassem.

Depois que estavam a uma distância segura da casa, Harvath mudou de rumo e nadou em direção à praia. Quando seus pés tocaram a areia, o Troll caiu de quatro e começou a vomitar a água do mar que engolira.

Harvath o ignorou. Pegando o saco impermeável, retirou os óculos de visão noturna e os acendeu.

Quando parou de vomitar, o Troll limpou a boca na manga ensopada da camisa e disse:

– Aonde você vai?

Harvath verificava a pistola.

– Voltar para a casa.

– Mas eu tenho uma lancha no píer na extremidade da ilha.

– E eles têm um helicóptero. Helicópteros sempre são mais rápidos que lanchas.

O Troll sabia que ele tinha razão.

– E o que vamos fazer? – perguntou.

Desde que escaparam da casa, a mente de Harvath se preocupava com quem estava por trás do ataque. Estariam procurando por ele ou pelo Troll?

Parecia muito improvável que Morrell e sua Equipe Ômega o tivessem localizado no Brasil e, mesmo que fossem eles, esse tipo de investida era um exagero, até para os padrões de Morrell.

Quanto mais pensava nisso, mais Harvath achava que era provável que essa gente, fosse quem fosse, estivesse atrás do Troll. A lista de inimigos do homenzinho era longa e eminente. Havia vários governos que ficariam felizes em vê-lo morto, inclusive o da América. E, além disso, o anão trabalhara para e contra algumas das pessoas e organizações mais poderosas do mundo.

A única coisa que Harvath sabia era que ficaria em perigo se subestimasse o atacante.

– Precisamos separá-los, para diminuir sua força – concluiu.

– Separá-los como? – perguntou o Troll.

– Onde estão as chaves da lancha?

– No suporte para copos ao lado do banco do passageiro.

Harvath rapidamente explicou o que queria que ele fizesse. Quando o Troll assentiu, Harvath virou-se e voltou para a casa.

Enquanto andava, rezou para que seu plano desse certo.

capítulo 92

HARVATH CORREU PELA PRAIA ATÉ O PONTO em que a casa do Troll se projetava sobre a água. Era muito mais perto do que Harvath queria chegar, mas ele tinha poucas alternativas.

Entrando na água, ele olhou o relógio e calculou quanto tempo lhe restava. Colocou os óculos de visão noturna e nadou até estar abaixo do piso de vidro da sala.

Harvath podia ouvir um coro de ordens bradadas pelas vozes dos homens acima dele, mas nenhuma era em inglês. Todas as palavras eram em árabe.

Quem quer que fossem esses homens, não estavam atrás de Harvath. Procuravam pelo Troll. Para infelicidade deles, não era seu dia de sorte.

Posicionando-se numa linha de fogo clara através de vários painéis de vidro quebrado, Harvath ergueu a Beretta e esperou. Quando um dos homens entrou em seu campo de visão, ele usou todo o seu treinamento para não apertar o gatilho. Depois que um segundo homem se juntou ao companheiro, Harvath deu dois tiros em rápida sucessão e derrubou os dois.

Não esperou para ver qual seria a reação. Mergulhando novamente, Harvath nadou duas vezes mais do que tinha feito com o Troll e só subiu para respirar quando os pulmões ardiam de sede de oxigênio.

Colocando lentamente a cabeça fora d'água, reapareceu a uma distância segura e respirou fundo algumas vezes. Observou enquanto a casa em chamas era iluminada pelos clarões dos disparos dos colegas dos dois homens mortos que alvejavam, através do piso de vidro, um oponente que já havia escapado.

Harvath nadou para a praia no lado mais distante da casa. Chegando à areia, ele torceu a água de suas roupas e seguiu para a construção principal. As botas Blackhawk Warrior Wear que usava tinham sido desenhadas por um ex-SEAL da Marinha e estavam quase completamente secas depois dos primeiros metros. Isso era bom, uma vez que ele teria de se movimentar rapidamente e a última coisa de que precisava era arrastar dois blocos de concreto ensopados nos pés.

Atravessando a praia, Harvath pegou a faixa estreita de vegetação ao lado da entrada da casa. Deitando-se de bruços, usou os cotovelos para se arrastar para a frente. A primeira coisa que percebeu quando pôde ver a casa foram os cães.

Eles haviam se abrigado numa galeria sob um anexo construído ao lado. A julgar pelos sinais de arrombamento, o interior provavelmente devia conter o gerador usado no fornecimento de energia da casa.

Enquanto se esgueirava, Harvath ouviu os cães começarem a rosnar. Sabia que eles não estavam em condições de atacar, mas bastou ouvi-los para os pêlos de sua nuca se arrepiarem.

Ele avaliou a distância da casa principal, que ia queimar até o chão em menos de uma hora, e concluiu que os cães ficariam seguros. Havia uma grande cisterna de água com uma mangueira perto dali.

Deixando a proteção da vegetação, Harvath avançou e desenrolou rapidamente a mangueira, colocando-a perto dos animais. Em seguida, abriu um pouco a torneira para que eles tivessem acesso a água fresca.

Ele pensou brevemente em reativar o gerador, mas isso só chamaria a atenção para a sua posição. Qualquer vantagem psicológica teria vida curta e não lhe restava muito tempo.

Harvath deu a volta na casa e se colocou em posição a meio caminho do heliponto.

Olhou o relógio e viu os últimos segundos passarem.

Houve então um rugido na outra ponta da ilha, enquanto o Troll ligava a lancha e partia do píer.

Imediatamente Harvath viu dois homens saírem em disparada da casa em chamas. Eles seguiram o caminho de pedestres e, quando chegaram à curva fechada a dois metros da posição de Harvath, ele respirou fundo e apertou o gatilho de sua arma duas vezes.

Dois estalos surgiram da Beretta e os homens estavam caídos, cada um deles com um tiro perfeito na cabeça.

Harvath saiu de seu esconderijo e puxou os corpos da trilha, colocando-os sob o arbusto. Portavam submetralhadoras ucranianas Goblin 9mm com silenciador.

Harvath pegou a Goblin de um dos mortos junto com dois pentes de munição e correu para a casa. Não sabia se os outros teriam ouvido os tiros com o rugido do fogo, mas, se o helicóptero não decolasse, os homens que ainda estavam em terra iam ficar desconfiados.

Posicionando-se de frente para a porta, Harvath esperou. E esperou. A casa estava quase completamente tomada pelas chamas. *Será que havia só quatro homens na equipe e ele matara todos?*

Não parecia provável, mas também não era de acreditar que ainda houvesse alguém na casa incendiada. O calor devia ser insuportável. De mais a mais, não havia tantos cômodos onde procurar.

Harvath manteve sua posição, a Goblin destravada e pronta para disparar. Os minutos se passaram.

Ele estava prestes a se aproximar de mansinho da casa para olhar seu interior quando ouviu um movimento atrás dele. Girou o corpo bem a tempo de ver duas armas enfiadas em sua cara.

capítulo 93

— É VOCÊ – DISSE UM DOS HOMENS num inglês perfeito.

Enquanto falava, afastou a arma e Harvath focalizou para além do cano. Era quase como fitar o rosto de um jovem Abu Nidal, os olhos escuros e cheios de ódio. Harvath reconheceu Philippe Roussard imediatamente.

Houve um estranho momento de silêncio por parte do assassino, que tentava entender o que estava havendo. Harvath quase podia ouvir o ranger das engrenagens de seu cérebro distorcido.

– Onde está o anão? – Roussard perguntou por fim, enquanto o outro homem tirava as armas de Harvath e recuava. – Sabemos que ele não está no barco. O barco está aí fora, dando voltas na baía.

– Vá se foder – disse Harvath, o corpo fervendo de raiva. O homem que ele procurava estava parado bem diante dele e não havia nada que pudesse fazer. Harvath nunca se sentira tão impotente em toda a vida.

– Então você sabe quem eu sou – respondeu Roussard com um sorriso antes de golpear o queixo de Harvath com a coronha da arma. – Vou perguntar de novo. Onde ele está?

Harvath virou a cara para ele e respondeu:

– E eu vou dizer de novo, *vá se foder*.

Mais uma vez, o sorriso enigmático surgiu no rosto de Roussard e com ele veio outro golpe com a coronha da arma.

– Sua tolerância à dor não é páreo para meu desejo e capacidade de provocá-la. Agora, onde *está* o Troll?

Parecia que a cabeça de Harvath era golpeada por milhões de farpas incandescentes.

– Humm – respondeu ele com a visão um tanto reduzida. – Ah, lembrei, vá se foder!

Roussard recuou a arma para outro golpe e de repente pensou melhor. Colocando o cano na testa de Harvath, sussurrou:

– Só estou preocupado com o Troll. Me diga onde ele está e deixarei você viver.

– Você não está em condições de negociar nada.

– Que engraçado – disse Roussard. – Pensei que a arma estivesse na minha mão.

– Por todos os fuzileiros navais que você matou no Iraque – respondeu Harvath – e por tudo o que fez às pessoas que amo, eu o verei morrer.

O sorriso voltou ao rosto de Roussard.

– A vingança é um motivo muito nobre. É uma pena que esteja fora de seu alcance.

Roussard aninhou a arma no ombro e se preparou para disparar.

– Está vendo, o único de nós que vai morrer hoje é você.

Os olhos de Harvath correram de um lado para outro, procurando uma pedra, um galho, qualquer coisa que pudesse usar contra seus captores. Não havia nada. Além disso, nenhum dos dois estava perto o bastante para que ele os golpeasse com as pernas. Ele não tinha nenhuma opção.

Harvath encarou Roussard e estava prestes a falar quando o dedo do assassino se retraiu no gatilho e Harvath foi ofuscado por um clarão.

capítulo 94

A LABAREDA DE FÓSFORO BRANCO ALOJARA-SE no peito do cúmplice de Roussard e o iluminou como um farol.

Depois de recuperar a visão, Harvath viu o Troll gingando para ele com um sinalizador pendurado na mão.

O cúmplice estava morto. Seu corpo jazia no chão a alguns metros. Harvath olhou em volta, procurando por Roussard, mas não o encontrou.

No momento em que se levantou, suas pernas ameaçaram ceder. Os golpes na cabeça tinham sido piores do que ele pensava.

– Devagar, devagar – alertou o Troll enquanto corria para ajudar Harvath a se equilibrar.

– Onde está Roussard?

– Fugiu para o heliponto.

– Por que não o impediu? – perguntou Harvath, pegando a submetralhadora do morto e dois pentes de munição.

– *Impedi-lo?* Eu o impedi... de *matar* você, seu babaca ingrato.

Antes mesmo que o Troll terminasse a frase, Harvath estava no caminho de pedestres, correndo para o heliponto. A intensidade do som dos rotores que giravam no helicóptero aumentava. Ele estava lavantando vôo.

Quando Harvath chegou ao local, o helicóptero já sobrevoava as árvores e ia para o mar. Harvath atravessou a mata, indo para a praia do outro lado da ilha.

Ao chegar lá, ergueu a Goblin e abriu fogo. Viu pelo menos dois disparos pegarem perto do rotor da cauda, mas não seriamente o bastante para derrubar a aeronave ou obrigá-la a voltar a terra. Harvath descarregou mais dois pentes, embora soubesse que o helicóptero estava muito longe de seu alcance, se já não estivesse fora dele.

Com a casa do Troll totalmente incendiada, logo viria o socorro. Eles precisavam ir embora antes que alguém chegasse à ilha.

Harvath saiu da praia e voltou pela mata. Quando chegou ao corpo carbonizado do capanga de Roussard, o Troll desaparecera, assim como o resto de suas armas, inclusive a Beretta de Harvath.

Ele ouviu um barulho perto do abrigo do gerador e rapidamente esgueirou-se para investigar.

O Troll estava de quatro, as armas empilhadas junto do saco impermeável de Harvath.

– Conseguiu pegá-lo? – perguntou o Troll sem se virar.

– Não – respondeu Harvath, apontando a automática vazia para ele.

– Eu só tinha um tiro, sabia? – continuou o Troll. – Atirei no homem mais perto de mim e mesmo assim tive medo de errar.

– Quero que dê três passos para a direita, para longe dessas armas.

– Estas? – disse o Troll, enquanto gesticulava para a pilha e se levantava para encarar Harvath. – Eu as peguei para você. Considere um agradecimento por abrir a mangueira para os cães.

– Afaste-se.

O Troll obedeceu.

Harvath avançou para recolher as armas.

– Não confia em mim, não é? – disse o anão com um sorriso.

Harvath riu de má vontade enquanto se certificava de que havia uma bala na agulha da Beretta e colocava os outros objetos no saco.

– Não foi culpa minha que o homem que matei não fosse Roussard. De costas, vocês altões são todos iguais para mim.

– Mais um motivo para eu jamais dar as costas para você – respondeu Harvath ao pegar o saco e pendurá-lo no ombro.

– Por que mentiu para Roussard? – perguntou o Troll, mudando de assunto. – Se tivesse dito a ele onde eu estava, teria salvado sua vida.

– Roussard ia me matar de qualquer maneira. E não disse a ele onde você estava porque não tenho o hábito de ajudar quem não presta a se dar bem na vida.

– Touché.

– A propósito – perguntou Harvath —, por que você voltou? Devia destravar o volante do barco, mandá-lo para a baía e esperar por mim.

– Como não ouvi o helicóptero partir, imaginei que você havia completado a primeira parte do plano, mas ainda tinha algumas dúvidas quanto ao resto dele.

– Acho que eu devia ficar feliz com isso.

– Não – respondeu o Troll —, só agradecido. Pelo menos um pouquinho.

Harvath não sabia como se sentia por dever a própria vida a um homem desses, então, para não pensar nisso, tratou de mudar de assunto.

– O que o fez pensar em pegar o sinalizador?

O Troll olhou para Harvath e respondeu:

– Na vida, qualquer pequena vantagem é melhor do que nenhuma.

capítulo 95

EM VEZ DE SEGUIREM PARA O NORTE, em direção ao Rio de Janeiro, eles percorreram a costa para o sul, indo a Paraty, uma cidadezinha pesqueira em estilo colonial português do século XVIII. Aninhada na encosta verdejante da serra do Mar, Paraty dava para uma baía de centenas de ilhas desabitadas. Era parecida com Angra dos Reis, mas muito mais modesta.

Aqui os moradores e turistas eram mais discretos, preferindo possuir ou alugar uma casa de pescador reformada ou uma das pequenas casas de veraneio da cidade, com seus telhados de terracota. Era completamente diferente do estilo opulento de Angra e muito adequado para Harvath.

Ele nadou até seu barco e voltou à ilha para pegar o Troll e os dois cães, Argos e Draco. Era um pé no saco colossal, mas o anão se recusava a sair sem os animais.

Eles atracaram o barco a um quilômetro e meio da cidade e Harvath seguiu a pé para conseguir um meio de transporte para eles. Havia muitos carros para ele escolher – a maioria dos proprietários deixava-os em um dos dois estacionamentos públicos especificamente criados para os visitantes das ilhas, que só precisariam dos veículos quando fossem voltar ao Rio.

Harvath escolheu o primeiro que viu, um Toyota Sequóia 4x4 branco com vidros escurecidos.

Quando chegaram a Paraty, ainda estava escuro. Eles compraram mais água para os cães e alguma comida para si mesmos num posto de gasolina 24 horas e estacionaram numa estrada rural tranqüila para comer e descansar. Mas primeiro Harvath tinha uma pergunta:

– Por que Roussard queria matar você?

– Também andei me perguntando a mesma coisa – disse o Troll, mergulhando a colher num copo com feijoada. – Por algum motivo, ele ficou me vigiando. Usou-me para chegar até você e agora que sabe que o estou ajudando a detê-lo quer que eu morra. É a única coisa que faz sentido.

O homem tinha razão. Era a única explicação racional. O Troll sabia encobrir seu rastro, mas não era perfeito. Se fosse, Tom Morgan e a equipe do Sargaço jamais o teriam localizado.

– Meus amigos me chamam de Nicolau – disse o Troll depois de um longo silêncio.

Harvath não estava com humor para ficar de papinho com ele e ignorou o comentário enquanto desembrulhava o sanduíche.

O Troll não se deixou dissuadir.

– É uma espécie de apelido. Sempre gostei de crianças e São Nicolau é o padroeiro delas.

– Também é o padroeiro das prostitutas e dos ladrões.

O Troll sorriu.

– Estranhamente adequado para um menino que foi criado num bordel, não acha?

Esse cara fala pelos cotovelos, pensou Harvath enquanto comia.

– E você? – perguntou o Troll. – Por que Scot com um T só?

Harvath tomou um gole de água. Sabia que teria de dizer alguma coisa.

– Minha mãe preferiu assim – disse ele, baixando a água. – Meu segundo nome é Thomas e ela não gostou dos três Ts juntos em meu nome completo. Então ela eliminou um.

– Lamento pelo que Roussard fez a ela.

– Se não se importa – respondeu Harvath –, prefiro não discutir minha vida pessoal com você.

O Troll ergueu as mãos, derrotado.

– Claro. Eu entendo. Ninguém pode culpá-lo por se sentir assim. As pessoas ligadas a você passaram por maus bocados.

– Isso para falar o mínimo.

– Não gosta muito de mim, não é, Sr. Harvath?

Harvath baixou a água num baque, assustando seu passageiro e incitando a ira dos cães na traseira do carro, que começaram a rosnar.

Olhando pelo retrovisor, Harvath ordenou aos cães que se calassem e eles imediatamente fizeram silêncio.

Voltando-se para o Troll, disse:

– Um de meus melhores amigos foi morto em Nova York por sua causa. Não estamos quites só porque você afugentou Roussard com aquele sinalizador.

O Troll ficou em silêncio por vários segundos. Nesse tempo todo, os olhos de Harvath o fuzilavam. Por fim ele falou:

– Sei que não há nada que eu possa dizer ou fazer para trazer seu amigo de volta. Se serve de consolo, a Al Qaeda teria atacado Manhattan mesmo sem os dados que forneci.

– Nova York não teria sofrido o ataque se não fosse por suas informações – rebateu Harvath.

– Isso não é verdade. O sujeito de seu governo que me vendeu as informações estava oferecendo a outro por um valor maior. Por acaso meu dinheiro estava mais prontamente disponível. Se não fosse comigo, outro corretor teria comprado e os dados ainda teriam chegado à Al Qaeda.

– E acha que por isso você fica bem na história?

– Não – disse o Troll. – Não acho. Quero que você saiba que não é fácil conviver com isso.

Harvath o fuzilou com os olhos.

– Milhares de americanos morreram em um ataque pior do que o 11 de Setembro e você acha difícil conviver com seu papel nisso. É bom saber que você pelo menos tem um pouquinho de consciência.

– E espera que eu acredite que você nunca fez nada de que se envergonhasse?

– Acredite no que quiser – respondeu Harvath. – Minha consciência está tranqüila.

– Sempre que você aperta o gatilho sabe que a pessoa na outra ponta merece morrer? Você faz isso pela América. Mamãezinha e torta de maçã, por assim dizer, não é? Jamais questionou se o que você está fazendo é o certo. Nunca se perguntou se seus superiores cometeram um erro. Você simplesmente segue as ordens.

Harvath segurou o volante com toda a força.

– Vamos esclarecer uma coisa. O único motivo para você estar sentado ao meu lado e ainda respirar é que eu acho que você pode ser útil.

Eles passaram o resto do tempo em silêncio. A cabeça de Harvath se ocupava em deter Roussard, enquanto o Troll pensava que seu destino estava inexoravelmente entrelaçado ao de Harvath. Roussard não deixaria de persegui-los até conseguir matá-los ou até que ele mesmo fosse assassinado. Gostando ou não, o Troll entendia que agora ele e Harvath tinham em comum um inimigo muito perigoso. Ele também entendia que Harvath representava sua melhor chance de neutralizar Roussard para sempre.

A essa altura, o que estava em jogo era muito mais do que conseguir de volta seu dinheiro e seus dados. De várias maneiras, sua vida estava nas mãos de Harvath.

♦♦♦

Quando as lojas e empresas finalmente abriram as portas na manhã seguinte, Harvath usou o codinome Brauner para alugar uma pequena casa de veraneio de frente para o mar. Quanto menos atenção atraíssem, melhor.

Quando Harvath voltou das compras encontrou o Troll no quintal gramado brincando com os cães.

Enquanto Harvath se aproximava, um dos cachorros começou a rosnar. O outro trotou e largou aos pés de Harvath a vareta com que estava brincando. O animal se sentou obedientemente e esperou para ver o que Harvath faria.

– Acho que Argos se lembra de você – disse o Troll atravessando o quintal. Inclinando a cabeça para a caixa que Harvath carregava, perguntou: – Precisa de ajuda para guardar as coisas?

– Preciso – respondeu ele, apontando com a cabeça para a rua. – Tem um monte de coisas no carro.

O Troll foi até o veículo e Draco o seguiu, mas Argos continuou onde estava.

Depois que estavam fora de vista, Harvath suspirou, equilibrou a caixa no braço esquerdo e se abaixou para pegar a vareta.

capítulo 96

A CASA QUE HARVATH ESCOLHERA era equipada com todos os confortos da vida moderna: internet de alta velocidade, TV de plasma com recepção por satélite, um impressionante sistema de som e uma cozinha digna de um chef.

O Troll estava parado ao lado do som com o laptop enquanto Harvath guardava o resto das compras.

– Importa-se? – perguntou. – Gosto de ouvir música enquanto cozinho.

Harvath deu de ombros e continuou a tirar os mantimentos das sacolas e caixas. O Troll conectou o laptop ao aparelho de som e abriu uma de suas pastas de música.

– Já que você fez as compras – anunciou o Troll ao passar por Harvath a caminho da cozinha –, o mínimo que posso fazer é preparar o almoço.

– Não precisa fazer isso.

– Preciso, sim – disse o anão pegando uma pequena escada no armário de vassouras e a arrastando para a pia, onde lavou as mãos. – Se estivermos com a mente focalizada, cozinhar pode ser uma experiência zen. Isso me ajuda a relaxar. Além do mais, não cozinho para os outros com muita freqüência.

Pegando uma cerveja Brahma do *six-pack*, o Troll a ofereceu a Harvath num sinal de paz.

Harvath precisava da cerveja mais do que o homenzinho imaginava e estendeu a mão para aceitar a bebida. Encontrou um abridor, tirou a tampa e se sentou numa banqueta de bar na ilha da cozinha. Sua mente disparava. Precisava checar como estavam sua mãe e Tracy. Também precisava saber como estavam Kate Palmer e Carolyn Leonard, bem como Emily Hawkins e o cachorro. *Meu Deus*, pensou. Não admirava que precisasse de uma bebida para conseguir passar por tudo isso.

Ele tomou um longo gole. O gosto era bom. Gelada, como uma cerveja devia ser. Era um prazer pequeno, mas um dos pouquíssimos que se permitia em muito tempo. A vida monástica não combinava com ele.

Quando a música começou a tocar, o Troll pegou no bolso o fino controle remoto do aparelho de som e aumentou o volume.

– O segredo da cozinha está nos ingredientes – observou ele. – Inclusive a música.

Harvath balançou a cabeça. *Que excêntrico*, pensou, tomando outro gole de cerveja. O líquido estava no meio da garganta quando ele percebeu o que estava ouvindo.

– Isso é Bootsy Collins?

– Sim. A música se chama "Rubber Duckie". Por quê?

– Só curiosidade – respondeu Harvath, que tinha em vinil *e* em CD o disco *Ahh... The Name Is Bootsie, Baby!*, de onde vinha "Rubber Duckie".

– O que foi? – perguntou o Troll com um pano de prato sobre o ombro esquerdo e uma faca na mão direita, preparando o almoço. – Acha que um sujeito como eu não pode apreciar o funk clássico americano?

Harvath ergueu as mãos numa autodefesa fingida.

– Só não conheço muita gente que goste de Pachelbel *e* de funk.

– Boa música é boa música. E, em se tratando de funk, Bootsy é um dos melhores. Na verdade, sem Bootsy e seu irmão Catfish, não haveria funk nenhum. Pelo menos não o que conhecemos hoje. James Brown nunca se tornaria o papa do soul sem os Pacesetters moldando seu som. Para não falar no que eles fizeram por George Clinton e o Funkadelic.

Harvath estava impressionado.

– Vou beber a isso – disse ele, erguendo a cerveja. Havia muito mais no Troll do que ele demonstrava.

◆◆◆

Era como assistir a um mágico. Harvath se considerava um bom cozinheiro, mas nem de longe se comparava ao Troll. O homenzinho pegara um pouco de peixe, um pouco de pão e alguns ingredientes e criara uma sopa de peixe inacreditável com pão e molho *rouille*.

Enquanto tirava a mesa, Harvath pegou o controle remoto e colocou o som no mudo.

– Há uma coisa nisso tudo que ainda me incomoda – disse. – Em todas as suas interações com Adara Nidal, nunca perguntou o que o filho dela estava aprontando?

O Troll se afastou da mesa e limpou o canto da boca com o guardanapo.

– Claro que perguntei, mas por educação. Ela não era muito acessível quando se tratava de questões relacionadas com Philippe. Acho que estava extremamente decepcionada com ele. Ela dizia coisas como "Ele está trabalhando pela causa" ou "Ele continua a ser uma grande promessa como um dos mais nobres soldados de Alá".

– Tudo bobagem, não é? – declarou Harvath, colocando os pratos ao lado da pia e se virando. – Quero dizer, ela nunca me pareceu uma muçulmana muito devota. Bebia e fazia um monte de coisas que acho que Alá teria desaprovado.

O Troll riu.

– Apesar dos muitos hábitos que ela criou para se misturar melhor à sociedade ocidental, acho que no fundo ela era uma verdadeira mujahedin.

Harvath pegou outra cerveja na geladeira e sentou-se à mesa com o abridor.

– Então quem está bancando Roussard? Ele não conseguiu sair de Guantánamo sozinho. Com Hashim e Adara mortos, a organização de Abu Nidal se desmantelou. Não era uma hidra de muitas cabeças, como a Al Qaeda. Cortamos duas cabeças e o monstro morreu.

– Isso foi o que seu serviço de inteligência disse.

– Sabe de alguma coisa diferente?

– Não – disse o Troll enquanto se levantava para fazer café. – Tudo o que vi está de acordo com sua avaliação.

– Então Roussard se tornou um agente livre. Alguém deve tê-lo contratado. A questão é: quem?

O Troll deslizou a escada para junto do fogão e subiu nela.

– Se soubéssemos que tipo de influência foi usada para conseguir que os Estados Unidos soltassem Philippe e seus quatro companheiros de Guantánamo, talvez começássemos a entender para quem ele está trabalhando. Mas não temos essa informação e, sem ela, não acho que possamos ir muito longe.

Harvath odiava admitir isso, mas o Troll tinha razão.

Ele também odiou admitir que a única maneira de contornar o impasse em que estava era partilhar com um inimigo direto dos Estados Unidos um segredo de enorme importância para a segurança nacional.

capítulo 97

DESTA VEZ NÃO HAVIA DÚVIDA de que Harvath realmente cometera traição. Sua única salvação seria se obtivesse alguma coisa de maior valor com isso.

Mas não podia ser algo valioso para ele mesmo, e sim para seu país. Sem isso, Harvath podia muito bem ter traído tudo em que acreditava.

Ele procurou no rosto do Troll, mas não havia nada ali.

– Essa trama não lhe parece um tanto familiar? Adara ou a organização de Abu Nidal nunca lhe disseram nada parecido?

– Como atacaram crianças, é muito parecido com o que aconteceu em Beslan. Na realidade, eu diria que o seqüestro do ônibus escolar foi um aperfeiçoamento. É muito mais fácil capturar um ônibus do que uma escola.

– Mas, e Adara? Ela ou o seu pessoal alguma vez mencionaram alguma coisa assim?

– Eu não conversava com ela sobre tática – respondeu o Troll. – Pelo menos não com freqüência. Eu lido com o mundo das informações. É minha moeda de troca. Se Adara, ou a organização de seu falecido pai, planejava promover um ataque desses, ela saberia muito bem que não devia falar comigo. Ela me conhecia bem o bastante para saber que eu me oporia.

– É verdade. Eu tinha me esquecido – disse Harvath. – São Nicolau.

– No mundo em que vivemos acontecem coisas ruins todos os dias. Gente inocente é morta. Às vezes os inocentes são crianças. Acredito que na América vocês chamem isso de efeito colateral. Mas atacar especificamente crianças é repreensível. Quem planejou esse ataque devia ser pendurado pelas bolas.

Harvath não podia discutir. Mas concordar com a posição do Troll não o colocava mais perto de descobrir quem estava por trás de Philippe Roussard ou o que mais eles planejavam.

Ele ficou um longo tempo sentado em silêncio, pensando, até que o Troll disse:

– Andei tentando encontrar uma conexão, além da ideologia, entre Philippe e os outros homens libertados com ele. Talvez tenha sido um erro.

– Como?

– Talvez não haja conexão. Talvez os outros quatro não passem de um engodo.

Como acontece quando várias versões do helicóptero de seu presidente levantam vôo ao mesmo tempo e tomam rumos diferentes.

Harvath não tinha pensado nisso.

– Comecei com Ronaldo Palmera porque ele estava mais próximo.

– Não importa com quem você começou. Estamos procurando uma ligação entre os cinco libertados de Guantánamo e não acho que exista uma. Acho que tem a ver com Philippe desde o início, e relacioná-lo aos outros quatro foi uma cortina de fumaça.

Até agora Harvath concordava com ele.

– Tudo bem, então digamos que os outros quatro não importem para nossos fins imediatos. Ainda não sabemos nada sobre quem está por trás de Roussard.

– Por enquanto, não.

– Não estou entendendo.

O Troll olhou para Harvath e sorriu.

– A única coisa em que podemos concordar é que alguém está ajudando Philippe. Quem quer que seja essa pessoa...

– Ou organização – acrescentou Harvath.

– Ou organização. Obviamente está atrás de você e mandou Philippe me impedir de ajudá-lo.

– Concordo.

– Então vamos reduzir isso às partes menores e mais lógicas que pudermos – respondeu o Troll. Ele era o mestre do quebra-cabeça e agora estava em seu terreno. – O mais provável é que Philippe não tivesse nem os contatos nem os recursos para organizar esse ataque a mim. Alguém teve que fazer isso por ele.

– E ele usou pessoas que falavam árabe – acrescentou Harvath.

– O que reduz consideravelmente o grupo de agentes da América do Sul.

– A não ser que eles tenham sido enviados para cá especificamente para esse trabalho.

O Troll assentiu:

– É possível. Mas há muito mais nisso. Alguém teve de fornecer as armas, o helicóptero e um piloto disposto a cumprir a tarefa. Deve ter feito um levantamento por satélite. Mesmo que os homens tivessem vindo de fora, alguém teve de ajudá-los localmente e deve ter sido alguém com quem o pessoal de Philippe mantém relações, alguém em quem eles confiam.

Harvath o olhava e ouvia.

– Há outra coisa – disse o Troll. – A mais importante de todas.

– O que é?

– O dinheiro. Deve ter saído muito caro. Eles não podem simplesmente ter entrado no país carregando esse dinheiro todo. Os brasileiros levam muito a sério lavagem de dinheiro e atividades ilícitas. Isso teria exigido...

– Bancos – interrompeu Harvath.

O Troll assentiu novamente.

– Acha que há como rastrear a movimentação do dinheiro?

O anão pensou por um momento.

– Se soubéssemos que grupo ou pessoa Philippe usou localmente para intermediar tudo por aqui, acho que eu conseguiria.

– Do que você precisa? – disse Harvath, com o cuidado de não deixar seu entusiasmo transparecer na voz.

– De duas coisas. Primeiro, é preciso ter dinheiro para localizar dinheiro. Preciso de dinheiro, e muito. Você tem de liberar uma quantia substancial. Vou ter de sair a campo para conseguir o nome do facilitador e informações básicas. Para obter as informações rapidamente, terei de pagar uma recompensa. Os corretores que vamos procurar vão ficar antenados. Vão farejar alguma coisa e se perguntarão se podem vender a informação por mais para outro lugar. Temos de ser capazes de oferecer o máximo sem hesitar para que eles tenham medo de nos perder e nos vendam a informação.

– E a segunda coisa? – perguntou Harvath.

– Depois que estivermos no rastro, teremos de agir depressa. Vou precisar de um computador muito mais potente do que o que tenho agora.

– *Quanto* mais potente?

O Troll olhou para ele e respondeu:

– Tem algum amigo na NSA ou na CIA que lhe deva um favor?

capítulo 98

HARVATH TINHA AMIGOS TANTO NA NSA como na CIA. De fato, ele até fizera uma sauna com o diretor da CIA em seu clube de golfe há pouco tempo. Mas alguma coisa lhe dizia que, a essa altura, pedir a ajuda de alguém de qualquer uma das organizações só agravaria seus problemas.

Depois que o Troll definiu um pouco melhor a configuração do computador de que precisaria, Harvath percebeu que a NSA e a CIA não eram os únicos órgãos do governo capazes de atender a suas necessidades. Havia outros e um deles era a Agência Nacional de Inteligência Geoespacial, ou NGA.

Antes conhecida com Agência Nacional de Mapeamento e Geração de Imagens, a NGA era uma importante subsidiária do Departamento de Defesa para fornecimento de informações e apoio à guerra. Também tinha computadores muito potentes e por acaso um de seus atuais funcionários era Kevin McCauliff, amigo de Harvath.

McCauliff e Harvath tinham sido membros de um grupo informal de funcionários federais que treinavam juntos todo ano para a Maratona do Corpo de Fuzileiros Navais em Washington.

McCauliff fora fundamental para ajudar Harvath durante os ataques terroristas de 4 de julho em Manhattan e recebeu uma recomendação especial do próprio presidente. Era uma coisa de que ele se orgulhava muito. Embora tenha quebrado muitas regras internas da NGA e várias leis, ele teria feito tudo novamente sem pensar duas vezes nem perguntar nada.

Como McCauliff o ajudara em tarefas delicadas no passado, Harvath esperava poder contar com ele novamente.

O Troll precisou de dois dias e o dobro do dinheiro que previra para obter as informações que procurava. Mas no final valeu a pena. Ele não só descobriu quem ajudara Philippe localmente como também ele e Harvath tiveram mais ou menos uma idéia de como o dinheiro fora lavado e movimentado.

Agora era a vez de Harvath entrar em ação, e ele decidiu ligar para Kevin.

– Você enlouqueceu de vez? – perguntou McCauliff quando Harvath falou com ele ao telefone. – De jeito nenhum.

– Kevin, eu não lhe pediria se não fosse importante – disse Harvath.

– É claro que não. Perder meu emprego para ajudar você é uma coisa, mas perder a vida ao ser condenado por traição é bem diferente. Desculpe, mas o assunto está encerrado.

Harvath tentou acalmá-lo.

– Kevin, por favor.

– Por favor digo eu – respondeu ele. – Está me pedindo para passar o controle dos computadores do Departamento de Defesa a uma figura famosa por roubar informações de organizações governamentais.

– Então proteja qualquer área delicada.

– Mas será que estou falando grego? São os computadores do *Departamento de Defesa. Todas* as áreas são delicadas. Uma coisa é me pedir para colher imagens, Scot, mas me pedir para abrir a porta e lhe dar um passe de acesso irrestrito é completamente diferente.

– Não estou lhe pedindo acesso irrestrito. Só preciso de capacidade suficiente para...

– Lançar um ataque ilegal a partir dos computadores do governo americano a várias redes bancárias para poder invadir com mais eficácia.

Esse era o ponto crucial do pedido e Harvath não podia condenar McCauliff por estar relutante. Tudo o que ele pedira ao agente da NGA para fazer por ele no passado era fichinha comparado a isso. McCauliff ia precisar de um motivo melhor do que apenas sua amizade para colocar em risco a carreira ou até mais.

Harvath decidiu colocá-lo a par do que estava acontecendo.

Quando terminou, houve um silêncio do outro lado da linha. McCauliff não fazia idéia de que Harvath passara por tanta coisa desde os ataques a Nova York.

– Se os bancos descobrirem de onde vieram os ataques, as conseqüências para os Estados Unidos serão desastrosas – disse ele.

Harvath esperava por essa resposta e o Troll fez notas extensas sobre o que queria fazer.

– E se houvesse uma maneira de ser feito sem deixar rastros para os Estados Unidos? – perguntou Harvath.

– O que tem em mente?

Harvath explicou seu plano a McCauliff.

– Superficialmente – respondeu o agente da NGA –, faz sentido. Mas ainda há um detalhe que estraga tudo.

– O Troll – disse Harvath com desânimo.

– Exatamente – respondeu McCauliff. – Não estou lhe dizendo que você prejudicaria seu país intencionalmente, mas este pode ser o maior de todos os cavalos-de-tróia e não serei o filho-da-puta burro lembrado por ter escancarado as portas para ele.

Harvath não podia questionar o raciocínio de McCauliff. Permitir o acesso do Troll àqueles computadores era como entregar uma arma carregada a um assaltante profissional e mandá-lo a um estacionamento escuro cheio de senhoras da alta sociedade com suas jóias. Não dava para acreditar que ele se comportaria bem.

Embora McCauliff lamentasse pelos apuros de Harvath e realmente quisesse ajudar, auxiliar um inimigo dos Estados Unidos a invadir os computadores do governo estava fora de cogitação.

Harvath teve uma idéia.

– E se deixarmos o Troll fora disso? – perguntou.

McCauliff riu.

– E eu devo me fazer de idiota quando for interrogado? Sei que você está com ele agora. Se eu abrir uma chave que seja para você, será o mesmo que abrir para ele.

– E se você não abrir nada para nenhum de nós dois? – perguntou Harvath.

– Para quem eu estaria abrindo, então? Se não for você nem o Troll, quem será o hacker?

Harvath parou por um minuto e respondeu:

– Você.

– Eu? – disse McCauliff. – Você pirou de vez.

McCauliff não gostava da idéia de invadir a rede de computadores de um monte de instituições financeiras tanto quanto não gostava de permitir que Harvath e o Troll entrassem na rede do Departamento de Defesa para que fizessem eles mesmos as operações. Para qualquer lado que olhasse, não havia saída.

Não era que McCauliff não fosse capaz de fazer isso. Seus talentos na invasão de redes complexas não estavam em questão. O problema era que ele gostava mesmo de seu emprego. Gostava da NGA, assim como de seus chefes e das pessoas com quem trabalhava. Harvath simplesmente estava pedindo demais.

Se McCauliff fosse apanhado, a lista de coisas que podiam acontecer a ele era muito longa. Ele queria ajudar Harvath, mas não conseguia pensar numa maneira de fazer isso sem se colocar em sério risco.

Harvath devia saber exatamente o que ele estava pensando porque disse:

– Estou lhe enviando um e-mail.

Segundos depois, Kevin McCauliff ouviu o aviso sonoro de alguma coisa chegando à sua caixa de entrada.

O e-mail era da conta oficial de Harvath no DSN e dava ao agente da NGA uma coisa de que ele precisava para acabar com suas reservas e ajudar seu amigo – uma forma plausível de negar sua responsabilidade.

No e-mail, Harvath dizia que estava trabalhando sob ordens diretas do presidente Jack Rutledge e que a ajuda de McCauliff, como aconteceu nos ataques a Nova York, era necessária por questão de segurança nacional urgente.

Harvath observou especificamente que a discrição de McCauliff era de suma importância e que ele não devia dizer a seus superiores nem a mais ninguém com quem estava trabalhando ou o que estava fazendo. O e-mail garantia a McCauliff que o presidente estava ciente do papel que ele exerceria e lhe agradecia por cumprir toda e qualquer tarefa que Harvath lhe atribuísse.

Era pura e simplesmente uma política de garantia. Assim que terminou de ler, McCauliff imprimiu duas cópias. Uma ele trancou na primeira gaveta de sua mesa e a outra colocou num envelope que endereçou à sua casa.

O conteúdo do e-mail era bobagem e Kevin McCauliff sabia disso, mas ele gostava muito de Harvath e queria ajudá-lo. Da última vez que quebrara as regras e transgredira a lei pelo amigo recebeu uma recomendação do presidente por seus esforços.

McCauliff deduziu que se fosse responsabilizado por alguma coisa, o advogado certo podia usar o e-mail de Harvath para salvá-lo da demissão.

Isso, claro, se ele fosse apanhado, coisa que Kevin McCauliff não pretendia permitir que acontecesse.

– Então está dentro? – perguntou Harvath.

– Já que é uma solicitação direta do presidente dos Estados Unidos – respondeu McCauliff —, como poderia dizer não?

capítulo 99

MAIS TARDE NAQUELA NOITE
THE BUCKET OF BLOOD
VIRGINIA BEACH, VIRGÍNIA

TECNICAMENTE, O BAR NOS ARREDORES de Virginia Beach, na Virgínia, não tinha nome – pelo menos nenhum que pudesse ser visto na fachada da estrutura em ruínas ou em qualquer placa luminosa no alto de seu estacionamento. Como sua clientela, era o tipo de lugar que não queria chamar a atenção.

Para os iniciados, era conhecido como The Bucket of Blood, ou simplesmente Bucket. Ninguém sabia a origem desse apelido. A discrição fora planejada para afastar as pessoas que não tinham a ver com o lugar, fossem moradores ou turistas. O Bucket era um bar para guerreiros e ponto final.

Especificamente, o bar atendia aos homens e mulheres locais da comunidade de Operações Especiais da Marinha dos Estados Unidos, mas suas portas estavam abertas a qualquer membro dessa comunidade, independentemente do ramo militar a que servisse.

O Bucket também se tornou popular para outro grupo que era guerreiro até à medula – os membros do Departamento de Polícia de Virginia Beach em seus dias de folga. Abria sete dias por semana e não havia uma noite fraca. Apesar do foco um tanto estreito na clientela, ficava lotado o tempo todo.

Como era de propriedade e gerenciado por Andre Dall'au e Kevin Dockery, dois membros aposentados da Equipe Dois da SEAL, o Bucket era considerado o segundo lar da equipe.

Na decoração eram abundantes os habituais ornamentos de taverna, como placas de néon de cervejas e anúncios de fabricantes de bebidas, mas o que tornava o Bucket singular eram os objetos doados pela clientela.

Como o doge veneziano que ordenava que os mercadores de Veneza trouxessem tesouros para melhorar a basílica da cidade, Dall'au e Dockery deixavam claro que esperavam que seus clientes trouxessem objetos de missões no exterior, ajudando a contribuir para a glória do bar.

O desafio era levado tão a sério que o Bucket se tornou um minimuseu, exibindo lembranças de operações em todo o mundo, como o rádio que Saddam Hussein estava ouvindo quando foi capturado, a faca que o agente da SEAL Neil Roberts usara no Afeganistão depois que ficou sem munição e granadas de mão – a coleção do Bucket era extraordinária.

Na realidade, seus proprietários contrataram o diretor do museu da SEAL da Marinha para ajudar a registrar e catalogar todas as peças. O minimuseu era famoso e causava inveja nas agremiações de guerra de maior prestígio do país.

Como era um estabelecimento SEAL, muitos objetos tendiam muito nessa direção. Em uma parede havia um mural pintado pelo ex-mergulhador da equipe de demolição Pete "O Pirata" Carolan, que mostrava a ação da SEAL desde o Vietnã até a atual liberdade levada aos recantos mais distantes do planeta.

Havia um canto considerado um lugar de profundo respeito. Um traje de mergulho, com máscara e uma faca MK3 em um cinturão, postava-se atrás de uma pequena mesa redonda com um quepe de marinheiro, a mesa posta e a cadeira vazia em memória dos camaradas mortos. Na parede havia fotos de todos os SEALs que tinham morrido em ação desde o início da guerra contra o terror.

Espalhados pelo bar, uma baioneta do Iraque, uma AK-47 do Afeganistão e cartazes dos filmes *Comando imbatível* e *A rocha* faziam companhia a um pôster em tamanho natural da Criatura do Lago Negro e uma foto em cores de Zarqawi depois da bomba que foi largada em sua cabeça.

Havia uma coleção de papel-moeda das Filipinas, de vários países do Oriente Médio, da África, da América do Sul e de todo lugar aonde os SEALs foram enviados em todos esses anos.

Havia também fotos do Programa Especial Apolo com os homens-rãs que resgataram os astronautas depois que caíram no mar.

Os banheiros masculino e feminino eram adornados com pôsteres de recrutamento da Marinha e no alto da porta principal do Bucket, visível somente quando os clientes saíam, estava o lema O ÚNICO DIA FÁCIL FOI ONTEM.

Expor a mais recente aquisição do Bucket era ao mesmo tempo delicioso e amargo para Dockery e Dall'au. Tinha chegado do Colorado via DHL e era preciso ler a carta de Scot Harvath para entender o que se via ali.

Dois dos homens torturados e mortos no Afeganistão por Ronaldo Palmera tinham sido clientes do Bucket. Embora os proprietários do bar tivessem preferido a cabeça de Palmera exposta numa estaca, as melhores coisas depois disso eram uma foto dele morto numa rua do México junto com o Taser usado para derrubá-lo e suas botas medonhas.

Como ex-membro da Equipe Dois da SEAL, Harvath há muito apoiava o Bucket. Os objetos com que contribuiu para o museu do bar eram lendários. Dockery e Dall'au costumavam brincar que, se ele continuasse nesse ritmo, iam precisar construir um anexo e batizá-lo em sua homenagem.

Do lado de fora, no estacionamento, Philippe Roussard fechou os olhos e respirou fundo. Tinha a familiar sensação se irradiando das extremidades do corpo. Era uma excitação indescritível que ele ouvira referirem-se como "a ativação".

Seus devaneios, porém, tiveram vida curta. O cheiro do Vick Vaporub que passou sob o nariz era quase tão ruim quanto o odor que subia dos sacos de fertilizante empilhados atrás dele. Ele agradeceu a Alá por ter parado de perceber os vapores dos tambores de 200 litros de diesel e lembrou a si mesmo que isso logo acabaria.

Saindo do trailer, fechou a porta e a trancou. Andou até a traseira e sorriu para o adesivo de "Poupe água, tome banho com um SEAL" que estava afixado no pára-choque. Havia um que lembrava os desaparecidos em ação e outro que dizia "Meu trailer adora gasolina iraquiana". Qualquer um que achasse o trailer de Philippe Roussard estranho ao estacionamento do Bucket of Blood teria mudado de idéia ao ver os adesivos no pára-choque.

Mas isso não importava. Roussard não pretendia ficar ali por muito tempo. Na verdade, ele estava tirando uma moto recém-adquirida da plataforma na traseira do trailer quando foi abordado por dois policiais de Virginia Beach que estavam de folga. Embora não usassem uniforme, tinham o porte característico de agentes da lei, convencendo Roussard de que eram policiais.

– Ei, não pode estacionar essa coisa aqui – disse o mais alto dos dois.

Por reflexo, a mão de Roussard partiu para a Glock 9mm escondida embaixo do casaco, mas ele se conteve.

– Principalmente com um cheiro desses – completou sua parceira. – Quando foi a última vez que esvaziou a caixa de dejetos dessa coisa?

– Já faz algum tempo – disse Roussard, forçando um sorriso.

– Só estou brincando – disse o policial enquanto apontava para a moto. – Bela Kawasaki você tem aí.

– Obrigado.

– Está realizando um sonho, não é? Nada no mundo, só você e a máquina. Rapaz, se os fuzileiros o vissem agora, hein?

Roussard assentiu educadamente e puxou a moto da plataforma.

– Não andou bebendo, não é? – perguntou a policial enquanto Roussard pegava um jogo de chaves no bolso da frente.

– De jeito nenhum – respondeu. – Só tenho uns assuntos para resolver. Vou voltar logo.

Havia alguma coisa nesse sujeito da qual ela não gostava. É claro que ele era bonito e tinha um bom corpo, mas essas características isoladas não faziam um SEAL.

– Dockery é mesmo muito legal por deixar que vocês estacionem as máquinas aqui.

– Ele é mesmo – disse Roussard, começando a sentir que alguma coisa podia dar errado.

– Quanto tempo vai ficar? – perguntou a mulher.

– Que diferença isso faz? – perguntou o parceiro. – Está interessada no cara ou o quê?

– Talvez – respondeu a mulher. Virando-se para Roussard, perguntou: – Então, vai ficar por aqui alguns dias?

– Não – disse Roussard. – Tenho que ir embora amanhã.

A mulher aparentou decepção.

– Que pena.

– Não ligue para ela – respondeu o parceiro. – Quando você voltar, estaremos lá dentro. Vamos pagar uma cerveja para você.

Subindo na moto, Roussard disse:

– Isso parece bom.

Dando a partida, ele colocou o capacete e estava prestes a sair quando a mulher colocou a mão no guidom e disse:

– Que procedimento de expurgo você usa?

– Como? – ele perguntou, ansioso para sair dali.

– Seu *procedimento de expurgo* – respondeu a policial.

A mente de Roussard procurou rapidamente uma resposta adequada. Ele não fazia idéia do que a mulher estava falando. Pelo modo como ela pegava o guidom, tinha alguma coisa a ver com a moto. Tendo aprendido que sempre era melhor contar uma mentira simples, Roussard admitiu sua ignorância.

– Só estou com essa coisa há uma semana. Ainda estou aprendendo os macetes.

A policial de Virginia Beach sorriu e se afastou da moto.

Enquanto Roussard partia, o parceiro perguntou:

– De que diabos estava falando? *Procedimento de expurgo?* Você não entende nada de motos, não é?

– Não, mas sei alguma coisa dos SEALs e esse cara não é um deles. Se fosse, saberia do que eu estava falando.

– Deixa disso – respondeu o parceiro. – Você está de folga. Dá um tempo.

A mulher olhou para ele:

– Esse cara não o incomodou em nada?

– Eu estive no Exército. E, a julgar pelos adesivos no pára-choque, ele foi ou é da Marinha, então é claro que me incomodou. Mas, como morador de Virginia Beach, aprendi a conviver com eles.

A mulher balançou a cabeça.

– E quanto a ele estacionar o furgão aqui? Dockery odeia trailers. Ele e Dall'au nunca deixaram ninguém passar a noite aqui. Se uma pessoa é idiota a ponto de ficar de porre no bar deles, é melhor bolar um plano para dar o fora daqui *com* o carro.

– E daí?

– Daí que alguma coisa não está certa.

O policial balançou a cabeça.

– Vou entrar e tomar uma cerveja.

– Bom – disse ela –, encontre Doc e diga a ele para vir aqui fora. Quero falar com ele.

– E nesse meio-tempo o que você vai fazer?

Pegando um jogo de chaves mestras no bolso do casaco, a policial respondeu:

– Vou dar uma olhadinha por aqui.

capítulo 100

EMBORA TENHA SIDO ENCORAJADO pelo e-mail que Harvath lhe mandara, Kevin McCauliff ainda tinha suas reservas quanto a bancar o hacker em plena luz do dia. Ele decidiu fazer isso naquela noite, quando o tráfego nos servidores era mais leve e havia menos gente por perto para vê-lo em ação e fazer perguntas.

O Troll cuidara da parte mais difícil, reduzindo a lista de quem podia ter montado a operação no Brasil. Chegou até mesmo a providenciar uma lista de bancos, com um intervalo de datas e a quantia aproximada que McCauliff devia procurar.

Não foi nada fácil, mas o agente da NGA por fim encontrou. Os pagamentos partiram e foram transferidos eletronicamente de uma série de bancos intermediários em Malta, nas ilhas Cayman e na ilha de Man, mas todos tinham uma coisa em comum: podiam ser rastreados a um único número de conta no Wegelin & Company, o mais antigo banco privado da Suíça.

Foi o mais longe que McCauliff chegou. Se o Wegelin & Company mantinha registros, não estavam em nenhum dos servidores, pelo menos não em um que pudesse ser acessado remotamente. McCauliff tentou todos os truques que conhecia, mas não adiantou. Quem quer que fossem as pessoas que Harvath procurava, eram extremamente cuidadosas ao encobrir seus rastros. Extremamente cuidadosas, mas não perfeitas. Era quase impossível movimentar grandes somas de dinheiro sem deixar algum tipo de pista.

A essa altura, o único problema para Harvath era que o rastro terminava no Wegelin & Company, o arquétipo da discrição dos serviços bancários suíços. Se ele quisesse respostas, teria de ir diretamente ao banco.

Harvath agradeceu a McCauliff pelas informações e encerrou a chamada. Retirando o fone do ouvido, ele se virou para o Troll e contou que os fundos foram rastreados até um banco suíço chamado Wegelin & Company.

No instante em que Harvath pronunciou o nome, o rosto do Troll ficou pálido e ele ergueu o indicador.

Seus dedos curtos se agitaram no laptop. Quando encontrou o que procurava, o Troll recitou uma série de números. Eram idênticos ao número da conta que McCauliff acabara de identificar.

– Como sabia disso? – perguntou Harvath.

O Troll passou a mão pelo cabelo escuro e curto e respondeu:

– Fui eu que abri a conta.

– Você?

– Sim, *eu*. Para falar com franqueza, Abu Nidal não passava de um terrorista. Apesar do sucesso do pai como homem de negócios, ele não entendia nada de movimentações financeiras ou de proteção de seus ativos.

– Então era você que lidava com o dinheiro dele? – perguntou Harvath.

– Não. Não para a organização. Ele tinha gente para isso. Nidal me pediu uma coisa diferente. Ele queria que isso fosse *invisível*, por assim dizer. Não queria ser ligado ao Conselho de Contabilidade Financeira. Se alguma coisa lhe acontecesse, queria ter certeza de poder contar com esse nível de proteção.

– Proteção para quem?

O Troll olhou para Harvath e disse:

– Para a filha dele, Adara. A conta foi criada para ser dela, uma conta pessoal.

◆◆◆

A mais de 6 mil quilômetros de distância, um analista da Agência de Segurança Nacional acabara de resumir e catalogar um arquivo de áudio em que estivera trabalhando.

Pegando o telefone, ele discou um número de celular. Era a segunda vez em 24 horas que ligava para o homem anônimo do outro lado da linha.

Quando seu contato atendeu, o analista disse:

– Você não queria saber se Scot Harvath fez mais alguma tentativa de falar com Kevin McCauliff, o analista da NGA?

– Vá em frente – respondeu a voz.

– Eles se falaram ao telefone há menos de três minutos.

– Conseguiu a localização de Harvath?

– Não – disse o homem da NSA. – Mas, com base na conversa dos dois, posso deduzir para onde ele vai.

capítulo 101

EM ALGUM LUGAR SOBRE O ATLÂNTICO

ENQUANTO VOLTAVA DE AVIÃO AOS ESTADOS UNIDOS, Harvath estava tomado por emoções conflitantes. Logo depois de falar com Kevin McCauliff, entrou em contato com Ron Parker para pedir um favor e foi informado sobre o atentado fracassado ao Bucket of Blood.

Embora a polícia ainda não tivesse prendido o suspeito, a descrição do homem que procuravam batia com a de Philippe Roussard. O Bucket of Blood era um ponto de encontro da Equipe Dois da SEAL, Harvath era um ex-SEAL, os mergulhadores da SEAL eram conhecidos como homens-rãs e a praga seguinte da lista tinha a ver com rãs. Foi o bastante para Harvath ter certeza de que o Bucket tinha sido alvo de Roussard.

Graças a dois policiais da Virgínia, o assassino não pôde realizar seu ataque. Ponto para os mocinhos, mesmo que fosse o primeiro.

Roussard fora displicente e Harvath se perguntou se o assassino estaria se cansando.

O próprio Harvath estava bastante cansado. Precisou de um dia inteiro para organizar tudo e, embora tivesse tido dois dias livres no Brasil, não descansara de verdade. Dormia com um olho aberto o tempo todo. O Troll era uma pessoa em quem ele jamais confiaria plenamente e ter de ficar sentado esperando que o anão fizesse seus acordos desagradáveis para conseguir as ligações de Roussard no Brasil quase o levou à loucura.

Quando chegou a informação sobre a conta do Wegelin & Company, Harvath ficou feliz em fazer planos para a Suíça. Mas o e-mail sobre a tentativa de ataque ao Bucket mudou tudo. Harvath não podia estar em dois lugares ao mesmo tempo. Roussard voltara à América e Harvath sabia que sua única chance de detê-lo antes de sua última e derradeira praga era voltar para lá também.

Mas, de fato, talvez houvesse uma maneira de estar em dois lugares ao mesmo tempo.

O Troll conseguiu o jato para Harvath de bom grado. O anão precisava dele para eliminar a ameaça de Philippe Roussard e, além disso, se quisesse continuar vivo, tinha de fazer Harvath vê-lo como um aliado.

Harvath, por sua vez, era impelido por duas motivações desde o início: evitar que acontecesse mais alguma coisa às pessoas que amava e o desejo de que Philippe Roussard e quem estivesse por trás dele pagassem pelo que fizeram.

Antes de sair do Brasil, Harvath entrou em contato com uma velha amiga na Suíça. Agora, com o casamento de Meg Cassidy marcado para dali a alguns dias, parecia uma ironia que procurasse a ajuda de outra boa mulher que expulsara de sua vida.

Claudia Mueller era investigadora-chefe do Gabinete da Procuradoria-Geral da Suíça e o ajudara a resgatar o presidente quando ele foi seqüestrado e escondido no país dela. Harvath também pedira sua ajuda em outra ocasião, uma tarefa perigosa que envolveu não só Claudia, mas o homem que agora era marido dela, Horst Schroeder – chefe de unidade tática especial da polícia de Berna.

Antes que ela pudesse atender à última solicitação de Harvath, havia uma série de coisas que ela precisava dele, entre elas uma declaração em vídeo completa do Troll, com todas as informações relacionadas a Abu Nidal e à conta bancária que ele abrira para a filha no Wegelin & Company. Se o que Harvath estava lhe dizendo fosse verdade, e Claudia tinha todos os motivos para acreditar que era, ela gostaria de ter uma garantia e agir de acordo com as regras.

Apesar do que todos pensavam sobre o sistema bancário suíço, o mundo mudara desde o 11 de Setembro, até para os suíços. Eles não queriam ajudar terroristas a lavar ou esconder dinheiro. Claudia acreditava que podia providenciar a papelada certa para obrigar o banco a lhe dar as informações de que Harvath precisava. A única parte que ela não podia garantir era quanto tempo levaria. Podia ser uma questão de horas ou, dependendo do juiz, de semanas.

Considerando que havia vidas em jogo, ela esperava que fosse a primeira opção.

Antes de desligar, Claudia brincou que era a primeira vez que Harvath lhe pedia um favor que não colocava a vida dela em perigo. Embora conseguir que um banco suíço partilhasse seus arquivos não fosse exatamente fácil, sem dúvida era mais simples do que ter alguém atirando em você.

A brincadeira fez Harvath sorrir. Claudia era uma boa mulher. Também o conhecia bem o suficiente para não se surpreender quando ele disse que precisava de outro favor, um pouco mais perigoso do que ir ao banco.

Com a maior parte da operação suíça confiada a Claudia e uma pequena porcentagem ao Troll, Harvath seguira para um aeroporto particular em São Paulo para pegar seu avião.

O tempo todo ele se debatia com um pressentimento muito ruim enquanto tentava imaginar quem podia estar por trás de Philippe Roussard. É claro que havia a possibilidade real de que Roussard tivesse acesso à conta da mãe no Wegelin & Company, mas isso não explicava quem o tirara de Guantánamo. Havia mais coisas nessa história. Outra pessoa estava envolvida.

O Troll estivera pensando exatamente a mesma coisa, mas a conclusão a que os dois chegaram era impossível. Harvath estava lá na noite em que Adara Nidal foi morta e a vira morrer.

capítulo 102

EMBORA ESTIVESSE VIAJANDO COM PASSAPORTE alemão como Hans Brauner e pudesse ir a qualquer lugar do mundo que quisesse, Harvath fora marcado como traidor, o que fazia dele um homem sem pátria. E, para piorar, não fazia idéia de aonde devia ir.

Na contagem distorcida de Roussard, o Bucket of Blood podia ter significado as duas últimas pragas, mas Harvath duvidava disso. Ele tinha a sensação muito ruim de que ainda haveria mais um ataque representando a primeira praga, na qual as águas se tingiram de sangue.

Harvath tentou se lembrar de todos os seus conhecidos que viviam perto da água. Ele fora criado na Califórnia, passara um bom tempo na Marinha e morava na Costa Leste há vários anos. A lista era longa. Tão longa que Harvath não conseguia relacionar todos os nomes mentalmente e teve de pegar papel e caneta para escrevê-los.

Era uma tarefa inútil. Não havia como saber onde Roussard ia atacar. As instalações da equipe de esqui, em Park City, e o Bucket of Blood, em Virginia Beach, eram quase tão aleatórios como Carolyn Leonard, Kate Palmer, Emily Hawkins e seu cão. Todos eram importantes para ele, mas não seria possível ter previsto um atentado a essas pessoas e lugares.

Depois de aterrissar no Aeroporto Intercontinental de Houston e passar pelo controle de passaporte e pela alfândega, Harvath procurou o *business center* destinado a passageiros de vôos particulares.

A primeira coisa que fez, depois de ativar os vários níveis de servidores *proxy*, foi plugar um fone de ouvido e telefonar para os hospitais. As equipes de segurança de Finney ainda estavam a postos e Harvath falou com seus líderes. Ron Parker atualizara cada um deles sobre o ataque fracassado em Virginia Beach.

Como precaução, a equipe de vigilância transferiu a mãe de Harvath para outro quarto que não dava para a rua. Tracy também já estava protegida de um possível carro-bomba.

Harvath falou com o pai dela, que lhe disse que tinham feito novos exames e os resultados não eram bons. O novo eletroencefalograma indicava uma diminuição ainda maior da atividade cerebral e os médicos estavam tentando tirá-la da respiração artificial, mas sem sucesso. Tracy ainda não era capaz de respirar por conta própria. Havia uma desvantagem dupla nisso: além de ela não poder respirar sozinha, com ela presa ao respirador não havia como realizar uma ressonância magnética para procurar a causa exata de seu coma e avaliar a verdadeira extensão dos danos.

Havia um tom de fatalismo na voz de Bill Hastings de que Harvath não gostou.

– Não é o que Tracy ia querer – disse ele. – Todos esse tubos e fios. A respiração artificial. Lembra-se de Terri Schiavo? – perguntou Bill. – Conversamos sobre ela uma vez e Tracy nos disse que jamais viveria assim.

Bill e Barbara Hastings eram os pais de Tracy, o que lhes dava o poder de tomar decisões médicas em nome dela, mas parecia que eles estavam pensando em jogar a toalha.

Enquanto Tracy estivesse viva, haveria esperanças de que ela se recuperasse e foi isso que Harvath disse a eles.

Bill Hastings não estava tão otimista.

– Se você falasse com os médicos, Scot. Com os neurologistas. Se ouvisse o que eles têm a dizer, pensaria de outra forma.

Sem que nada precisasse ser dito, Harvath sabia que o Sr. Hastings e sua esposa estavam pensando seriamente em desligar os aparelhos da filha. Ele pediu que não fizessem nada até que ele voltasse e estivesse presente. Era um pedido razoável. Embora ele e Tracy não estivessem juntos há muito tempo, a relação deles era bastante intensa.

A resposta de Hastings pegou Harvath de surpresa.

– Scot, você é um bom homem. Sabemos que se preocupava com Tracy, mas Barbara e eu achamos que esta é uma decisão da família.

Se preocupava? Eles estavam falando de Tracy como se ela já estivesse morta. Harvath entendeu imediatamente o que tinha de fazer. Acharia uma maneira de entrar no hospital sem ser preso. Tinha de fazer isso. Precisava estar com Tracy e, mais importante, precisava falar com o pai dela, de homem para homem.

Harvath estava pronto para avisar aos pilotos para preparar um plano de vôo para Washington quando uma nova mensagem em sua conta no Gmail mudou tudo.

capítulo 103

CLAUDIA ENCONTROU UM JUIZ COM VERDADEIRO horror a terroristas que usavam contas de bancos suíços para financiar suas ações. Ele agiu rapidamente, cedendo a Claudia tudo o que ela requisitara.

Anexado ao e-mail estava o histórico de transações da conta no Wegelin & Company. Harvath passou os olhos por ele, dando uma atenção particular às atividades que aconteceram logo depois da noite em que Adara Nidal supostamente morrera. Uma das primeiras coisas que percebeu foi uma série de pagamentos a algo chamado Dei Glicini e Ulivella, em Florença.

Harvath fez uma busca no Google e descobriu que o Dei Glicini e Ulivella era um hospital particular exclusivo. Tinha uma equipe de cirurgiões plásticos de elite considerada "uma das melhores" da Europa. Entre suas muitas especialidades estava o tratamento de vítimas de queimaduras graves, inclusive cirurgia reconstrutiva, reabilitação e recuperação.

Ele não sabia como, mas de algum modo Adara Nidal sobrevivera. Ela não só conseguira se afastar da cena da explosão como também fizera alguém de dentro da máquina da lei italiana identificar um dos cadáveres carbonizados como sendo dela. Era um plano de desaparecimento muito bem elaborado. Harvath não queria acreditar nisso, mas a prova estava bem diante de seus olhos e ele aprendera há muito tempo a não subestimar nenhum dos terroristas que combatia.

Pulando para as transações mais recentes, ele chegou a algo ainda mais perturbador. Pouco antes de cada um dos ataques havia uma transferência para um banco próximo. Harvath passou os olhos na lista e marcou as datas e locais de todos os ataques até agora – Bank of America, em Washington, D.C.; California Bank & Trust, em San Diego; Wells Fargo Bank, em Salt Lake City, Utah; Washington Mutual Bank, em McLean, Virgínia; Chase Bank, em Hillsboro, Virgínia; First Coastal Bank, em Virginia Beach; e, por fim, U.S. Bank, em Lake Geneva, Wisconsin.

Enquanto os pilotos preparavam o plano de vôo e o avião para decolar, Harvath entrou em contato com Ron Parker e lhe deu instruções para enviar por encomenda expressa ao Abbey Resort, em Fontana, Wisconsin, os objetos que ele deixara em Elk Mountain.

Depois de anotar a informação, Parker perguntou a Harvath quanto tempo mais o jato de Finney e seus pilotos ficariam em Zurique. Finney tinha um hóspede importante que precisava do avião e de sua tripulação.

Harvath disse a Parker para agradecer novamente a Finney em seu nome e garantiu que não ia precisar dele por muito mais tempo.

Este fora parte do segundo favor que ele pedira a Claudia. Quando Kevin McCauliff enviou a Harvath um e-mail de fora da NGA dando mais detalhes que conseguira sobre o Wegelin & Company ser a origem do dinheiro transferido ao Brasil, ele incluiu um alerta. Embora não pudesse provar, tinha a sensação de que seu telefone e o computador do trabalho estavam sendo monitorados e sugeriu que Harvath ficasse atento.

A partir desse e-mail, Harvath pensou em como estar em dois lugares ao mesmo tempo e tirar proveito disso.

Pela conversa que tivera com Jim Vaile no clube de golfe, ele não tinha ilusões sobre o que lhe aconteceria da próxima vez em que Morrell e sua equipe o pegassem.

Na melhor das hipóteses, eles o manteriam sob custódia de novo e cuidariam para que não fugisse. E, na pior, um dos homens de Morrell meteria uma bala nele.

Qualquer uma das opções o tiraria do jogo e daria a Roussard um campo aberto para terminar seus atos de violência. Harvath não podia deixar que isso acontecesse. Até onde conseguia enxergar, só ele podia salvar as pessoas importantes de sua vida. O presidente estava num atoleiro e, apesar de suas promessas, não era capaz de deter Roussard.

Morrell e seu pessoal eram bons e Harvath estava cansado de fugir deles. Eles precisavam ser atraídos de guarda baixa e retirados de cena. Por isso Harvath tinha pedido a Tim Finney para mandar o jato vazio a Zurique.

Harvath sabia que a Administração Federal de Aviação estaria monitorando os planos de vôo do jato. Depois do alerta de Kevin McCauliff, esta parecia ser a única providência a tomar. Se Morrell e sua equipe sabiam sobre a conta no Wegelin & Company e se viram o jato de Finney partir para Zurique, podia ser o suficiente para que acreditassem que Harvath estava nele.

Para tornar a isca mais atrativa, Harvath pediu a Claudia para registrá-lo em um hotel de Zurique sob um de seus codinomes do DSN, e o Troll criou um rastro de cartão de crédito eletrônico pela cidade que confirmaria sua presença. Embora seus codinomes profissionais não fossem de conhecimento público, ele sabia que Morrell e sua equipe procurariam por ele com um dos codinomes. Era exatamente o que ele faria no lugar da Equipe Ômega.

A idéia era atrair Morrell e sua equipe ao hotel onde Horst, o marido de Claudia, e sua equipe tática estariam esperando para prendê-los.

Claudia lhe garantira que, sob as rígidas leis antiterrorismo da Suíça, se um dos homens de Morrell estivesse portando qualquer tipo de arma, ela podia segurá-los por algum tempo antes de realmente formalizar alguma acusação. O único problema era que antes ela precisava pegá-los.

capítulo 104

CAMP PEARY, VIRGÍNIA

RICK MORRELL NÃO ESTAVA GOSTANDO DE NADA DISSO. Tinha caído bem no seu colo, mas era óbvio demais, especialmente para um cara como Harvath. Por isso ele decidiu se afastar.

Retirando a equipe, suportou todas as queixas inúteis enquanto descarregavam o avião e colocavam seu equipamento de novo nas duas pickups que foram usadas para levá-los ao aeroporto privativo da CIA.

– Ainda não entendo – disse Mike Raymond enquanto eles passavam pelo último posto de controle e iam para a estrada. – É quase como se você não quisesse pegar esse cara.

– Se é nisso que acredita, você é tão idiota quanto Harvath acha que é – respondeu Morrell.

– Do que está falando?

– Estou falando de Harvath desaparecer completamente. Ninguém o vê, ninguém ouve falar dele e de repente ele surge do nada.

– Corrigindo – disse Raymond –, de repente ele entra *em contato* com alguém da NSA que *já* estava sob vigilância. Foi assim que conseguimos a pista.

Morrell olhou o subordinado e percebeu que ia ter de ligar o resto dos pontinhos para ele.

– E não lhe incomoda que McCauliff tenha limpado todos os rastros e pedido ao Departamento de Defesa que fizesse uma varredura em todas as suas linhas telefônicas? Quando estava falando com Harvath, ele podia não saber que alguém o espionava, mas deduziu rápido demais.

– Você está paranóico. Mesmo que McCauliff soubesse, não mudaria a natureza das informações que ele deu a Harvath.

– O que significa isso?

– Significa que Harvath andou sumido porque não estava conseguindo nada. Quando teve motivos para agir, ele resolveu aparecer de repente.

– E não o perturba nem um pouco que ele tenha aparecido usando um de seus codinomes conhecidos do DSN e um cartão de crédito?

Mike Raymond deu de ombros.

– A Suíça é cara pra cacete. Me diga um hotel de lá que não espera que você apresente um cartão de crédito antes de fazer o registro.

– E um albergue? – sugeriu Morrell. – Ou um quarto numa casa de família? Ele podia acampar. Podia até ter saído com uma desavisada e passado a noite na casa dela. Isso é uma regra básica.

– Claro, talvez, mas...

– Ele sabia que estávamos vigiando o avião de Finney – disse Morrell – e mesmo assim o usou para ir a Zurique? Não engulo essa. É uma pista boa demais.

– E por isso você aborta a operação?

– Olha, o problema de Harvath sempre foi que ele pensa ser mais inteligente do que todo mundo. Você mesmo leu a ficha dele.

– Todos nós lemos a ficha dele, mas e se Harvath montou tudo isso porque sabia que você reagiria dessa maneira?

Morrell sorriu.

– Ele é inteligente mas nem tanto.

Raymond balançou a cabeça.

– De qualquer forma, não ia fazer muita diferença. Mesmo que ele estivesse em Zurique, já estaria à nossa frente. Pode ser que, quando chegássemos lá, descobríssemos que ele já tinha ido embora.

– Também é um dos motivos para eu ter mudado de idéia.

– E se você estiver errado?

– E Harvath realmente estiver em Zurique? – perguntou Morrell.

Raymond assentiu.

– Se o avião de Finney não foi um disfarce e Harvath foi burro o bastante para usá-lo, ainda podemos localizá-lo. Vamos esperar para ver o que acontece.

– E o hotel em que Harvath supostamente se registrou?

– Já cuidei dessa parte.

– Vai usar uma pessoa de nossa embaixada lá? – perguntou Raymond.

– Não. Vaile foi muito claro. Isso precisa ficar em sigilo absoluto. Tenho um amigo, um ex-agente do Departamento de Justiça que se aposentou e se mudou para Copenhague. Ele pode ir lá dar uma olhada nas coisas por nós.

– Quer dizer aquele vendedor de livros? Malone?

– É, ele me deve um favor. Pode chegar a Zurique em algumas horas – respondeu Morrell.

– E você confia nele?

– Plenamente. Ele é um cara inteligente. Sabe o que está fazendo.

Raymond olhou para Morrell.

– E se Malone ligar e disser que Harvath realmente está em Zurique?

Morrell riu.

– Vamos pular dessa ponte quando chegarmos a ela. Pessoalmente, acho muito mais provável que Harvath apareça aqui nos Estados Unidos do que no exterior.

– Espero que tenha razão.

– Confie em mim – respondeu Morrell. – Quando se trata de Harvath, eu sei exatamente do que estou falando.

capítulo 105

FONTANA, WISCONSIN

CONHECIDOS COMO OS "Hamptons do Meio-Oeste", Lake Geneva e as poucas cidades de veraneio que cercam aquelas águas claras eram um paraíso das férias. Havia muitas opções de lazer, como canoagem, nado, trilhas, pesca, compras e um golfe maravilhoso.

Trinta e seis buracos mais almoço foi o que Harvath ofereceu aos pilotos quando os registrou junto com ele no Abbey Resort e perguntou se em troca podia usar o carro que eles tinham alugado.

Os pilotos concordaram, felizes. Embora recebessem pelas diárias, a pior parte de seu trabalho era ficar num lugar esperando por um cliente. Não era sempre que se hospedavam num resort do nível do Abbey e podiam aproveitar 36 buracos de golfe e almoço.

O arranjo também era bom para Harvath. Não queria que ninguém soubesse onde ele estava e, se usasse sua identidade verdadeira ou seus cartões de crédito, qualquer um que procurasse por ele o localizaria imediatamente. E, embora o codinome Hans Brauner fosse útil, não tinha carteira de habilitação.

É claro que Harvath podia ter roubado um carro, mas em uma comunidade tão pequena essa era uma coisa que ele só teria feito se estivesse desesperado.

O casamento e a recepção de Meg aconteceriam dali a dois dias no Lake Geneva Country Club, que ficava na margem sudeste do lago. Era um cenário idílico para um casamento.

O que Harvath não podia imaginar, porém, era como Roussard lançaria a última praga e tingiria a água de sangue. Com o presidente lá, a segurança seria extrema. Na verdade, por mais que quisesse dar uma olhada no clube e no esquema de segurança que o Serviço Secreto organizara, Harvath sabia que era irrelevante. Ele tinha sido chefe da equipe de segurança da Presidência. O clube estaria mais fechado do que Forte Knox.

Até a chegada pela água estava fora de cogitação. Embora fosse um tédio montar guarda em um lugar antes de uma visita presidencial, as forças municipais, estaduais e federais a postos agora deviam estar levando seu trabalho muito a sério. Ninguém ia querer que alguma coisa acontecesse ao presidente, em especial sob a vigilância deles. Harvath sabia disso em primeira mão, e da maneira mais difícil, porque acontecera com ele uma vez.

Quanto mais Harvath pensava no assunto, mais o casamento de Meg parecia um alvo plausível. Roussard tinha muito a ganhar. Não só o atentado lhe traria fama e notoriedade internacional como o assassino também podia ferir outras pessoas que eram importantes para Harvath. Tinha de haver alguma coisa que ele pudesse fazer para impedi-lo.

Mas primeiro precisava entender qual era a jogada dele naquele lugar e no casamento de Meg. Ele usaria outros homens? E igualmente importante, como esta era a última praga e parecia envolver também o presidente, será que a mãe dele, Adara, apareceria?

Com os pagamentos recentemente feitos da conta de Adara na Suíça para o hospital particular de tratamento de queimados na Itália, Harvath duvidava disso. Se ela estivesse envolvida, iria atrás dele pessoalmente, não mandaria o filho. Harvath e Adara teriam sua última dança muito em breve, mas antes disso ele precisava deter Roussard de uma vez por todas.

As questões básicas do *quê*, *porquê*, *onde*, *quando* e *como* tomavam a mente de Harvath enquanto ele tentava juntar as peças.

O *quê* era o ataque em si. O *porquê* era algo que Harvath tentava entender mas não conseguia, pelo menos não completamente. Adara Nidal queria vingança por Harvath ter estragado seus planos de incitar uma guerra santa entre os muçulmanos e Israel e estava usando o filho para isso. Era o máximo a que Harvath podia chegar.

O *onde* era o Lake Geneva Country Club, e o *quando*, em algum momento durante o casamento de Meg. A cerimônia seria um dos grandes eventos do ano. Sua lista de convidados sem dúvida incluía a elite de Chicago. Os ricos, os lindos e os poderosos estariam presentes. Sobretudo, compareceriam o prefeito de Chicago e o presidente dos Estados Unidos. Se fosse bem-sucedido, o ataque de Roussard ganharia as manchetes e seria sentido em todo o mundo.

Harvath tinha quatro das cinco respostas fundamentais para impedir o atentado. Ele tinha o *quê*, fazia idéia do *porquê* e sabia *onde* e *quando*. Só precisava descobrir *como*.

capítulo 106

A NOITE ESTAVA PERFEITA. A TEMPERATURA era de pouco mais de 20 graus, todas as estrelas brilhavam no céu e uma leve brisa soprava do lago.

Jean Stevens, amiga e vizinha de Meg Cassidy, abrira todas as portas e janelas. Este não era o tipo de noite para se desperdiçar trancado no chalé com o ar-condicionado ligado.

Eles foram abençoados com um período maravilhoso de estiagem. Não havia como saber quanto tempo ia durar e Jean Stevens pretendia aproveitar cada gota de prazer da estação antes de voltar aos subúrbios de Chicago e a outro inverno interminável na cidade.

Colocando mais gelo no copo, ela se serviu de outra vodca com tônica. Ao se virar para voltar à varanda, levou o maior susto de sua vida.

Antes que pudesse gritar, a figura parada diante dela colocou a mão em sua boca.

Alertando-a para não fazer nenhum som, o homem apagou as luzes e a levou para uma das cadeiras da mesa de café da manhã.

– Que diabos está fazendo? – perguntou ela enquanto Harvath retirava a mão de sua boca e a deixava se sentar. – Quase tive um ataque cardíaco por sua causa.

– Surpresa – respondeu Harvath puxando uma cadeira para si mesmo e se acomodando.

– Foi mesmo uma *surpresa*. O que está fazendo aqui? Meg me disse que você não confirmou presença no casamento. Ela não sabia se você viria ou não. Foi muito deselegante não responder, especialmente porque Meg teve a grandeza de convidá-lo. Só porque vocês não deram certo não significa que você não tenha de ser educado. Espere um segundo – disse ela, interrompendo-se. – Onde estão meus modos? Venha aqui e me dê um abraço.

Harvath se levantou e a abraçou. Jean não mudara nada. Ela era calorosa e afetuosa. Era evidente por que ela e Meg se tornaram amigas tão íntimas. Bastava conhecer Jean Stevens para amá-la.

– Então está aqui para convencer Meg a largar o babaca com quem está se casando e fugir com você?

– Todd não é tão ruim assim, Jean – respondeu Harvath.

– Claro que é – disse Stevens, levantando-se para preparar uma bebida para Harvath. – Ele é manipulador, controlador, arrogante...

– E o homem que ela escolheu para passar o resto da vida – disse Harvath enquanto erguia a mão e indicava a Jean que voltasse do bar.

– Então não está aqui para convencê-la a se casar com você – respondeu decepcionada enquanto se sentava novamente.

– Receio que não.

– Que pena. Vocês dois formavam um ótimo casal.

– Preciso que me faça um favor – disse Harvath, mudando de assunto.

– É só falar, querido – respondeu Jean. Sua pulseira tiniu quando ela lhe deu um tapinha no joelho.

Harvath pegou um envelope no bolso.

– Preciso que entregue isso a ela.

Jean Stevens arqueou a sobrancelha esquerda.

– Estou sentindo a possibilidade de um arrebatamento de última hora – disse ela com um sorriso. Estendendo a mão para o telefone sem fio atrás dela, acrescentou: – Que tal eu ligar para Meg? Sei que ela deve estar arrancando os cabelos por causa dos últimos detalhes, mas acho que ela pode tirar um ou dois minutos para vir aqui dar um alô. Ao ver você talvez ela recupere o juízo.

Harvath pôs a mão por cima da de Jean e baixou o fone na mesa.

– Isso é complicado.

– A maioria das coisas na vida é assim, meu bem. Olha, vou preparar uns drinques e vocês dois podem conversar. Eu nem preciso ficar aqui. Posso dar uma caminhada, se preferir. Talvez fosse melhor se vocês dois ficassem a sós.

Harvath não conseguiu reprimir um sorriso. Ele nunca conhecera ninguém com tanta boa vontade como Jean.

– Por complicado, eu quis dizer profissionalmente, Jean. Não pessoalmente. Eu nem devia estar aqui.

– Se está preocupado com Todd...

Desta vez Harvath riu.

– Não, não estou preocupado com Todd, pode acreditar.

– É coisa de espionagem, né? – respondeu ela com uma piscadela cúmplice.

– Mais ou menos. Escute, ninguém pode saber que estou aqui. Meg ainda não sabe e isso precisa ser mantido em absoluto sigilo. Posso confiar em você?

– Meu bem, ninguém guarda um segredo como eu. Meus lábios estão selados – disse ela, pegando o envelope. – Considere entregue. Agora, que tal comer alguma coisa?

– Desculpe – respondeu Harvath ao se levantar. – Não posso ficar.

– Bom, como nós dois estamos solteiros, o que acha de ser meu acompanhante no jantar da família amanhã à noite? Deve ser bem elegante. Vão nos pegar nas docas às 17h30 para um pequeno coquetel no barco e depois iremos jantar no clube.

– Terei de dizer não a isso também – respondeu Harvath, balançando a cabeça.

Jean o fitou.

– Meu bem, posso lhe fazer uma pergunta?

Harvath já estava abusando da sorte por aparecer a 30 metros da casa de Meg e do destacamento do Serviço Secreto designado para cuidar dela.

– Tudo bem – concordou ele. – Uma pergunta.

– Você está feliz? Quero dizer, *sinceramente* feliz.

A pergunta era direta, a quinta-essência de Jean Stevens, mas ainda assim o pegou de surpresa.

– O que quer dizer?

– O que acha que quero dizer? É uma pergunta simples. Você está feliz?

– Acho que depende de como você define felicidade – disse Harvath, ansioso para sair dali e também talvez pouco à vontade com o fato de a mulher diante dele sempre ter tido a misteriosa capacidade de entender as pessoas.

– Ser feliz se resume a três coisas. Algo para fazer. Alguém para amar. E algo para desejar.

Ela não disse mais nada. Enquanto suas palavras pairavam no ar, ela o examinou. Ele e Meg *tinham sido* perfeitos juntos. Harvath era um ótimo sujeito e fazia Jean se lembrar muito de seu marido – forte, bonito e extraordinariamente gentil com as pessoas de quem gostava. Era mesmo uma pena que as coisas não tivessem dado certo entre ele e Meg.

Harvath ficou parado ali por vários segundos, o silêncio desagradável crescendo entre eles. Por fim, ele se curvou e lhe deu um beijo no rosto.

– Obrigado por levar meu bilhete a Meg – disse e depois se foi.

capítulo 107

PHILIPPE ROUSSARD ESTAVA POSTADO na extremidade de seu píer privativo e olhava o lago escuro. Fechando os olhos, sentiu a brisa em volta dele. De algum lugar ao longe ouviu um coro de adriças de veleiro batendo nos mastros de alumínio enquanto o barco ancorado subia e descia.

Roussard falara com seu instrutor novamente e de novo a conversa tinha terminado mal. Eles discutiram sobre o fiasco do ataque ao bar em Virginia Beach. O instrutor o culpava pelo fracasso porque fora ele quem mudara os planos na última hora. O trailer fora um exagero, assim como a quantidade de diesel e fertilizante. Roussard devia ter escolhido uma pickup com uma quantidade menor na caçamba fechada. Se tivesse agido conforme as instruções, tudo teria sido um sucesso.

A dupla também não chegava a um acordo sobre o ataque da última praga e sobre como Scot Harvath devia ser morto depois disso.

Roussard estava cansado de discutir. Era ele que estava em campo e tomaria as decisões que julgasse corretas. Ele tinha meios de sair do país depois que seu trabalho estivesse concluído e a essa altura também tinha dinheiro suficiente para terminar sua tarefa. As rixas incessantes eram contraproducentes.

A verdade pura e simples era que eles eram estranhos um ao outro. Muito tempo tinha passado e só o sangue não era o bastante para diminuir o abismo entre eles.

Roussard abriu os olhos e acendeu outro cigarro. Sabia que ia fazer exatamente o que queria. O último ataque seria dramático. Seria de uma audácia incrível e um *grand finale* adequado para tudo o que o precedera.

Ele deu uma longa tragada e pensou aonde iria quando aquilo terminasse. Em sua existência cotidiana no Iraque e depois, durante o absolutamente desesperado encarceramento em Guantánamo, ele nunca pensou muito além da próxima hora, muito menos no dia, semana, mês ou até ano seguinte, mas isso estava começando a mudar dentro dele. Roussard podia ver valor em se preparar para o futuro, em estabelecer metas.

Ele sentiu o sabor do trabalho de campo e gostou dele. Não tinha medo de ser preso, embora fosse inteligente o bastante para perceber que seus dias na América estavam contados. Precisava partir logo, mas não antes do coroamento de suas realizações.

Erguendo um binóculo de visão noturna, deu uma última olhada em seu alvo, depois andou pela doca e recolheu-se a seu chalé alugado. Estava na hora de dormir um pouco. O dia seguinte seria muito cheio.

capítulo 108

EMBORA PEDIR A GARY LAWLOR para arranjar um destacamento de segurança especial para Meg tenha sido a atitude correta, isso só tornou o trabalho de Harvath ainda mais difícil.

Ele precisava falar pessoalmente com Meg, mas encontrá-la em plena luz dia estava fora de cogitação. Ela teria muita dificuldade para se livrar da segurança.

Harvath se sentou ao fundo do Gordy's Boathouse, um dos mais populares bares à beira d'água em Fontana, e olhou o relógio pela quinta vez. Tentou calcular quanto tempo Jean Stevens levaria para entregar o bilhete a Meg e para Meg sair de casa e andar pelo antigo passeio junto ao lago até o Gordy's.

O bar estava apinhado de jovens ricos e bonitos que faziam de Lake Geneva seu playground de verão. Um DJ controlava o som enquanto lâmpadas estroboscópicas fortes e coloridas cruzavam a pista de dança.

Olhando a cena, Harvath se lembrou dos bons momentos que ele e Meg passaram ali. Ele ainda observava a multidão dançando quando sentiu a mão de um homem sobre seu ombro.

Ele estivera procurando por Meg e, embora tenha percebido a aproximação do homem em sua visão periférica, não lhe prestara muita atenção. Para ser franco, ele nem era tão notável. Foi apenas quando o noivo de Meg, Todd Kirkland, realmente o tocou que Harvath percebeu quem era.

– Precisamos conversar – disse Kirkland.

– Sobre o quê? – perguntou Harvath, embora soubesse por que o homem estava ali.

O noivo de Meg ergueu o bilhete que Harvath dera a Jean Stevens e disse:

– Isto.

◆◆◆

Eles se afastaram da pista de dança e foram para o bar, onde encontraram uma mesa vaga e se sentaram.

– Quer me explicar o que isto quer dizer? – perguntou Kirkland, sacudindo o bilhete na cara de Harvath.

Harvath o ignorou ao ver a garçonete se aproximar. Pegando as taças de vinho vazias na mesa e entregando-as a ela, pediu duas cervejas.

No instante em que ela se afastou, Kirkland voltou à carga.

– Quem você pensa que é? Acha que pode simplesmente...

Por mais que Harvath tenha tentado atenuar as coisas com Jean Stevens, ela estava certa. Kirkland era um idiota. Era arrogante e grosseiro, o que sem dúvida vinha de uma insegurança profunda. Harvath não sabia por que ele era tão inseguro. Ele ganhara um monte de dinheiro como corretor de commodities e sua aparência não era tão ruim, especialmente depois que ele supostamente operou o nariz, os olhos, as orelhas e o queixo com um dos melhores cirurgiões plásticos de Chicago.

Apesar de seus defeitos, Meg amava alguma coisa nele. Se ele fosse mesmo manipulador, controlador e autoritário, isso era problema dela. Ninguém a estava obrigando a se casar com ele.

E ninguém obrigara Harvath a sabotar seu relacionamento com ela. Sentado de frente para o homem com quem Meg ia se casar em menos de 48 horas, ele não pôde deixar de se perguntar o que ela vira nele.

– Você vai me explicar a razão desse bilhete agora – afirmou Kirkland, trazendo a mente de Harvath de volta à questão. – O que está tentando fazer?

– Ninguém está tentando fazer nada, Todd – disse Harvath calmamente.

– Uma ova que não está – respondeu ele. – Isso é a sua cara. Você está mancomunado com aquela maluca da nossa vizinha, não é? Ela sempre pergunta a Meg sobre você, principalmente quando estou presente e...

– Todd, Jean Stevens e eu não estamos mancomunados.

– É mesmo? Então como é que ela conseguiu essa carta para Meg? Lembre-se de que é meio difícil negar que você a mandou, já que estava sentado exatamente onde a carta disse que estaria.

– Não estou negando nada. Eu precisava conversar com Meg – respondeu Harvath.

– E não podia ser por telefone?

A garçonete voltou e Harvath esperou que ela colocasse as cervejas na mesa antes de responder a Kirkland.

– Não. Preciso falar com Meg pessoalmente.

– Sobre o quê? Você ainda sente alguma coisa por ela? Se for isso, posso lhe dizer com absoluta convicção que ela já esqueceu você completamente, meu chapa.

Harvath odiava quando as pessoas o chamavam de "meu chapa", especialmente babacas ignorantes que não só não eram "chapa" dele como também não sabiam de que merda estavam falando.

– Imagino que Meg não saiba do bilhete – disse Harvath, tentando manter a conversa num bom nível.

– Não, nem vai saber, não se depender de mim.

Harvath odiava discussões. Tomou um longo gole de cerveja e tentou manter a compostura. Por fim, disse:

– Tenho motivos para acreditar que Meg corre perigo.

– Então foi por isso que você colocou o Serviço Secreto para protegê-la, não foi?

– Sim, mas...

– Uma ova – cuspiu Kirkland. – Você só fez isso para mostrar seu poder e estou farto disso. Basta eu me virar para ser lembrado de sua existência. Isso tem que parar aqui e agora.

Harvath precisou afrouxar o aperto que dava no copo de cerveja antes que ele quebrasse.

– Não transforme isso numa competição comigo, Todd. Essa é uma ameaça séria.

– Então por que não entra em contato com o Serviço Secreto?

O homem tinha razão e Harvath odiou ter de admitir isso.

– Porque nós ainda não sabemos a exata natureza da ameaça.

– *Nós?* Nós quem? O DSN? O FBI? A CIA?

Como Harvath não respondeu, Kirkland acrescentou:

– Está vendo? Não tem nada disso. Tudo tem a ver com você. *Você* e Meg... Pelo menos na sua cabeça. Mas tenho uma novidade: não existe você e Meg, não mais. Acabou. Então fique longe de nós! – Ele se levantou e empurrou a cadeira para perto da mesa.

Harvath voltou a empurrar a cadeira para trás com o pé para que Kirkland se sentasse novamente.

– Não seja idiota. Estou aqui porque existe uma ameaça crível. Esse cara é perigoso e vai atacar em seu casamento.

O noivo de Meg não estava interessado em se sentar.

– Algo me diz que, com o presidente presente em nosso casamento, se houvesse uma ameaça realmente *crível,* você estaria trabalhando com o Serviço Secreto para impedi-la e não tentando se encontrar com minha mulher no meio da noite num bar qualquer.

Kirkland pegou uma nota de 20 dólares na carteira e a atirou na mesa.

– E, só para sua informação, o único motivo para Meg ter lhe mandado um convite foi que ela queria lhe mostrar que tinha seguido em frente. Talvez você deva pensar em fazer o mesmo.

capítulo 109

TODD KIRKLAND VOLTOU A SEU Bentley Azure sentindo-se muito bem consigo mesmo. Ansiava por se livrar do imbecil do Harvath de uma vez por todas e tinha conseguido. Tirara um peso enorme dos ombros.

Baixando a capota do Azure, ele ajeitou o retrovisor e sorriu para si mesmo.

A presença de Harvath em seu casamento era a única coisa que realmente o incomodava. Ele discutira diversas vezes com Meg sobre os motivos dela para convidá-lo, mas agora nada disso importava. A julgar pela cara de Harvath quando deu o fora nele, Kirkland duvidava que ele tivesse coragem de aparecer na cerimônia. Com Harvath fora de cena, ele poderia aproveitar o resto do fim de semana e o resto de sua vida com Meg Cassidy. Afinal, ele vencera. Tinha Meg, e Harvath, não. Tudo se resumia a isso.

Kirkland saiu do estacionamento e entrou na Lake Shore Drive sul para voltar mais rápido ao chalé de Meg. Embora achasse que tinha agido muito bem, sentiu alguma coisa devorando-o por dentro. Tentou afastar essa sensação de sua mente, mas ela se recusava a sair. *E se Harvath estivesse falando a verdade?*

Kirkland nunca soube realmente qual era o trabalho de Harvath, só que era funcionário do DSN e que Meg não podia falar no assunto. Era um dos segredos que ela dividia com o ex-namorado e enfurecia Kirkland. Poderia mesmo haver uma ameaça de que o Serviço Secreto não soubesse? Será que Meg estava correndo um perigo maior do que todos supunham?

Ao fazer o retorno para a casa de Meg, Todd Kirkland concluiu que seria do interesse de todos se ele tivesse uma conversinha com os agentes do Serviço Secreto que montavam guarda do lado de fora.

◆◆◆

Uma hora e meia depois, o telefone de Rick Morrell tocou. Depois de receber todas as informações, ele avisou aos membros de sua Equipe Ômega. Harvath fora localizado. Estava em Wisconsin.

capítulo 110

QUANDO O FURGÃO DA FEDEX parou na entrada do Abbey Resort, Harvath já estava preparado e esperava por ele.

Apresentando sua identidade de Hans Brauner, assinou o recibo da encomenda e deu ao manobrista o comprovante do carro alugado pelos pilotos.

Acionando o sistema de navegação de bordo, entrou com o endereço do U. S. Bank em Lake Geneva e pegou a estrada.

Retirou a pistola compacta Heckler & Koch USP, a faca Benchmade, o BlackBerry, as credenciais do DSN e dois pentes de munição que Ron Parker lhe mandara por cortesia e atirou a caixa vazia do FedEx no banco traseiro. Enquanto dirigia, se perguntou que diabos estava pensando quando tentou armar um encontro com Meg.

O que teria conseguido com isso? Será que ele esperava que ela desistisse do casamento? Ou acreditava que de algum modo ela falaria com o presidente em nome dele e tudo ficaria bem?

As respostas disparavam por sua cabeça, mas ele sabia que nenhuma delas era correta. O que ele queria era avisá-la.

Harvath queria dar a Meg a chance que Tracy, sua mãe e todas as outras vítimas de Roussard não tiveram. Mas era mais do que isso. Olhando no fundo de si mesmo, Harvath descobriu que o que ele mais queria era aliviar a culpa que sentia por ainda não ter sido capaz de deter Roussard. Se alguma coisa acontecesse com Meg, pelo menos ele saberia que a avisara. Mas que besteira.

Não importa o que ele dissesse ou não a Meg Cassidy. Se alguma coisa acontecesse com ela, ele sabia que sua culpa seria tão grande quanto a que sentia por Tracy Hastings.

A essa altura, ele era a única pessoa que podia deter Roussard.

Mas isso não significava que o Serviço Secreto não devesse estar ciente do que Harvath descobrira. Todd Kirkland tinha razão quanto a isso e Harvath entrou em contato com Gary Lawlor e o colocou a par de tudo.

Gary checaria se o Serviço Secreto estava ciente, mas Harvath sabia que não havia muito que eles pudessem fazer com essa informação.

Harvath mandou um e-mail para Lawlor com o dossiê completo que tinha de Philippe Roussard, inclusive as fotos. Ele confiava em seu chefe para dar uma olhada nele e passar adiante os detalhes importantes.

O Serviço Secreto se certificaria de que todos os seus agentes tivessem fotos de Roussard e pediria aos policiais municipais e estaduais que ficassem de olho para o caso de ele aparecer. Mas terminaria aí. Se algum deles por acaso topasse com Roussard, muito provavelmente seria tarde demais.

Os policiais tiveram sorte com Roussard em Virginia Beach. Harvath duvidava que isso fosse acontecer de novo.

capítulo 111

A AGÊNCIA DO U. S. BANK DE LAKE GENEVA localizava-se no lado leste do lago, perto da esquina das ruas Geneva e Center.

Carregando um envelope pardo, Harvath entrou no banco, apresentou suas credenciais do DSN a um dos funcionários e pediu para falar com o gerente.

Foi conduzido a uma sala privativa, onde uma mulher atraente, no final dos 40 anos, levantou-se e se apresentou como Peggy Evans.

– Como podemos ser úteis ao Departamento de Segurança Nacional? – perguntou depois que seu visitante estava sentado e ela terminara de checar sua identificação.

Harvath abriu o envelope e retirou as fotos de Philippe Roussard que imprimira no hotel.

– Reconhece este homem? – perguntou, passando as fotos a Evans.

A mulher as examinou por alguns minutos e perguntou:

– De que se trata?

– O homem nestas fotos é um terrorista procurado. Temos registros que indicam que ele recebeu fundos por transferência eletrônica para este banco há dois dias.

– Está sugerindo que o banco fez alguma coisa errada? Porque posso lhe garantir que...

Harvath ergueu a mão e balançou a cabeça.

– De forma alguma. Só estamos tentando reunir o máximo de informações sobre ele.

– Tem alguma informação específica sobre a transação?

Harvath lhe entregou cópias dos documentos do banco Wegelin & Company que Claudia lhe mandara por e-mail.

Evans examinou os registros, pegou o telefone e discou para um ramal.

– Arty, pode vir aqui, por favor?

Segundos depois, um hispânico atarracado, no início dos 30 anos, bateu à porta e entrou na sala.

– Queria me ver?

– Sim – disse Evans, apresentando o homem a Harvath. – Arturo Ramirez, este é o agente Scot Harvath, do Departamento de Segurança Nacional. Ele tem algumas perguntas sobre um cliente que recebemos no banco há dois dias.

Harvath se levantou e apertou a mão de Ramirez.

– Arturo lida com todas as transações eletrônicas – continuou a mulher. – Ele também nunca se esquece de um rosto. Não é, Arty?

Ramirez sorriu educadamente para sua gerente e pegou a série de fotografias.

– Sim, eu me lembro dele – disse, depois de examinar as fotos. – Peter Boesiger era o nome, acho. Um sujeito simpático. Suíço.

– Interessante – respondeu Harvath, pegando uma caneta no bolso. – Como sabe que era suíço?

– Apresentou passaporte suíço como identidade. Imaginei que significava que ele era da Suíça. Ele também falava com sotaque.

– Por acaso fez cópia do passaporte?

– Claro que sim – disse Ramirez. – É procedimento padrão do banco.

– Posso ver a cópia, por favor?

Ramirez olhou para Evans, que concordou.

Ele saiu da sala e voltou vários minutos depois com uma fotocópia do passaporte de Boesiger usado por Roussard.

– Há mais alguma coisa que possa mc falar sobre ele? – perguntou Harvath.

Ramirez o olhou.

– Como o quê, por exemplo?

– Ele estava com alguém?

– Não – respondeu o escriturário. – Ele veio sozinho.

– E o carro? Viu o que ele dirigia?

Ramirez balançou a cabeça numa negativa.

– Não vi.

– Ele conversou com você? Mencionou onde estava hospedado, qualquer coisa assim?

– Não que eu me lembre.

Nesse ritmo, Harvath estava rapidamente chegando ao fim das perguntas que podia fazer.

Depois Ramirez disse:

– Espere um segundo. Ele me pediu uma orientação. O endereço era de uma imobiliária. Fica perto daqui, mas não consigo me lembrar qual é. Falamos de andar ou ir de carro até lá. Eu disse que, se ele já havia estacionado, talvez fosse melhor ir a pé do que tentar encontrar outra vaga lá perto.

Tendo se lembrado de uma informação crucial, a cara larga de Ramirez se abriu num largo sorriso.

Enquanto pegava uma lista telefônica com a gerente, Harvath se perguntou quantas imobiliárias poderia haver numa cidade de veraneio como Lake Geneva.

capítulo 112

QUANDO CHEGARAM À CIDADEZINHA de Fontana, Rick Morrell e os membros da Equipe Ômega dividiram-se em dois grupos e, fazendo-se passar por agentes do FBI, interrogaram Todd Kirkland e Jean Stevens simultaneamente.

Nenhum dos dois podia dar pistas concretas sobre o paradeiro de Scot Harvath. Em seguida, eles foram ao bar e restaurante onde Harvath estivera na noite anterior, o Gordy's Boathouse. Morrell mostrou uma foto de Harvath à garçonete, que se lembrou de tê-lo servido, mas não falou com ele mais nada além de anotar seu pedido.

Com apenas alguns hotéis na cidade, Morrell e sua equipe passaram a tentar deduzir onde Harvath estaria hospedado. Começaram pelo hotel mais próximo do Gordy's Boathouse, o Abbey Resort.

Muito rapidamente, o resort se revelou perda de tempo. Não havia ninguém registrado com o nome de Scot Harvath nem nenhum de seus codinomes. Ninguém da recepção reconheceu a foto. Também não conseguiram nada com os camareiros.

Morrell e um de seus homens estavam voltando ao carro quando passaram pelos manobristas e lhe mostraram uma foto de Harvath.

– Sim, eu conheço esse cara – disse um dos manobristas. – Peguei o carro para ele hoje de manhã.

– Tem certeza?

– Absoluta.

Morrell sacou o celular e mandou uma mensagem de texto aos demais membros da equipe para que voltassem dos outros hotéis em que estavam investigando. Tinha encontrado o paradeiro de Harvath.

Com o reconhecimento do manobrista, Morrell e seus homens começaram o lento processo de localizar Harvath no hotel.

Primeiro vasculharam os registros de pedidos de veículos da manhã. Depois de descartarem aqueles que o manobrista tinha certeza de que não pertencia a Harvath – dois Porsches, um Audi e uma Mercedes conversível nova –, levaram os outros pedidos para dentro.

Com a ajuda do gerente da recepção, averiguaram quais registros eram de hóspedes que haviam chegado nas últimas 24 horas. Morrell duvidava que Harvath estivesse ali há mais tempo do que isso.

O único hóspede que se registrou nas últimas 24 horas e pediu seu carro no início da manhã foi um homem chamado Nick Zucker, hospedado no quarto 324. Já tendo se identificado como agente do FBI perseguindo um foragido da justiça, Morrell pediu a chave ao gerente da recepção.

O gerente pegou um cartão-chave e, assim que o entregou a Morrell, ele e seus homens saíram rapidamente do saguão.

Havia um carrinho de serviço no final do corredor e Morrell recrutou uma jovem camareira. Do lado de fora do quarto 324, ele e seus homens se posicionaram dos dois lados da porta e ele fez um gesto para a camareira bater.

Ela bateu rapidamente, gritando: "Serviço de quarto!"

Como não houve resposta, Morrell mandou que ela se afastasse, passou o cartão-chave na tranca e abriu a porta.

Morrell e sua equipe entraram, mas o quarto estava vazio. Encontraram um pequeno kit de toalete no banheiro com remédios prescritos para um certo Nick Zucker, de uma farmácia em Phoenix, e um uniforme de piloto pendurado no armário que não podia caber em Harvath.

Uma pequena bolsa de viagem continha uma muda de roupas, um livro de ação velho e uma revista de Sudoku. Dentro da revista havia várias fotos de um homem e sua família, uma delas o mostrava no uniforme de piloto ao lado de um avião com o casal de filhos adolescentes.

Eles cometeram um erro. Scot Harvath não estava usando o nome de Nick Zucker. Morrell ordenou que seus homens deixassem tudo como haviam encontrado.

Eles estavam no meio do corredor quando o gerente da recepção apareceu trazendo mais dois cartões-chave.

– Dei mais uma olhadinha – disse quando alcançou Morrell. – Zucker se registrou com outro homem chamado Burdic. De acordo com as fichas de registro, os dois trabalham na mesma empresa de aviação. Havia um terceiro homem que se registrou ao mesmo tempo, seu nome é Hans Brauner. Ele disse ao funcionário da noite passada que pagaria pelos quartos dos três e também marcou uma partida de golfe e almoço para eles hoje.

O quarto de Burdic foi tão inútil quanto o de Zucker, e o que pertencia ao suposto Hans Brauner não tinha nada. Morrell, porém, sabia que tinham localizado Harvath.

Em vez de pedir ao funcionário da noite anterior para ir ao hotel reconhecer a foto de Harvath, eles lhe mandaram por e-mail. Ao telefone, ele confirmou que a foto pertencia ao homem registrado como Brauner, que chegara com os dois pilotos.

Então agora Morrell não só sabia o codinome que Harvath usava, mas também como ele estava circulando, por ar e por terra. Acionando seu contato em Langley, Morrell conseguiu as fichas de crédito de Zucker, Burdic e Brauner.

Ele não se surpreendeu que nada aparecesse sobre Brauner. Mas Zucker e Burdic eram outra história. Entre as coisas de sempre, como pagamentos de hipoteca e contas de lojas de departamentos, fizeram uma descoberta particularmente feliz. Zucker alugara um carro no aeroporto na véspera.

Não só o carro era de uma cadeia nacional como Morrell também sabia que eles usavam um sistema de rastreamento por GPS em seus veículos como parte de algo conhecido como "gestão de frota". Talvez Harvath não fosse assim tão difícil de capturar.

capítulo 113

HAVIA OITO IMOBILIÁRIAS NO CENTRO de Lake Geneva e cada uma delas empregava vários corretores. A famosa analogia da agulha no palheiro não chegava perto do que Harvath estava enfrentando.

Ele precisou de toda a manhã e boa parte da tarde para percorrer os escritórios e identificar os corretores que podiam ter entrado em contato com Roussard/Boesiger nos últimos dois dias.

Saiu de mãos vazias de todas as imobiliárias, exceto uma, a Leif Realty, que tinha uma placa na vidraça dizendo que estava fechada e reabriria no dia seguinte. Harvath deixou várias mensagens na caixa postal da Leif Realty e por fim conseguiu o número do celular da proprietária por intermédio de outro corretor de um escritório próximo.

Eram quase 4 horas da tarde quando a dona da Leif Realty, Nancy Erikson, retornou sua ligação e disse que podia se encontrar com ele em seu escritório 15 minutos depois.

Quando Harvath chegou, Erikson abriu a porta e o deixou entrar.

O escritório era pequeno e fora decorado para dar a impressão do interior de um chalé à beira do lago.

– Poder fechar para ter um dia de folga, especialmente no final da temporada, é uma das vantagens de se ter o próprio negócio – disse ela enquanto ligava a máquina de café espresso.

Ela tagarelou sobre uma lista de bebidas quentes que podia preparar, mas Harvath educadamente rejeitou todas. Erikson era sua última pista e ele estava ansioso para descobrir o que ela sabia sobre o homem que ele procurava.

– Ele tratou de quase tudo exclusivamente por e-mail – disse Erikson enquanto pegava uma pasta na pilha em sua mesa. – Eu diria que hoje em dia mais de 75% de nossos negócios são feitos em nosso website. Quase não é necessário ter um corretor – acrescentou ela com um risinho.

– Pode me falar da casa que Boesiger alugou? – perguntou Harvath.

A mulher deslizou um folheto da pasta e entregou a ele.

– É um lugar bonito – disse Harvath ao examinar as fotos. Era uma casa grande junto da água. – Parece grande demais para uma pessoa só.

– Pensei nisso também, mas muitos europeus são assim. Eles vivem tão espremidos por lá que, quando saem de férias, querem algum espaço para respirar.

Harvath duvidava de que essa fosse a motivação de Roussard. Ele escolhera essa casa por outro motivo.

– Pode me mostrar onde fica essa propriedade?

Erikson rolou a cadeira até a estante e voltou com um grande livro sobre Lake Geneva. Abriu-o no meio e desdobrou um grande mapa. Seu dedo pairou sobre a margem norte do lago, até que desceu com um estalo e ela disse:

– A casa fica bem aqui.

Ela girou o livro na mesa para Harvath ver onde se localizava a propriedade.

O Geneva era o segundo lago mais fundo de Wisconsin. Tinha 12 quilômetros de extensão, mas só 3,3 quilômetros em sua extremidade mais larga. Uma das possibilidades que Harvath considerava era que Roussard tivesse escolhido essa casa porque ela lhe dava uma linha de visão desimpedida para seu alvo. Um ataque a míssil ou granada-foguete não era algo que Harvath estivesse disposto a descartar, em especial por saber que esse era um dos piores pesadelos do Serviço Secreto e algo de que era impossível se defender.

Assim que localizou o Lake Geneva Country Club na margem sul do lago, Harvath deixou de lado o raciocínio da linha de visão. Ele comparou a localização da casa alugada de Roussard com o chalé de Meg Cassidy e com a propriedade de Ridger Cummings, ex-colega de faculdade do presidente, com quem Rutledge sempre se hospedava quando ia a Lake Geneva. Nenhuma delas batia. Qualquer que fosse o ataque que Roussard planejava, ele não ia lançá-lo de onde estava agora.

Virando o folheto, Harvath perguntou:

– Tem mais fotos da propriedade?

– Temos mais algumas em nosso site – disse Erikson enquanto ligava o computador. Quando clicou na página em busca da casa que Roussard pegara, ela virou o monitor para Harvath ver por si mesmo.

– Pode clicar no tour virtual, por favor? – disse Harvath depois que ela rolou pelas imagens estáticas.

Erikson estava na metade do tour virtual de 360 graus quando Harvath lhe pediu que parasse.

– Volte – disse ele.

A corretora arrastou o mouse, movendo lentamente a imagem de volta. Por fim, Harvath disse:

– Bem aí. Pare.

A câmera parou num gramado bem cuidado que levava à água. Proporcionava uma visão perfeita do curto píer da casa e da vista do lago. Harvath não estava interessado na vista, e sim no casco de uma lancha reluzente que estava embaixo de um toldo listrado no píer.

– Ah, isso – replicou Nancy Erikson, revirando os olhos. – Esse barco quase me custou o negócio.

– Como assim? – perguntou Harvath.

– Quando o Sr. Boesiger chegou, tive de explicar a ele que surgira um problema com o duto de combustível e o barco teve de ser levado à oficina. Os proprietários da casa ofereceram um desconto muito generoso, mas ele não se importou com o desconto, queria o barco e ficou muito irritado por não estar disponível. Eu conheço os donos da revenda da Cobalt em Fontana. Eles concordaram em me alugar um de seus melhores barcos para o Sr. Boesiger ter uma embarcação equivalente durante suas férias.

Harvath não conseguia acreditar em sua sorte.

– E quanto tempo elas devem durar?

– O Sr. Boesiger pagou até domingo, mas, quando estávamos tentando arrumar um novo barco, disse que precisava dele para hoje.

capítulo 114

AO SAIR DO LEIF REALTY, HARVATH sabia que tinha descoberto uma parte importante de como Philippe Roussard planejava realizar o atentado. Ele viria da água.

Cenas do ataque a bomba ao navio USS *Cole* lampejaram em sua mente, mas ele as descartou. Primeiro porque Roussard não era suicida, e segundo porque ele não poderia se chocar contra o Lake Geneva Country Club. O clube se elevava sobre a margem do lago e era quase impossível chegar significativamente perto devido a uma série de docas de madeira e píeres.

Havia a possibilidade de Roussard encher o barco de explosivos e tentar deixá-lo em um dos píeres mais próximos da sede do clube, mas seria quase impossível escapar ao exame minucioso do Serviço Secreto. Bem antes de o presidente chegar, eles teriam verificado completamente cada barco e os relacionado a seus donos, sobre os quais teriam feito uma investigação completa, junto com verificações de todos os outros membros do clube.

Harvath tirou o carro da vaga e seguiu as orientações que Nancy Erikson lhe dera para chegar à casa alugada. Enquanto dirigia, deu rédeas soltas a cada hipótese concebível que envolvesse o casamento de Meg e o acesso de Roussard a uma lancha potente.

A equipe SEAL que acompanhava o presidente em todas as suas visitas a ambientes próximos da água estaria sobre, sob e em volta do lago durante o casamento. Além disso, haveria vários barcos de apoio mantendo outras embarcações a uma boa distância da área. Um ataque direto no estilo camicase certamente seria um fracasso.

Chegando à Highway 50, Harvath virou à esquerda e seguiu para oeste, acompanhando a margem norte do lago. Havia uma coisa que ele não estava vendo, algo sobre o barco, mas ele não conseguia descobrir o quê.

Com uma forte proteção em volta do Country Club, a única maneira de ele abrir uma brecha era com um ataque que não pudesse ser impedido depois de lançado. Novamente, Harvath voltou à idéia de uma espécie de projétil, como um míssil Stinger ou uma granada-foguete.

Consultando o mapa, Harvath percebeu que estava se aproximando da entrada da casa de Roussard. Quando viu a placa da rua, tirou o pé do acelerador e ligou a seta.

Minutos depois estava dirigindo por uma estrada pavimentada, sombreada por um dossel de carvalhos altos plantados a intervalos regulares dos dois lados.

Enquanto dirigia, Harvath prestou atenção no que havia à frente. Mais importante, concentrou-se na necessidade de manter Roussard vivo até descobrir o que ele tinha planejado.

Pelo que Harvath sabia, o barco podia não ter nada a ver com o ataque, mas sim com a fuga do terrorista. Ele não podia fechar a mente a nenhuma opção.

Ao fazer uma curva suave, Harvath não pôde ver o 4x4 escuro que tinha acabado de virar da estrada atrás dele.

capítulo 115

A CERCA DE 800 METROS DA CASA DE ROUSSARD, Harvath encontrou uma pequena casa que passava por uma ampla reforma. Como eram quase 5 horas da tarde, todos os operários já tinham ido embora. Ele virou na entrada de cascalho e estacionou. Ia percorrer o resto da distância a pé.

A casa alugada por Roussard era limitada de três lados por um bosque cerrado. Harvath decidiu se aproximar pelo ponto mais distante, do outro lado da rua.

Ele andava o mais rápido possível sem fazer muito barulho. Não havia nenhum movimento, a não ser uma nuvem de mosquitos que parecia segui-lo a cada passo.

Na margem do bosque, Harvath parou. Daquela posição, podia distinguir toda a parte dos fundos e um lado da casa em estilo *château* francês.

Roussard tinha registrado um Lincoln Mark VII na imobiliária, mas a entrada de carros estava vazia.

Não havia luzes no interior e nenhuma das janelas estava aberta. Só o zumbido do ar-condicionado sugeria a possibilidade de haver alguém na casa. Era hora de agir.

Caminhando por entre as árvores até um local mais próximo, Harvath localizou a porta lateral da garagem e pegou no bolso o molho de chaves que a corretora lhe dera.

Agachando-se, sacou sua H&K, contou até três e entrou rapidamente.

Andou depressa, certificando-se de que sua aproximação não fosse vista de nenhuma das janelas. Colocou a chave na fechadura e abriu a porta lentamente.

A primeira coisa que percebeu foi o Lincoln de Roussard. Harvath foi até ele e colocou a mão no capô, para saber se tinha sido usado recentemente. Não.

Desviando-se de uma coleção de brinquedos de praia coloridos, foi até um curto lance de escada e à porta que levava à casa. Não esperava que estivesse trancada, e não estava. Como a maioria das pessoas, Roussard confiava que a porta de garagem seria segura o suficiente.

O ar dentro da casa era muito mais frio do que na garagem. Harvath foi envolvido por ele ao entrar e fechar a porta em silêncio. Estava numa área de circulação junto da cozinha.

Ele parou pelo que pareceu uma eternidade e acalmou sua respiração para se concentrar somente na audição. Seus ouvidos se esforçaram para captar algum som que lhe dissesse onde poderia estar Roussard, mas não escutou nada.

Agarrando-se mais firmemente à sua pistola, Harvath começou a vasculhar sistematicamente toda a casa. Movimentava-se com uma eficiência treinada ao entrar em cada dependência com a H&K preparada.

Um após outro, os cômodos estavam vazios. Não havia sinal de Roussard em lugar nenhum do primeiro andar. Chegando à escadaria, Harvath subiu os degraus acarpetados de dois em dois, ansioso para confrontar o terrorista e dar um fim à perseguição que começou no momento em que Tracy foi baleada.

Harvath entrou em silêncio em cada quarto, verificando armários, banheiros e debaixo das camas. Nada, nem sinal de Roussard.

Harvath chegou à suíte principal e enfim começou a ver provas de que Roussard realmente estava usando a casa. A cama estava desfeita e a pia do banheiro e o boxe ainda estavam molhados. Pela manhã ele estivera ali, mas o closet estava vazio, nem uma mala, mochila ou bolsa à vista. O terrorista já se preparava para sumir, mas isso não fazia muito sentido, o casamento só aconteceria no dia seguinte. *Por que guardar roupas, objetos pessoais e todo o resto um dia antes?*

Olhando pelas portas de vidro que davam para a sacada privativa da suíte principal, Harvath tinha uma ampla visão do lago. Seus olhos imediatamente foram atraídos para o píer e ele notou a ausência da lancha Cobalt que Nancy Erikson arrumara para Roussard.

Uma sensação ruim crescia na boca do estômago de Harvath.

Ele refez o caminho que usara para subir, verificando tudo novamente. Quando chegou à garagem, abriu a porta do motorista do Lincoln de Roussard e destrancou a mala.

Sorrindo para ele, estava uma bolsa de viagem azul.

– Te peguei – disse Harvath.

Mas depois de abri-la e vasculhar seu conteúdo, percebeu que não pegara nada. Roupas, objetos de higiene, só coisas banais. Não só não havia nada de incriminador dentro da bolsa como também não havia coisa alguma que apontasse o que Roussard pretendia fazer.

Harvath bateu a porta da mala e estava prestes a voltar para dentro da casa quando percebeu uma grande lixeira de plástico junto à porta da garagem.

Correu até lá e tirou a tampa. No fundo havia um saco de lixo branco. Ele o pegou e levou para dentro da casa.

Limpando a mesa de jantar, rasgou o saco e o esvaziou. Iluminado pelos fracos feixes da luz da tarde, verificou o pouco lixo que tinha se acumulado durante a curta estada de Roussard.

Havia garrafas de água mineral vazias, embalagens de comida para microondas, cinzas, pontas de cigarro e alguns maços vazios de Gitanes. Misturado a tudo isso, um folheto de grandes iates da empresa Lake Geneva Cruise Line.

Harvath pegou um pano de prato e limpou o folheto. Casas de veraneio do mundo todo eram cheias de revistas locais e folhetos sobre os pontos turísticos e atividades recomendadas. Não era surpresa que os donos dessa casa também tivessem deixado esse material para seus inquilinos. Mas o que havia nesse folheto para que Roussard o jogasse no lixo?

Harvath o folheou rapidamente, tentando decifrar seu significado. Só quando estava perto do fim percebeu uma página com a ponta dobrada. Seu coração parou.

O texto no alto dizia: "O grande iate *Polaris* foi construído em 1898 para Otto Young, um dos primeiros milionários de Lake Geneva. Experimente o luxuoso estilo de vida dessa época, cercado do mogno e do bronze originais do *Polaris*. Seu convés é aberto à brisa do lago e a cabine contém um lindo bar com tampo de bronze. Perfeito para excursões privadas ou para oferecer a seus convidados uma festa única."

Harvath estava enganado. O alvo de Roussard não era o casamento de Meg. *Era o jantar da família.*

Ao largar o folheto na mesa, ele ouviu o som característico de uma arma sendo destravada atrás dele seguido pela voz de Rick Morrell do outro lado da cozinha.

– Não se mexa, Scot. Nem ouse respirar.

capítulo 116

MILHÕES DE COISAS DISPARARAM pela cabeça de Harvath. A mais importante era: *Como diabos eles me encontraram?*

Harvath sabia que seria inútil tentar negociar com Morrell. Para ele, não importava quão perto Harvath estava de pegar Roussard nem que neste exato momento o terrorista estivesse prestes a perpetrar outro atentado. O único propósito de Morrell era colocar um capuz na cabeça de Harvath e atirá-lo num buraco escuro por um bom tempo.

Se havia uma coisa que Harvath sabia sobre a vida era que tudo era uma questão de timing, e o de Morrell era terrível.

De repente Harvath se jogou no chão, saindo da vista de Rick Morrell e seus homens. Enquanto engatinhava para a sala de estar, a sala de jantar explodiu numa saraivada de disparos de armas com silenciador. As ordens de Morrell eram claras – Harvath devia ser levado vivo ou morto.

A porta da frente se abriu e Harvath disparou uma série de tiros no batente, dispersando o grupo dos homens de Morrell que entrava e os obrigando sair correndo em busca de proteção.

Atirando diversas vezes enquanto corria, Harvath foi para a escadaria e subiu os degraus. Chegando à suíte principal, pôde ouvir os passos dos homens subindo a escada atrás dele.

Não havia tempo para retardá-los com uma barricada na porta. Harvath precisava se manter à frente.

Correndo pelo quarto, ele fechou as portas para o closet e o banheiro e passou pelas portas envidraçadas até a pequena sacada.

Procurando primeiro por sinais dos homens de Morrell no andar de baixo, Harvath pulou da balaustrada de pedra e se içou para o telhado escarpado.

Era quase impossível conseguir se firmar nas telhas. Os pés de Harvath escorregavam enquanto ele se movia pelo telhado. Seu objetivo era descer na garagem e dali voltar para o bosque. Entretanto, as coisas não saíram exatamente como ele planejara.

A três metros da garagem, Harvath pisou numa telha solta e perdeu o equilíbrio – e de vez.

Ele caiu com força, atingindo a beira do telhado antes de ser lançado em pleno ar. Harvath tentou se aprumar, mas estava voando a uma velocidade alta demais.

Ele pousou duramente sobre o lado esquerdo do corpo e a força do impacto arrancou o ar de seus pulmões. Apesar do leito espesso de palha que protegia o gramado, seu pescoço teria se quebrado feito um palito de fósforo se ele tivesse batido a cabeça. Harvath fora *extremamente* sortudo, embora não se sentisse assim naquele momento.

Apesar do cérebro embaralhado pela queda e de não conseguir respirar, instintivamente ele sabia que precisava se mexer ou seria morto.

Tomou golfadas imensas de ar, tentando encher os pulmões de oxigênio. Enquanto seu peito arquejava, ele viu sua pistola no chão a alguns metros de distância.

Lutou para chegar a ela e, enquanto seus dedos se fechavam no cano, Harvath sentiu o ar voltar aos pulmões.

Colocando-se de pé, ele se manteve abaixo da linha das janelas enquanto corria para a garagem. Ao chegar lá, estacou, pressionando as costas na parede de pedra fria. Erguendo a H&K na altura do peito, arriscou uma espiada rápida pelo canto.

Dois dos homens de Morrell já estavam no jardim procurando por ele e um ia na sua direção. Numa palavra, Harvath estava *ferrado.*

capítulo 117

A ÚNICA CHANCE DE HARVATH escapar era tirar Morrell e seus homens de seu encalço e, para tanto, precisaria derrubar um deles.

Firmando bem os pés, agachou-se e pegou a pistola pelo cano, virando o punho para fora. Tudo seria muito mais fácil se ele estivesse disposto a matar Morrell e sua equipe, mas isso estava fora de cogitação.

Ele acalmou a respiração e escutou. Sabia que o homem estava contornando a casa a poucos metros dele, no entanto não conseguia ouvir nada.

As pernas de Harvath ardiam e o suor brotou em sua testa. Ele parecia uma mola que fora apertada demais. Não ia conseguir manter essa posição por muito mais tempo.

De repente houve um lampejo de cor e um dos homens de Morrell deu uma espiada apressada pelo canto da garagem. Foi quando Harvath investiu.

Pegando a submetralhadora do homem com a mão esquerda e o fazendo perder o equilíbrio, Harvath bateu o punho da pistola em sua têmpora com força suficiente para fazê-lo ver estrelas, muitas estrelas.

Os joelhos do homem se dobraram imediatamente e Harvath o arrastou pelo canto até seu lado da casa.

Apontando a pistola para ele, Harvath pegou sua MP5 e um pente extra que pendurou no ombro. O homem portava uma Glock calibre 40 em um coldre no quadril e Harvath a pegou também.

Na orelha do homem havia um fone do Serviço Secreto. Harvath olhou o colarinho e encontrou um microfone, conectado a um pequeno walkie-talkie Midland no cinto.

– Vou lhe dar uma chance – sussurrou Harvath. – Diga a sua equipe que estou no bosque, ao norte da casa, indo para a rua. Entendeu?

– Vá se foder – cuspiu o homem, ainda tonto.

Harvath pressionou o MP5 com silenciador na virilha do homem.

– Ele está no bosque, ao norte da casa e seguindo para a rua – repetiu. – Diga isso ou vou estourar suas bolas.

Fuzilando Harvath com os olhos, o homem concordou.

Harvath estendeu a mão e ativou o microfone.

Tremendo de dor, o homem gaguejou:

– Aqui é McCourt. Harvath está no bosque ao norte da casa. Ele vai para a rua.

Soltando o botão de transmissão, Harvath retirou a submetralhadora da virilha do homem e o golpeou na lateral da cabeça, deixando-o inconsciente.

Ele esperou até ouvir o pessoal de Morrell correr pelo jardim ao norte da propriedade e partiu para a água.

Enquanto corria, sua mente repassava o que Jean Stevens dissera sobre o jantar da família. *Vão nos pegar nas docas às 17h30 para um coquetel no barco e depois vamos jantar no clube.*

Harvath olhou seu relógio. Já eram 17h35.

Não importava mais que seu celular pudesse dar sua localização à CIA. Harvath pegou o BlackBerry no bolso e o ligou. Assim que conseguiu sinal, discou para o celular de Meg. Imediatamente caiu na caixa postal e ele percebeu que o telefone devia estar desligado.

A única pessoa que ele sabia que estava no barco era Jean Stevens, mas Harvath não fazia idéia de se ela estava com celular e muito menos qual era o número.

Harvath pensou em ligar para o Serviço Secreto, assim eles poderiam alertar os agentes do destacamento de Meg, mas tomaria tempo demais passar por toda a cadeia de comando.

Ele era a única pessoa que podia impedir Roussard, mas para fazer isso precisaria chegar ao outro lado do lago.

Harvath parou no passeio que margeava o lago. Podia seguir para a direita ou para a esquerda, mas, qualquer que fosse a direção que tomasse, precisava ter um píer por perto com um barco veloz. Se escolhesse errado, Meg Cassidy, o destacamento do Serviço Secreto e todos os seus convidados iriam morrer.

Harvath correu até a ponta do píer de Roussard para ter uma visão melhor. A leste, por pelo menos uns mil metros, não havia nada. A oeste, a menos de 100 metros, havia alguns píeres como aquele em que estava parado, vários com barcos. Em um deles uma família carregava a embarcação com comida e vinho, preparando-se para um passeio ao anoitecer.

Harvath pegou suas credenciais no bolso e se virou, pronto para se identificar aos donos do barco enquanto corria para a doca, mas deu de cara com a MP5 com silenciador de Rick Morrell apontada para a sua cabeça.

capítulo 118

— VOCÊ SEMPRE FOI ESPERTINHO DEMAIS para o seu próprio bem – disse Morrell, a arma apontada para Harvath. – Onde está McCourt?

– Dormindo nos fundos da garagem – respondeu Harvath. – Olha, Rick...

Morrell ergueu a mão.

– Meus homens queriam pegar você no centro de Lake Geneva quando você ia para o carro, mas eu não deixei. Era público demais. Agora tenho um homem ferido e o resto de minha equipe numa caçada inútil. Isto tem de terminar aqui antes que mais alguém se machuque.

Harvath começou a andar na direção dele.

– Não temos tempo para isso.

Morrell reagiu disparando uma série de tiros com a MP5 à direita da doca, parando só a centímetros dos pés de Harvath.

– Pare bem aí e largue todas as armas, já – ordenou.

– Roussard está prestes a matar Meg Cassidy.

– Roussard não é problema meu. Agora largue as armas.

– Ele matou o sobrinho de Vaile, pelo amor de Deus. Se pegá-lo, você vai se tornar um herói na CIA. Meu Deus, Rick. Você conhece Meg. Sabe melhor do que ninguém o risco que ela correu quando aceitou participar daquela missão conosco. Não ligo para o que tenham lhe dito, você não pode deixar um terrorista de merda matá-la.

– Isso não importa. Não estou autorizado a...

– Que se dane a *autorização*. Isso tem a ver conosco... Com todos nós que participamos daquela operação para deter os filhos de Abu Nidal. Sabe quem é Roussard?

Morrell balançou a cabeça.

– Não acho que isso faria alguma dif...

– Ele é filho de Adara Nidal, Rick – respondeu Harvath, interrompendo Morrell novamente. – Tudo isso não passa de vingança. O troco pelo que eles pensam que fiz a ela. E foi por isso que ele deixou Meg por último.

Uma enxurrada de imagens assolou a mente de Morrell. Ele se lembrava muito bem da missão que ele e Harvath receberam anos antes, de pegar Adara e o irmão dela.

– Só o que importa – continuou Harvath – é deter Roussard. Depois disso, eu mesmo coloco as algemas em mim, mas temos de dar o fora daqui agora.

Morrell baixou a arma e perguntou:

– Como?

capítulo 119

A LANCHA COBALT DE 39 PÉS que a corretora fornecera era mais do que adequada para a tarefa que Roussard tinha preparado.

Fixar o tripé no convés da parte traseira do barco acabou consumindo um pouco mais de tempo do que ele previra, mas não era nada que ele não pudesse resolver. As placas de conexão especialmente laminadas deram um encaixe perfeito para a arma.

Roussard pensou que teria de esperar até o último minuto para instalá-la, quando viu a família a poucas docas dali voltando para casa após uma tarde de esqui aquático. Na manhã seguinte ele comprou uma bóia de esqui em forma de tubo, semelhante à que vira com a família na véspera, mas de tamanho maior, e descobriu que dava perfeitamente para esconder o tripé.

A Vulcan M61A2 20mm era uma arma de acionamento elétrico de seis canos rotativos que podia disparar mais de 6.000 balas por minuto. Além de Meg Cassidy e todos os seus convidados, os espectadores na praia atrás deles também seriam estilhaçados antes de saberem o que estava acontecendo. O próprio *Polaris* seria tão danificado que muito provavelmente pegaria fogo e afundaria.

Não havia dúvida de que as águas do lago ficariam vermelhas de sangue, a concretização da última praga de Roussard.

Seu corpo foi inundado de adrenalina enquanto ele seguia pela água em silêncio até uma distância segura. Pelo binóculo, viu os últimos convidados de Meg embarcarem no enorme iate ancorado na ponta do píer. Agora faltavam poucos minutos.

Roussard escolheu o local perfeito para o ataque. O bar do Abbey Springs Yatch Club já estaria cheio, com os clientes que costumavam chegar cedo, assim como o restaurante e o terraço do lado de fora. Sob o terraço, a praia do iate clube estaria repleta de famílias fazendo churrasco e freqüentadores que ainda não tinham encerrado o dia.

Tanto no *Polaris* como atrás dele, no Abbey Springs, a cena seria de puro horror. Roussard sentiu um prazer antecipado.

Olhando pelo binóculo mais uma vez, viu a tripulação começando a soltar as amarras.

A água estava calma e havia pouco vento para perturbar a orientação e o equilíbrio do barco. Era uma noite perfeita para o tipo de assassinato que Philippe Roussard estava prestes a cometer. Ele sorriu ao pensar como sua mãe ficaria orgulhosa. Ele quase não queria que aquilo terminasse, mas é claro que precisava terminar. E, depois desta noite, só precisaria riscar o último nome da lista, finalmente começaria a caçar Scot Harvath.

Três silvos agudos sinalizaram que o *Polaris* estava deixando o píer. Roussard estendeu a mão e girou a chave, ligando os motores do Cobalt amarelo-cítrico.

Ele já havia feito a rota várias vezes durante o dia. Enquanto o *Polaris* estivesse passando pelo Harvard Club, que ficava antes de Abbey Springs, Roussard tiraria a coberta da Vulcan e partiria para o ataque. Quando chegasse perto de Meg Cassidy e seus convidados, eles estariam paralelos ao iate clube e então a diversão começaria.

Enquanto o *Polaris* passava por uma pequena língua de terra que se projetava no lago – chamada Rainbow Point, de acordo com o mapa –, ele pôde ouvir risos e o bater de taças acompanhado de uma música de jazz.

Os passageiros do *Polaris* tinham a felicidade de estar inconscientes do que ia acontecer e a sensação de poder de Roussard foi às alturas. Empurrando os aceleradores para a frente, começou a ganhar velocidade.

Ele observou as posições dos outros barcos a sua volta, notando que o lago não parecia diferente do que estivera nos últimos dois dias. O pequeno número de barcos da polícia que estivera no lago tinha sido amarrado no Lake Geneva Country Club, preparando-se para a vinda do presidente ao casamento que jamais aconteceria. A fuga de Roussard estava garantida. E se algum mocinho desavisado fosse idiota o bastante para persegui-lo depois do ataque, ele ainda teria munição suficiente para detoná-lo na água.

Vendo o *Polaris* se aproximar do Harvard Club, Roussard olhou por baixo da bóia para se certificar de que a arma estava pronta para disparar.

Satisfeito por ver tudo exatamente como queria, ele se endireitou e focalizou o alvo.

Enquanto o vapor se aproximava do Harvard Club, Roussard pressionou mais o acelerador e aumentou a velocidade.

Quando o *Polaris* emparelhou com o píer de natação do Harvard Club, Roussard tirou a bóia de esqui e empurrou os aceleradores do Cobalt a seu limite máximo.

Só foi preciso um instante para que a lancha voasse como um jato partindo de um porta-aviões.

Ele já imprimira toda a velocidade ao barco mais cedo naquele dia, mas a sensação não foi nada parecida com a que tinha agora. Roussard se levantou, sentindo como se seu corpo e a lancha fossem uma coisa só. Com a Vulcan, os três criavam uma perfeita máquina de matar.

Roussard viu a distância entre ele e suas vítimas desconhecidas a bordo do lento *Polaris* diminuir.

Ao chegar a mil metros do barco a vapor, ele começou uma contagem regressiva a cada 100 metros. Setecentos. Seiscentos. Quinhentos.

Ele queria dar o grito de ataque de seus ancestrais enquanto o barco rasgava a água e cobria as últimas centenas de metros. Já podia ver os passageiros no *Polaris* percebendo sua aproximação. De início seus rostos mostravam confusão e depois terror, ao perceberem o que estava acontecendo e compreenderem que não podiam fazer nada para impedir.

Ele estava a 100 metros de onde pararia o barco e dispararia a Vulcan. Setenta e cinco. Agora 50 metros!

Quando Roussard desligou os aceleradores, os motores não silenciaram. Em vez disso, rugiram e ficaram mais altos.

O assassino precisou de uma fração de segundo para compreender o que estava havendo, mas então já era tarde demais.

capítulo 120

O CASCO DO CIGARETTE VERMELHO-VIVO partiu ao meio o Cobalt de Roussard. No momento em que percebeu o que tinha acontecido, tudo já estava terminado. Roussard mal conseguiu levar as mãos ao rosto antes do impacto.

Os passageiros a bordo do *Polaris* começaram a gritar assim que viram que o Cigarette que voava baixo não ia fazer nada para evitar a colisão iminente com o Cobalt amarelo.

O som do impacto foi nauseante. Pedaços de fibra de vidro voavam para todos os lados enquanto o Cigarette atravessava sua vítima e continuava, roçando a popa do *Polaris*.

Depois de subir metade da colina que encontrava a faixa fina de pedra, areia e grama que compunha a margem do Harvard Club, o Cigarette finalmente parou.

Ao se aproximar, a primeira coisa que Harvath ouviu foram os gritos desesperados do *Polaris*. Pingava sangue em seu olho direito e ele levou a mão à testa, sentindo um corte de alguns centímetros. Olhando à esquerda, não localizou Morrell e imaginou que ele tinha sido ejetado.

Saía fumaça do compartimento do motor. Harvath desligou a lancha e os propulsores que rodavam loucamente logo silenciaram. Saindo do barco, ele procurou por Morrell e o encontrou deitado perto de um paredão de pedra a uns 9 metros de distância. Estava quase inconsciente e Harvath sabia que não devia removê-lo. Disse a Morrell para ficar parado que ele logo voltaria com ajuda.

O que não lhe disse era que havia outra coisa que precisava fazer primeiro.

No final do píer do Harvard Club, Harvath podia ver as duas metades do barco de Roussard viradas, projetando-se pouco acima da linha-d'água. Ignorando a intensa dor na cabeça, correu pelo píer, atirando-se da ponta num salto para a água.

Quando voltou à superfície, abriu os olhos e começou a procurar Roussard. Ficou submerso o maior tempo que pôde, até que não teve alternativa a não ser subir novamente para respirar. Contornando os destroços em busca do terrorista, ele não se importou com a ardência na ferida em sua testa provocada pela gasolina derramada.

Estava prestes a mergulhar novamente quando ouviu uma tosse a uns 70 metros. Vinha de uma frota de veleiros ancorados. Nadando o mais silenciosamente possível, Harvath seguiu o som.

De Fontana, o alarme chamava a polícia, os bombeiros e as equipes de resgate ao trabalho.

Sem ser observado, Harvath se aproximou do veleiro e depois, respirando fundo, mergulhou novamente.

Quando chegou abaixo da quilha pesada e fixa do veleiro, olhou para cima e viu um par de pernas batendo loucamente na água. Pegando a Benchmade que estava presa no bolso, Harvath apertou o botão e a lâmina girou e se fixou no lugar.

Como um grande tubarão-branco cercando a presa, deu a volta por baixo de Roussard e arremeteu, subindo silenciosamente à superfície por trás dele.

O homem deve ter sentido a presença de Harvath porque, de repente, se virou, os olhos arregalados de medo. Escorria sangue de seu nariz e dos seus ouvidos. Quando tossiu, expeliu grandes golfadas de sangue. Enquanto se posicionava para matá-lo, Harvath percebeu que um dos globos oculares de Roussard tinha se desprendido, porque, em vez de se mover como o outro, ficava parado.

Não havia piedade no coração de Harvath pelo terrorista, um assassino de homens e mulheres inocentes. Roussard estava além da reabilitação e Harvath sabia que o maior presente que podia dar aos contribuintes da América era evitar que ele fosse julgado e vivesse mais 20 anos com uma apelação atrás de outra numa prisão de algum lugar.

Harvath girou a faca num golpe suave e a lâmina cortou a carne macia do pescoço de Roussard. *O que foi tomado com sangue só pode ser respondido com sangue*, pensou.

Vendo-o morrer, Harvath percebeu que tinha cometido um erro. A lâmina era tão afiada que Roussard provavelmente nem a sentira. Sangrar até a morte era bom demais para ele. Harvath queria que ele se enchesse de pavor enquanto agonizava, como tantas de suas vítimas.

Nadando rapidamente para as costas de Roussard, Harvath colocou as mãos em seus ombros e o empurrou para baixo da água.

O homem lutou violentamente por quase um minuto. Depois seu corpo se aquietou e Harvath entendeu que ele estava morto.

capítulo 121

HARVATH FICOU COM RICK MORRELL até a chegada de uma ambulância. Embora o agente da CIA insistisse em que estava bem, os paramédicos puseram um colar cervical nele, colocaram-no numa prancha e o levaram para o hospital para exames. Depois que Morrell se foi, Harvath voltou para a água.

O *Polaris* estava atracado na ponta do píer do Abbey Springs e, quando Todd Kirkland viu Harvath indo para onde se reuniam todos os passageiros, achou que o agente vinha atrás dele. Mas não era verdade. Ele também não estava atrás de Meg. Em vez disso, falou brevemente com os dois agentes do Serviço Secreto e depois pegou Jean Stevens pela mão e a levou dali.

Depois de andar pelo passeio do lago até seu chalé para pegar algumas roupas e o carro, Jean levou Harvath para o Abbey Resort. Ainda ensopado, ele passou direto pelos olhares assombrados da recepção e foi para seu quarto.

Ligou para os pilotos e disse que estivessem prontos para sair em cinco minutos, depois vestiu rapidamente as roupas que Jean Stevens lhe dera. Enquanto ela os levava ao aeroporto, Harvath informou a Zucker e Burdic que eles iam para Washington. Sua única esperança era chegar lá antes que os pais de Tracy a retirassem do suporte vital.

Estava chovendo quando o avião tocou o solo. Pelas janelas molhadas da cabine, ele pôde ver que as folhas já começavam a mudar de cor à luz das ruas de Washington. O verão acabara oficialmente.

Laverna, a enfermeira que cuidava de Tracy no turno da noite, foi a primeira a perceber sua presença quando ele entrou no CTI.

– Tentei ligar para o senhor. Não recebeu nenhum recado meu?

Harvath balançou a cabeça.

– Andei fora do ar por alguns dias. Como está Tracy?

A enfermeira segurou seu braço.

– Os pais dela a retiraram do respirador esta tarde.

A maré de emoções que o inundou era esmagadora e ele estava exausto demais para tentar combatê-la. Ele não conseguia acreditar que Bill e Barbara Hastings tinham feito isso. Podiam pelo menos ter esperado que ele voltasse. Lágrimas se formaram nos cantos de seus olhos e ele não fez nada para escondê-las.

– Ela é forte – declarou a enfermeira. – É uma guerreira.

Harvath não entendeu o que ela dizia. Estava cansado demais. Só a fitou com os olhos vagos.

– Ela ainda está viva.

Harvath virou-se e se afastou rapidamente da mesa da enfermeira.

Quando entrou no quarto de Tracy, os pais dela olharam para ele. Nenhum dos dois sabia o que dizer.

Ignorando-os, Harvath foi até o outro lado do leito e pegou a mão de Tracy. Apertou um pouco e disse:

– Sou eu, meu amor. Scot. Agora estou aqui.

Houve um movimento e a princípio Harvath pensou que estava imaginando coisas. Depois aconteceu novamente. Era fraco, mas Tracy tinha apertado sua mão. Ela sabia que ele estava ali.

Nesse momento, tudo saiu dele num dilúvio. Ele enterrou a cabeça em seu cabelo e, quando ela apertou sua mão mais uma vez, começou a chorar.

capítulo 122

JERUSALÉM

A IDENTIFICAÇÃO DO TITEREIRO QUE MANIPULAVA as cordinhas de Philippe Roussard começou com uma visita ao Dei Glicini e Ulivella, o exclusivo hospital particular em Florença para onde tinham sido feitos os pagamentos da conta de Adara Nidal no Wegelin & Company.

Harvath não sabia o que esperar. Parte dele pensava que podia encontrar Adara gravemente queimada, recostada em seu leito hospitalar, esperando por ele, os inconfundíveis olhos prateados por trás de uma máscara de carne carbonizada.

O que ele descobriu foi que os pagamentos não eram dela. Eram de um homem cujo nome Harvath nunca ouvira e que recentemente tinha recebido alta.

Todas as suposições de Harvath estavam erradas. Adara não era a pessoa por trás da libertação de Roussard de Guantánamo e de seus atentados subseqüentes nos Estados Unidos. Era outra pessoa – um homem com nome falso que simplesmente desaparecera.

A primeira pessoa que passou pela mente de Harvath foi Hashim, irmão de Adara e tio de Philippe. Mas quando o administrador do hospital terminou de conduzir Harvath pelo quarto abandonado do paciente e o levou a seu escritório, ele percebeu o erro que fora pressupor que Adara ou o irmão estavam por trás do monstro que era Philippe Roussard. No aparador por trás da mesa do administrador havia uma coisa que indicava outra pessoa – alguém muito mais complexo, muito mais ensandecido, que chegara ao ponto de fingir a própria morte pela segunda vez.

Quando indagado, o administrador afirmou que o que Harvath olhava era um presente de um paciente. Era toda a identificação de que Harvath precisava.

◆◆◆

O táxi de Harvath parou diante de um antigo prédio de quatro andares no popular distrito de Ben Yehuda, em Jerusalém. No térreo, a frente da loja tinha dois janelões abarrotados de móveis, pinturas e utensílios antigos. A placa no alto da entrada dizia THAMES & CHERWELL ANTIQUES, e em seguida as traduções em hebraico e árabe.

Um pequeno sino de bronze no alto da porta anunciou a chegada de Harvath.

A loja mal iluminada ainda era apinhada de tapeçarias, móveis e uma infinidade de objetos antigos. Continuava exatamente como em sua primeira visita anos antes.

Ele se aproximou de uma porta estreita de mogno e a empurrou, revelando um pequeno elevador revestido de madeira. Apertando um botão em seu interior, viu a porta se fechar e sentiu o elevador subir.

Quando chegou ao último andar, a porta se abriu para um corredor comprido de piso coberto com uma passadeira de complicada padronagem oriental. As paredes eram pintadas de um verde-floresta escuro e revestidas de gravuras emolduradas de caça a raposas, pescaria e abadias em ruínas.

Enquanto seguia em frente, Harvath se lembrou dos sensores infravermelhos dispostos a cada metro e imaginou que ainda havia placas sensíveis à pressão por baixo da passadeira. Ari Schoen era um homem que levava sua segurança muito a sério.

No final do corredor, Harvath se viu numa sala grande, mais escura do que a loja no primeiro andar. Como o elevador, era revestida do chão ao teto de uma madeira nobre de cor escura. Com a lareira, a mesa de bilhar e as poltronas de couro, mais parecia um clube de cavalheiros britânicos do que o escritório de uma loja em Jerusalém Ocidental.

Acomodado em um leito hospitalar mecânico junto a duas pesadas cortinas de seda que cobriam as janelas estava o homem.

– Eu sabia que um de vocês apareceria – disse Schoen quando Harvath entrou na sala. Ele estava ainda mais pavorosamente deformado do que antes, os lábios inexistentes mal sendo capazes de formar as palavras do buraco carbonizado que era sua boca. – Imagino que Philippe esteja morto.

Harvath assentiu.

– Como soube que era eu? – perguntou Schoen.

– A conta bancária de Adara no Wegelin.

– Os pagamentos à clínica – refletiu Schoen, enquanto instrumentos médicos estalavam e zumbiam em volta dele. – Acho que está mentindo, agente Harvath. Não havia nada que ligasse qualquer coisa a mim. Eu me registrei sob um codinome completamente novo. Nunca foi usado e não tem sido usado desde então.

– Não foi o codinome, foi seu uísque – disse Harvath, apontando para o antigo globo que escondia o bar de Schoen por trás de sua tampa dobrável. – Black Bowmore 1963. "Preto como breu", você me disse certa vez. Devia ter o diretor do hospital em alta conta para lhe dar um presente tão caro.

Schoen ergueu a mão para afugentar o pensamento, como se não fosse nada.

– Você é mais inteligente do que eu supunha.

– Fale-me dos outros homens que libertou de Guantánamo. Que ligação tinham com você?

– Não havia ligação nenhuma – disse Schoen com uma risada. – Essa era a questão. Eles eram um ruído de fundo em que Philippe podia se perder. Foram escolhidos aleatoriamente para evitar que alguém dos serviços de inteligência de seu governo investigasse.

– E a trama com as crianças?

– Um motivador infeliz mas extremamente eficaz. Quando descobri que tinha um neto, eu o procurei, mas nossa relação era compreensivelmente tensa. Embora ele não quisesse nada comigo, em algum lugar em seu íntimo entendeu que éramos a única família que tínhamos. Quando foi capturado e preso em Guantánamo, decidi que faria alguma coisa para tê-lo de volta.

Aos poucos toda a loucura começava a fazer sentido.

– Quero os nomes das pessoas que seqüestraram o ônibus escolar e mataram a motorista. Também quero saber todas as outras rotas de ônibus que você tinha como alvo.

Schoen olhou para ele por um momento.

– O ônibus escolar que seqüestramos na Carolina do Sul foi o único. Não há outros. As fotos de outros ônibus foram apenas um expediente para obter a concordância de seu governo, nada mais.

Seu rosto era uma máscara de torções e espasmos, o que tornava quase impossível interpretá-lo.

– Como vou saber se não está mentindo? – perguntou Harvath.

– Não vai – respondeu Schoen. – Só o tempo lhe dirá.

– E os nomes dos agentes que seqüestraram o ônibus?

– Irão comigo para o túmulo – disse o homem.

Harvath não ficou surpreso, mas isso seria para outra pessoa. A essa altura, ele tinha outras perguntas. Olhando as fotos nos porta-retratos de prata posicionados em um consolo adjacente, perguntou:

– E por que eu? Por que *minha* família e as pessoas que amo?

– Porque Philippe queria o homem responsável pela morte da mãe dele.

– Que foi o tio dele, Hashim.

– Mas o tio estava morto – disse Schoen. – A própria idéia de você ser responsável o enchia de ira. E essa é uma emoção muito poderosa. Se um homem a tem o bastante, perde o autocontrole e se torna muito mais suscetível ao controle de terceiros.

– Então você imputou a culpa a mim – respondeu Harvath.

– Como eu disse, não foi nada pessoal.

Harvath olhou para ele.

– O que ganhou com tudo isso?

Schoen se ergueu na cama e cuspiu:

– Vingança!

capítulo 123

– VINGANÇA CONTRA QUEM? – perguntou Harvath. – Contra mim?

– Não – sibilou Schoen. – Contra a mãe de Philippe.

– Pelo quê? Pela primeira vez que um Nidal o explodiu ou pela segunda?

– Por ter tirado meu filho de mim – respondeu ele enquanto afundava novamente na cama.

– Mas Adara Nidal estava morta – disse Harvath, que começava a se perguntar se a psicopatologia deformada de Roussard era um problema herdado não da mãe, mas do avô paterno.

– Não fazia diferença para mim. Roubar o filho dela e convertê-lo à minha causa teria sido o ato definitivo de vingança.

– Como pode esperar que um árabe, um árabe palestino, renuncie ao Islã e adote a causa de Israel?

– Você se esqueceu de que depois que meu Daniel morreu eu estudei tudo o que pude sobre Abu Nidal, sua organização e, mais importante, sua família. Eu sabia mais sobre eles do que eles mesmos. Philippe carecia de um homem que lhe servisse de modelo.

– E esse homem seria você? – Harvath perguntou jocosamente.

– Metade de meu sangue, o sangue de meu Daniel, corria em seu corpo. Ele era meio israelense e acreditei que podia apelar a esse seu lado. Mas antes que ele ouvisse qualquer coisa que eu tivesse a dizer...

– Ele me queria morto – declarou Harvath, terminando a frase de Schoen.

– Exatamente. Mas ele não queria apenas que você morresse. Queria que você sofresse. Queria que você sentisse a dor que ele sentiu por perder a mãe. Eu sabia que podia usar essa ira inacreditável para atraí-lo para mais perto de mim.

– E as pragas e sua seqüência na ordem inversa?

Schoen ofegava e parou por um momento para recuperar o fôlego. Por fim, disse:

– As pragas foram um tributo à mãe dele, que dedicou a sua carreira de terrorista a incitar uma guerra santa contra Israel. Em geral os ataques dela eram carregados de simbolismo judaico. Quanto à ordem inversa, você já deve compreender que Philippe era um indivíduo perturbado. Em sua mente, a primeira praga é a mais chocante e dramática, então ele as inverteu, agindo como o oposto de Deus, o diabo, se preferir, guardando sua praga preferida para o final.

– E você pensou que podia reprogramar esse monstro? – disse Harvath.

– Por algum tempo, sim. Se conseguisse convencê-lo a seguir minhas ordens, não só eu derrotaria Adara como, em menor escala, teria reconquistado meu filho. Mas acabei percebendo que ele estava fora de controle e provavelmente viria atrás de mim. Foi por isso que saí do hospital na Itália e voltei para cá.

O homem era absolutamente lastimável. Harvath balançou a cabeça e se virou para ir embora.

– Aonde você vai? – perguntou Schoen.

– Para casa – respondeu Harvath, que esperava nunca mais colocar os olhos na cara horrenda de Ari Schoen.

Schoen riu.

– Você nem tem a coragem de pegar sua arma e me dar um tiro.

– Por que eu faria isso? – respondeu Harvath ao se virar para encará-lo. – Acho que uma bala é boa demais para você. E quanto à coragem, se você mesmo tivesse alguma, apertaria o gatilho você mesmo. A pior coisa que posso fazer por você é lhe desejar uma longa vida e sair por esta porta.

E foi exatamente o que Harvath fez.

◆◆◆

Ao sair da loja, ele percebeu um 4x4 preto com os vidros escurecidos estacionado do outro lado da rua. Estava estranhamente fora de contexto ali.

Alcançando a parte de trás do casaco, a mão de Harvath pairou pouco acima da coronha de sua pistola.

O vidro traseiro do carro se abriu pela metade e, no mar de preto, de repente houve um lampejo de branco. Pertencia a um focinho comprido e foi seguido por um par de olhos escuros e duas orelhas brancas.

Harvath atravessou a rua e ergueu a mão para o cachorro cheirar. Enquanto afagava atrás da orelha de Argos, a janela do 4x4 foi totalmente aberta.

– Teve uma boa visita? – perguntou o Troll, que estava sentado entre os dois Ovcharkas Caucasianos.

– Olá, Nicolau – respondeu Harvath. – Por que não estou surpreso por vê-lo aqui?

– Temos alguns negócios inacabados.

Harvath retirou a mão da cabeça do cachorro e disse:

– Não temos, não. Eu cumpri a promessa que lhe fiz. Você cooperou e eu não o matei.

– Quero meus dados e o resto do meu dinheiro de volta – respondeu o Troll. – *Todo* ele.

O anão tinha coragem, e muita.

– E quero meu amigo Bob e os outros americanos mortos em Nova York de volta – declarou Harvath. – *Todos* eles.

O Troll se recostou e cedeu.

– *Touché.*

Lentamente, os olhinhos do homem vagaram para o apartamento acima da loja de antiguidades.

– E Schoen? – perguntou. – Você o matou?

Harvath balançou a cabeça.

– Não, não o matei.

– Depois de tudo o que ele fez a você. Por que não?

Harvath pensou por um momento e respondeu:

– A morte teria sido boa demais para ele.

– É mesmo? – disse o Troll, erguendo uma sobrancelha. – Fico surpreso que você pense assim.

– Se pudesse ver a que ele foi reduzido – disse Harvath —, você entenderia.

A vida é um castigo muito mais cruel para Schoen. Ele já foi vítima de explosão em duas ocasiões.

O Troll pegou um pequeno controle bege, estendeu a antena e apertou o único botão.

– Então talvez a terceira faça o encanto.

A explosão estourou as janelas do apartamento do último andar e sacudiu toda a quadra. Choveram cacos de vidro e entulho em chamas na rua.

Harvath se jogou no chão bem a tempo de ver o carro do Troll se distanciar ao longe.

capítulo 124

HARVATH HAVIA RECUSADO TODOS os convites do presidente para se encontrar com ele na Casa Branca.

Embora tivessem sido retiradas as acusações de traição contra ele, Rutledge ainda queria ter uma conversa franca e séria, para deixar o passado para trás e seguir em frente.

É preciso reconhecer que Harvath era inteligente o bastante para não recusar diretamente os pedidos do presidente. Depois de ter alta do hospital, Tracy estava morando na casa dele. Ele disse a todos que cuidar dela e do filhote de cachorro em recuperação o mantinha ocupado 24 horas por dia.

O presidente sabia que Harvath estava mentindo, mas deixou passar. O agente já sofrera muito e o presidente não só não o ajudara como o tinha prejudicado ainda mais.

Rutledge não culpava Harvath por não querer vê-lo, mas para ele já era o bastante. Ele ligou para Gary Lawlor e deixou muito claro que queria Harvath diante de sua mesa no Salão Oval no final do dia ou o emprego de Lawlor estaria em risco.

Sempre um bom soldado, Lawlor deu folga a seu assistente e foi arrastar Scot para se encontrar com o presidente.

Quando chegou a Bishop's Gate, não viu o carro de Harvath e imaginou que ele tinha ido comprar mantimentos ou remédios para Tracy ou o cachorro, que eles batizaram de Bala em homenagem a seu amigo Bob Bala, morto durante os ataques em Nova York.

Lawlor estacionou o carro e andou até a escada da frente. Olhando a soleira da porta, perguntou-se pela enésima vez como deve ter sido para Harvath descer e encontrar Tracy deitada ali numa poça de sangue. Era uma imagem horrível e ele tentou afastá-la de sua mente enquanto erguia a pesada aldrava de ferro e a deixava bater na grossa porta de madeira.

Enquanto esperava, pensou em como era irônico que Harvath morasse numa antiga igreja. O homem se tornara um penitente devoto para as pessoas que Roussard atacara. Visitava a mãe constantemente na Califórnia e, à medida que a visão dela começava a voltar, ele se certificou de que tivesse a melhor assistência depois que fosse para casa. Ele visitava Carolyn Leonard e Kate Palmer no hospital em Washington sempre que podia e encheu seus quartos com tantas flores frescas que foi preciso jogá-las fora. Depois disso, ele as bombardeou com mais flores e cestos e mais cestos de frutas e bombons. Não importava o que lhe dissessem, Harvath não ia parar. Era sua penitência auto-imposta e, até que a culpa deixasse sua alma, nada iria detê-lo.

Quando descobriram que Kevin McCauliff tinha usado os computadores do Departamento de Defesa no NGA em nome de Harvath, o jovem analista foi acusado de indisciplina. Harvath cobrou cada favor que lhe deviam e mexeu todos os pauzinhos para que retirassem as acusações e McCauliff fosse desligado com honras de seu cargo na NGA. Tim Finney e Ron Parker ofereceram a McCauliff um emprego no Sargaço no dia seguinte.

Lawlor bateu na pesada porta mais uma vez, mas ninguém respondeu. Não havia nem o latido de Bala, que ultimamente era comum.

Sabendo onde Harvath escondia uma chave extra, Lawlor abriu a porta.

– Olá? – gritou ao colocar a cabeça para dentro. – Alguém em casa?

Ele esperou, mas não houve resposta. Colocando o resto do corpo para dentro, fechou a porta.

Entrou primeiro na cozinha e descobriu que tudo estava limpo e arrumado. Normalmente era um caos de panelas, caçarolas, pratos e copos, enquanto Scot e Tracy passavam de um empreendimento culinário para outro. Alguma coisa definitivamente não estava certa.

Abrindo a geladeira para pegar uma cerveja, Lawlor a encontrou completamente vazia. Nada disso fazia muito sentido.

Ele saiu da cozinha e foi a uma grande área que funcionava como sala de estar de Harvath. Tudo ali estava arrumado e no lugar.

De repente, Lawlor percebeu uma coisa no consolo de pedra da lareira. Aproximando-se, encontrou o BlackBerry de Harvath e suas credenciais do DSN. Ao lado havia uma folha do papel de carta de Tracy dobrada ao meio.

Abrindo-a, ele leu uma mensagem simples, de duas palavras, que fora escrita com a letra de Harvath.

Fomos pescar.

INFORMAÇÕES SOBRE OS PRÓXIMOS LANÇAMENTOS

Editora Sextante
Rua Voluntários da Pátria, 45 / 1.407 – Botafogo
Rio de Janeiro – RJ – 22270-000 – Brasil
Telefone (21) 2286-9944 – Fax (21) 2286-9244
E-mail: atendimento@esextante.com.br

359